Weitere Titel der Autorin:

Colours of Love – Entfesselt
Colours of Love – Entblößt
Colours of Love – Verloren
Colours of Love – Verführt
Daringham Hall – Das Erbe

Titel in der Regel auch als Hörbuch und E-Book erhältlich

Über die Autorin:

Kathryn Taylor begann schon als Kind zu schreiben – ihre erste Geschichte veröffentlichte sie bereits mit elf. Von da an wusste sie, dass sie irgendwann als Schriftstellerin ihr Geld verdienen wollte. Nach einigen beruflichen Umwegen und einem privaten Happy End ging ihr Traum in Erfüllung: Bereits mit ihrem zweiten Roman hatte sie nicht nur viele begeisterte Leser im In- und Ausland gewonnen, sie eroberte auch prompt Platz 2 der Spiegel-Bestsellerliste. Mit *Daringham Hall – Das Erbe* startet sie eine neue Trilogie über große Gefühle und lang verborgene Geheimnisse auf einem englischen Landgut.

KATHRYN TAYLOR

Daringham Hall

DIE ENTSCHEIDUNG

ROMAN

BASTEI LÜBBE TASCHENBUCH
Band 17 227

Dieser Titel ist auch als Hörbuch und E-Book erschienen

Originalausgabe

Copyright © 2015 by Bastei Lübbe AG, Köln
Titelillustration: Sandra Taufer, München, unter Verwendung von
Bildern von © SalomeNJ/shutterstock; Gyvafoto/shutterstock;
Sari ONeal/shutterstock; LanKS/shutterstock; Alex Sun/shutterstock
Umschlaggestaltung: Sandra Taufer, München
Satz: Urban SatzKonzept, Düsseldorf
Gesetzt aus der Garamond
Druck und Verarbeitung: GGP Media GmbH, Pößneck
Printed in Germany
ISBN 978-3-404-172276

5 4 3 2

Sie finden uns im Internet unter
www.luebbe.de
Bitte beachten Sie auch: www.lesejury.de

Ein verlagsneues Buch kostet in Deutschland und Österreich jeweils überall dasselbe.
Damit die kulturelle Vielfalt erhalten und für die Leser bezahlbar bleibt,
gibt es die gesetzliche Buchpreisbindung. Ob im Internet, in der Großbuchhandlung,
beim lokalen Buchhändler, im Dorf oder in der Großstadt – überall bekommen Sie Ihre
verlagsneuen Bücher zum selben Preis.

Für Greta

Prolog

»Oh mein Gott.« Fassungslos starrte Kate auf die Papiere, die vor ihr auf dem zierlichen Sekretär lagen. Sie hatte den Inhalt nur überflogen, aber es war völlig eindeutig, was sie da in den Händen hielt. Jetzt ließ sich das, was sie so lange für unmöglich gehalten hatte, nicht mehr länger leugnen.

Tränen traten ihr in die Augen, während sie mit den Fingerspitzen über das Foto des Jungen fuhr, das an eine der Unterlagen angeheftet war. Wie hatte das nur all die Jahre verborgen bleiben können?

Irgendwo im Herrenhaus schlug eine Tür zu, und das Geräusch erinnerte Kate daran, dass sie sich ohne Erlaubnis hier oben in den Privaträumen der Camdens aufhielt. Eilig schob sie die Unterlagen zusammen und steckte sie zurück in den vergilbten braunen Umschlag. Sie hatte ihn in einer der Schubladen des Sekretärs gefunden, weiter unten zwar, aber dennoch nicht versteckt. Jeder hätte zufällig darauf stoßen und die Ungeheuerlichkeit aufdecken können, die sein Inhalt enthüllte. Oder ... Kate schluckte schwer. Vielleicht hatten sie es alle gewusst und dennoch geschwiegen?

Sie nahm den Umschlag und wollte gehen, zögerte jedoch, weil sie plötzlich daran denken musste, welche Konsequenzen ihr Handeln haben würde. Die Papiere mochten geschehenes Unrecht beweisen, aber sie einfach mitzunehmen war ein Vertrauensbruch, den die Camdens ihr vielleicht nicht verzeihen würden. Das konnte ihr Verhältnis zu ihnen ein für alle Mal zerstören. Und Ben? Was würde er tun, wenn er es erfuhr?

Kates Hände fingen an zu zittern, und Angst legte sich wie eine eisige Faust um ihr Herz. Aber sie hatte keine Wahl. Die Wahrheit musste endlich ans Licht ...

»Miss Huckley?«

Erschrocken fuhr Kate herum und sah, dass eines der Hausmädchen in der halb geöffneten Tür stand und sie erstaunt betrachtete, weil sie sich – zu Recht – fragte, was sie hier tat. Kate presste den Umschlag gegen ihre Brust und lächelte gezwungen.

»Oh, hallo Alice. Ich bin schon wieder weg. Ich ... sollte nur schnell etwas holen«, log sie und ging dabei zur Tür, schob sich hastig an der jungen Frau vorbei, um ihrem skeptischen Blick zu entgehen. Dann lief sie durch den Flur zu der schmalen Dienstbotentreppe, über die sie gekommen war.

Sie hatte diesen Weg schon oft benutzt, kannte ihn genauso gut wie jeden anderen Winkel von Daringham Hall, in dem sie sich immer zuhause gefühlt hatte. Als sie jetzt die Stufen hinunterlief, kam sie sich jedoch vor wie eine Diebin, die sich davonstahl aus einer Welt, die nicht mehr ihre war.

Am Treppenabsatz hielt sie kurz inne, dann wandte sie sich nach rechts und ging auf direktem Weg in die Bibliothek.

In dem großen, lichtdurchfluteten Raum, den Kate immer schon besonders geliebt hatte, saß allerdings nur Sir Rupert in einem der Ledersessel, und der bullige Butler Kirkby, der stets ein bisschen wirkte, als würde er mit seinen muskulösen Armen seine schwarzweiße Uniform sprengen, räumte gerade gebrauchte Teetassen auf ein Tablett. Beide Männer blickten überrascht auf, weil Kate – entgegen ihren sonstigen Gewohnheiten – nicht angeklopft hatte.

»Wo ist Ben?«, fragte sie, zu aufgewühlt für höfliche Floskeln. »War er hier?«

Sir Rupert nickte. »Er ist eben erst gegangen. Du müsstest

ihn noch erwischen, wenn du dich beeilst. Ich glaube, er wollte in den Garten.«

Das Lächeln, das über das Gesicht des alten Baronets huschte, war sofort wieder verschwunden, und sein Blick ging ins Leere. Der sonst so aufrechte, rüstige Mann wirkte verhärmt, saß gebeugt da.

Es brach Kate das Herz, ihn so zu sehen. Aber ging es ihnen nicht allen so? Sie selbst stand auch noch unter Schock, konnte nicht fassen, was passiert war. Niemand von ihnen wusste, wie es jetzt weitergehen sollte mit Daringham Hall. Nur eins stand fest: dass ganz viel von Ben abhing und davon, wie er sich entscheiden würde ...

»Alles in Ordnung, Kate?«, fragte Sir Rupert, und als sie aufblickte, betrachtete er sie besorgt. »Was hast du da?«

Kate drückte den Umschlag instinktiv ein bisschen dichter an ihre Brust.

»Ich ... muss wirklich dringend mit Ben sprechen«, sagte sie ausweichend und nickte Sir Rupert nur noch kurz zu, bevor sie schnell Kirkby folgte, der das volle Teetablett raustrug.

Sie benutzte den Seitenausgang, von dem sie glaubte, dass auch Ben ihn genommen hatte, und betrat den prächtigen, parkähnlichen Garten. Doch heute hatte sie keinen Blick für die wunderschön arrangierten Blumenbeete und die kunstvoll in Form gebrachten Buchsbaumhecken, sondern nur für den großen, dunkelblonden Mann, der das Ende des Gartens schon fast erreicht hatte. Er ging nicht schnell, schlenderte eher nachdenklich über den Weg, der zu den Ställen führte.

Kates Herz stolperte kurz, so wie immer, wenn sie ihn sah. Dann erinnerte sie sich wieder daran, weshalb sie ihn sprechen musste, und eilte ihm nach.

»Ben!«

Er hörte sie und drehte sich um, und als ihre Blicke sich trafen, spürte Kate ein Ziehen in der Brust, das ihr für einen Moment den Atem nahm. Innerlich bebend ging sie auf ihn zu und blieb vor ihm stehen, so dicht, dass sie nur die Hand hätte ausstrecken müssen, um ihn zu berühren. Was sie erschreckend gerne getan hätte.

»Wo willst du hin?«, erkundigte sie sich atemlos.

Er zuckte mit den Schultern. »Ich muss ein bisschen laufen, den Kopf freikriegen«, erwiderte er ausweichend, und Kate spürte einen Stich, als sie die dunklen Schatten unter seinen Augen sah. Das Ganze ging ihm viel näher, als er sie alle glauben machen wollte. »Und was tust du hier?«

Sie holte tief Luft. »Ich ... denke, das hier solltest du lesen«, sagte sie und reichte ihm den Umschlag, den er mit einem Stirnrunzeln entgegennahm.

»Was ist das?«

Kate antwortete nicht darauf, sah nur schweigend zu, wie er die Papiere herauszog. Der Ausdruck auf seinem Gesicht wechselte, während er las, wurde dunkler. Wütender. Als er schließlich den Kopf wieder hob und sie seinen grauen Augen begegnete, spürte Kate, wie sich erneut eine eisige Hand um ihr Herz legte.

Weil sie nicht sicher war, ob sie je wieder so viel für einen Mann empfinden würde wie für Ben. Und weil es sehr gut sein konnte, dass nicht nur Daringham Hall, sondern auch sie ihn gerade für immer verloren hatte.

1

Drei Wochen zuvor

Die Tür knarrte leise, als Ben sie aufzog, und er wollte in den dunklen Spalt dahinter blicken. Doch ihm quoll plötzlich eine so dicke Staubwolke entgegen, dass er husten musste. Dieser verdammte alte Kasten! Gab es hier eigentlich irgendetwas, das nicht verstaub...

Etwas fiel ihm entgegen, streifte seine Schulter, bevor er eine Chance hatte, es abzuwehren. Dann ertönte ein lautes Klirren, das durch den langen Flur hallte, und Scherben verteilten sich um seine Füße.

Es dauerte einen Moment, bis er begriff, was passiert war: Hinter der Tür, die er in der Flurwand entdeckt hatte – eine von diesen übertapezierten Geheimtüren, die man auf den ersten Blick kaum wahrnahm –, befand sich eine kleine Kammer. Sie war leer – bis auf den altmodischen Strohbesen, der mit dem Kopf nach oben darin gestanden hatte und herausgefallen war. Ohne den Kontakt mit Bens Schulter wäre vielleicht nichts passiert, aber so war er abgelenkt worden und hatte eine große Vase vom Sideboard neben der Tür gestoßen. Und diese, ein ziemliches Ungetüm aus blau-weißem Porzellan, lag jetzt in tausend Teile zerbrochen neben dem Besen auf dem feinen Fischgrätparkett.

»Sch...«

Ben konnte sich gerade noch davon abhalten, das Wort auszusprechen, das ihm auf der Zunge lag, weil sich eilige

Schritte näherten. Eine Sekunde später bog der bullige Butler der Camdens um die Ecke, dicht gefolgt von einem der Hausmädchen, das ihn mit großen Augen anstarrte. Vermutlich nicht mal wegen des plötzlichen Lärms – so guckten die Angestellten auf Daringham Hall Ben meistens an, wenn sie ihm begegneten.

»Alles in Ordnung, Mr Sterling?«, fragte Kirkby auf seine stets ruhige, höfliche Art. Doch auf seiner breiten Stirn hatte sich eine senkrechte Falte gebildet, was Ben nicht unbedingt als gutes Zeichen wertete. Wahrscheinlich hatte er gerade irgendein unwiederbringlich kostbares Einzelstück zerstört und sich damit noch ein bisschen unbeliebter gemacht, als er sowieso schon war. Falls das überhaupt ging ...

»Mit mir schon, aber ich fürchte, von der Vase kann man das nicht behaupten«, erwiderte er und verzog das Gesicht.

Kirkby entlockte diese Bemerkung jedoch kein Lächeln. »Hol ein Kehrblech«, wies er die junge Frau an, die loslief und wenige Augenblicke später mit dem Gewünschten und einem kleinen Eimer zurück war.

Rasch begann sie damit, die Scherben um Ben herum aufzusammeln, und auch wenn ihm klar war, dass das zu ihrem Job gehörte, fühlte er sich dadurch noch ein bisschen schlechter.

»Geben Sie her, ich mach das!« Er wollte nach dem Kehrblech greifen, doch die junge Frau zog es weg und starrte ihn verunsichert an.

»Jemma erledigt das schon, Mr Sterling«, erklärte Kirkby mit fester, fast ein bisschen scharfer Stimme, und Ben gab den Versuch auf, die Regeln in diesem Haus außer Kraft zu setzen. Stattdessen trat er einen Schritt zurück, um Jemma – genau, das war ihr Name – etwas mehr Platz zu machen. Über ihren Kopf hinweg blickte er Kirkby an, der ihn mit einem wachsamen Ausdruck in den Augen musterte.

»Haben Sie etwas gesucht, Mr Sterling?«

Gute Frage, dachte Ben. Natürlich suchte er etwas, nämlich Antworten. Aber er hatte nicht erwartet, sie hinter dieser komischen Geheimtür in einem der langen Flure des Herrenhauses zu finden. Die hatte er lediglich aus Neugier geöffnet – etwas, das dem Butler offenbar ein Dorn im Auge war. Ben würde sich jedoch nicht davon abhalten lassen, den Dingen auf den Grund zu gehen, solange er hier war. Deshalb erwiderte er Kirkbys Blick herausfordernd.

»Keinen Besen jedenfalls«, gab er zurück, weil er nicht fand, dass er dem Butler eine Erklärung schuldete, und deutete auf den Eimer, den das Hausmädchen gerade wegtrug. »Den Schaden werde ich natürlich bezahlen.« Selbst wenn das Ding teuer gewesen sein sollte, war er vermögend genug dafür. Und auf gar keinen Fall würde er den Camdens etwas schuldig bleiben.

Kirkby schien das jedoch nicht zu entspannen, denn auf seiner breiten Stirn bildete sich erneut eine tiefe Falte.

»Die Vase war ein Erbstück aus dem Besitz von Lady Eliza«, erklärte er, und Ben stöhnte innerlich auf. Die Aussicht, sich wegen dieses Missgeschicks jetzt auch noch mit der Grand Dame von Daringham Hall auseinandersetzen zu müssen, war nicht besonders verlockend.

Seit er sich vor drei Tagen entschieden hatte, das Angebot von Ralph Camden anzunehmen und auf unbestimmte Zeit zu bleiben, begegneten ihm die Familienmitglieder sehr unterschiedlich. Die meisten schienen nicht recht zu wissen, wie sie mit ihm umgehen sollten, aber sie versuchten zumindest, ihm neutral zu begegnen. Nicht so Lady Eliza. Die alte Dame stritt nach wie vor vehement ab, dass Ben ihr ältester Enkel war, und hatte bei ihren wenigen Begegnungen keinen Hehl daraus gemacht, wie sehr sie ihn hasste. Aber letztlich war

Ben das nur recht. Bei ihr wusste er wenigstens, woran er war. Die anderen richtig einzuschätzen fiel ihm viel schwerer.

»Es ist trotzdem nicht zu ändern, dass dieses Erbstück jetzt leider kaputt ist«, erwiderte er. »Sie soll mir einfach eine Summe nennen, vielleicht tröstet sie das über den Verlust hinweg.«

Kirkby schüttelte den Kopf. »Ich fürchte, das wird ...«

»Das wird nicht nötig sein«, sagte eine Stimme hinter ihnen, und als Ben sich umdrehte, sah er Ivy Carter-Andrews auf sie zukommen, die älteste Tochter von Ralph Camdens Schwester Claire. Ihr rotes, kurzes Haar leuchtete im Licht der Nachmittagssonne, die durch das Fenster am Ende des Flurs fiel, und auf ihrem Gesicht lag wie so oft ein resoluter Ausdruck, als sie sich jetzt vor dem Butler aufbaute. »Wir werden Grandma das nämlich gar nicht erzählen. So was kann doch mal passieren, und ganz abgesehen davon, dass das Ding scheußlich war, wird ihr wahrscheinlich nicht mal auffallen, dass es weg ist. Also müssen wir sie deshalb doch nicht unnötig aufregen, nicht wahr, Kirkby?«

»Wie Sie meinen, Miss Ivy«, antwortete der Butler mit einem Gesichtsausdruck, der nicht verriet, was er von dieser Lösung hielt.

»Und falls sie es doch merkt«, fuhr Ivy fort und hob die Hand, als Ben gerade ansetzen wollte zu protestieren, »dann erklären Sie ihr einfach, dass ich es war.«

Sie grinste, als Ben sie genauso verständnislos ansah wie Kirkby, und bückte sich dann nach dem Besen, betrachtete ihn versonnen. »Das war meine Falle für Kate. Wir haben als Kinder oft hier gespielt, und ich erinnere mich noch gut, dass ich damals diesen Besen in die kleine Kammer gestellt habe. Er sollte herausfallen und Kate erschrecken, wenn sie die Tür öffnet. Aber sie hat das offenbar nie entdeckt, und dann habe ich es irgendwann vergessen.« Entschuldigend zuckte sie mit den Schultern. »Wenn also jemand für die kaputte Vase verantwortlich ist, dann ich.«

Ben blickte in ihr offenes, lächelndes Gesicht und schaffte es nicht, an seinem Misstrauen festzuhalten. Es war schwer, sich Ivys sympathischer Art zu entziehen, und er fühlte sich ihr näher als den anderen, vielleicht weil er ihr tatsächlich glauben konnte, dass sie ihn als neuen Cousin akzeptierte. Und weil sie Kates beste Freundin war ...

Kate. Allein die Erwähnung ihres Namens löste wieder dieses Gefühl in ihm aus, das ihn einfach nicht losließ, spülte es zurück an die Oberfläche. Dass er etwas verloren hatte, dass etwas fehlte, das vorher richtig gewesen war. Und jetzt falsch. Dabei war es verdammt noch mal genau umgekehrt!

»Ich wusste gar nicht, dass du so eine Fallenstellerin bist. Die arme Kate kann einem ja richtig leidtun.« Er lächelte, selbst wenn es ihm schwerfiel, und hasste es, dass er sich sehr gerne danach erkundigt hätte, wie es Kate ging. Und er hasste es noch mehr, dass er es nicht wusste, weil er sie seit jenem Abend vor drei Tagen nicht mehr gesehen hatte.

»Oh, du solltest sie nicht unterschätzen. Sie hat gelernt, gut auf sich achtzugeben«, erwiderte Ivy, ernster als vorher, und in ihren Worten schien eine Warnung zu liegen. Doch dann lächelte sie wieder und fügte hinzu: »Ich bin übrigens gerade auf dem Weg zu ihr in den Stall. Falls du ihr deine Beileidsbekundungen selbst überbringen willst, könntest du mich begleiten.«

Ben war versucht. Sehr versucht sogar. Aber dann fiel ihm wieder ein, dass es nicht ging.

»Ich bin mit Ralph verabredet«, sagte er und sah auf seine Armbanduhr, die anzeigte, dass es genau halb vier Uhr war. »Jetzt.«

»Oh.« Ivy lächelte weiter, doch Ben war plötzlich sicher, dass er Sorge in ihren Augen sah. »Das ist natürlich wichtiger.«

»Soll ich Ihnen den Weg zu Mr Camdens Arbeitszimmer zeigen?«, erkundigte sich Kirkby, der immer noch bei ihnen stand und offenbar sehr genau wusste, wo das Treffen stattfinden sollte. Ben wunderte das kein bisschen. Dem Butler schien absolut nichts zu entgehen, was in diesem Haus passierte.

Er schüttelte den Kopf. »Nicht nötig. Ich weiß, wo es ist.«

Das stimmte nicht ganz. Er war zwar ziemlich sicher, dass sich das Zimmer am Ende des Flurs befand, der an diesen angrenzte. Aber dieses Haus war erschreckend groß, und vielleicht täuschte er sich auch. Was allerdings nicht bedeutete, dass er deshalb Kirkbys Hilfe annehmen würde, der ohnehin schon ständig und überall auftauchte, wo er gerade war. Fast so, als hätte er den Auftrag, ihn zu überwachen – ein Gedanke, der Ben nicht gefiel und über den er nachgrübelte, als er allein durch den Flur weiterging.

Konnte er es den Camdens verdenken, wenn es so war? Wahrscheinlich trauten sie ihm so wenig wie er ihnen. Dafür war die Situation für sie alle einfach noch zu neu und ungewohnt.

Ben schüttelte den Kopf, weil er manchmal selbst nicht begriff, was ihn zu diesem Schritt bewogen hatte. Als er vor gut einem Monat hergekommen war, hatte er nur ein einziges Ziel gekannt: Rache. Er war ganz sicher gewesen, dass die Camdens seinen Hass verdienten. Jetzt war er das nicht mehr, deshalb hatte er seinen Plan auf Eis gelegt – zumindest so lange, bis er herausgefunden hatte, ob er dieser Familie trauen konnte. Seiner Familie, auch wenn es ihm immer noch schwerfiel, das zu glauben. Und vor allem seinem Vater, der ihm so unerwartet freundlich begegnet war.

Meinte Ralph Camden es wirklich ernst mit seinem Angebot und wollte eine Beziehung zu ihm aufbauen? Oder war das alles nur ein Trick, um ihn einzulullen und von seinem eigentlichen Vorhaben abzulenken? Vielleicht würde ihm das Gespräch, zu dem er unterwegs war, mehr Aufschluss darüber geben.

Als Ben sich dem Zimmer näherte, von dem er annahm, dass es Ralphs Arbeitszimmer war, sah er, dass die Tür einen Spalt weit aufstand. Jemand sprach drinnen, er hörte deutlich eine Stimme und erkannte, dass es Ralphs war, was ihn unwillkürlich lächeln ließ. Dann hatte sein Orientierungssinn ihn also nicht im Stich gelassen.

Er beschleunigte seine Schritte, nur um vor der Tür abrupt wieder stehen zu bleiben.

»Wenn dieser Kerl glaubt, dass er uns kleinkriegen kann, dann hat er sich getäuscht«, hörte er Ralph voller Verachtung sagen. »Er macht sich wichtig, das ist alles. Aber er wird sehr bald herausfinden, was mit Leuten passiert, die sich mit uns anlegen.«

2

Bens Augen wurden schmal. Also doch, dachte er, und ein Teil von ihm war befriedigt. Den schmerzenden Stich, den ihm das Gehörte versetzte, ignorierte er, konzentrierte sich lieber auf die Wut, die in ihm aufstieg. Mit einem Ruck stieß er die Tür auf und betrat das Zimmer.

Regale aus poliertem Holz bedeckten die Wände, und vor dem breit eingefassten Kamin standen zwei wuchtige Ohrensessel und ein niedriger Tisch. Das Herzstück war jedoch der große Schreibtisch, an dem Ralph Camden saß und telefonierte. Als er Ben sah, erschien ein überraschter Ausdruck auf seinem Gesicht.

»Ich muss Schluss machen, Timothy. Wir sehen uns ja gleich, wenn du zurück bist«, sagte er und legte das schnurlose Telefon zurück auf den Schreibtisch. Dann erhob er sich und kam Ben mit einem Lächeln entgegen.

Er war dreiundfünfzig, das wusste Ben inzwischen, doch seine leicht gebeugten Schultern und sein müder Blick ließen ihn älter wirken, und sein dunkelblondes Haar schimmerte an den Schläfen grau.

»Schön, dass du Zeit hast!« Er streckte Ben die Hand entgegen. »Ich habe schon sehr auf die Gelegenheit gewartet, in Ruhe mit dir zu ...«

»Das Theater kannst du dir sparen!«, fiel Ben ihm eisig ins Wort. »Ich mache mich nur wichtig, ja?« Er hob die Augenbrauen. »Wenn ihr das tatsächlich glaubt, dann habt ihr, fürchte ich, keine Ahnung, mit wem *ihr* euch angelegt habt.«

Für einen Moment starrte der ältere Mann ihn verständnislos an, dann schien er zu begreifen.

»Aber damit meinte ich doch nicht dich!«, erklärte er hastig. »Ich habe über Lewis Barton gesprochen, unseren Nachbarn drüben in Shaw Abbey. Timothy war gerade bei ihm, um mit ihm zu sprechen, weil dieser streitsüchtige Wichtigtuer schon wieder Klage gegen uns eingereicht hat. Aber er musste unverrichteter Dinge wieder fahren, weil Barton an einer gütlichen Einigung nicht interessiert ist. Darüber haben wir geredet. Mit dir hatte das gar nichts zu tun.«

Ben musterte Ralph weiter misstrauisch, doch in dessen Augen spiegelte sich nur ehrliche Bestürzung. Und die Camdens lagen tatsächlich in einem Dauer-Clinch mit dem wohlhabenden Industriellen, dem das Nachbargut gehörte, das hatte er schon mitbekommen. War das wirklich die Erklärung? Oder war Ralph Camden einfach ein sehr guter Lügner?

»Ben, du bist mir wichtig – sehr wichtig sogar«, versicherte Ralph ihm, weil er offenbar erkannte, was in ihm vorging, und für einen Moment sah es so aus, als wollte er eine Hand auf Bens Arm legen. Doch in letzter Sekunde ließ er es, lächelte stattdessen zaghaft. »Ich habe ernst gemeint, was ich gesagt habe. Ich will neu anfangen und mehr über dich wissen.« Er deutete auf die beiden Sessel vor dem Kamin. »Willst du dich nicht setzen?«

Nach kurzem Zögern folgte Ben der Aufforderung, weil er den kalten Zorn, mit dem er das Zimmer betreten hatte, nicht mehr festhalten konnte. Besser, er kehrte zu seiner ursprünglichen Taktik zurück und wartete erst einmal ab.

»Möchtest du Tee?« Ralph deutete auf die Kanne und die Tassen, die schon auf dem niedrigen Tisch bereitstanden, doch dann hielt er inne, so als wäre ihm gerade ein Gedanke gekommen. »Oder lieber einen Kaffee? Ich kann nach Kirkby klingeln und dir einen bringen lassen.«

»Nicht nötig.« Ben bevorzugte tatsächlich starken Espresso, das wusste er wieder, seit seine Amnesie verschwunden war. Aber er hatte sich während der vergangenen Wochen an das Lieblingsgetränk der Engländer gewöhnt. »Tee ist gut.«

Als sie beide ihre Tassen in der Hand hielten, entstand ein unangenehmes Schweigen, in dem sie sich nur abwartend betrachteten. Schließlich räusperte sich Ralph.

»Ich hoffe, du hattest inzwischen Zeit, dich ein bisschen einzurichten«, sagte er. »Ist alles zu deiner Zufriedenheit?«

Ben bejahte die Frage knapp, auch wenn es eigentlich nicht stimmte. Er war nicht zufrieden, das war er nie. Er wollte immer weiter, brauchte neue Herausforderungen, neue Ziele. Dann hatte man nicht so viel Zeit, über das nachzudenken, was man nicht erreicht hatte. Oder was einem immer fehlen würde ...

»Und deine Firma?«, hakte Ralph nach, offenbar entschlossen, eine Unterhaltung zu führen. »Ich nehme an, du hast alles Notwendige veranlasst, damit du deinen Aufenthalt hier noch etwas verlängern kannst?«

Wieder nickte Ben. »Mein Geschäftspartner hat sich entschlossen, ebenfalls hierzubleiben. Er hat uns im ›Three Crowns‹ ein vorläufiges Büro eingerichtet, von dem aus wir arbeiten können.« Ein leichtes Lächeln spielte um seine Lippen, als er an das Chaos in Peters Zimmer dachte. Aber er vertraute seinem Freund; wenn Pete sagte, dass es funktionierte, dann tat es das auch. »Für eine Weile wird es gehen.«

»Das hoffe ich.« Ralph trank einen Schluck Tee und räusperte sich dann erneut. »Ich hätte diese Unterhaltung mit dir gerne schon früher geführt, Ben.«

Seine Stimme klang nicht vorwurfsvoll, sondern eher bedauernd, aber Ben hatte trotzdem das Gefühl, sich verteidigen zu müssen. Denn er war es gewesen, der dieses Treffen während der letzten drei Tage immer wieder verschoben hatte.

»Ich war viel unterwegs, um alles zu regeln«, erklärte er.

Ralph stieß einen Laut irgendwo zwischen Seufzen und Stöhnen aus und stand auf, ging mit schweren Schritten zu dem polierten Holzglobus, der in einer Ecke stand. Er klappte die Kuppel auf, in der sich eine kleine, aber offensichtlich gut sortierte Bar befand, und nahm eine Flasche Scotch heraus, mit der er zu seinem Platz zurückkehrte.

»Regeln musste ich auch einiges«, meinte er und goss sich einen guten Schuss des goldenen Hochprozentigen in den Tee. Dann hob er die Flasche und blickte Ben an. »Möchtest du auch?«

Ben schüttelte den Kopf und bemerkte erst jetzt, dass unter Ralphs Auge permanent ein Muskel zuckte. Er wirkte angespannt und fahrig, lachte nervös, während er die Flasche wieder abstellte.

»Sieh es einem alten Mann nach. Es hilft ein bisschen.« Er nahm einen großen Schluck und verzog das Gesicht. Dann schüttelte er den Kopf, und seine Augen baten um Entschuldigung, als er erneut Bens Blick suchte. »Im Moment ist alles furchtbar kompliziert.«

Das verstand Ben durchaus, schließlich war er nicht das einzige Problem, mit dem Ralph Camden gerade konfrontiert war. Dennoch wusste er nicht, ob er Mitleid mit ihm hatte. Das hing davon ab, ob er tatsächlich so unwissend war, wie er tat, wenn es um Bens Mutter ging. Vielleicht hatte er ja verdient, was ihm gerade widerfuhr, weil er Jane Sterlings Liebe grausam mit Füßen getreten hatte?

»Ich hätte damals nicht so früh aufgeben dürfen«, sagte Ralph, so als hätte er Bens Gedanken gelesen. »Ich hätte mich dafür interessieren müssen, was aus deiner Mutter geworden ist, nachdem wir uns getrennt hatten. Dann wäre vielleicht vieles anders gekommen.« Er lächelte zaghaft. »Aber jetzt habe ich wenigstens die Chance, dich kennenzulernen. Ich möchte so viel über dich wissen. Wie es dir ergangen ist und was du gemacht hast in all den Jahren. Das heißt, wenn du bereit bist, es mir zu erzählen.«

Ben konnte sich nicht dazu bringen, das Lächeln zu erwidern. »Das weiß ich noch nicht«, erklärte er und ließ in seiner Antwort mitschwingen, was alles noch zwischen ihnen stand.

Sichtlich enttäuscht stellte Ralph die Teetasse zurück auf den Tisch und lehnte sich zurück. »Du glaubst mir nicht.«

Es war eine Feststellung, aber Ben widersprach nicht, sondern musterte den älteren Mann schweigend, mit dem ihn optisch außer der gleichen hellen Haarfarbe nur wenig verband.

Nein, er glaubte das alles nicht.

Aber aus irgendeinem Grund hätte er es gerne geglaubt.

Er wusste selbst nicht, woher dieses plötzliche Bedürfnis kam, doch es war da wie eine unterschwellige Strömung, in die er immer mehr geriet, je länger er sich hier aufhielt. Er konnte Ralph Camden einfach nicht mehr so hassen wie am Anfang, als nur Wut in ihm gewesen war.

Es würde jedoch mehr brauchen als ein paar lahme Entschuldigungen, um sein Misstrauen endgültig zu überwinden. Er brauchte Fakten. Beweise dafür, dass er sich tatsächlich in den Camdens getäuscht hatte und dass sein Vater es ernst meinte mit einem Neuanfang. Deshalb fixierte Ben ihn mit der gleichen Unerbittlichkeit, die ihn bisher heil durchs Leben gebracht hatte.

»Mal angenommen, ich würde dir glauben, dass du tatsächlich nichts von meiner Existenz wusstest – was mir immer noch schwerfällt. Aber nur mal angenommen, ich tue es und gehe davon aus, dass das alles ein großes Missverständnis war. Wie weit würdest du gehen, um mich davon zu überzeugen?«

Ralph hatte bei Bens ersten Worten hoffnungsvoll ausgesehen, doch jetzt wirkte er eher ratlos.

»Wie weit müsste ich denn gehen?«, fragte er zurück, dann aber schien ihm zu dämmern, was Ben meinte. Er räusperte sich erneut. »Wenn es etwas gibt, was du wissen willst, irgendetwas, das ich tun kann, um es dir zu beweisen, dann sag es.«

Der Ausdruck in seinen blauen Augen war aufrichtig, aber Ben musste sich nicht auf sein Gefühl verlassen. Er konnte es testen.

»Ich würde gerne die Bücher sehen. Die Bilanzen. Alles, was mit dem Haus und dem Gut zusammenhängt«, sagte er und beobachtete Ralphs Gesicht, registrierte, wie kurz Erschrecken in seinen Augen aufblitzte. »Ich denke, wenn ich mir ein Bild davon machen soll, wie ihr hier lebt, dann wäre das ein guter Anfang«, schob er erklärend hinterher, doch Ralph verstand natürlich, was hinter seiner Forderung eigentlich stand – und dass er sich jetzt in einer Zwickmühle befand. Denn wenn er Ben Zugang zu derart sensiblen Daten gewährte, machte er sich angreifbar und musste darauf vertrauen, dass Ben sein Wissen nicht gegen die Familie einsetzte.

Nein, das tut er bestimmt nicht, dachte Ben und musste

gegen eine unerwartete Welle der Enttäuschung ankämpfen.

Doch Ralph zuckte nur mit den Schultern. »Warum nicht?«

Er erhob sich und ging zum Schreibtisch hinüber, wo er etwas in den Computer eintippte, der zwischen all den Antiquitäten im Raum wie ein Mahnmal der Moderne wirkte.

»Hier.« Er trat einen Schritt zur Seite und deutete auf den Bildschirm. »Es ist alles in diesem Programm gespeichert. Sieh es dir an, wenn es dir so wichtig ist.«

Während Ben aufstand und um den Schreibtisch herumging, ließ er Ralph nicht aus den Augen. An dessen einladender Haltung änderte sich jedoch nichts, auch nicht, als er tatsächlich in dem großen Schreibtischstuhl Platz nahm und die geöffnete Datei auf dem Bildschirm betrachtete. Es war ein veraltetes Bilanzprogramm, das kaum noch benutzt wurde, aber Ben kannte es, weil er schon mal damit zu tun gehabt hatte. Rasch klickte er sich durch einige Seiten und orientierte sich grob über die Art, wie die Buchführung erfasst war.

»Du kennst dich mit diesen Dingen aus, oder?«, fragte Ralph, und Ben sah ihn überrascht an, weil die Frage hoffnungsvoll geklungen hatte. Fast so, als würde er sich selbst nicht als Experten sehen. Als würde er ... Hilfe brauchen?

»Ein bisschen«, antwortete Ben und konzentrierte sich wieder auf die Zahlenkolonnen. Ihm blieben jedoch nur wenige Minuten, bevor ein lautes Klopfen an der Tür erklang.

»Ja, bitte?«, rief Ralph und lächelte, als sein jüngerer Bruder Timothy hereinkam. »Oh, du bist schon zurück.«

»Allerdings«, erwiderte Timothy grimmig. »Und Kirkby hat mir gesagt, dass du dich mit Mr Sterling triffst. Ich denke, bei dieser Unterhaltung sollte ich wohl besser dabei sei ...«

Er hielt inne, weil ihm offenbar erst jetzt klar wurde, was

Ben hinter Ralphs Schreibtisch tat. »Was zeigst du ihm denn da?«

»Ben möchte die Bücher sehen«, informierte Ralph ihn. »Damit er sich ein Bild machen kann, wie wir hier ...«

»Und das erlaubst du ihm?«, unterbrach Timothy ihn völlig entgeistert. »Bist du wahnsinnig?«

Er richtete den Blick wieder auf Ben, und in seinen Augen stand kalte Wut. »Ich habe keine Ahnung, wie Sie meinen Bruder dazu gebracht haben, Mr Sterling, aber als Rechtsvertreter der Familie muss ich Sie bitten, eine derartige Einmischung in unsere Privatangelegenheiten unverzüglich zu unterlassen.« Die Drohung in seiner Stimme war nicht zu überhören.

»Timothy!« Ralph klang alarmiert, doch er konnte seinen Bruder nicht aufhalten, der mit großen Schritten hinter den Schreibtisch trat und sich vor Ben aufbaute.

»Und mit unverzüglich meine ich jetzt sofort«, stellte er noch einmal klar, obwohl Ben die Botschaft schon beim ersten Mal verstanden hatte. Er sollte den Platz am Computer räumen, war aber sehr versucht, diese Aufforderung einfach zu ignorieren und zu sehen, wie weit Timothy gehen würde, um ihn dazu zu bringen.

Der hochgewachsene Jurist, der schlanker und sehr viel agiler war als sein älterer Bruder, zeigte seine Feindseligkeit vielleicht nicht ganz so offen wie Lady Eliza. Doch wie seine Mutter hatte auch er von Anfang an keinen Hehl daraus gemacht, dass er Ben als Bedrohung sah und wieder vertreiben wollte. Aber Ablehnung war Ben gewohnt, damit rechnete er. Und wenn Timothy Streit wollte, dann konnte er ihn gerne haben. Langsam erhob er sich, ohne dem Blick des anderen Mannes auszuweichen.

»Ich weiß, es fällt dir schwer, das einzugestehen, *Onkel*«, er betonte das letzte Wort und hob herausfordernd die Augenbrauen, »aber ich bin jetzt ein Teil dieser Familie. Und was mein Vater mit mir bespricht oder mir gestattet, geht nur ihn und mich etwas an.«

Der Ausdruck in Timothys Augen wurde noch eine Spur grimmiger, und er reckte sich ein bisschen, um die Tatsache auszugleichen, dass er nicht ganz an Bens Größe heranreichte.

»Oh doch, es geht mich etwas an«, gab er scharf zurück. »Und es braucht mehr als einen Gentest, um Mitglied dieser Familie zu werden, Mr Sterling. Sie sind hier Gast, mehr nicht. Und jetzt seien Sie bitte so gut und entschuldigen uns – ich möchte mit meinem Bruder reden. Unter vier Augen.«

Bens Misstrauen erwachte sofort wieder. War das hier verabredet, ein abgekartetes Spiel? Hielt ihm der eine Bruder ein Stück Speck hin, nur damit es ihm der andere gleich anschließend wieder wegnehmen konnte?

Er drehte sich zu seinem Vater um, der noch nichts zu Timothys Ausbruch gesagt hatte – und vergaß seinen Ärger für einen Moment, als er sah, dass Ralph erschreckend blass geworden war. Kalter Schweiß stand auf seiner Stirn, und er hielt sich am Schreibtisch fest, so als brauchte er eine Stütze.

»Alles in Ordnung?«, fragte Ben besorgt.

Ralph nickte. »Es geht gleich wieder«, sagte er und verzog den Mund zu etwas, das wohl ein entschuldigendes Lächeln sein sollte.

Ben schob ihm trotzdem den Schreibtischstuhl hin, und er setzte sich, sichtlich dankbar. Die Farbe kehrte nach einem Moment zurück in seine Wangen, aber er wirkte dennoch sehr angespannt und erschöpft – was Timothy zum Anlass für einen neuen Angriff nahm.

»Sie regen ihn auf«, warf er Ben vor und funkelte ihn

vorwurfsvoll an. »Ich denke, es ist besser, wenn Sie jetzt gehen.«

Ben zögerte und sah zu Ralph hinunter, erwartete eigentlich, dass er jetzt endlich etwas sagte. Dass er seinem Bruder widersprach.

Doch im Blick seines Vaters entdeckte er nur Bedauern und eine Hilflosigkeit, die ihn gleichzeitig rührte und abstieß, ihn zwischen Sorge und erneut aufkeimender Wut schwanken ließ. Hatte Ralph keine Kraft, zu seinem Wort zu stehen, weil es ihm schlecht ging? Oder war er generell nicht stark genug, um sich für das einzusetzen, was ihm wichtig war?

Ben wurde bewusst, dass er sich auf gefährlichem Terrain bewegte, denn beide Möglichkeiten gingen ihm unerwartet nah. Plötzlich war er sich nicht mehr sicher, ob er die richtige Entscheidung getroffen hatte.

»Ja, vielleicht ist das wirklich besser«, knurrte er unwillig und ging mit großen Schritten zur Tür, wo er beinahe mit Kirkby zusammenstieß, der wie immer zu spüren schien, wann er gebraucht wurde.

»Ben!«, hörte er seinen Vater rufen, doch er ignorierte es, drängte sich an dem bulligen Butler vorbei. Er wollte nur noch raus aus diesem alten Kasten, lief durch den Flur hinunter ins Erdgeschoss und von dort auf die Terrasse, atmete tief durch.

Das war es, was er brauchte. Luft. Und einen kühlen Kopf. Den kühlen Kopf, der ihm abhandengekommen zu sein schien, seit er in England war. Oder eigentlich, seit Kate Huckley ihn mit diesem Kaminholz niedergeschlagen und ihm für Wochen das Gedächtnis geraubt hatte. Jetzt wusste er zwar wieder alles, aber einige wirklich wichtige Dinge hatte er offenbar trotzdem vergessen. Wie zum Beispiel, dass es nicht gut war, andere Menschen zu nah an sich heranzulassen ...

Sein Handy klingelte in seiner Hemdtasche, und er zog es heraus. Als er sah, dass es Peter war, der ihn erreichen wollte, verdrehte er genervt die Augen. Aber er ging trotzdem dran.

»Und? Hast du das Gespräch mit Daddy schon hinter dir?« Peter sprach ziemlich laut, um die Stimmen zu übertönen, die im Hintergrund zu hören waren. Offenbar saß er – wie fast immer in den letzten Tagen – im Schankraum des »Three Crowns« in Salter's End.

»Ja.« Ben gab sich keine Mühe zu verbergen, dass er eigentlich keine Lust hatte, darüber zu reden. Aber das schreckte Peter nicht ab.

»Na, dann ist es hoffentlich genauso mies gelaufen, wie du klingst, und du hast endlich geblickt, dass du hier nichts verloren hast. Lange halte ich es nämlich wirklich nicht mehr aus in diesem Kaff und auf dieser gottverdammten Insel. Ich werde noch wahnsinnig, wenn ich ...«

»Ja, ich weiß«, stöhnte Ben, weil er diese Tirade wirklich nicht mehr hören konnte.

»Gut«, stellte Peter trocken fest. »Dann tu etwas dagegen und lass uns endlich nach Hause fliegen.«

Er gab einfach nicht auf, und für einen kurzen Moment war Ben tatsächlich versucht nachzugeben. Wenn er zurück in New York war, würde sich bestimmt alles wieder normal anfühlen. So, wie es immer gewesen war. Dann würde das, was hier passiert war, zu einer Erinnerung verblassen, die er irgendwann vergessen konnte ...

Irritiert blieb er stehen, als hinter einer Baumgruppe die Stallgebäude auftauchten. Er hatte gar nicht gemerkt, dass er die ganze Zeit weitergelaufen war. Zielstrebig fast, so als hätten seine Füße sich den Weg allein gesucht.

War Kate immer noch im Stall, so wie Ivy gesagt hatte?

»Ben Sterling, verdammt, jetzt antworte doch!« Petes Stimme klang jetzt wirklich ungehalten. »Was ist mit New York?«

»Ich ruf dich später noch mal an«, entgegnete Ben ausweichend und legte auf. Dann setzte er sich mit neuer Entschlossenheit in Bewegung und ging weiter auf die Ställe zu.

3

Peter Adams starrte wütend auf sein Smartphone. Er hätte es sehr gerne gegen die Wand geworfen oder seinem Frust auf eine andere drastische Weise Luft gemacht. Aber er wollte nicht, dass die Leute ihn noch mehr anstarrten, als sie das ohnehin schon taten.

Es waren nicht mehr so viele wie gerade eben noch, denn eine große Gruppe älterer englischer Frauen, die ziemlich lautstark an zusammengeschobenen Tischen Tee getrunken hatten, war gerade wieder in den bereitstehenden Reisebus gestiegen und weitergefahren. Übrig waren jetzt noch einige Dorfbewohner, die Peter hier schon öfter gesehen hatte. Und er war ziemlich sicher, dass sie sehr genau beobachteten, was er tat. Deshalb steckte er das Telefon wieder ein und ließ sich mit einem tiefen Seufzen zurück auf den Barhocker sinken, von dem er sich während des Gesprächs mit Ben erhoben hatte.

»Schlechte Neuigkeiten?« Tilly Fletcher, die hinter der Theke stand und Gläser und Tassen spülte, sah ihn fragend an.

»Eher gar keine Neuigkeiten«, erwiderte er schlecht gelaunt. »Ich hatte gedacht, dass Ben nach dem Gespräch mit seinem Vater endlich einsieht, dass er hier nichts verloren hat. Aber er ist so verdammt stur!« Er ballte die Hände zu Fäusten und presste die Zähne aufeinander. »Oh, ich könnte ihn manchmal!«

»Noch eine Cola?«, erkundigte sich Tilly und nahm das

leere Glas, das vor Peter gestanden hatte. Er nickte und sah zu, wie sie es nachfüllte. Sie war schnell und sehr routiniert in allem, was sie tat, aber das musste sie auch sein, schließlich schmiss sie den Laden hier meistens ganz allein. Eben gerade noch hatte er heimlich bewundert, wie spielend sie mit den zahlreichen Bestellungen fertig geworden war, die die große Reisegruppe aufgegeben hatte. Obwohl... Er betrachtete sie genauer und sah, dass ihre Wangen erhitzt waren. Außerdem hatten sich einige Strähnen aus ihren sonst streng zurückgesteckten Haaren gelöst und umrahmten ihr Gesicht. Was es nicht unbedingt hässlicher machte...

»Ihr Freund hatte also ein Gespräch mit Ralph Camden?«, hakte sie nach, als sie das Cola-Glas vor ihm abstellte, und eine Sekunde lang ärgerte Peter sich, dass er es überhaupt erwähnt hatte.

Es war eigentlich nicht seine Art, mit Fremden über persönliche Dinge zu diskutieren. Aber Tilly gehörte zu den ganz wenigen hier, mit denen er – abgesehen von Ben – überhaupt Lust hatte zu reden. Und sie kannte die ganze Geschichte ohnehin, weil sie gut mit dieser Tierärztin befreundet war, an der Ben so einen Narren gefressen hatte. Deshalb nickte er.

»Und wie lief es?«, wollte sie wissen.

»Keine Ahnung, hat er nicht gesagt. Aber ich glaube, nicht so gut.« Peter trank einen Schluck von der Cola. »Das hoffe ich jedenfalls. Er will mich später noch mal anrufen, und dann rede ich noch mal mit ihm. Vielleicht kommt er endlich zur Vernunft, und wir können abreisen.«

Tilly schien ihm da nicht zuzustimmen, denn ihre Stirn bewölkte sich, während sie mit einem Lappen über die Theke wischte.

»Wieso lassen Sie Ihren Freund nicht einfach in Ruhe?

Haben Sie nicht gesagt, dass er vierunddreißig ist? Dann braucht er ganz sicher keinen Babysitter mehr, sondern ist sehr gut in der Lage, selbst zu entscheiden, wo es ihm gefällt.«

Ihre blauen Augen funkelten ihn herausfordernd an, wie immer, wenn sie etwas ärgerte, das er gesagt hatte, und Peter spürte Wut in sich aufsteigen. Eigentlich stritt er sich gerne mit ihr – es war das Salz in der Suppe seines unfreiwilligen Aufenthaltes in diesem furchtbaren Kaff, in dem er sich sonst schon längst zu Tode gelangweilt hätte. Doch bei diesem Thema war er empfindlich.

»Es gefällt Ben hier aber nicht.«

»Ihm nicht oder Ihnen nicht?« Die resolute Engländerin hob die Augenbrauen, und ihr Gesichtsausdruck wurde spöttisch. »Wissen Sie, wenn ich es nicht besser wüsste, dann könnte ich fast den Eindruck bekommen, Sie halten sich für seinen siamesischen Zwilling. Aber Sie sind nicht an ihm festgewachsen. Wenn Sie unbedingt zurück in Ihr geliebtes New York wollen, dann fliegen Sie doch einfach ohne ihn.«

»Das geht nicht.«

»Ach, und warum nicht?«

»Weil ... er mich braucht.« Peter fühlte sich auf unangenehme Weise ertappt. Eigentlich war es nämlich genau umgekehrt. Er brauchte Ben, denn die Software-Firma, die sie zusammen gegründet hatten und die Peters ganzer Lebensinhalt war, funktionierte nur deshalb so gut, weil Ben sich um alle Außenkontakte kümmerte und die Verhandlungen mit ihren Geschäftspartnern führte. Dafür musste man charmant sein und Charisma besitzen, so wie Ben. Er hatte kein Problem mit Menschen, aber Peter schon. Leute lagen ihm einfach nicht, er arbeitete lieber mit Computern – und er hatte überhaupt keine Lust, etwas daran zu ändern. Es sollte endlich alles wieder so sein wie vorher, und deshalb durfte er seinen Kumpel auf gar keinen Fall allein lassen. Jemand musste ihn schließlich daran erinnern, dass er nicht hierhergehörte. Sonst überredeten ihn diese Baronets von wo der verdammte Pfeffer wächst am Ende noch, für immer zu bleiben – ein Albtraum für Peter.

Und das Ärgerliche war, dass Tilly Fletcher das zu wissen schien, denn sie lächelte nur süffisant. Was eine neue Welle der Wut in ihm auslöste. Herrgott, diese Frau machte ihn...

Er stutzte und glaubte für einen Moment, seinen Zorn im wahrsten Sinne des Wortes rauchen zu sehen. Doch dann erkannte er, dass es tatsächlich dünne Schwaden waren, die da aus der Tür hinter Tilly zogen. Eine Sekunde später nahm er einen verbrannten Geruch war.

»Ähm, ich glaube da...« *brennt was an*, wollte er sagen, doch sie hatte den Geruch auch bemerkt und fuhr herum.

»Oh Gott, der Kuchen!«, rief sie und riss die Tür auf. Noch mehr Qualm drang in den Schankraum, deshalb zog Tilly sie hinter sich wieder bis auf einen Spalt zu. Einen Augenblick später hörte man sie laut und sehr undamenhaft fluchen, was einige Gäste lachen ließ.

»Na, Tilly, da scheint ja wohl mächtig was schiefgegangen zu sein«, rief ein Mann, der am anderen Ende der Theke saß, und grinste seine beiden Freunde an. »Besser, ich öffne mal ein Fenster, was?«

Er tat, was er angekündigt hatte, auch wenn keine Reaktion aus der Küche kam, dann setzten die drei Männer ihre Unterhaltung fort, ebenso wie die anderen Gäste.

Peter wartete noch einen Moment, doch als Tilly nicht zurückkehrte, stand er auf und ging um die Theke herum zur Küchentür, die immer noch einen Spalt weit offen stand. Zögernd zog er sie auf und betrat den Raum dahinter.

»Hallo?«

Durch die Schwaden, die langsam durch das weit geöffnete Fenster abzogen, entdeckte er Tilly. Sie stand mit hochgezogenen Schultern neben dem Ofen und starrte auf das Backblech, das sie gerade herausgenommen hatte. Als sie sich zu ihm umdrehte, lag ein fassungsloser Ausdruck auf ihrem Gesicht.

»Das ist mir noch nie passiert«, sagte sie und zeigte auf das merkwürdige Gebilde auf dem Backblech.

Peter war auch, nachdem er näher herangetreten war, nicht ganz sicher, was es sein sollte. Hatte sie nicht von einem Kuchen gesprochen? Das, was er sah, glich eher einem kunstvoll geknüpften Gitter aus ... ja, aus was? Teig war das nicht, es sah eher aus wie Styropor. Zumindest an den Stellen, die Tilly mit dem Messer aufgeschnitten hatte. Die äußere Hülle dagegen war schwarz, und wirklich essbar wirkte das Ganze auch nicht. Was sie richtig zu bestürzen schien.

»Wenn wenigstens Jazz gekommen wäre! Es ist einfach kein Verlass auf sie«, schimpfte sie, und Peter ahnte, dass sie dieses Mädchen mit den lila Haaren meinte, das ihr manchmal aushalf. »Aber eigentlich bin ich selbst schuld. Ich hätte es zu Hause ausprobieren müssen und nicht hier. Das war sowieso keine gute Idee. Geschieht mir also ganz recht.« Sie sagte es mit einem Kopfschütteln und sah so unglücklich aus, dass Peter plötzlich das Bedürfnis hatte, sie aufzumuntern.

»Ach, das kann doch mal vorkommen bei dem ganzen Stress. Schließlich mussten Sie sich gerade um diese riesige Reisegruppe kümmern. An allen Fronten gleichzeitig kämpft es sich eben schlecht.«

Überrascht hob Tilly den Kopf, schien ihn erst jetzt wirklich wahrzunehmen.

»Ja, das stimmt wohl«, sagte sie und lächelte, zumindest ein bisschen.

Peter blickte sich in der Küche um, die er zum ersten Mal von innen sah. Sie war nicht groß, aber sehr sauber und aufgeräumt, fast einladend. Alles hatte seinen Platz, die Töpfe und Pfannen, die zahlreichen Gewürze im Regal und die frischen Kräuter, die in Töpfen auf der Fensterbank wuchsen, schienen alle nur auf die Zubereitung eines neuen, leckeren Gerichts zu warten.

Das musste man Tilly Fletcher nämlich lassen: Am Herd wusste sie, was sie tat, selbst wenn dieses Backexperiment gerade ausnahmsweise mal schiefgegangen war. Peter fand dieses Dorf und die ganze Situation ziemlich unerträglich, aber so gut gegessen wie hier hatte er selten. Allein bei dem Gedanken an das Essen von gestern Abend lief ihm immer noch das Wasser im Mund zusammen.

»Kann ich nachher noch eine Portion Stew haben?«

Tilly sah kurz von ihrem Backblech auf und schüttelte den Kopf.

»Das steht heute nicht auf der Karte«, meinte sie abwesend, offensichtlich noch mit ihrem missglückten Kuchen beschäftigt.

Enttäuscht stieß Peter die Luft aus. »Und Sie könnten sich nicht durchringen, mir vielleicht trotzdem was davon zu kochen? Vielleicht...«, er überlegte kurz, »...wenn Sie dafür mein Zimmer putzen dürfen?«

Jetzt hatte er ihre Aufmerksamkeit, denn sie starrte ihn entgeistert an, vermutlich weil sie sein Angebot nicht fassen konnte. Bisher hatte er sich nämlich strikt geweigert, sie in sein Reich zu lassen, um dort sauber zu machen – ein ständiger Streitpunkt zwischen ihnen. Nur einmal, vor drei Tagen, war er zähneknirschend einen ähnlichen Deal eingegangen und hatte sie ihre Putzwut austoben lassen, weil sie ihn dafür in ihrem Wagen nach Daringham Hall gefahren hatte. Und im

Nachhinein war es, wie Peter sich eingestehen musste, gar nicht so schlimm gewesen, mal wieder in einem sauberen Zimmer in frischer Bettwäsche zu schlafen. Deshalb konnte er ihr das wieder anbieten, fand er. Ihr Stew war so einen Handel auf jeden Fall wert.

»Also?«, fragte er, als sie immer noch nicht antwortete. »Abgemacht?«

Sie schüttelte den Kopf, aber nicht ablehnend, sondern nach wie vor ungläubig. Ein Lächeln breitete sich auf ihrem Gesicht aus.

»Mein Stew schmeckt Ihnen so gut, dass Sie mich dafür noch mal in Ihr Allerheiligstes lassen würden?«

Er nickte, froh darüber, dass sie wieder strahlte.

»Also gut. Einverstanden.« Offenbar versöhnt mit ihrem Fehlversuch griff sie nach dem Blech und trug es hinüber zur Spüle, wo sie die Reste des nicht zu identifizierenden Gebildes im Mülleimer entsorgte.

»Was sollte das eigentlich werden?«, fragte er, einfach aus Interesse und weil er noch gar keine Lust hatte, wieder zurück in den Schankraum zu gehen.

»Ein Baiser-Topping für meine Torte – der krönende Abschluss sozusagen.« Sie seufzte tief. »Ich habe das Rezept im Internet gefunden und wollte es schon mal ausprobieren, weil es ein bisschen kompliziert ist. Aber nur so habe ich dieses Jahr eine Chance gegen die perfekte Brenda Johnson. Ich will sie diesmal endlich schlagen, auch wenn das sicher nicht ganz einfach wird.«

Peter runzelte die Stirn. »Schlagen?«

»Ja, beim Backwettbewerb«, erzählte sie, sichtlich begeistert. »Er findet jedes Jahr auf dem Gemeindefest statt, und ich bin schon fünf Mal Zweite geworden. Manchmal glaube ich, dass Brenda schon deshalb mehr Punkte bekommt als ich, weil sie die Frau des Küsters ist. Aber diesmal kommen die Preisrichter an meiner Torte nicht vorbei, die wird nämlich wirklich etwas ganz Besonderes.«

»Backwettbewerb«, wiederholte Peter ein bisschen fassungslos und ließ den Blick über Tilly Fletcher gleiten. Sie war ein paar Jahre älter als er, das hatte er in einem Gespräch mitbekommen, doch das sah man ihr nicht unbedingt an. Wenn man sich ihre etwas biederen Sachen wegdachte, dann war sie sogar sehr attraktiv. Er mochte die Grübchen auf ihren Wangen und dass sie an den richtigen Stellen gerundet war. Aber wenn sie solche Dinge sagte wie gerade eben, dann kam er nicht umhin festzustellen, dass ihre Leben Lichtjahre voneinander entfernt waren. »Ist Ihnen das alles hier eigentlich nie langweilig?«

Er verstand wirklich nicht, wie sie es in Salter's End aushielt. Sie hätte genauso gut in einem angesagten Restaurant in New York arbeiten können, die Chefs dort hätten eine Frau mit ihren Fähigkeiten und Talenten sicher mit Kusshand genommen. Wahrscheinlich würde sie dort längst eins leiten. Oder sie hätte ihr Stew als Gourmet-Fertiggericht abfüllen und schon Millionen damit verdienen können. Stattdessen versauerte sie hier in diesem öden Kaff, in dem jeder sich beim Namen kannte und der Höhepunkt des Jahres aus einem lächerlichen Tortenwettbacken zu bestehen schien.

»Mir ist nicht langweilig!« Tilly funkelte ihn zornig an. »Ich lebe gern hier, und ich weiß auch nicht, was an Backwettbewerben so schlimm ist.«

Peter zuckte mit den Schultern und wich ihrem Blick aus, der sich in seinen zu bohren schien. Vorwurfsvoll. Verletzt...

»Nichts ist schlimm daran«, versicherte er ihr hastig. »Ich...dachte ja nur.« Plötzlich wollte er dringend zurück zu seinen Computern, mit denen er sich sehr viel besser auskannte als mit aufgebrachten Frauen. »Sagen Sie mir Bescheid, wenn das Essen fertig ist?«

Es war eigentlich keine Frage, deshalb wartete er ihre Antwort nicht ab, sondern ging zurück zur Tür. Er nickte ihr noch mal zu und wünschte sich kurz, er hätte nichts gesagt. Dann lief er über die Treppe nach oben in sein Zimmer.

※ ※ ※

Tilly starrte ihm nach und kämpfte gegen die hilflose Wut, die seine Bemerkung in ihr ausgelöst hatte. Wie schaffte dieser Kerl es nur, mit einer einzigen Frage ihr ganzes Leben in Frage zu stellen? Dabei hatte sie gerade noch gedacht, dass er manchmal wirklich nett sein konnte. Jedenfalls war es ihr so vorgekommen, als er sie wegen des verbrannten Baisers getröstet hatte. Und nur eine halbe Minute später gab er ihr wieder das Gefühl, eine langweilige Dorfpomeranze zu sein.

Tilly blickte zum Fenster, in dem sich ihr Bild spiegelte, und seufzte tief. Aber vielleicht war sie das ja auch.

Für einen Moment versuchte sie, sich durch seine Augen zu sehen. Ein paar Wochen noch, dann wurde sie fünfzig, und auch wenn sich ihre Figur durchaus vorzeigen ließ, war sie natürlich kein junges Mädchen mehr. Der Lack war ab, und mit ihm waren auch die Träume von damals verschwunden.

Wenn sie sich mit zwanzig ausgemalt hatte, wie ihr Leben verlaufen würde, dann war darin nicht vorgekommen, dass sie allein leben und einen Pub führen würde. Aber auch nichts Hochtrabendes. Sie wollte nie Schauspielerin werden oder so was Verrücktes, ihr hätte eine Familie gereicht. Kinder, die sie so hätte lieben können wie die vier Camden-Sprösslinge, die sie als Kindermädchen jahrelang betreut hatte. Doch der passende Mann war leider nie vorbeigekommen, die Jahre waren vergangen, und sie hatte sich damit abgefunden, dass es eben nicht sein sollte. Sie war zufrieden gewesen. Bis dieser Peter Adams aufgetaucht war und sie zwang, in den Spiegel zu sehen.

Ist Ihnen das alles hier eigentlich nie langweilig?

Sie starrte noch einmal auf das Blech, auf dem das missratene Baiser gelegen hatte, und Tränen schossen ihr in die Augen. Die Tatsache, dass sie sich seit Wochen auf diesen völlig unwichtigen Backwettbewerb freute, kam ihr plötzlich armselig vor. Kein Wunder, dass ein Mann wie Peter Adams für sie nur ein müdes Lächeln übrig hatte...

Hastig wischte sie sich über die Augen und ärgerte sich über sich selbst. Wieso ließ sie sich von diesem griesgrämigen Computerfreak nur so aus dem Konzept bringen? Er war ein Gast und würde bald wieder abreisen. Und sie hatte wahrlich genug zu tun und konnte es sich nicht leisten, den ganzen Tag in der Küche herumzustehen und in Selbstmitleid zu zerfließen. Deshalb atmete sie einmal tief durch und ging zurück in den Schankraum.

Einen Augenblick später wünschte sie jedoch, sie hätte sich damit noch ein bisschen Zeit gelassen, denn ausgerechnet Nancy Adler war gerade hereingekommen und hielt auf sie zu.

»Hallo Tilly«, sagte sie fröhlich, so als wären sie alte Freundinnen, und schob ein »Wie geht es dir?« hinterher, auch wenn Tilly ziemlich sicher war, dass sie das überhaupt nicht interessierte. Nancy ging es immer nur um eins: den neuesten Dorfklatsch. Sie liebte es, über andere Leute herzuziehen und ihre Nase in Angelegenheiten zu stecken, die sie nichts angingen. Und wenn sie so strahlte wie jetzt, dann konnte das nur bedeuten, dass es wieder etwas gab, das sie brühwarm weitererzählen musste.

»Möchtest du was trinken?«, erkundigte sich Tilly, ohne ihre Frage zu beantworten. Wie erwartet fiel das Nancy nicht mal auf.

»Nein, danke, ich hab's eilig.« Sie stellte ihre vollen Einkaufstaschen ab und sah sich um, so als wollte sie sichergehen, dass sie nicht belauscht wurden. Dann lehnte sie sich über die Theke. »Hast du es schon gehört?«

»Was gehört?« Ein ungutes Gefühl breitete sich in Tilly aus, weil sie schon ahnte, dass es wieder um die Camdens gehen würde. Es schien im Dorf kein anderes Thema mehr zu geben, und bei jedem neuen Gerücht litt sie mit der Familie, für die sie so viele Jahre gearbeitet hatte.

Nancys blassblaue Augen leuchteten, und sie wirkte hochzufrieden darüber, diejenige sein zu können, die Tilly die Neuigkeiten mitteilte.

»Olivia Camden trifft sich mit Lewis Barton, stell dir vor! Harriet Beecham hat sie gestern zusammen in King's Lynn gesehen. Sie sind zusammen in ein Café gegangen, und Harriet sagt, er hat sogar den Arm um ihre Schultern gelegt. Sie ist ganz sicher, dass die beiden was miteinander haben.« Sie strahlte triumphierend, während Tilly spürte, wie ihr Herz noch ein bisschen schwerer wurde.

»Wirklich?« Das war keine gute Nachricht – wenn sie denn stimmte. Vorstellen konnte sie sich das eigentlich nicht. Warum sollte Ralph Camdens Frau ausgerechnet mit dem Intimfeind der Familie ein Verhältnis angefangen haben, und auch noch gerade jetzt, wo sie nach dem Skandal um ihren Sohn David so im Fokus stand? Sie hatte doch wirklich genug Probleme im Moment. Lewis Barton hingegen traute Tilly ohne weiteres ein Interesse an Olivia zu – der Hausherr von

Shaw Abbey, der im Dauerclinch mit seinen Nachbarn auf Daringham Hall lag, suchte immer nach Möglichkeiten, Unfrieden zu stiften. Und wenn er sich irgendwie in Ralph Camdens Ehe einmischen konnte, dann würde er das vermutlich tun. Aber vielleicht war das auch alles ganz harmlos, und Nancy bauschte es nur künstlich auf. Das tat sie schließlich oft. »Bestimmt haben die beiden sich dort nur zufällig getroffen.«

»Nie im Leben!« Nancy schüttelte vehement den Kopf. »Und selbst wenn, warum hätte dieser Barton dann den Arm um sie legen sollen? Er hasst die Camdens, das weiß doch jeder!« Ein verächtlicher Ausdruck trat auf ihr Gesicht. »Dass Olivia sich das traut, nach allem, was sie angerichtet hat! Als hätte es der arme Ralph Camden nicht schon schwer genug. Die Leute sagen, dass er im Moment richtig elend aussieht. Aber das ist ja auch kein Wunder, nach allem, was er in letzter Zeit zu verkraften hatte. Und an ihren Sohn scheint dieses Weibsstück auch keinen Gedanken zu verschwenden. Dabei muss David doch schon damit fertigwerden, dass er in Wirklichkeit gar kein Camden ist, der arme Junge.«

Sie sagte das in einem betroffenen Tonfall, doch Tilly sah an dem Funkeln in ihren Augen, dass David ihr nicht wirklich leidtat. Und Ralph auch nicht. Sie weidete sich einfach an dem Skandal, freute sich, dass im verschlafenen Salter's End gerade etwas passierte, über das sie sonst nur in der Klatschpresse las. Dass diese Menschen wirklich litten, interessierte sie nicht, und das machte Tilly auf einmal furchtbar wütend.

»Und ihr macht es noch schlimmer mit eurem Geschwätz über eine Affäre, die es sehr wahrscheinlich gar nicht gibt«, brach es aus ihr heraus. »Macht ihr euch denn nie Gedanken, was *ihr* damit anrichtet? Du hast es doch selbst gesagt – die

Situation ist schwer für die Camdens, und das Letzte, was sie jetzt gebrauchen können, sind noch mehr Gerüchte.«

Nancy wich ein Stück zurück, und ihr Mund wurde zu einer schmalen, verkniffenen Linie. »Ich habe mir das nicht ausgedacht. Harriet weiß schließlich, was sie gesehen hat.« Sie schnaubte und stemmte die Hände in die Hüften. »Wir machen uns hier alle Gedanken über die Camdens, Tilly. Du brauchst nicht zu glauben, dass du ihnen näherstehst, nur weil du mal ein paar Jahre lang ihr Kindermädchen warst.« Damit griff sie nach ihren Einkaufstaschen und rauschte aus dem Schankraum.

»Verdammt!« Tilly warf den Lappen mit Wucht in die Spüle und sah Nancy nach. Diese alte Giftspritze würde sich garantiert nicht zu Herzen nehmen, was sie gesagt hatte, im Gegenteil. Wahrscheinlich hatte sie es mit ihrem Ausbruch sogar schlimmer gemacht, und diese Geschichte verbreitete sich jetzt erst recht wie ein Lauffeuer. Dann war es nur noch eine Frage der Zeit, bis sie auch Daringham Hall erreichte und dort vielleicht noch mehr durcheinanderbrachte.

Tilly seufzte tief, und ihre Gedanken wanderten, wie so oft in den letzten Tagen, zu David Camden.

Eigentlich hatte sie gehofft, dass er sich bei ihr melden würde. Das tat er sonst oft, wenn er was auf dem Herzen hatte, weil sie als sein altes Kindermädchen immer noch eine Vertraute war – etwas, das ihr viel bedeutete. Doch er war nicht gekommen, was eigentlich nur bedeuten konnte, dass ihm diese Sache so tief unter die Haut ging, dass er nicht darüber sprechen konnte.

Sie verstand das nur zu gut. Natürlich war die neue Situation für alle nicht einfach, aber wie musste es für einen jungen Mann von einundzwanzig sein, wenn man ihm alles wegnahm, was bisher für ihn gegolten hatte? David lebte für

Daringham Hall, er war aufgewachsen mit dem Ziel, es eines Tages von seinem Vater zu übernehmen und irgendwann der nächste Baronet zu werden. Zu erfahren, dass sein Vater in Wirklichkeit gar nicht sein Vater war und Ben stattdessen seinen Platz in der Erbfolge einnehmen würde, musste ihm den Boden unter den Füßen wegziehen. Ralph stand zwar demonstrativ zu David und hatte ihm versichert, dass sich an ihrem Verhältnis nichts ändern würde, aber Tilly war nicht sicher, ob das reichte, um den Jungen aufzufangen. Er brauchte jetzt vor allem Zeit, und je mehr hässliche Gerüchte aufkamen, desto schwerer würde es für ihn werden, sich in seine neue Rolle einzufinden.

Mit einem Seufzen griff Tilly nach einem Tablett, um die Gläser von den Tischen einzusammeln und zu spülen. Sie hoffte sehr darauf, dass diese Sache gut ausging für die Camdens. Aber das beklommene Gefühl, dass die Familie auf einem Pulverfass saß, dessen Lunte schon entzündet war, konnte sie trotzdem nicht abschütteln.

4

»David?« Annas Ruf hallte durch den langen, leeren Flur, und sie lauschte angespannt. Eigentlich rechnete sie nicht damit, dass er hier war, schließlich wurde dieser Trakt des Hauses kaum genutzt, und außer Staub und mit Laken abgedeckten Möbeln gab es in den Zimmern nicht viel. Aber sie wusste einfach nicht mehr, wo sie sonst noch suchen sollte, deshalb zögerte sie einen Moment, rief noch einmal ein bisschen lauter nach ihm.

»Ich bin hier.« Die Antwort klang leise, aber sie erkannte erleichtert Davids Stimme. Offenbar war er in einem der Räume am Ende des Ganges. Eilig lief sie hin und entdeckte ihn tatsächlich in dem, dessen Tür am weitesten geöffnet war.

Er lächelte kurz, als sie eintrat, und ihr Herz schlug ein bisschen schneller.

»Was machst du denn hier?« Neugierig stellte sie sich neben ihn und richtete den Blick auf das Bild, das er so eingehend studierte. Doch dann wurde ihr klar, um wessen Porträt es sich handeln musste, und sie sog erschrocken die Luft ein.

»Die Ähnlichkeit ist verblüffend, oder?«, meinte David, der ihr Erschrecken missdeutete, und seine Stimme klang so bitter, dass es Anna einen schmerzhaften Stich versetzte.

Sie hatte von diesem Gemälde schon gehört, es bis jetzt aber noch nicht gesehen. Es zeigte einen ihrer Vorfahren und war eigentlich nicht auffälliger als die anderen Porträts, von denen es auf Daringham Hall noch Dutzende gab. Im Moment sprachen jedoch alle davon, weil das Gesicht dieses Edward Camden, der laut der Messingtafel auf dem Rahmen Mitte des 19. Jahrhunderts gelebt hatte, auf frappierende Weise dem von Benedict Sterling glich. Zwar lag auch schon das Ergebnis eines Gentests vor, aber dieses Gemälde bewies noch eindrucksvoller, dass er tatsächlich ein Camden war.

Im Gegensatz zu David, der mit seinen schwarzen Haaren und den grünen Augen ganz anders aussah als die meist blonden, blauäugigen Camden-Männer. Die ganzen Jahre über hatte sich niemand darüber gewundert, aber nun sprang es einem ins Auge, machte auf schmerzhafte Weise offensichtlich, dass David nicht Ralphs leiblicher Sohn war. Und auch nicht Annas Cousin. Er war überhaupt nicht mit ihnen verwandt, sondern das Ergebnis einer Liebesnacht, die seine Mutter kurz vor ihrer Heirat mit Ralph mit einem anderen Mann verbracht hatte – einem Mann, den sie abends auf einer Party getroffen hatte und an dessen Namen sie sich nicht mal mehr erinnerte. Was es für David nur noch schlimmer machte.

Anna war bei dem Gespräch zwischen ihm und Olivia dabei gewesen, und sie konnte sich noch genau an den verzweifelten Ausdruck in seinen Augen erinnern, diesen Schmerz, den sie in seinem Blick gesehen hatte. Seitdem verschloss er sich immer mehr, zog sich sogar von ihr zurück, obwohl sie immer ein besonders enges Verhältnis zueinander gehabt hatten.

»Und wenn schon«, sagte sie und tippte ihm lächelnd auf die Brust. »Letztlich kommt es nur darauf an, was hier drin ist. Und da kann Ben Sterling nicht mit dir mithalten.«

David erwiderte ihr Lächeln, doch Anna konnte sehen, dass es seine Augen nicht erreichte. Es tröstet ihn nicht, dachte sie unglücklich, und ihr Herz zog sich zusammen.

»Du gehörst hierher, David. Viel mehr als er«, versicherte sie ihm, weil sie sich so sehr wünschte, dass er wieder so strahlte wie früher. Er war immer ihr Fels in der Brandung gewesen, ihr bester Freund und ihr Beschützer. Der Gedanke, ihn zu verlieren, war unerträglich, und sie spürte, wie Tränen in ihre Augen stiegen.

Als David das sah, wich der harte Ausdruck, der in seinen Augen gestanden hatte, und er zog sie an sich. Er roch vertraut, und Anna schmiegte sich fest an ihn. Sie hätte ewig so stehen können, brauchte seine Nähe plötzlich, doch er küsste nur noch einmal kurz ihr Haar und ließ sie dann wieder los, schob sie energisch ein Stück von sich.

»Es ist, wie es ist, Anna«, sagte er, und es klang resigniert. Bedrückt. »Ich komme schon damit zurecht.«

Sie glaubte ihm zwar kein Wort, doch offenbar wollte er jetzt nicht darüber reden, deshalb ließ sie das Thema auf sich beruhen. Eins war jedoch klar: Es tat ihm nicht gut, hier herumzustehen und dieses Bild anzustarren. Außerdem hätte er sowieso längst woanders sein sollen.

»Und wie steht es mit einer wütenden Grandma? Kommst du damit auch zurecht? Denn wenn nicht, dann beeilen wir uns jetzt besser«, sagte sie und griff nach seiner Hand.

David ließ sich von ihr zur Tür und in den Flur ziehen, aber man merkte ihm an, dass er keine Ahnung hatte, wovon sie sprach. Deshalb tippte sie auf ihre Armbanduhr.

»Es ist schon zwanzig nach vier. Sie flippt aus, wenn wir nicht bald aufkreuzen.«

Der fragende Ausdruck auf Davids Gesicht wich, weil ihm plötzlich wieder einzufallen schien, dass ihre Großmutter sie wie immer um vier Uhr zum Tee erwartete.

Lady Eliza pflegte dieses Ritual, seit Anna denken konnte, und sie schätzte es, wenn möglichste viele Familienmitglieder dabei anwesend waren. Eigentlich erwartete sie es sogar, und da niemand auf Daringham Hall gerne den Zorn der alten Dame auf sich zog, war sie zur Teestunde so gut wie nie allein.

Anna und ihre beiden Schwestern waren genau wie David schon von klein auf mit dieser Pflicht aufgewachsen und hatten es so verinnerlicht, dass sie, wenn sie zu Hause waren, mehr oder weniger automatisch daran dachten. Gestern jedoch war David nicht gekommen, obwohl Anna sicher war, dass er Zeit gehabt hätte. Und auch jetzt blieb er stehen und zwang so Anna, die immer noch seine Hand hielt, es ebenfalls zu tun.

»Geh ohne mich hin, ja?«

Anna schüttelte den Kopf. »Das geht nicht. Grandma will dich unbedingt sehen. Sie hat mich extra losgeschickt, um dich zu holen.«

Er zuckte mit den Schultern. »Sag ihr doch einfach, dass du mich nicht gefunden hast.« Sein Blick war flehend, doch Anna befürchtete, dass er nur wieder grübeln würde, wenn sie ihn allein ließ. Ein bisschen Gesellschaft konnte ihm nicht schaden, deshalb zog sie ihn weiter.

»Ich hab dich aber gefunden. Und ich kann nicht gut lügen, das weißt du doch. Grandma wird es sofort merken.«

»Anna...«

»Ben kommt nicht, David«, versicherte sie ihm, weil sie plötzlich das Gefühl hatte, dass er das vielleicht befürchtete. Und das schien tatsächlich der Grund für seinen neu entwickelten Widerwillen gegen Lady Elizas Nachmittagsritual zu sein, denn er blieb stehen.

»Bist du sicher?«

Sie nickte. »Ich habe ihn vorhin durch den Garten in Richtung Stall gehen sehen. Und so, wie Grandma ihn immer angiftet, glaube ich auch nicht, dass er Lust auf einen Plausch mit ihr hat.«

Das Argument schien David zu überzeugen, denn er sah nicht mehr ganz so ablehnend aus.

»Allerdings wird Grandma *mich* angiften, wenn ich ohne dich zurückkomme«, fügte Anna hinzu. »Und das willst du mir doch nicht wirklich antun, oder?«

Davids Mundwinkel zuckten, und dann lächelte er endlich wieder sein strahlendes Lächeln, das Anna während der vergangenen Tage so vermisst hatte, dass es ihr jetzt ganz weiche Knie machte.

»Nein, natürlich nicht«, sagte er und schloss zu ihr auf, drückte noch einmal ihre Hand und hielt sie weiter fest, während sie sich auf den Weg zum Blauen Salon machten.

5

Der Schimmelwallach schnaubte, und seine Flanken zuckten, als Kate noch einmal vorsichtig über die Fessel an seinem linken Hinterlauf strich. Doch er ließ es geschehen. Und er belastete das Bein wieder, was Kate sehr erleichterte.

»Ich glaube, es wird besser«, sagte sie halblaut und richtete sich auf. Der Stallbursche, der ganz am Ende der Stallgasse eine der Boxen ausmistete, war zu weit weg, um ihre Diagnose zu hören. Aber zumindest Chester spitzte die Ohren und blickte sie aus seinen großen, seelenvollen Augen an.

»Stimmt es?«, fragte sie lächelnd und klopfte ihm liebevoll auf den Hals. »Es tut nicht mehr ganz so weh, oder, mein Hübscher? Noch ein oder zwei Tage, dann bist du wieder auf dem Damm und kannst zurück auf die Weide.«

Der Schimmel legte seine Schnauze in Kates Hand, atmete warm hinein, und Kate lehnte für einen Moment den Kopf gegen seinen Hals, übermannt von einer Welle der Erschöpfung.

Sie schlief einfach zu wenig in der letzten Zeit. Und sie arbeitete eindeutig zu viel. Aber zumindest für heute hatte sie es fast geschafft, denn Chester war – wenn jetzt kein Notfall mehr reinkam – ihr letzter Patient. Eigentlich hätte sie zwar bis sechs Uhr noch Sprechstunde gehabt, aber sie hatte beschlossen, die Praxis nicht mehr aufzumachen, sondern sich zu Hause aufs Sofa zu legen. Das Wochenende war hart gewesen, und sie brauchte einfach ein bisschen Ruhe. Wenn sie es denn schaffte, sie zu finden ...

»Ist das nicht Davids Pferd?«, fragte jemand hinter ihr, und Kate riss die Augen wieder auf, weil sie die Stimme erkannte. Mit wild klopfendem Herzen fuhr sie herum.

»Ben!«

Er lehnte nur ein paar Schritte entfernt an der Tür einer leeren Box und sah sie an, was ihr das Atmen sofort um hundert Prozent erschwerte. Wie in Trance saugte sie jedes Detail an ihm in sich auf: sein dunkelblondes Haar, seine grauen Augen, das kantige Gesicht, die breiten Schultern...

Gott, sie hatte ihn so vermisst. Aber das durfte sie ihm nicht zeigen, deshalb richtete sie sich ein bisschen gerader auf und hakte die Finger in Chesters Halfter, hielt sich daran fest.

»Du hast mich erschreckt«, sagte sie vorwurfsvoll, konnte aber nur denken, dass er gut aussah in dem hellblauen Hemd und der beigefarbenen Hose. Wobei es eigentlich egal war, was er trug. Sie hatte ihn auch schon in Sachen gesehen, die ihm weder richtig gepasst noch gestanden hatten, und das hatte ihn nicht weniger attraktiv gemacht.

»Das tut mir leid«, sagte er, und ein leichtes Lächeln spielte um seine Lippen, das ihren Magen sofort auf Talfahrt schickte. Er deutete auf Chester. »Was ist denn mit ihm?« Er löste sich von der Box, kam auf sie zu. »Ist er verletzt?«

Kate nickte und schluckte gegen den Kloß an, der sich in ihrem Hals gebildet hatte. »Chester lahmt hinten links. Er muss sich den Fuß vertreten haben an dem Abend, als er zusammen mit Bonnie durchgegangen ist.«

Es war auch der Abend gewesen, an dem Ben sich entschlossen hatte, auf Daringham Hall zu bleiben. Und an dem sie sich zuletzt geküsst hatten. War das wirklich erst drei Tage her?

»Wahrscheinlich eine Zerrung«, erklärte sie. »David macht sich große Sorgen deswegen. Aber ...«

Ben stand jetzt so dicht vor ihr, dass sie den vertrauten Duft seines Aftershaves wahrnahm. Er benutzte immer noch das, was sie ihm besorgt hatte, als er bei ihr eingezogen war, und es weckte Erinnerungen, die gar nicht gut für ihre Konzentration waren. Sie räusperte sich.

»Aber ich glaube, es wird schon besser«, beendete sie ihren Satz und schaffte es endlich, ihren Blick von seinem zu lösen. Hastig trat sie einen Schritt zur Seite und bückte sich nach ihrer Arzttasche, holte die Salbe heraus, die Chester brauchte. Sie traute sich selbst nicht, wenn es um Ben Sterling ging, deshalb kniete sie sich hin und beschäftigte sich damit, die verletzte Fessel des Schimmels großzügig mit der Salbe einzureiben.

»Bist du allein?«, fragte Ben hinter ihr, und es klang verwundert. »Ich dachte, Ivy wäre bei dir.«

»Das war sie vorhin auch. Sie wollte, dass ich sie nach King's Lynn begleite. Aber ich musste mich erst noch um Chester kümmern«, erklärte Kate und sah sich um. Der Stallbursche, den sie vorhin noch gesehen hatte, war verschwunden. Was wohl bedeutete, dass außer Ben und ihr gerade tatsächlich niemand mehr im Stall war.

Beklommen richtete sie sich wieder auf und warf die Salbe zurück in ihre Arzttasche. Dann wandte sie sich zu Ben um, der immer noch neben Chester stand.

»Sie holt diesen Franzosen vom Bahnhof ab, den Ralph engagiert hat«, fuhr sie fort, um ihre Nervosität zu überspielen. »Er kommt von einem Weingut in der Dordogne und bleibt ein paar Wochen, um die Weinlese zu überwachen und die Camdens fachlich zu beraten.«

»Ja, ich weiß. Ivy hat mir davon erzählt.« Ben hob die

Augenbrauen. »Ihr begegne ich ja ab und zu – im Gegensatz zu dir.«

Kate wurde heiß unter seinem Blick, deshalb sah sie auf seine Hand, mit der er über Chesters Hals strich. Aber das machte es nur schlimmer, denn es erinnerte sie daran, wie es gewesen war, als seine Finger über ihre Haut gewandert waren. Damals, als sie noch nicht geahnt hatte, wie kompliziert es zwischen ihnen werden würde. Als sie noch dachte, dass sie ihn lieben durfte ...

»Wo warst du die letzten drei Tage, Kate? Gehst du mir aus dem Weg?«

Seine Frage riss sie zurück in die Realität.

»Was? Nein! Ich ... war auf Shaw Abbey«, erklärte sie. »Lewis Barton hat darauf bestanden, dass ich für alle seine Pferde ein Gesundheitszeugnis erstelle, und da er über dreißig im Stall hat, war das ziemlich viel Arbeit.«

Das war noch untertrieben. Barton und seine Tochter Layla, die eine passionierte Reiterin war, besaßen nämlich nicht nur eine Menge Pferde, sie waren auch beide sehr anstrengend. Die verwöhnte Layla hatte sich diesmal zwar kaum sehen lassen, aber dafür war ihr Vater Kate nicht von der Seite gewichen und hatte ihre Untersuchungen mit seinen ständigen Nachfragen unnötig in die Länge gezogen.

Ben betrachtete sie skeptisch. »Aber gestern war Sonntag.«

Kate lächelte ein bisschen schief. »Genau das habe ich ihm auch gesagt, als er am Freitag deswegen bei mir war. Hat ihn nicht interessiert. Du kennst ihn nicht. Wenn er sich was in den Kopf gesetzt hat, dann muss es sofort passieren. Aber er zahlt gut dafür, deshalb war das schon okay.«

Sie würde Ben nicht verraten, dass sie den Auftrag auch deshalb gerne angenommen hatte, weil sie sich sonst vermutlich das ganze Wochenende lang den Kopf darüber zerbrochen hätte, warum er geblieben war. Ihre Gefühle fuhren Achterbahn, sobald es um ihn ging, und vielleicht war sie ihm unbewusst tatsächlich aus dem Weg gegangen. Was schlau gewesen war, denn ihr Herz schlug eindeutig viel zu schnell, wenn er ihr so nah war wie jetzt.

Die Sache mit Barton schien Ben immer noch nicht einzuleuchten. »Wofür brauchte er diese Bescheinigungen denn so dringend?«

Sie zuckte mit den Schultern. »Er behauptet, dass er einen Teil der Tiere verkaufen will. Aber wenn du mich fragst, dann hat diese ganze Aktion etwas damit zu tun, dass im Dorf gerade das Gerücht umgeht, er würde seine Pferde schlecht behandeln. Was nicht stimmt. Er ist einfach nicht besonders beliebt bei den Leuten, und ich schätze, mit dieser Geschichte will ihm jemand eins auswischen.« Seufzend schüttelte sie den Kopf. »Er hat natürlich wieder die Camdens im Verdacht, auch wenn ich ihm mehrfach versichert habe, dass das Unsinn ist.«

Ben verschränkte die Arme vor der Brust. »Soweit ich das mitbekommen habe, sind sie tatsächlich nicht besonders gut auf ihn zu sprechen.«

»Dafür haben sie ja auch Gründe. Aber das heißt noch lange nicht, dass sie deswegen Gerüchte über ihn in Umlauf bringen.« Kate griff an ihm vorbei nach Chesters Halfter, löste das Band, mit dem der Schimmel angebunden war, und führte ihn zurück in seine Box.

Ben folgte ihr und lehnte sich an die offene Boxentür.

»Bewundernswert, wie sehr du sie immer in Schutz nimmst. Die Herren von Daringham Hall scheinen in deinen Augen ja wirklich nichts falsch machen zu können.« Es klang ironisch und auch irgendwie vorwurfsvoll, und das ärgerte Kate.

»Wenn du immer noch so eine schlechte Meinung von ihnen hast, wieso bist du dann noch hier?«

Genau das war die Frage, die sie schon die ganze Zeit nicht zur Ruhe kommen ließ. Weil die Antwort darüber entschied, ob sie zulassen durfte, was sie für ihn empfand, oder ob sie weiter auf der Hut sein musste.

»Hast du immer noch vor, dich an den Camdens zu rächen?«

Ben schwieg einen Moment, dann stieß er die Luft aus und zuckte mit den Schultern.

»Sagen wir es so: Ich habe vor, herauszufinden, ob sie das verdient hätten.«

Kate spürte, wie ihr Herz sich schmerzhaft zusammenzog, denn das war nicht die Antwort, auf die sie gehofft hatte.

»Die Camdens sind nicht deine Feinde, Ben, sondern deine Familie. Wenn ich du wäre, würde ich die Chance nutzen, sie kennenzulernen, anstatt mich auf irgendeine fixe Idee zu versteifen!«

Sie zog Chester das Halfter ab und wollte zurück in die Stallgasse gehen. Doch Ben streckte die Arme aus und hielt sich mit beiden Händen an den Boxengittern fest, versperrte ihr den Weg.

»Und wenn es keine fixe Idee ist, sondern die Wahrheit? Wenn sie meine Mutter damals doch bedroht und weggeschickt haben, obwohl sie wussten, dass sie von Ralph schwanger war?« Seine Augen funkelten zornig. »Was macht dich eigentlich so verdammt sicher, dass diese Leute deine Loyalität verdienen?«

Kate hielt seinem Blick stand und versuchte, die Zweifel nicht zuzulassen, die seine Worte in ihr weckten. Sie verdankte den Camdens so viel und wollte sich nicht in ihnen täuschen. Aber sie hatte während der vergangenen Tage sehr viel nachgedacht und konnte selbst kaum noch daran glauben, dass das damals alles nur ein Missverständnis gewesen war. Hatte die Familie Bens Mutter verstoßen, weil sie ihnen nicht gut genug war?

Allein, dass sie sich diese Frage stellte, kam Kate wie ein Verrat vor. Sie wusste einfach nicht mehr, was sie denken sollte, und auch nicht, was sie darauf sagen sollte.

»Ich muss jetzt weiter.« Erneut versuchte sie, sich an Ben vorbeizudrängen, und keuchte erschrocken auf, als er sie an den Armen packte und zurück in die Box zog. Einen Herzschlag später lehnte sie mit dem Rücken an der Wand, und Bens Gesicht war dicht vor ihrem.

»Wieso glaubst du ihnen und nicht mir, Kate?«

Seine Stimme klang rau, forderte eine Antwort, aber Kate konnte nur in seine grauen Augen starren. Sie wollte sich wehren, weil seine Hände sich schmerzhaft fest um ihre Oberarme spannten. Doch ihr Körper gehorchte ihr nicht, reagierte stattdessen instinktiv auf seine Nähe. Ein Schauer durchlief sie, und ihr Brustkorb hob und senkte sich schwer, während ihr Blick zu seinen Lippen wanderte, die nur wenige Zentimeter von ihren entfernt waren ...

»Kate?« Ivys Stimme hallte durch die Stallgasse, und Schritte näherten sich, was Kate zum Glück wieder zur Vernunft brachte. Hastig löste sie sich von Ben, der nicht mehr versuchte, sie festzuhalten, und trat aus der Box.

»Ah, da bist du ja!«, sagte Ivy und kam mit ihrer Begleitung – einem Mann mit braunen, glatten Haaren – auf sie zu. »Ich hab dein Auto gesehen, und da dachte ich, ich stelle dir ... oh!« Überrascht hielt sie inne, als Ben hinter Kate aus der Box trat, doch sie fing sich schnell wieder. »Ähm, ja, ich zeige unserem Gast gerade das Gut, damit er sich schon mal ein Bild machen kann. Und da dachte ich, dass ich ihn dir – ich meine euch – bei der Gelegenheit gleich schon mal vorstellen kann.« Sie deutete auf den Mann, den Kate auf Anfang dreißig schätzte. »Das ist Jean-Pierre Marrais, frisch aus Frankreich eingetroffen, um den Daringham-Wein noch besser zu machen«, erklärte sie mit einem Grinsen. »Und das ist Kate Huckley, unsere Tierärztin und meine beste Freundin. Und...«, sie zögerte nur einen winzigen Moment, »... mein Cousin Ben Sterling.«

»Freut mich sehr, Sie kennenzulernen«, sagte der Franzose mit einem hörbaren Akzent, aber in sehr korrektem Englisch, und reichte zuerst Kate die Hand. Er hatte ein offenes, sehr charmantes Lächeln, das ihr unter anderen Umständen sicher sehr gut gefallen hätte, und seine grünen Augen strahlten. »Und sagen Sie Jean, bitte. Ist viel einfacher, *n'est-ce pas?*«

»Ich bin Kate«, erwiderte sie und hoffte, dass ihr Lächeln verbarg, wie aufgewühlt sie war.

Eigentlich konnte sie von Glück sagen, dass Ivy zurückgekommen war und verhindert hatte, dass mehr zwischen ihr und Ben passiert war. Es fühlte sich nur nicht an wie Glück, weil dieses hohle Gefühl in ihrem Magen nicht weichen wollte. Außerdem beunruhigte sie die aufmerksame Art, mit der Ivy sie und Ben musterte. Wahrscheinlich würde Kate einige Fragen beantworten müssen, wenn sie wieder mit ihrer Freundin allein war.

»Freut mich auch«, ergänzte sie noch und ließ Jeans Hand los. Kam es ihr nur so vor, oder hatte er sie ungewöhnlich lange festgehalten? Jetzt jedenfalls begrüßte er auch Ben, wandte sich gleich anschließend jedoch wieder Kate zu.

»Ein schönes Tier.« Er deutete auf Chester. »Ist es Ihrs?«
»Nein, es gehört Ivys Cousin David.«
Die Antwort schien den Franzosen nicht zu entmutigen,

weiter Smalltalk zu betreiben. »Aber bestimmt reiten Sie sehr gut?«

»Sehr gut eher nicht. Ich kann mich im Sattel halten, sagen wir es mal so«, erwiderte Kate und lächelte bei der Erinnerung an die Reitstunden, die der Stallmeister Greg damals allen Kindern auf Daringham Hall gegeben hatte – auch Kate. Ihre Tante Nancy hätte ihr einen so teuren Sport niemals erlaubt, deshalb hatte sie sich riesig gefreut, dass sie am Unterricht der Camden-Kinder teilnehmen durfte. Und tatsächlich hatte sie sich als Naturtalent entpuppt, zumindest, was den Umgang mit den Pferden anging. Wie sehr sie Tiere liebte, hatte sie vorher schon gewusst, aber erst mit Gregs Hilfe hatte sie entdeckt, dass sie auch ein sehr gutes Gespür dafür besaß, was sie brauchten oder wie es ihnen ging. Greg nannte es immer Kates sechsten Sinn, und sein Lob und seine behutsame Anleitung hatten in ihr überhaupt erst den Wunsch geweckt, Tierärztin zu werden. Im Reiten selbst war sie am Ende ganz passabel geworden, aber seit sie in die Praxis von Dr. Sandhurst eingestiegen war, die sie inzwischen fast alleine führte, fehlte ihr die Zeit für dieses Hobby.

»Reiten Sie auch?«, erkundigte sie sich, weil sie das Gefühl hatte, dass der Franzose diese Nachfrage erwartete.

»Nein, leider hatte ich nie Gelegenheit. Aber ich würde es sehr gerne versuchen. Vielleicht könnten Sie es mir zeigen?«

Wieder strahlte er Kate an, die erst jetzt registrierte, dass er mit ihr flirtete – eine Tatsache, die ihr normalerweise geschmeichelt hätte, denn er sah wirklich gut aus. Das Problem war nur, dass er nicht der einzige attraktive Mann hier im Stall war und dass sie den anderen erst vor wenigen Augenblicken fast geküsst hätte. Deshalb lächelte sie nur unverbindlich.

»Ich glaube nicht, dass ich eine gute Lehrerin wäre«, erklärte sie. »Aber bestimmt findet sich jemand, der Ihnen ein paar Stunden gibt, nicht wahr, Ivy?«

»Natürlich«, erklärte ihre Freundin und sah auf ihre Armbanduhr. »Oh, wir müssen jetzt wirklich dringend weiter zu den Weingärten. Sonst schaffe ich es nicht mehr, sie Jean zu zeigen, bevor Mum uns nachher zum Essen erwartet.«

Kate war mulmig bei dem Gedanken, gleich wieder mit Ben allein zu sein. Es machte ihr Angst, wie stark er sie anzog und wie schwach sie war, wenn er ihr so nah kam wie gerade eben. Dann wollte sie alle Vorsicht in den Wind schlagen und ihn wieder so leidenschaftlich lieben wie in der Zeit, als er bei ihr gewohnt hatte. Damals hatte sie das Gefühl gehabt, ihn zu kennen, und er hatte ihr geschworen, dass er sie nicht aufgeben würde, wenn er sein Gedächtnis wiedererlangte. Doch als es so weit war, hatte er sich ohne zu zögern von ihr abgewandt und sich so vollkommen verschlossen, dass sie keine Ahnung mehr hatte, wer er war. Ein kleiner Teil von ihr hoffte immer noch darauf, den Ben wiederzufinden, in den sie sich so hoffnungslos verliebt hatte. Aber der weitaus größere Teil fürchtete sich davor, was es in ihr anrichten würde, wenn sie feststellen musste, dass es diesen Ben nicht mehr gab ...

»Sie könnten mitkommen mit uns«, schlug Jean-Pierre Marrais etwas ungelenk vor und lächelte Kate wieder strahlend an. »Wenn Sie Zeit haben?«

»Oh.« Überrascht über dieses Angebot blickte Kate zuerst zu Ivy, die nur mit den Schultern zuckte, und dann zu Ben. Was sie lieber nicht getan hätte, denn in seinen grauen Augen tobte ein Sturm. Sie hatte keine Ahnung, wieso er auf einmal so grimmig aussah, aber sie war zu feige, um seinem Zorn noch einmal standzuhalten. »Nein, ich bin hier fertig«, sagte sie deshalb, froh über diesen Ausweg. »Ich komme gern mit.«

Auch Ivy schien der Gedanke zu gefallen, doch sie zögerte. »Was ist mit dir, Ben? Willst du uns nicht auch begleiten?«

Atemlos wartete Kate auf seine Antwort, für die er allerdings nicht lange brauchte.

»Nein, danke. Ich habe noch zu tun.« Seine Stimme klang kühl, und obwohl Kate erleichtert sein wollte, schnitt ihr das ins Herz.

»Tja, dann«, Ivy zuckte mit den Schultern, »bis später.«

Kate zwang sich, nicht noch einmal zurückzuschauen, aber sie hätte schwören können, dass sie seinen Blick heiß in ihrem Rücken fühlte. Ihre Gedanken kreisten nur um ihn, während sie vergeblich versuchte, den anderen zuzuhören, deshalb fiel ihr erst, als sie Ivys Auto schon fast erreicht hatten, auf, dass sie etwas Wichtiges vergessen hatte.

»Meine Arzttasche! Sie steht noch vor Chesters Box!«

»Ich hole sie«, bot Jean sofort an und lief zurück zum Stall, bevor Ivy oder Kate ihn aufhalten konnten.

»Der hat ja einen richtigen Narren an dir gefressen«, meinte Ivy amüsiert, als er außer Hörweite war, und stieß Kate an. »Wie gefällt er dir denn?«

Kate zuckte mit den Schultern. »Er sieht gut aus. Und er wirkt sehr nett.«

»Aber das nützt ihm nichts, oder?« Ivy hob die Augenbrauen, als Kate sie erschrocken ansah. »Kate, ich bin doch nicht blind. Du hast ausgesehen wie das personifizierte schlechte Gewissen, als du mit Ben aus der Box gekommen bist. Und in seinen Augen hat die pure Mordlust geschimmert, als Jean mit dir geflirtet hat.« Ihr Blick wurde ernst. »Läuft da wieder was zwischen euch?«

»Nein«, versicherte Kate ihr hastig und verdrängte die Tatsache, dass sie das vielleicht nicht hätte sagen können, wenn

Ivy etwas später gekommen wäre. »Wir ... haben uns gestritten. Er ist immer noch gegen euch, Ivy.«

Diese Tatsache schien ihre Freundin nicht so aus der Ruhe zu bringen wie sie selbst. »Es war ja auch nicht zu erwarten, dass sich das sofort ändert, nur weil er jetzt bei uns wohnt. Ich schätze, das braucht Zeit.«

Überrascht sah Kate sie an. »Dann willst du, dass er bleibt?«

Ivy zuckte mit den Schultern. »Ich werde ihn zumindest nicht vertreiben, so wie Grandma und Timothy es vorzuhaben scheinen. Er ist Onkel Ralphs Sohn, das ist eine Tatsache, die sich nicht ändern lässt. Also müssen wir das Beste daraus machen, oder nicht?« Sie lächelte. »Außerdem könnte ich mir vorstellen, dass du auch etwas zu tun hast damit, dass er noch da ist.«

Kate schüttelte den Kopf. Diese Hoffnung hatte sie in schwachen Stunden auch schon gehegt, aber wirklich glauben konnte sie das nicht. »Er ist so unglaublich schwer zu durchschauen, Ivy. Bei ihm weiß man nie, woran man ist.«

»Wohl wahr.« Ihre Freundin grinste und deutete mit dem Kinn unauffällig auf den Franzosen, der mit Kates Arzttasche in der Hand wieder auf sie zukam. »Wenn du es offensichtlicher haben willst, dann solltest du dir unseren Neuankömmling vielleicht noch mal genauer ansehen«, meinte sie trocken, und Kate musste gegen ihren Willen lächeln.

»Du bist unmöglich«, schimpfte sie leise, doch Ivy lachte nur und öffnete die Fahrertür ihres Minis.

»Okay, dann los«, sagte sie vergnügt. »Auf zu den Weingärten.«

※ ※ ※

Ben hätte gerne gegen irgendetwas getreten. Oder alternativ auch geboxt. Aber es gab gerade nichts, an dem er seine Wut auslassen konnte, deshalb vergrub er seine zu Fäusten geballten Hände noch etwas tiefer in seinen Hosentaschen und lief weiter über den Weg zurück zum Herrenhaus.

Er hatte gerade mit sich gerungen, ob er Kate ihre Arzttasche bringen sollte, die sie vergessen hatte, als dieser Franzose zurückgekommen war und ihm die Entscheidung – und die Tasche – abgenommen hatte. Ben spürte, wie sein Magen sich zusammenknotete, als er an das zufriedene Grinsen dachte, das auf dem Gesicht von diesem Jean-Pierre Irgendwas gelegen hatte, als er gegangen war. So als wäre die Tasche eine Trophäe, ein Pfand, das ihm Kate sicherte. Sie gefiel ihm ganz offensichtlich, so wie er sie angeschmachtet hatte, und er schien davon auszugehen, dass er sie erobern konnte. Was ja vielleicht auch so war, denn Kate hatte seine Einladung ohne zu zögern angenommen – und das, obwohl sie Ben nur wenige Augenblicke zuvor fast geküsst hätte.

Ben biss die Zähne aufeinander und ging noch ein bisschen schneller. Er sah Kates Gesicht immer noch vor sich, sah die leicht geöffneten Lippen und den Ausdruck des Begehrens in ihren schönen braunen Augen, als sie sich in der Box so nahegekommen waren. Er hatte versucht, dagegen anzukämpfen, aber das Bedürfnis, sie in seine Arme zu ziehen und zu küssen, bis sie jeden Widerstand aufgab und sich an ihn schmiegte, war stärker gewesen, und er hätte diesen Kampf verloren, wenn Ivy und dieser französische Schnösel nicht gekommen wären. Er hätte sie geküsst, und er war ziemlich sicher, dass sie sich genau das gewünscht hatte. Aber wieso war sie dann so bereitwillig mit diesem Kerl mitgegangen, so als könnte sie gar nicht schnell genug von ihm wegkommen?

Wieder stieg dieses Gefühl in ihm auf, bei dem sich sein Magen zusammenzog. Was hast du denn erwartet, dachte er grimmig – dass sie sich dir an den Hals wirft, nur weil du dich entschieden hast zu bleiben?

Plötzlich ärgerte Ben sich, dass er in den Stall gegangen war. Weil sein Verstand offenbar komplett aussetzte, wenn es um Kate Huckley ging. Dabei hatte sie doch mehr als deutlich gemacht, auf wessen Seite sie stand, und solange die Situation zwischen den Camdens und ihm nicht geklärt war, hielt er sich deshalb besser von ihr fern. Sollte sie sich doch mit diesem Franzosen amüsieren!

Der Gedanke, dass sie das vielleicht tatsächlich tun würde, ließ wieder den Wunsch in ihm aufflammen, irgendetwas zu treten. Vorzugsweise das Schienbein dieses schleimigen Charmeurs aus der Dordogne. Doch bevor er sich das genauer ausmalen konnte, klingelte sein Handy.

Ben holte es aus seiner Tasche und blieb stehen, als er die Nummer des Herrenhauses im Display erkannte.

»Ben?« Es war Ralph, und er klang besorgt. »Du bist noch da, oder? Du reist nicht ab?«

Die Frage überraschte Ben im ersten Moment, doch dann fiel ihm wieder ein, dass er Ralphs Arbeitszimmer vorhin im Zorn verlassen und ziemlich deutlich hatte anklingen lassen, dass er mehr tun würde als nur aus dem Raum gehen.

Aber das würde er nicht. Er konnte nicht gehen, auch wenn er sich auf Daringham Hall fremd und fehl am Platz fühlte.

Er blickte zum Herrenhaus hinüber, das am Ende des Gartens lag, und sah, wie sich die tiefstehende Septembersonne in den unzähligen Fenstern spiegelte. Unwillkürlich fragte er sich, ob er diesen Ort jemals seine Heimat nennen würde. Er hätte das vielleicht getan, wenn er hier aufgewachsen wäre. Wenn sein Vater seine Mutter nicht weggeschickt hätte – oder was immer damals passiert war. Sein Leben wäre zweifellos anders verlaufen, und er spürte ein merkwürdiges Ziehen in seiner Brust, als er daran dachte, wie seine Kindheit und Jugend tatsächlich ausgesehen hatten.

Deswegen war er noch hier: weil man ihm und seiner Mutter die Möglichkeit genommen hatte, hier zu Hause zu sein, und er wissen wollte, wieso. Es würde ihm keine Ruhe lassen, das spürte er, aber es hatte nichts damit zu tun, dass er auf der Suche nach seinen Wurzeln war. Das war er nicht. Und es hatte, verdammt noch mal, auch nichts mit Kate Huckley zu tun.

»Nein, ich reise nicht ab«, antwortete er und hörte Ralph aufatmen.

»Gut. Das ... freut mich. Ich würde unser Gespräch von vorhin nämlich gerne fortsetzen.«

»Jetzt?«, fragte Ben überrascht.

»Wenn du Zeit hast? Wir könnten uns in der Bibliothek treffen.«

Aha, dachte Ben, sofort wieder misstrauisch. Also nicht in seinem Arbeitszimmer, wo er Gefahr lief, dass Ben erneut die Buchführung sehen wollte. Aber er hakte nicht nach, weil ihm noch vor Augen stand, wie blass Ralph gewesen war, und er plötzlich keine Lust mehr hatte, ihn auf diese Weise in Bedrängnis zu bringen. Das erneute Gesprächsangebot war zumindest ein Anfang, und er würde nichts herausfinden über die Familie, wenn er die Konfrontation suchte. Es war viel effektiver, erst einmal nur zu beobachten und Informationen zu sammeln, so wie er es im Geschäftsleben auch oft tat.

»Warum nicht?«, sagte er und ging weiter, den Blick auf das Herrenhaus gerichtet. »Ich bin in ein paar Minuten da.«

6

David saß steif in seinem Sessel im Blauen Salon und hörte der Unterhaltung der anderen nur mit einem Ohr zu. Er hatte die Teestunden bei Lady Eliza immer eher als Pflichtübung gesehen und selten wirklich genossen. Aber im Moment war es für ihn fast eine körperliche Qual, im Kreis der Leute zu sitzen, von denen er so lange angenommen hatte, sie wären seine Verwandten, und sie erbittert über den Mann streiten zu hören, der für das plötzliche Chaos in seinem Leben verantwortlich war.

»Ralph ist einfach zu leichtsinnig!«, schimpfte Timothy, der aus seinem Sessel aufgesprungen war und jetzt neben dem Kamin stand. Sichtlich angespannt ging er immer wieder ein paar Schritte und gestikulierte mit den Armen. »Ich dachte wirklich, dass ihm bewusst wäre, welche Gefahr dieser Sterling darstellt. Aber heute konnte ich ihn gerade noch davon abhalten, dem Kerl unsere komplette Buchführung zu zeigen. Es hat mich all meine Überredungskunst gekostet, ihn zumindest vorläufig von dieser Schnapsidee abzubringen.«

»Ich finde das nicht falsch«, widersprach ihm Sir Rupert, der neben David in einem der Sessel saß und im Gegensatz zu seinem Sohn ruhig und besonnen wirkte. »Wenn wir Benedict Sterling in unsere Familie integrieren wollen, dann müssen wir ihm entgegenkommen und ihm eine Chance geben, mehr über uns zu erfahren. Er sollte sich hier willkommen fühlen, dann gelingt es ihm vielleicht, seine Ablehnung zu überwinden. Nur dann können wir diese Sache gütlich regeln.«

»Aber das geht viel zu weit!« Wieder wechselte Timothy seine Position, stellte sich mit dem Rücken vor eine der Glastüren, die hinaus auf die Terrasse führten. »Habt ihr schon vergessen, was er gesagt hat, als er wieder wusste, wer er ist? Dass er noch eine Rechnung mit uns offen hat. Deswegen ist er hier – um uns fertigzumachen. Und Ralph liefert ihm auch noch blauäugig die Munition frei Haus.«

David sah, wie Sir Ruperts Gesicht unter seinem weißen, gestutzten Vollbart einen missbilligenden Ausdruck annahm.

»Ich wüsste nicht, dass wir etwas zu verbergen hätten«, erklärte er, sichtlich entrüstet.

»Das ist doch nicht der Punkt, Dad«, warf Claire ein, die neben Lady Eliza auf dem zierlichen Sofa saß, und sprang ihrem Bruder bei. »Natürlich musste Ralph etwas in dieser Sache unternehmen. Aber Tim hat recht. Wir wissen einfach zu wenig über ihn ...«

Sie redete weiter, doch David hörte nicht mehr zu, weil sein Blick auf Anna gefallen war, die in dem Sessel neben ihm saß. Sie schien das zu bemerken, denn sie wandte sich zu ihm um, und David vergaß für einen Moment zu atmen, während er sie betrachtete.

Ihre langen rotgoldenen Haare, die sie meistens offen trug, glänzten, und ihre helle Haut war, abgesehen von ein paar Sommersprossen um die Nase herum, fast makellos. Und wenn sie lächelte, so wie jetzt, dann funkelten ihre blauen Augen so strahlend, dass es David vollkommen gefangen nahm.

Natürlich hatte er vorher auch schon wahrgenommen, wie hübsch sie war, hatte die Blicke registriert, die andere junge Männer ihr zuwarfen, wenn sie zusammen auf Festen gewesen waren. Aber jetzt war es anders, jetzt fiel es ihm auf. Jedes Mal. Er konnte sich gar nicht sattsehen an ihr, und der Gedanke, dass ein anderer sie eines Tages bekommen würde, löste einen dumpfen Schmerz in seiner Brust aus, den er immer schlechter ignorieren konnte ...

»Schluss jetzt – ich will nichts mehr hören!« Lady Elizas heftiger Ausbruch ließ David zusammenzucken. Erschrocken starrte er die alte Dame an, die wütend ihren Mann fixierte. »Merkst du denn nicht, was dieser Kerl tut, Rupert? Er bringt uns gegeneinander auf. Das ist es, was er will – unsere Familie zerstören.«

Sir Rupert schüttelte den Kopf. »Eliza, bitte! Du steigerst dich da in etwas hinein. Wir werden diese Situation klären.«

»Klären, pah!« Lady Eliza schnaubte. »Was willst du mit dem Sohn von dieser hergelaufenen kleinen Kellnerin klären? Ralph hätte sie niemals heiraten dürfen. Er hätte wissen müssen, wie das endet. Dann hätten wir jetzt nicht diese Probleme.«

David runzelte die Stirn, weil sie so abfällig von Bens Mutter sprach. »Du mochtest Jane Sterling nicht besonders, oder?«

Lady Eliza schnaubte, doch bevor sie etwas sagen konnte, mischte sich Sir Rupert ein.

»Wir waren nur etwas überrascht darüber, wie schnell das damals alles ging zwischen den beiden«, sagte er. »Aber bevor wir uns wirklich Gedanken darüber machen konnten, hatte Jane Ralph schon wieder verlassen, und wir haben nie wieder etwas von ihr gehört.«

»Dieses Weibsstück war durchtrieben und habgierig«, schimpfte Lady Eliza. »Sie war nicht gut für Ralph.«

»Eliza!«, warnte Sir Rupert sie. »Wir haben sie gar nicht gut genug gekannt, um das zu beurteilen. Und das Gleiche gilt leider auch immer noch für Ben. Deshalb müssen wir...«

Mit einem lauten Klirren stellte Lady Eliza ihre Teetasse zurück auf den Couchtisch. »Wir müssen gar nichts, Rupert! Dieser Kerl ist ein Niemand, und er wird *nicht* den Baronet-Titel tragen. Was glaubt er denn? Dass er hier einfach so hereinspazieren und David wegnehmen kann, was ihm zusteht?«

Das Schweigen, das auf ihre Bemerkung folgte, war für David fast noch schwerer zu ertragen als die betroffenen, mitfühlenden Blicke, die Sir Rupert, Claire und Timothy ihm zuwarfen.

Denn es stand ihm nicht zu. Nicht mehr. Das wussten sie alle, auch wenn Lady Eliza es hartnäckig leugnete. Er hatte keinerlei Rechte mehr, auf die er pochen konnte, und obwohl die anderen es sicher gut meinten mit ihren ständigen Beteuerungen, dass sich nichts geändert hatte, kam es David nicht so vor. Vieles war anders jetzt, und er hatte immer noch Schwierigkeiten, sich daran zu gewöhnen.

Fast automatisch sah er zu Anna hinüber, suchte ihren Blick.

»Wir müssen Ralph wieder zur Vernunft bringen«, schimpfte Lady Eliza weiter und sah sich plötzlich irritiert um. »Wo ist er überhaupt?« Genau diese Frage hatte sie auch schon gestellt, als David mit Anna in den Blauen Salon gekommen war, und Timothy hatte ihr darauf geantwortet. Doch jetzt schüttelte sie erneut entrüstet den Kopf. »Er weiß doch genau, wie viel Wert ich darauf lege, dass er kommt.«

»Er lässt sich entschuldigen, Mummy«, wiederholte Timothy und tauschte verwunderte Blicke mit den anderen. »Er fühlt sich nicht wohl – das hatte ich dir doch schon gesagt.«

Der irritierte Ausdruck verschwand von Lady Elizas Gesicht. »Ach ja, natürlich«, sagte sie und überspielte ihren Fehler, indem sie Kirkby, der wie immer unaufdringlich in einer Ecke stand, ihre Teetasse zum Nachschenken hinhielt.

Aber David fand es trotzdem bedenklich, denn es war tatsächlich nicht das erste Mal, dass sie sich merkwürdig verhielt. Vor einiger Zeit hatte er sie in einem recht verwirrten Zustand in der Bibliothek angetroffen. Sie hatte ihn mit Sir Rupert verwechselt, und als er ihr ein paar Tage später im Garten begegnet war, hatte sie mehrere Anläufe gebraucht, um sich an seinen Namen zu erinnern. Wurde sie langsam vergesslich und verlor den Bezug zur Realität? Wenn man bedachte, wie hartnäckig sie die Wahrheit über Bens und Davids Herkunft leugnete, dann konnte man das fast annehmen.

»Danke, Kirkby.« Lady Eliza nahm die nachgefüllte Tasse entgegen und deutete in Richtung Tür. »Und jetzt seien Sie doch so gut und sehen Sie nach Ralph. Wenn es ihm nicht gut geht, muss sich jemand um ihn kümmern. Und ich denke nicht, dass wir uns in dieser Hinsicht auf Olivia verlassen können.«

Davids Magen zog sich bei der Erwähnung seiner Mutter zusammen. Sie hatte sich in den letzten Tagen kaum auf Daringham Hall blicken lassen, ging nicht nur der Familie, sondern auch ihrem Sohn konsequent aus dem Weg, wahrscheinlich weil sie wusste, dass hier im Moment niemand gut auf sie zu sprechen war, David eingeschlossen. Aber deswegen hatte er trotzdem keine Lust, sich die Hasstirade anzuhören, zu der Lady Eliza offenbar gerade ansetzen wollte.

»Lassen Sie nur, Kirkby, ich mach das schon«, sagte er, ehe der Butler der Bitte nachkommen konnte, und erhob sich, ging zur Tür.

»Ich komme mit.« Anna war aufgesprungen und wollte ihm folgen. Doch Claire hielt sie zurück.

»Das geht nicht, Anna, ich brauche dich. Wir müssen noch alles für unseren französischen Gast vorbereiten«, erklärte sie, was ihrer Tochter sichtlich nicht passte, denn sie setzte sich nur äußerst widerwillig wieder.

David lächelte Anna noch einmal an. Er hätte nichts dagegen gehabt, wenn sie ihn begleitet hätte. Aber vielleicht war es ganz gut, wenn er alleine ging. Er wollte ohnehin noch einmal mit Ralph über das sprechen, was ihn im Moment bewegte.

Doch Ralph war nicht in seinem Zimmer in ihrem privaten Wohnbereich oben im ersten Stock und auch nicht in seinem Arbeitszimmer, deshalb hielt David eines der Hausmädchen auf.

»Alice, haben Sie meinen ... Vater gesehen?« Er zögerte nur ganz kurz. Aber er konnte das Wort einfach nicht mehr unbefangen aussprechen. Es ging nicht.

Die junge Frau nickte. »Er ist in der Bibliothek.« Sie sprach leise und wich wie üblich Davids Blick aus. Alice war ungewöhnlich schüchtern, aber heute schien es noch schlimmer zu sein als sonst, denn sie wirkte beinah so, als wäre es ihr unangenehm, ihm die Information weiterzugeben.

So schlecht kann es ihm dann ja nicht gehen, dachte David erleichtert und beschleunigte seine Schritte. Als er die Bibliothek erreichte, klopfte er nur kurz an und trat lächelnd ein. Er wollte etwas sagen, doch er brachte plötzlich keinen Ton heraus, stand wie erstarrt da.

»David!« Ralph blickte ihm vom Sofa aus überrascht entgegen. Genauso wie Ben, der neben ihm in einem der Sessel saß.

Die beiden waren offenbar in ein Gespräch vertieft gewesen. Sie hatten sich nicht gestritten, wirkten im Gegenteil entspannt und aufgeräumt. Beide. Und sie sahen sich auch irgendwie ähnlich. Jedenfalls sehr viel ähnlicher als David dem Mann sah, den er sein Leben lang für seinen Vater gehalten hatte.

Für einen Moment schwiegen sie alle drei, dann räusperte sich Ralph. »Was gibt es denn?«, fragte er, und David wurde klar, dass er störte. Natürlich tat er das.

»Nichts«, presste er hervor und spürte, wie ihm kalt wurde. »Ich ... wollte nur nach dir sehen. Timothy meinte, du würdest dich nicht wohlfühlen.«

Ralph lächelte. »Es geht schon wieder.«

Erneut schwiegen sie, dann deutete Ralph auf einen der anderen freien Sessel. »Möchtest du dich zu uns setzen?«

David wich einen Schritt zurück. »Nein. Ich muss weiter. Ich ... bin noch mit James verabredet«, log er und wollte wieder gehen.

»David?«

»Hm.« Nur widerwillig wandte er sich noch einmal um und sah Ben an, der ihn zurückgerufen hatte.

»Ich war gerade bei Kate im Stall. Sie sagt, deinem Pferd geht es besser.«

David nickte, schaffte es aber nicht zu lächeln. »Danke. Das ist schön. Ich ... gehe dann.«

Es war das, was Ralph wollte, das konnte David an seinem Gesichtsausdruck erkennen, der gleichzeitig erleichtert und entschuldigend war. Er wollte mit Ben sprechen. Der war im Moment wichtiger. Natürlich.

Mit einem beklommenen Gefühl im Magen zog David die Tür zur Bibliothek wieder zu und lief den Weg zurück, den er gekommen war. Er hielt erst an, als er den großen Hof vor dem Herrenhaus erreicht hatte, auf dem Autos parkten.

Sein offener Rover-Sportwagen, der zwischen Sir Ruperts

grünem Bentley und Ralphs schwarzer Mercedes-Limousine stand, kam ihm plötzlich sehr klein vor. Wie im Trance öffnete er die Tür und stieg ein, ließ den Motor an und setzte so schnell zurück, dass der Kies unter den Rädern aufspritzte.

Er wollte Ben so gerne hassen, aber es gelang ihm nicht. Er war ihm von Anfang an sympathisch gewesen, damals, als sie alle noch nicht geahnt hatten, wer der Mann ohne Gedächtnis war, den Kate nach dieser Sturmnacht vor einem Monat aufgelesen hatte. Und er hatte auch nicht das Gefühl, dass Ben ihn hasste.

Aber wie sollte das alles weitergehen? Wie sollte er fertigwerden damit, dass Ralph jetzt einen neuen, einen echten Sohn hatte, den er kennenlernen wollte? Ralph hatte blass ausgesehen, es stimmte also, was Timothy gesagt hatte: Es ging ihm nicht gut. Wenn er sich trotzdem mit Ben traf, dann bedeutete er ihm viel – und David konnte nicht umhin, Ben heiß um diese Tatsache zu beneiden.

Denn im Grunde saßen Ben und er im gleichen Boot. Sie kannten beide ihre Väter nicht, mit dem Unterschied, dass sich das für Ben jetzt ändern würde. David dagegen wusste nach wie vor nichts über den Mann, der ihn gezeugt hatte. Gar nichts ...

Der Wagen schlingerte leicht, und David merkte plötzlich, dass er viel zu schnell fuhr. Hastig trat er auf die Bremse und hielt am Rand des Weges an, atmete tief durch, um sich wieder zu beruhigen.

Es ließ sich schließlich nicht ändern. Und es war nicht Bens Schuld, dass seine Mutter sich nicht mal an den Namen des Mannes erinnern konnte, mit dem sie aus Versehen ein Kind gezeugt hatte, obwohl sie eigentlich mit einem anderen verlobt gewesen war. Einen »Ausrutscher« hatte sie es genannt, zu unwichtig, um sich Details zu merken, die David jetzt hätten helfen können, seinen leiblichen Vater zu finden. Aber vielleicht war das auch ganz gut so, denn vielleicht würde dieser Vater ihn genauso wenig wollen, wie Ralph ihn noch zu wollen schien ...

Er schlug mit der Faust gegen das Lenkrad, spürte den Schmerz in seiner Hand, der für einen kurzen Moment den in seiner Brust überlagerte. Dann riss er sich zusammen. Die Baronets von Daringham Hall trugen Verantwortung und ließen sich nicht gehen, dass hatten Sir Rupert und Ralph ihm beigebracht, seit er denken konnte. Und selbst wenn er jetzt keiner mehr werden würde, klammerte David sich an diese Haltung. Ralph gab sich vielleicht nur deshalb so viel Mühe mit Ben, um die Situation zu klären. Das hatte mit seinem Verhältnis zu David gar nichts zu tun. Es würde sich alles finden, sie mussten sich nur alle erst an die neue Sachlage gewöhnen.

Mit einem tiefen Seufzen ließ David den Motor wieder an, wendete den Wagen und fuhr zurück.

7

»Dann stimmt es? Ben darf Sir Ruperts Bentley fahren?« Tilly lenkte ihren betagten beigefarbenen Kombi auf den Platz vor der großen Scheune, die neben den alten Stallgebäuden neu errichtet worden war. »Ich konnte das kaum glauben, als ich es gehört habe. Ich dachte, der Wagen wäre unserem alten Baronet heilig und außer ihm dürfte nur Kirkby hinter das Steuer.«

Kate lächelte ein bisschen schief. »Es ist nur ein Angebot, und soweit ich weiß, nutzt Ben es bisher auch kaum. Er hat ja immer noch seinen Leihwagen. Aber Sir Rupert hat ihm einen Schlüssel für den Bentley gegeben. Sehr zum Leidwesen von Lady Eliza übrigens, die darüber wohl ziemlich wütend war. Sie soll richtig getobt haben.«

»Das kann ich mir vorstellen.« Tilly parkte den Kombi neben der langen Reihe von anderen Wagen, die bereits dort standen, und zog mit einem lauten Ratschen die Handbremse an. »Sein Freund Peter war allerdings auch nicht begeistert. Er glaubt, dass die Camdens Ben damit einlullen wollen. Aber er ist in dieser Hinsicht ja auch ein bisschen hysterisch.« Sie betrachtete ihre Freundin prüfend. »Wie steht es denn überhaupt mit Ben? Gibt es schon was Neues? Du siehst ihn doch jetzt öfter, oder?«

Kate spürte das inzwischen schon vertraute Kribbeln im Magen. »Oft ist übertrieben«, sagte sie. »Wir begegnen uns manchmal, das ist alles.«

Tatsächlich konnte sie sich an jedes Treffen mit Ben noch

sehr genau erinnern. Sie waren allesamt kurz gewesen, eher im Vorbeigehen, in der Küche des Herrenhauses oder auf den Fluren, und es war immer jemand dabei gewesen. Gesprochen hatten sie außer einem knappen Gruß dabei kaum miteinander, und das schien Ben ganz recht zu sein. Kate hatte jedenfalls nicht den Eindruck, dass er viel Wert darauf legte, sich mit ihr zu unterhalten. Eher im Gegenteil: Wenn Blicke töten könnten, dann wäre sie jetzt vermutlich schon unter der Erde.

»Ich glaube, er hasst mich«, gestand sie Tilly unglücklich. »Du müsstest mal sehen, wie er mich ansieht. So richtig böse, als könnte er meinen Anblick kaum ertragen.«

Tilly schnaubte, weil sie das offenbar für absurd hielt. »Also das kann ich mir beim besten Willen nicht vorstellen. Das bildest du dir ein, Süße.« Sie beugte sich vor. »Wenn es nach Peter Adams geht, dann bist du einer der Hauptgründe, warum Ben noch hier ist. Weshalb er übrigens nicht besonders gut auf dich zu sprechen ist.«

Sie grinste, aber Kate schaffte es nicht, es ihr gleichzutun. Unwillkürlich musste sie an Ivys Worte denken, damals, kurz nach ihrem Streit mit Ben im Stall. Sie hatte etwas Ähnliches behauptet, aber Bens Verhalten während der letzten zehn Tage sagte etwas anderes.

Am Anfang hatte Kate sich noch eingeredet, dass er es ihr damit im Grunde nur leichter machte. Schließlich wusste sie nicht, was er vorhatte und wie lange er überhaupt bleiben würde, und je größer die Distanz zwischen ihnen war, desto besser. Aber tatsächlich litt sie jeden Tag ein bisschen mehr unter seiner Ablehnung, selbst wenn sie versuchte, sich nichts anmerken zu lassen.

Den anderen begegnete er nicht so feindselig wie ihr, im Gegenteil. Nach allem, was Kate von Ivy mitbekam, hatte sich die Situation auf Daringham Hall inzwischen etwas entspannt. Timothy, der am Anfang jeden Schritt von Ben mit Argusaugen überwacht hatte, war inzwischen wieder in seine Londoner Kanzlei zurückgekehrt, und auch die anderen schienen sich langsam an ihn zu gewöhnen. Er traf sich mit Ralph oder ließ sich von James das Gut zeigen, aber er verbrachte, wie Tilly berichtet hatte, auch viel Zeit im »Three Crowns«, wo er sich mit Peter in dessen Zimmer zurückzog und sich um seine Geschäfte in New York kümmerte. Ansonsten schien er nur zu beobachten und abzuwarten.

»Ich glaube, wir wüssten alle gerne, was gerade in Ben Sterling vorgeht«, meinte Tilly und löste ihren Sicherheitsgurt. »Denkst du, er und Peter bleiben noch eine Weile?« Es klang ein bisschen so, als würde sie genau das hoffen, aber Kate zuckte nur mit den Schultern.

»Ich weiß es nicht.« Sie wusste nicht mal, ob sie sich das wünschen sollte, denn die Tatsache, dass sie Ben immer wieder traf, bedeutete leider auch, dass sie ständig an ihn denken musste. Stöhnend stieß sie die Luft aus. »Ich weiß es wirklich nicht.«

Tilly warf ihr einen Seitenblick zu, ließ das Thema jedoch fallen und stieg aus. Die kühle Morgenluft, die hereinströmte, ließ Kate frösteln. Sie zog den Reißverschluss ihrer dunkelblauen Daunenweste zu, die sie zu ihrer Jeans und der karierten Bluse trug, und öffnete die Beifahrertür. Lange würde sie die Weste vermutlich nicht brauchen, denn sie Sonne ging gerade hinter den Stallgebäuden von Daringham Hall auf, und man konnte schon ahnen, dass ein warmer Septembertag heraufzog – perfekt für die Weinlese, die heute beginnen sollte.

»Das mit dem Bentley ist auf jeden Fall eine ziemlich symbolträchtige Geste«, fand Tilly, der dieser Punkt offenbar noch nachging. »Besser hätte Sir Rupert nicht deutlich machen können, dass Ben für ihn jetzt zur Familie gehört.« Sie schlug die Fahrertür zu. »Wobei das nicht bei allen gut ankommt. Im ›Three Crowns‹ kriege ich so einiges mit, und viele sehen Bens Auftauchen hier immer noch mit großer Skepsis. Daran hat sich nichts geändert. Deine Tante Nancy zum Beispiel hat gleich gemutmaßt, dass Ben den alten Baronet bestimmt erpresst hat, damit er ihm den Bentley gibt.«

Kate verzog das Gesicht. »Das ist so typisch für sie, in allen Menschen immer nur das Schlechteste zu sehen – abgesehen von ihrer Familie natürlich. Na ja, du weißt schon: ihrer echten Familie«, fügte sie noch hinzu, als Tilly die Augenbrauen hob.

Theoretisch hätte Kate auch dazugehört, weil sie nach dem Tod ihrer Eltern bei ihrem Onkel und ihrer Tante aufgewachsen war. Doch Nancy hatte die Nichte ihres Mannes stets wie ein lästiges Anhängsel behandelt, worunter Kate sehr gelitten hatte. Für sie waren deshalb immer die Camdens ihre Familie gewesen – und Tilly, die ihr jetzt mitfühlend über den Arm strich.

»Diese Frau ist wirklich ein Albtraum«, meinte sie und verdrehte die Augen. Dann wurde sie wieder ernst. »Und David? Wie kommt er mit der neuen Situation zurecht?«

Wieder zuckte Kate die Achseln. »Eigentlich ist er wie immer. Er lässt sich jedenfalls nichts anmerken«, meinte sie und sah die Sorge in Tillys Blick. »Hat er schon mit dir gesprochen?«

Unglücklich schüttelte Tilly den Kopf. »Ich wünschte, das würde er. Es muss schwer für ihn sein, und es ist gar nicht gut, wenn er das alles in sich hineinfrisst.« Sie seufzte tief. »Vielleicht ergibt sich heute ja eine Gelegenheit«, meinte sie und hakte sich bei Kate ein. »Na komm. Sie warten sicher schon auf uns.«

Gemeinsam gingen sie durch die weit geöffneten Tore in die große Scheune, in der die neue Kelteranlage untergebracht war. Trotz der frühen Stunde standen schon zahlreiche Helfer in Gruppen zusammen und warteten auf die Ankunft der ersten Wagenladungen Trauben, die gerade von den angereisten »Herbstern« unter James' und Ivys Aufsicht draußen auf den Feldern geerntet wurden. An dem langen Arbeitsband, das durch die Scheune zu den riesigen Kesseln der Traubenpresse führte, würde dann die sogenannte Auslese stattfinden, und dafür waren viele Hände notwendig. Es war ein aufwändiges Verfahren, und viele der größeren Kellereien verzichteten darauf. Die Camdens hatten sich jedoch entschlossen, in dieser Hinsicht auf Qualität statt auf Massenproduktion zu setzen. Die Anlage aus glänzendem Edelstahl mit der Presse, den riesigen Tanks und den diversen Anzeigetafeln wirkte dennoch hochmodern, und Kate betrachtete sie mit einer Mischung aus Neugier und Respekt.

»Tilly! Kate! Gut, dass ihr da seid!«, rief Claire, sobald sie sie entdeckt hatte, und kam auf sie zu. Trotz ihres Lächelns war ihr die Anspannung deutlich anzusehen. »Wir können jede zusätzliche Hand gut gebrauchen!« Sie blickte zu Jean-Pierre Marrais hinüber, der mit David vor dem großen Schaltpult der Anlage stand und einige Einstellungen vornahm. »Er hätte uns wirklich etwas früher Bescheid geben können, dass er die Ernte vorverlegen will, dann hätten wir nicht so improvisieren müssen«, fügte sie etwas leiser hinzu und seufzte. »Andererseits ist er der Experte, und deshalb haben wir ihn ja gerufen, nicht wahr?«

»Wir helfen gern«, versicherte Kate ihr und sah sich in der Scheune um. Sie entdeckte Anna und noch einige weitere bekannte Gesichter. Ben war jedoch nicht dabei, was ihr einen kurzen Stich versetzte. Irgendwie hatte sie erwartet, dass er auch hier sein würde, und auch wenn sie es nicht wollte, war sie enttäuscht. »Habt ihr denn jetzt genug Leute zusammen?«

Claire strich sich das kurze blonde Haar zurück und ließ den Blick ebenfalls über die Anwesenden gleiten, schien sie im Geiste zu zählen. »Ich denke schon. Nehmt euch schon mal einen der Kittel, um eure Sachen zu schützen. Jean wird euch sicher gleich noch erklären, was ihr tun müss… Oh, ich glaube, da kommt schon die erste Fuhre. Entschuldigt mich.« Sie eilte aus der Scheune, vor der gerade ein Trecker mit Anhänger vorgefahren war.

»Kate! Bitte, kommen Sie hierher!«, rief jemand von der anderen Seite, und Kate sah Jean, der ihr über die Köpfe der anderen zuwinkte. Als sie ihn erreichte, lächelte er strahlend.

»Schön, Sie zu sehen«, sagte er, charmant wie immer, und küsste Kate zur Begrüßung auf beide Wangen. Das tat er jetzt immer, weil es in Frankreich so üblich war, wie er sagte, und Kate hatte nichts dagegen.

Sie mochte Jean inzwischen sehr. Während der vergangenen Tage war er ihr oft begegnet, denn im Gegensatz zu Ben suchte er ihre Nähe und redete gerne mit ihr, erzählte ihr viel über das Weingut, von dem er stammte, oder vom Zustand der Daringham-Trauben, die dieses Jahr durch das beständig gute Wetter früher gereift waren und geerntet werden mussten, bevor die nächste Regenfront sie faulen ließ. Und natürlich von seinen Plänen zur Optimierung der Weinverarbeitung. Es war einfach sein Thema, er lebte für seine Arbeit, und seine Begeisterung war so ansteckend, dass Kate ihm gerne zuhörte. Aber vor allem genoss sie seine Aufmerksamkeit und die Tatsache, dass er so unkompliziert war.

»Was müssen wir tun?«, fragte sie und betrachtete die

Schalttafel mit den vielen Anzeigen und Schaltern, die Jean so beeindruckend lässig bediente.

»Ich erkläre es gleich«, sagte er und klatschte in die Hände, bis er die Aufmerksamkeit der Anwesenden hatte. »Bitte stellen Sie sich alle an das Band, und verteilen Sie sich dabei gleichmäßig auf beide Seiten«, rief er und dirigierte die Leute so, dass sie sich jeweils gegenüberstanden. Dann beschrieb er genau, worauf sie achten mussten, wenn die Trauben kamen. »Sortieren Sie alle Blätter und Äste aus, und achten Sie vor allem auf faule Beeren«, ermahnte er mehrfach. »Die müssen entfernt werden, das ist sehr wichtig, damit der Wein sein Bukett richtig entfalten kann!«

Er musste seine Anweisungen schreien, denn der Trecker setzte den Anhänger mit dem großen Bottich voller Beeren gerade rückwärts in die Scheune. Dort konnten dann die Ketten des Flaschenzugs angebracht werden, mit dem der Behälter abgeladen und so vor dem Trichter am Ende des Laufbandes positioniert wurde, dass die Trauben hineinfallen und weitertransportiert werden konnten.

»Sind wir nicht immer noch zu wenig Leute?«, rief Tilly, die Kate gegenüber auf der anderen Seite des Bandes stand, doch Kate starrte über ihre Schulter durch die geöffneten Tore auf die beiden Männer, die eben hereingekommen waren.

»Was ist?« Irritiert blickte Tilly sich um und keuchte überrascht auf. »Das gibt's doch nicht! Was macht der denn hier?«

Kate ging davon aus, dass sie Peter Adams meinte, aber sie selbst hatte nur Augen für Ben, der neben seinem Freund stand und sich umsah.

Er war ganz offensichtlich gekommen, um mitzuhelfen, denn er trug eine Jeans und ein etwas gröberes, kariertes Hemd, dessen Ärmel aufgekrempelt waren. Kate erkannte es wieder, es gehörte zu den Sachen, die sie für ihn besorgt hatte, als er bei ihr gewohnt hatte. Es war eins seiner Lieblingsstücke gewesen, das er oft getragen hatte, und für einen Moment schossen Bilder durch Kates Kopf, von ihm in ihrer Wohnung, am Tisch beim Essen, an ihrem Computer, auf der Terrasse mit den Hunden ...

Ben drehte den Kopf in ihre Richtung, und Kate wandte sich gerade noch rechtzeitig ab, bevor ihre Blicke sich treffen konnten.

Dann hatte er das Hemd noch? Es war bei den Dingen gewesen, die sie in eine Tasche gepackt und ihm wütend in die Arme gedrückt hatte, als er das letzte Mal bei ihr gewesen war. Seitdem hatte er bei keiner Gelegenheit mehr etwas davon getragen.

Wahrscheinlich hat er sonst nur Sachen, die ihm für diesen Anlass zu schade sind, überlegte sie und riskierte noch einen Seitenblick in seine Richtung, sah, dass Claire jetzt bei ihm und Peter stand und ihnen zwei Kittel reichte.

»Wer hätte das gedacht!« Tilly kam immer noch nicht darüber hinweg, dass Peter Adams da war. »Als ich ihm gestern Abend erzählt habe, dass ich heute bei der Weinlese mithelfe, war noch nicht die Rede davon, dass er auch kommt.«

»Vielleicht hatte er Sehnsucht nach dir«, neckte Kate sie und spürte gleichzeitig, wie ihre Nervosität zunahm. Denn aus den Augenwinkeln registrierte sie, dass Claire jetzt mit Ben und Peter auf sie zukam.

»... fangen gleich an. Am besten stellt ihr euch hier zu Tilly und Kate«, wies Claire die beiden an, als sie das Band erreichten. »Aber es müssen auf beiden Seiten möglichst gleich viele Leute sein, also sollte sich einer von euch rüber zu Kate stellen«, fügte sie noch hinzu und lächelte dann Kate und Tilly an. »Könntet ihr den beiden zeigen, was sie tun müssen?«, bat sie, wartete die Antwort jedoch nicht ab, sondern eilte weiter.

Kates Magen ging auf Talfahrt, als sie sah, dass es Ben war, der Claires Anweisung folgte und am Band entlanglief, um auf ihre Seite zu wechseln, während Peter Adams sich zu Tilly stellte.

»Sind Sie aus dem Bett gefallen?«, wollte Tilly mit einem leicht spöttischen Unterton von Peter wissen, doch sie lächelte, ziemlich strahlend sogar. »Um diese Zeit schlafen Sie sonst doch noch tief und fest.«

Peter sah auch so aus, als wäre er noch nicht richtig wach, denn er hatte die Hände tief in den Hosentaschen vergraben und wirkte wenig motiviert.

»Das war Bens Idee«, antwortete er brummig, und der böse Blick, den er seinem Freund zuwarf, ließ darauf schließen, dass sie sich darüber gestritten hatten. »Er hat behauptet, dass wir hier gebraucht würden.« Er zuckte mit den Schultern. »Also? Was muss ich tun?«

Tilly begann, es ihm zu erklären, doch da sich in diesem Moment das Laufband mit einem lauten Summen in Bewegung setzte, konnte Kate nicht mehr verstehen, was sie sagte. Aber sie war ohnehin ganz auf Ben konzentriert, der sich jetzt neben sie stellte. So nah waren sie sich seit ihrem Streit im Stall nicht mehr gekommen, und Kate konnte ihr Herz nicht davon abhalten, viel wilder zu schlagen als vorher. Was sie plötzlich wütend machte. Der Kerl ignorierte sie seit Tagen, und ihr Körper hatte nichts Besseres zu tun, als sie sofort wieder zu verraten?

»Bist du sicher, dass du hier richtig bist?«, fragte sie und funkelte ihn herausfordernd an.

Er hob die Augenbrauen. »Claire hat doch gesagt, dass einer von uns auf die andere Seite gehen muss.«

»Aber beide Seiten helfen den Camdens«, erwiderte sie. »Du solltest vielleicht noch mal drüber nachdenken, ob das in deinem Sinne ist, bevor du dir die Hände schmutzig machst.« Entschlossen reckte sie das Kinn und hielt seinem Blick stand.

Er beugte sich vor. »Keine Sorge. Ich weiß, was ich tue.«

»Nein, das weißt du nicht!«, widersprach ihm Kate. »Jedenfalls nicht, bis ich es dir erklärt habe!«

Für einen Moment sahen sie sich nur schweigend an, dann wich der harte Ausdruck aus seinen Augen, und ein amüsiertes Lächeln spielte um seine Lippen.

»Okay, aber dann beeil dich damit.« Er deutete auf die ersten Trauben, die jetzt auf das Laufband fielen und in ihre Richtung transportiert wurden. »Sonst schade ich den Camdens am Ende noch, ohne es zu wollen.«

Erst jetzt merkte Kate, dass sie sich vor ihm aufgebaut hatte – und dass Tilly und Peter Adams sie von der anderen Seite des Laufbandes aus ziemlich interessiert beobachteten.

Mit brennenden Wangen wich sie ein Stück zurück, wütend auf sich selbst und auf Ben, weil er sie mit einem einzigen Lächeln so aus dem Konzept bringen konnte. Vielleicht war es doch einfacher gewesen, als er sie noch ignoriert hatte, überlegte sie, während sie starr auf das Band blickte.

»Wir müssen alles heraussuchen, was nicht in die Presse gehört«, erklärte sie und fischte einen kleinen Zweig mit Blättern aus den goldgelben Beeren, die an ihnen vorbeizogen. »So was zum Beispiel. Oder ...« Sie wollte nach einer Rebe greifen, an der mehrere Trauben verfault waren, um sie zu entfernen, doch Ben kam ihr zuvor. Ihre Hände berührten sich kurz, und sie zuckte zurück, als hätte sie sich verbrannt, sah ihn erschrocken an.

»Oder so was?«, fragte er und lächelte erneut, während er die faulen Trauben in den Eimer warf, der hinter ihnen stand.

»Genau.« Kate schluckte. Wenn das so weiterging, konnte das ein ziemlich langer Tag werden, dachte sie, ein bisschen verzweifelt, und versuchte, sich wieder auf ihre Aufgabe zu konzentrieren.

8

»Wenn ich das gewusst hätte, dann hätte ich mich niemals auf diesen Mist eingelassen.« Peter rieb sich mit schmerzverzerrtem Gesicht die Handgelenke, während sie zusammen mit den anderen Helfern auf die Rückfront des Herrenhauses zugingen. »Meine Hände sind total taub, und mir tut alles weh.«

Ben ging es genauso. Es war überraschend anstrengend gewesen, mehrere Stunden am Stück an diesem Band zu stehen und die kühlen Trauben zu sortieren, und er fühlte sich so ausgepowert, dass er es kaum erwarten konnte, sich an die lange Tafel zu setzen, die auf der Terrasse für die Helfer und die Erntearbeiter aufgebaut war. Aber es war eine gute Art von Müdigkeit, eine, die ihn auf eine ungewohnte Art befriedigte.

»Ich wusste gar nicht, dass du so eine Memme bist.« Er grinste seinen Freund an. »Ein bisschen frische Landluft schadet dir nicht. Dann kriegst du wenigstens mal etwas Farbe.«

Peter schnaubte entrüstet. »Wenn ich braun werden will, fliege ich in die Karibik und leg mich an den Strand«, giftete er zurück, doch Ben lachte nur.

»Du fährst nie irgendwohin, Pete. Schon gar nicht in die Karibik. Du bist ein notorischer Stubenhocker.«

»Wenn du das weißt, wieso zwingst du mich dann zu so was?« Peter trat vor einen dickeren Kiesel, der auf dem Weg lag, doch Ben ließ sich nicht täuschen. Er kannte seinen Freund – so schlecht drauf, wie er tat, war er nicht.

»Ich musste dich nicht zwingen – du wolltest mitkommen«, stellte er richtig. Peter hatte sogar darauf bestanden, ihn zu begleiten, als Ben ihn gestern Abend spät noch angerufen und darüber informiert hatte, dass er bei der Weinlese helfen wollte. Es war nur sehr schwer gewesen, ihn dann heute Morgen auch aus dem Bett zu kriegen, als er ihn im »Three Crowns« abgeholt hatte. »Außerdem hatte ich den Eindruck, dass du dich mit dieser Tilly Fletcher sehr gut amüsiert hast. Ich dachte, du magst sie nicht.«

Peter blickte zu Tilly hinüber, die zusammen mit Kate ein paar Meter vor ihnen ging. Die beiden waren in ein Gespräch vertieft, doch als hätte Tilly seinen Blick gespürt, wandte sie in diesem Moment den Kopf – und lächelte zu ihnen herüber.

»Ach, so schlimm ist sie eigentlich gar nicht«, meinte er und zuckte mit den Schultern. Als er Bens überraschten Gesichtsausdruck sah, wurde er jedoch ärgerlich.

»Jetzt guck nicht so. Ich mag ihr Stew, okay? Ich will sie nicht heiraten. Und überhaupt musst du gerade reden.« Er schüttelte den Kopf. »Hattest du nicht beschlossen, dich von Kate Huckley fernzuhalten? Danach sah das vorhin nämlich definitiv nicht aus.«

Bens Lächeln schwand, als ihm klar wurde, dass sein Freund recht hatte mit seinem Einwand. Er hatte das tatsächlich zu Peter gesagt, damals, an dem Abend nach seinem Streit mit Kate im Stall. Weil er so wütend auf sie gewesen war. Und er hatte es auch durchgehalten, war ihr aus dem Weg gegangen und hatte kaum mit ihr gesprochen, wenn sie sich doch begegnet waren. Er war sogar fast sicher gewesen, dass er über sie hinweg war. Aber dann, als er vorhin so dicht vor ihr gestanden und das wütende Funkeln in ihren schönen braunen Augen gesehen hatte, war ihm klar geworden, dass es so einfach nicht werden würde. Er hatte sie nicht nur nicht vergessen, er vermisste sie. Er vermisste ihr Lächeln, und er vermisste es, bei ihr zu sein. Herrgott, er vermisste sogar ihre Hunde und dieses kleine verwohnte Cottage. Und selbst wenn er keine Ahnung hatte, wo das alles hinführen sollte, hätte er sie dort in der Kelterhalle, vor all den Leuten, wirklich gerne geküsst.

Kate schien jedoch kein Interesse mehr an ihm zu haben, denn sie hatte Bens Lächeln nur sehr zögernd erwidert und sich während des gesamten Vormittags fast schon demonstrativ auf die Traubenauslese konzentriert. Und im Gegensatz zu Tilly drehte sie sich jetzt auch nicht zu ihnen um, sondern redete mit zwei anderen Frauen. Ignorierte sie ihn absichtlich?

Sicher, Ben hatte in der vergangenen Woche dasselbe mit ihr gemacht. Aber jetzt, wo sie es tat, störte es ihn. Es störte ihn sogar massiv...

»... wir uns nicht leisten! Ben, hörst du mir überhaupt zu?« Peter stöhnte genervt, weil er die Antwort auf seine Frage offenbar in Bens Gesicht lesen konnte.

»Entschuldige. Was hast du gesagt?«

»Ich sagte, dass es höchste Zeit für dich wird, eine Entscheidung zu treffen. Denn wenn du noch lange mit diesem Bentley durch den Park kurvst und den kleinen Lord spielst, dann wird es richtig eng. Die Sache mit Stanford steht auf der Kippe. Da müssen wir dranbleiben, wenn wir den Deal abschließen wollen, und dafür sollten wir in New York sein.«

Das war Ben bewusst. Es wurde tatsächlich immer schwieriger, die Firma von hier aus zu führen, und ihre Assistentin Sienna Walker, die für sie im Büro die Stellung hielt, stieß täglich an neue Grenzen. Sie tat alles, was nötig war, organisierte Videokonferenzen mit Ben und vertröstete die Kunden, hielt sie mit Entschuldigungen hin. Aber das ging nur eine begrenzte Zeit, dann musste Ben wieder selbst die Geschäfte führen und die Verhandlungen leiten. Und auch Peter arbeitete hier unter erschwerten Bedingungen, was die Entwicklung neuer Projekte behinderte. Auf Dauer ging das nicht so weiter. Es führte also kein Weg daran vorbei, dass ihre Tage in England gezählt waren.

Dabei hing die Sache mit den Camdens immer noch in der Luft. Er hatte gerade erst angefangen, sich ein Bild zu machen und Ralph und die anderen wirklich kennenzulernen, die ihm – von wenigen Ausnahmen abgesehen – inzwischen offener begegneten. Claire etwa hatte sich nach anfänglicher Skepsis ein Beispiel an ihrer Tochter Ivy genommen und verhielt sie ihm gegenüber ausgesprochen freundlich. Ob sie es tat, weil sie ihn tatsächlich mochte oder weil sie es für taktisch klug hielt, konnte Ben nicht sagen, aber es gestaltete seinen Aufenthalt hier angenehmer. Auch heute hatte Claire sich immer wieder erkundigt, ob alles in Ordnung war, und jetzt stand sie lächelnd auf der Terrasse und winkte sie zu sich.

»Ben! Peter! Setzt euch hier zu uns!«, rief sie und legte die Hände auf zwei Stühle nahe dem einen Ende der langen, festlich gedeckten Tafel, auf der Speisen und Getränke bereitstanden. Viele der anderen Helfer saßen bereits und nahmen sich Sandwiches von den Silbertabletts oder ließen sich von den Hausmädchen, die um die Tafel herumliefen, Teller mit heißer Suppe servieren.

Wenn die Camdens etwas tun, dann machen sie es stilvoll, überlegte Ben, während er über die Terrasse zu dem Platz ging, den Claire ihm zugedacht hatte. Denn obwohl die Gäste alle abgekämpft waren und nicht die passende Kleidung trugen, glich dieses Mittagessen eher einem Festbankett als einer Stärkung für zwischendurch. Auf den schweren weißen Tischdecken standen Vasen mit Blumen, und es war feines Porzellan und Silberbesteck gedeckt, das in der Sonne funkelte. Außerdem gab es neben anderen Getränken den hauseigenen Schaumwein in hohen Kristallgläsern. Als alle eins davon vor sich hatten, stand Claire auf und erhob ihr Glas.

»Es ist erst das dritte Mal, dass wir uns hier während der Weinlese auf der Terrasse versammeln, aber es fühlt sich schon jetzt an wie eine sehr gute Tradition. Deswegen möchte ich heute wie jedes Jahr einen Toast ausbringen auf alle, die uns mit so viel Energie und Einsatz geholfen haben. Auf Sie alle und auf einen weiteren guten Jahrgang unseres Daringham-Weins!« Sie prostete den Anwesenden zu.

Ben sah zu Kate hinüber. Sie saß auch hier am »Familienende« des Tisches, zwischen Tilly und Anna, aber sie war trotzdem zu weit entfernt, als dass Ben mit ihr ein Gespräch hätte anfangen können. Lächelnd hob er deshalb sein Glas noch ein bisschen höher und hielt ihren Blick für einen langen Moment fest, glaubte, ein Glitzern darin zu sehen. Dann wurde sie jedoch von diesem Franzosen abgelenkt, der plötzlich neben ihr auftauchte und sie ansprach. Sie sah zu ihm auf und hörte ihm zu, lachte über etwas, das er sagte, und schien Ben vollkommen vergessen zu haben.

Er setzte das Glas an seine Lippen und trank, bis es leer war, dann stellte er es so heftig zurück auf den Tisch, dass Peter ihn überrascht ansah.

»Wusste gar nicht, dass du das Familien-Gesöff so gerne magst.« Er sah zu Kate hinüber, die immer noch mit diesem Marrais sprach. »Oder liegt dein gesteigertes Konsumbedürfnis an der Aussicht?« Mit einem unverschämten Grinsen griff er nach seinem Handy, das ein hohes Piepen von sich gegeben hatte. »Um Miss Huckley brauchst du dir jedenfalls keine Sorgen zu machen. Wie es scheint, wird sie dich nicht besonders vermissen, wenn wir wieder weg sind.«

»Halt die Klappe«, fuhr Ben ihn an. »Und misch dich gefälligst nicht ...«

Er hielt inne, weil ein Geräusch an sein Ohr drang, das nicht zu der nachmittäglichen Stille um sie herum passte. Ein paar andere schienen es auch bemerkt zu haben, denn sie drehten die Köpfe auf der Suche nach der Quelle. Die meisten redeten jedoch einfach weiter.

»Hast du das auch gehört?«, fragte Ben, aber Peter starrte nur auf sein Handy und sagte statt einer Antwort nur ziemlich laut: »Scheiße!«

»Pete!«, ermahnte ihn Ben, weil einige Leute seinen Freund überrascht ansahen. Peter interessierte das jedoch nicht, er war mit seinem Smartphone beschäftigt, hielt es Ben unter die Nase.

»Da, lies! Eine Nachricht von Sienna. Stanford will die Präsentation für das neue Projekt vorziehen. Sie sagt, er hat für Freitag ein Meeting anberaumt, zu dem er uns erwartet. Wenn wir nicht erscheinen, kriegen die Leute von Ruben Technologies den Zuschlag. Freitag – das ist in zwei Tagen! Ben, hast du das gehört? Wir müssen übermorgen wieder in New York sein!«

Natürlich hatte Ben ihn gehört, er war ja nicht taub. Aber er sah trotzdem weiter zu der kleinen rundlichen Frau hinüber, die eben die Terrasse betreten hatte. Er kannte sie, es war Megan, die Köchin der Camdens, und sie sah aus, als würde sie wirklich schlechte Nachrichten bringen.

Sie musste schnell gelaufen sein, denn sie war völlig außer Atem, suchte den Tisch mit den Blicken ab und ging dann rasch zu dem Ende, an dem Ben und die anderen saßen.

»Megan!«, rief David, hinter dessen Stuhl sie stehen blieb, und blickte sie überrascht an. »Ist etwas passiert?«

Sie nickte. »Deine Mutter!«, stieß sie hervor und hielt sich die Rippen, musste erst Luft holen, bevor sie weitersprechen konnte. »Es hat vor dem Haus einen Unfall gegeben!«

9

David konnte sich nicht erinnern, wann er die Strecke von der Terrasse bis nach vorne in die große Halle zuletzt so schnell zurückgelegt hatte. Die Eingangstür stand auf, doch als er nach draußen trat, versperrte ihm der Kastenwagen des Blumenlieferanten die Sicht. Schnell umrundete er das große Auto – und sog scharf die Luft ein, als er mit eigenen Augen sah, was Megan ihm schon kurz beschrieben hatte.

Olivias silberner Mercedes hatte sich in das Heck von Ivys rotem Mini gebohrt und diesen in einen Steinpfeiler geschoben. Sie musste mit ziemlichem Tempo von hinten auf das andere Auto aufgefahren sein, denn die Front des Mercedes war stark eingedrückt, genau wie das Heck des Minis und dessen Motorhaube, die sich dort, wo sie mit dem Pfeiler kollidiert war, nach oben gebogen hatte. Der Schaden war massiv – kein Wunder, dass sie den Knall sogar noch im Garten gehört hatten!

Angst stieg in David auf, und er drängte sich an den Gärtnern und Hausmädchen vorbei, die sich um den Mercedes geschart hatten, zu Kirkby durch, der ganz vorn an der geöffneten Fahrertür stand. Als der große Butler ihn kommen sah, trat er zur Seite und gab den Blick auf Olivia frei. Sie saß quer auf dem Fahrersitz, die Füße auf dem Kies, und sah blass und schockiert aus. Doch zu Davids großer Erleichterung wirkte sie auf den ersten Blick unverletzt, was vermutlich auch dem Airbag zu verdanken war, der sich vor dem Lenkrad aufgebläht und ihren Fall abgebremst hatte.

»Mummy!« Er ging vor ihr in die Hocke und legte ihr eine Hand auf den Arm. »Geht es dir gut?«

Mit weit aufgerissenen Augen nickte Olivia und wandte den Kopf, sah durch die Windschutzscheibe auf den kaputten Mini. »Ich wollte das nicht«, stammelte sie ein bisschen undeutlich, und David zuckte unwillkürlich zurück, weil ihr Atem stark nach Alkohol roch. »Ich habe gebremst, aber ...« Ihre Augen füllten sich plötzlich mit Tränen, und sie begann zu weinen. »Ich weiß nicht, wie das passieren konnte«, jammerte sie, von heftigen Schluchzern geschüttelt.

Ich schon, dachte David und spürte, wie sein Magen sich zu einem festen Knoten zusammenzog. Wenn sie so betrunken war, wie er annahm, dann konnte sie von Glück sagen, dass sie nur Sachschaden angerichtet hatte. Wobei der nicht unerheblich war – Ivys Mini hatte zwar schon einige Jahre auf dem Buckel, aber Olivias Mercedes war noch relativ neu gewesen. Und die Kosten für die Reparatur würde die Versicherung in Olivias Fall vielleicht gar nicht übernehmen, wenn sich bestätigte, dass sie in ihrem Zustand nicht hätte fahren dürfen.

David betrachtete ihren derangierten Zustand. Ihr sonst immer sorgfältig frisiertes Haar stand an einer Seite leicht ab, ihr Make-up war fleckig und ihre Wimperntusche verlaufen, und auch das Seidentuch, das sie zu ihrem schicken Hosenanzug trug, hing völlig schief. Sie versuchte nach wie vor, den Schein zu wahren, doch die Fassade bröckelte immer mehr, und auch wenn er wütend auf sie war, versetzte es ihm einen schmerzhaften Stich, sie so zu sehen.

»Tut dir irgendetwas weh?«

Es dauerte einen Moment, bis seine Frage bei ihr angekommen war. »Die Schulter«, sagte sie und legte ihre Hand darauf.

»Lass mich mal sehen, ja?«, bat Kate hinter ihm, und David

räumte seinen Platz und stand wieder auf, überließ es ihr, Olivia genauer zu untersuchen.

Erst jetzt wandte er sich zum ersten Mal um und spürte, wie ihm kalt wurde, als er die vielen Helfer und Hausangestellten sah, die sich im Hof versammelt hatten und neugierig auf die kaputten Autos starrten.

»Schicken Sie die Leute weg, Kirkby!«, forderte David den Butler auf. Er war wütend auf Olivia, und er schämte sich für sie. Aber sie blieb seine Mutter, und er wollte nicht, dass man sie begaffte – selbst wenn er damit das Gerede nicht verhindern konnte, das es ganz sicher geben würde. Im Dorf ließen sie seit Wochen kein gutes Haar an ihr, behaupteten jetzt sogar, sie hätte eine Affäre mit Lewis Barton. Da würde dieser Unfall ein gefundenes Fressen sein.

Kirkby nickte und machte sich daran, die Schaulustigen zurückzudrängen. Das war schwierig für ihn allein, deshalb halfen Claire und Anna mit, indem sie ins Haus vorausgingen und alle baten, wieder mitzukommen. Die meisten folgten ihnen, und der Hof leerte sich rasch. Lady Eliza, die jetzt erst mit entsetztem Gesicht aus dem Haus lief, hielt jedoch niemand auf.

»Ach du meine Güte!«, rief sie und schlug die Hände vor der Brust zusammen. Dann sah sie sich hektisch um. »Rupert? Rupert, das musst du dir ansehen!«

»Grandpa ist nicht da«, erinnerte David sie. »Er ist heute Morgen mit Ralph nach Cambridge gefahren – weißt du das nicht mehr?«

Für einen Moment starrte Lady Eliza ihn mit leerem Gesichtsausdruck an, dann wurde ihr Blick wieder klar. »Ach ja, natürlich«, sagte sie. »Das war mir entfallen.«

Wie so vieles in letzter Zeit, dachte David. Aber er hatte keine Gelegenheit, weiter über die zunehmende Vergesslichkeit der alten Dame nachzudenken, denn Kate hatte ihre Untersuchung von Olivia beendet und richtete sich neben ihm wieder auf.

»Ihr Schlüsselbein könnte gebrochen sein. Das passiert bei Auffahrunfällen schnell, durch den Druck des Gurtes. Ansonsten hat sie, glaube ich, Glück gehabt. Aber sie sollte trotzdem zur Sicherheit noch mal im Krankenhaus geröntgt werden.«

Vehement schüttelte Olivia den Kopf. »Mir geht es gut«, erklärte sie mit leicht schleppender Stimme und wollte aufstehen, war jedoch so unsicher auf den Beinen, dass sie sofort wieder zurücksackte. »Ich ... muss mich nur ein bisschen hinlegen«, fügte sie kleinlaut hinzu.

Spätestens jetzt begriff auch Lady Eliza, dass nicht der Unfall allein für das Schwanken ihrer Schwiegertochter verantwortlich war. Ihre Lippen wurden zu einer verkniffenen Linie.

»Bring sie nach oben, David. Ich werde Dr. Wolverton anrufen. Er wird sich um sie kümmern.«

»Nein«, widersprach Kate. »Olivia sollte auf jeden Fall ins Krankenhaus. Sonst ...«

»Ich denke, dass wir es unserem Hausarzt überlassen sollten, diese Entscheidung zu treffen«, unterbrach Lady Eliza sie scharf und warf ihr einen Blick zu, der deutlich sagte, dass sie die Diagnose einer Tierärztin für nicht qualifiziert hielt.

»Gut, dann tun Sie das. Aber er wird Ihnen das Gleiche raten«, beharrte Kate. »Es war ein schwerer Aufprall, und viele Verletzungen kann man durch eine bloße Tastuntersuchung nicht erkennen. Im schlimmsten Fall könnte sie innere Blutungen haben. Das sollte wirklich abgeklärt werden.«

David sah, wie Olivia sich an den Kopf griff, der ihr offenbar auch wehtat, und Sorge erfasste ihn.

»Kate hat recht. Sie muss ins Krankenhaus.« Er blickte sich nach seinem Auto um, und erst als er es nirgends entdecken konnte, fiel ihm wieder ein, dass es noch drüben vor der Kelteranlage stand. Wie die meisten anderen auch.

»Nein!« Lady Eliza protestierte energisch. »Das ist nicht nötig! Sie soll sich oben hinlegen, bis Dr. Wolverton hier ist. Sie muss nicht ins Krankenhaus! Es ist besser, wenn sie ...«

»Ich kann euch fahren.«

Überrascht fuhren sie alle herum und starrten Ben an, der plötzlich wieder hinter Kate stand. Sie hatten alle drei nicht bemerkt, dass er zurückgekommen war.

Er griff in seine Hosentasche und holte einen Schlüssel mit einem Silberanhänger heraus, den David sofort wiedererkannte. Er gehörte zu Sir Ruperts Bentley.

»Mischen Sie sich nicht auch noch ein!«, fuhr Lady Eliza ihn wütend an, dann trat sie näher zu David und krallte die Hand in seinen Arm, zog ihn zu sich. »David, du kannst sie in diesem Zustand nicht ins Krankenhaus bringen! Denk doch nur an das Gerede, das es geben wird!«

Ihr Blick war hart, fordernd, duldete keinen Widerspruch, und David wurde klar, dass sie in Wirklichkeit gar nicht interessierte, was in Olivias Fall das Beste war. Für sie zählte nur der Ruf der Familie, den sie um jeden Preis schützen wollte, und dafür war sie offenbar auch bereit, die Gesundheit ihrer Schwiegertochter aufs Spiel zu setzen.

David wusste, wie kompromisslos sie sein konnte, hatte es immer als Eigenart von ihr akzeptiert, ohne es zu hinterfragen. Jetzt war ihm das plötzlich fremd, stieß ihn auf eine ganz neue Weise ab.

Er machte sich von ihr los und nickte Ben zu. »Okay, dann los.«

»David!«, rief Lady Eliza warnend, doch er ignorierte sie und ging zu seiner Mutter, half ihr beim Aufstehen und stützte sie, während sie zu dem liebevoll gepflegten großen Wagen hinübergingen, der auf seinem angestammten Platz vor dem Gebäude abgestellt war.

Kate, die seit Bens Ankündigung noch nichts gesagt hatte, schien aus ihrer Erstarrung zu erwachen und trat an Olivias andere Seite, hakte sie unter.

»Es geht mir gut. Wirklich«, wiederholte Olivia. Doch sie war mittlerweile erschreckend blass und wehrte sich auch nicht, als David ihr zusammen mit Kate auf die Rückbank half.

»Soll ich mitkommen?«, fragte Kate, und David überlegte kurz. Dann schüttelte er den Kopf.

»Nein, das ist nicht nötig.« Es hätte ihn beruhigt, sie dabeizuhaben, aber er wollte nicht, dass durch den Unfall noch mehr durcheinandergeriet. Es war schlimm genug, dass es ausgerechnet heute passiert war, wo eigentlich alle mit der Weinlese zu tun hatten. Außerdem war Olivia seine Mutter – und damit auch sein Problem.

Er stieg zu ihr in den Fond und sah, dass sie sich zurückgelehnt und die Augen geschlossen hatte. Sie stöhnte leise und hielt sich immer noch den Kopf. David konnte nicht beurteilen, ob es an ihrem betrunkenen Zustand oder an den Folgen des Unfalls lag, aber es ging ihr auf jeden Fall schlecht. Seine Entscheidung war richtig gewesen. Dass er sie auch so schnell in die Tat hatte umsetzen können, war jedoch nicht sein Verdienst.

Er sah nach vorne zu Ben, der gerade den Wagen anließ.

»Danke.«

Ben nickte, und als ihre Blicke sich im Spiegel begegneten, lächelten sie sich das erste Mal, seit sie beide die Wahrheit über sich kannten, wirklich an. Dann setzte Ben zurück, und einen Augenblick später fuhren sie vom Hof und ließen Daringham Hall hinter sich.

* * *

Lady Eliza wirkte wie erstarrt, während sie dem Bentley nachsah. Erst als er aus ihrem Blickfeld verschwand, drehte sie sich zu Kate um. Sie war sichtlich fassungslos darüber, dass David mit Ben weggefahren war. Und ihr Gesichtsausdruck zeigte unmissverständlich, wen sie dafür verantwortlich machte.

»Das nächste Mal halten Sie sich gefälligst aus unseren Angelegenheiten raus, haben Sie verstanden?« Ihre Stimme klang eisig, doch ihre Augen glitzerten aufgebracht. »Es ist schon schlimm genug, dass Sie ihn hergebracht haben, diesen... Bastard!« Sie spuckte das Wort angewidert aus. »Aber glauben Sie ja nicht, dass ich es zulassen werde, dass Sie sich mit ihm zusammen in unsere Familie drängen. Sie beide werden hier nicht alles an sich reißen. Dafür sorge ich, hören Sie? Das werde ich verhindern!«

Etwas steif drehte sie sich um und rauschte zurück ins Haus, ließ Kate erschrocken zurück. Sie wusste schon lange, dass Lady Eliza sie nicht leiden konnte. Die alte Dame hatte ihr immer das Gefühl gegeben, ein Aschenputtel zu sein, das nur geduldet war und maximal für niedere Arbeiten in der Küche oder im Stall taugte – aber nicht dazu, mit den Herrschaften auf dem Ball zu tanzen. Die anderen Camdens hatten sie nie so behandelt, deshalb hatte Kate es als Arroganz abgetan und ignoriert. Sie war Lady Eliza einfach aus dem Weg gegangen, soweit es ihr möglich war, und es hatte keine größeren Konflikte mit der alten Dame gegeben. Bis jetzt. Denn Lady Eliza schien den blanken Hass, den sie für Ben empfand, eins zu eins auf sie zu übertragen. Und auch wenn Kate verstand, dass sein Auftauchen ein Schock gewesen sein musste, konnte sie sich diese extreme Reaktion nicht erklären. Was war nur in die alte Dame gefahren, die früher stets eine Meisterin der Beherrschung und der feinen Spitzen gewesen war?

Ein Jeep tauchte am Ende des Parkwegs auf. Kate erkannte ihn, der Wagen gehörte zum Gut und wurde eigentlich vom Stallmeister gefahren. Doch als er näher kam, sah sie, dass Ivy hinter dem Steuer saß, und ihr fiel wieder ein, dass ihre Freundin schon den ganzen Tag mit ihrem Vater James draußen in den Weingärten war. Offenbar hatte man ihr von dem Unfall berichtet, denn sie stieg mit besorgter Miene aus dem Wagen.

»Megan hat mich angerufen. Wie schlimm ist es?«, fragte sie und lief zur Unfallstelle hinüber. Kate folgte ihr, und für einen langen Moment starrten sie beide auf die ineinander verkeilten Wagen.

Der Anblick beklemmte Kate mehr, als sie sich eingestehen wollte, vielleicht weil die aufgerissene Blechhaut und die vielen Scherben wie ein äußeres Zeichen für das waren, was gerade in der Familie kaputtging.

Ivy sah es dagegen wie immer eher pragmatisch. »Tja. Da werde ich wohl eine Weile zu Fuß gehen müssen«, meinte sie trocken. »Und Olivia? Stimmt es, dass sie betrunken war?« Sie verdrehte die Augen, als Kate nickte. »Na, großartig. Ist sie verletzt?«

»Ich glaube, ihr Schlüsselbein ist gebrochen, aber ansonsten hatte sie wahrscheinlich Glück«, erklärte Kate. »Ben und David bringen sie gerade ins Krankenhaus, um sie untersuchen zu lassen.«

»Ben und David? Aha«, meinte Ivy, und Kate konnte ihr nicht verdenken, dass sie erstaunt war. Sie selbst hatte sich auch gewundert, dass es ausgerechnet Ben gewesen war, der David seine Hilfe angeboten hatte, denn sie gingen seit der Enthüllung um ihre Herkunft sehr distanziert miteinander um.

Aber vielleicht hatte Ben es auch nur gemacht, um Lady Eliza zu provozieren. Oder...? Kate schluckte, als sie die dritte Möglichkeit erwog. Hatte er es für sie getan – um ihr gegen Lady Eliza den Rücken zu stärken? Mit klopfendem Herzen dachte sie daran, wie er sie angesehen hatte, bevor er in den Bentley gestiegen war. Oder vorhin auf der Terrasse. Sie kannte diesen Blick, und er hatte noch immer die gleiche Wirkung auf sie, schickte ihren Magen auf Talfahrt und jagte ihren Puls nach oben. Weil es sie daran erinnerte, wie er auch sein konnte. Entschlossen. Stark. Und ziemlich unwiderstehlich.

Aber wenn sie sich noch einmal auf diesen Blick einließ, gab sie Ben wieder Macht über sich. Dann war sie schutzlos ihren Gefühlen für ihn ausgeliefert, die zwischen zwei Extremen schwankten: Er konnte sie sehr glücklich machen. Oder schlimm verletzen. Und noch war sie nicht sicher, ob es für Variante eins überhaupt eine Chance gab.

»Ich muss wieder los«, meinte Ivy. »Würdest du Kirkby ausrichten, dass er jemanden bestellen soll, der die Autos abschleppt – falls er das nicht sowieso schon gemacht hat? Je schneller sie in die Werkstatt kommen, desto eher sind sie repariert.«

»Natürlich«, versicherte Kate ihr und winkte ihr nach, als sie mit dem Jeep wieder losfuhr. Dann ging sie selbst zurück ins Haus.

* * *

»Ich könnte ihn umbringen!«, schimpfte Peter Adams, während er neben Tilly her durch den Garten zurück zu den

Wirtschaftsgebäuden des Herrenhauses ging. »Er hätte mir doch wenigstens Bescheid sagen können.«

»So wie es klang, war dafür keine Zeit«, erwiderte sie und warf einen Blick zurück auf die Terrasse, wo die anderen nach der Aufregung durch den Unfall weiter ihre Pause genossen. Sie hätte gerne noch einen Teller von der leckeren Cremesuppe gegessen. Doch sie hatte Peter angeboten, ihn zurück ins »Three Crowns« zu fahren, wo er plötzlich so dringend hinmusste, aber nicht hinkonnte, weil Ben mit dem Schlüssel für den Mietwagen in der Tasche auf dem Weg ins Krankenhaus nach King's Lynn war.

»Genau«, knurrte Peter sehr schlecht gelaunt. »Keine Zeit – das ist das Stichwort. Ben hat nämlich gar keine Zeit, um den Samariter für die Camdens zu spielen. Er muss eigentlich mit mir zusammen die nächsten Stunden am Computer verbringen und an den Details der Präsentation feilen, die wir am Freitag in New York halten müssen.«

Abrupt blieb Tilly stehen. »New York?«, fragte sie perplex. »Dann ... fliegen Sie zurück?«

Peter Adams, der schon ein paar Schritte weitergegangen war, hielt inne und sah zu ihr zurück.

»Das will ich doch schwer hoffen – sonst geht uns nämlich ein fetter Auftrag durch die Lappen, an dem wir schon über ein halbes Jahr lang sitzen.«

»Aber ...« Tilly suchte fieberhaft nach einem Einwand. »Hat Ihr Freund denn überhaupt Papiere, um wieder auszureisen?«

»Natürlich«, erwiderte Peter. »Ben hat sofort einen neuen Pass beantragt, als er wieder wusste, wer er ist. Er hätte schon die ganze Zeit wieder nach Hause fliegen können – er wollte bloß nicht. Aber jetzt wird ihm nichts anderes übrig bleiben.«

Er drehte sich um und ging weiter, merkte erst nach einigen Metern, dass Tilly ihm nicht folgte. »Was ist? Kommen Sie?«

Tilly setzte sich wieder in Bewegung, schloss zu ihm auf. Doch der Kloß, der ihr die Kehle eng machte, wollte nicht weichen. Du meine Güte, das war doch klar, dass sie irgendwann wieder abreisen würden, dachte sie, wütend auf sich selbst. Es kam nur so ... plötzlich.

»Seit wann wissen Sie, dass Sie zurückmüssen?«, fragte sie, als sie den Platz vor der Kelterei erreicht hatten, und Peter brach in eine weitere Tirade über Ben aus.

»Erst seit vorhin. Ich habe eine SMS von unserer Assistentin in New York erhalten und sie ihm gezeigt. Und was macht er? Fährt einfach weg, anstatt sich um die Sache zu kümmern.« Er schüttelte den Kopf. »So war er nie. Für ihn ging die Firma immer vor.«

Tilly schloss den Kombi auf. »Und kommen Sie wieder?«

Peter schnaubte. »Oh nein! Auf gar keinen Fall!«, sagte er sehr entschlossen und wollte einsteigen, hielt jedoch inne, als er Tillys Gesichtsausdruck sah. »Was?« Er hob die Handflächen nach oben und zuckte mit den Schultern. »Das sind doch gute Neuigkeiten für Sie. Dann können Sie wieder in Ruhe putzen und kochen und backen und müssen sich nicht mehr über mich ärgern.«

Er lächelte und schien zu erwarten, dass sie es auch tun würde, deshalb verzog sie kurz das Gesicht, hob einen Mundwinkel.

»Ich kann es kaum erwarten«, erwiderte sie und hoffte, dass ihre Stimme gleichgültig genug klang. Dann stieg sie hastig ein, um seinem irritierten Blick zu entgehen.

10

David lag auf dem Bett und starrte auf die Stuckblumen an der Decke. Das einzige Licht im Zimmer war das seiner Nachttischlampe, deren warmer Schein nicht weit genug reichte, um die Schatten aus den Ecken des großen, hohen Raumes zu vertreiben. David lächelte ein bisschen wehmütig, als ihm wieder einfiel, dass er als Kind manchmal Angst vor ihnen gehabt hatte. Wie albern, dass so nichtige Dinge ihn damals erschrecken konnten. Aber da hatte er ja auch noch nicht geahnt, wie schwarz die Schatten waren, die tatsächlich auf seinem Leben lasteten.

Er richtete sich wieder auf und sah auf die Leuchtziffern des Radioweckers auf dem Nachttisch. Es war schon spät, fast Mitternacht, aber er wusste, dass er nicht schlafen konnte. Deshalb hatte er auch noch keinen Versuch gemacht, sich auszuziehen, lag immer noch in Jeans und Hemd auf dem Bett.

Mit einem Seufzen erhob er sich, schlüpfte zurück in seine Sneaker und ging zur Tür. Im Flur brannte Licht, was bedeutete, dass irgendjemand von der Familie noch wach sein musste. Kirkby löschte es nämlich immer erst, wenn er sich selbst hinlegte, und das tat er grundsätzlich nicht, bevor nicht alle Camdens zu Bett gegangen waren – aus Sorge, einer von ihnen könnte noch etwas brauchen. Deshalb wunderte es David nicht, dass er Ralph an seinem Schreibtisch sitzen sah, als er an dessen halb geöffneter Arbeitszimmertür vorbeikam.

Ralph hob den Kopf, doch er schien so in die Papiere versunken, die vor ihm auf dem Schreibtisch ausgebreitet lagen, dass es einen Moment dauerte, bis er sich gedanklich davon lösen konnte und lächelte.

»David! Wolltest du zu mir?«

»Nein, ich wollte nur noch mal schnell sehen, wie es Mummy geht.«

Seit sie gestern Nachmittag aus dem Krankenhaus zurückgekehrt waren, hatte Olivia ihr Zimmer nicht verlassen, weil der Arzt ihr wegen des bestätigten Schlüsselbeinbruchs und eines leichten Schleudertraumas Bettruhe verordnet hatte. Ihre Verletzungen waren nicht schlimm, würden bald verheilen, aber es ging ihr trotzdem nicht gut. Sie machte sich Vorwürfe wegen des Unfalls, war weinerlich und teilweise auch übellaunig, vielleicht weil David sämtlichen Alkohol aus ihrer Reichweite verbannt hatte. Und weil er nicht sicher war, ob sie nicht versuchen würde, wieder an welchen zu kommen, ging er schon den ganzen Tag immer wieder bei ihr vorbei und kontrollierte, ob sie noch nüchtern war.

Ralph nahm seine Lesebrille ab und lehnte sich in seinem Stuhl zurück, jetzt wieder sehr ernst. »Das ist lieb von dir. Sag mir Bescheid, falls sie noch etwas braucht oder wenn ich etwas tun kann.«

Er lächelte noch einmal kurz, dann blickte er wieder auf seinen Computerbildschirm, verglich das, was er dort las, mit etwas in den Unterlagen vor ihm.

David spürte wieder diesen Stein im Magen, der ihn seit Tagen quälte. »Machst du dir gar keine Sorgen um sie?«

Überrascht blickte Ralph wieder auf. »Doch, natürlich. Aber ich dachte, abgesehen von dem gebrochenen Schlüsselbein ginge es ihr gut. Das hast du doch gesagt.«

»Ich meine nicht ihr Schlüsselbein, sondern ihr offensichtliches Alkoholproblem«, erwiderte David hitzig. Er hatte darüber noch nicht mit Ralph sprechen können. Wenn sie sich gesehen hatten, dann eigentlich nur an Olivias Krankenbett, wo sie nicht offen reden konnten. Ansonsten war Ralph entweder unterwegs gewesen oder hatte irgendwelche wahnsinnig geheimen Gespräche mit Sir Rupert in der Bibliothek geführt, bei denen David nicht dabei sein durfte. Worum es dabei ging, wusste er nicht, und im Moment gab es auch andere Dinge, die er wichtiger fand. »So kann das mit ihr nicht weitergehen«, sagte er. »Sie braucht Hilfe.«

»Ich weiß.« Ralph seufzte tief und rieb mit zwei Fingern über die Stelle auf seinem Nasenrücken, auf der die Brille gesessen hatte. »Ich werde mit ihr reden.«

Er klang müde und resigniert, so als wäre es nur ein Punkt auf einer langen Liste, die er abarbeiten musste. Was auch so zu sein schien, denn er machte sich eine Notiz und deutete dann auf die Papiere auf dem Schreibtisch. »Entschuldige, aber ich muss das hier dringend beenden. Wir sprechen morgen noch mal in Ruhe darüber, ja?«

David biss die Zähne aufeinander und schaffte es zu nicken und zu gehen, obwohl ihm bittere Enttäuschung in der Kehle brannte. Er verstand einfach nicht, wie Ralph so gleichgültig sein konnte. Olivia hatte ihn betrogen und belogen und ihm ein Kind untergeschoben, das nicht von ihm war. Sie hatte ihn öffentlich beschimpft und bloßgestellt und sorgte jetzt erneut für Gerede. Doch Ralph hatte sie in Davids Beisein noch nie angeschrien oder ihr Vorwürfe gemacht. Er schien überhaupt nicht wütend zu sein, sondern machte einfach weiter, als wäre nichts passiert – abgesehen davon, dass Ben jetzt da war. Um den kümmerte er sich, aber alles andere ließ er einfach laufen, so als würde es ihn gar nicht mehr interessieren.

Der Gedanke tat David weh, und er versuchte ihm zu entkommen, indem er mit schnellen Schritten das private Wohnzimmer durchquerte, das ihm, Ralph und Olivia zur Verfügung stand. Olivias Schlafzimmer grenzte daran, und er öffnete vorsichtig die Tür.

Eigentlich war er davon ausgegangen, dass sie schlief, denn sie hatte Medikamente gegen die Schmerzen bekommen. Doch das Licht brannte, und Olivia saß mit dem Rücken zu ihm auf dem Bett – einem weiß lackierten modernen Designerstück, das David immer verabscheut hatte, weil es ihm in diesem altehrwürdigen Haus wie ein unangenehmer Stilbruch vorkam. Wegen ihres Schlüsselbeinbruchs lag ihr rechter Arme in einer Schlinge, aber mit ihrer freien linken Hand hielt sie ein Handy an ihr Ohr und telefonierte mit jemandem.

David wollte sie nicht stören und die Tür wieder schließen, doch dann hielt er inne, weil sein Name fiel.

»Ich kann es David nicht sagen, Lewis.« Olivias Stimme klang eindringlich. Verzweifelt. »Das würde alles noch viel schlimmer machen. Die anderen reden jetzt schon kaum noch mit mir. Wenn sie es wüssten, würden sie mich wahrscheinlich rauswerfen.« Sie seufzte tief. »Nein, du kannst nichts tun. Die anderen dürfen nicht mal wissen, dass ich mit dir spreche.«

Davids Kopfhaut prickelte unangenehm, und sein Herz fing an zu rasen, während er versuchte, das Gehörte zu deuten. Aber es gab eigentlich nur eine Möglichkeit.

Er riss die Tür ganz auf und betrat das Zimmer, was Olivia erschrocken herumfahren ließ. Hastig drückte sie das Gespräch weg.

»Dann weißt du also, wer mein Vater ist?« Davids Stimme zitterte, weil er so fassungslos war. »Ist es ...« Er konnte es kaum aussprechen. »Ist es Lewis Barton?«

»Was? Nein!«, widersprach sie ihm sofort.

»Aber das war doch Lewis Barton, mit dem du gerade gesprochen hast«, beharrte David und spürte Übelkeit in sich aufsteigen bei dem Gedanken, dass er mit diesem schrecklichen Choleriker verwandt war.

»Nein!« Olivia sagte es entrüstet, aber sie wich Davids Blick aus. »Du irrst dich. Das war...«

»Natürlich war er das«, fiel ihr David ins Wort, weil er ihre Lügen satthatte. Er dachte an die Gerüchte, die im Dorf kursierten. Nie im Leben hätte er gedacht, dass sie stimmten und seine Mutter sich tatsächlich mit dem Erzfeind der Camdens traf. Und so wie sie sich eben am Telefon angehört hatte, tat sie das schon länger.

»Ist er mein Vater?«, fragte er noch einmal und konnte seinen Widerwillen gegen diese Vorstellung nicht unterdrücken.

Erschrocken hob Olivia die rechte Hand, so als wollte sie den Vorwurf abwehren. »Nein, David, nein! Das hast du alles ganz falsch verstanden. Lewis und ich... wir haben keine Affäre. Und wir hatten auch nie eine.«

»Und warum telefonierst du dann mit ihm?«

Ihre Schultern sanken nach vorn, und sie zog ein Taschentuch aus dem Spender, der auf ihrem Nachttisch stand, wischte sich damit die Tränen ab, die ihr in die Augen stiegen.

»Weil er der Einzige ist, der im Moment Verständnis für mich hat«, schluchzte sie. »Ich bin ihm begegnet, zufällig, in Fakenham, damals, kurz nach dem Sommerfest, und wir sind ins Gespräch gekommen. Er ist gar nicht so furchtbar, wie Tim und Ralph immer behaupten. Zu mir war er jedenfalls sehr nett, und seitdem treffen wir uns öfter. Weil er mir wenigstens zuhört, verstehst du?« Sie putzte sich die Nase. »Du weißt ja nicht, wie es ist, wenn sich alle gegen einen wenden!

Lord Welling hat mich nicht zum diesjährigen Jagdball eingeladen, dabei gehe ich seit Jahren hin. Und seine Frau hat mich heute Morgen angerufen und unsere Verabredung zum Tee abgesagt. Schon zum dritten Mal. Weil ihr etwas ›dazwischengekommen‹ ist und sie angeblich keine Zeit hat. Im Dorf sehen mich ohnehin alle so an, als wäre ich eine Aussätzige. Sie ächten mich, David, seit Wochen schon, und das halte ich nicht mehr aus.« Mit tränennassem Gesicht sah sie zu ihm auf. »Kannst du nicht mal mit Eliza sprechen? Auf dich hört sie doch. Sag ihr, dass es mir leidtut. Sag ihr, dass ...«

»Hör auf!«, rief David, weil er das alles nicht wissen wollte. Es gab nur eins, was ihn interessierte. »Wenn es Lewis Barton nicht ist, wer ist es dann? Wer ist mein Vater?«

Olivia wich seinem Blick erneut aus. »Das ist doch nicht wichtig, Schatz, das können wir doch ...«

»Natürlich ist es wichtig! Also sag es mir endlich!«, brüllte David und musste für einen Moment mit seiner Selbstbeherrschung kämpfen. Er war noch nie im Leben gewalttätig gewesen, aber in diesem Moment hätte er seine Mutter am liebsten gepackt und geschüttelt. Und sie schien das zu spüren, denn sie wurde blass.

»Drake Sullivan«, stieß sie hervor. »Er heißt Drake Sullivan.«

David ballte die Hände zu Fäusten. Der Name sagte ihm nichts. »Und wer ist er?«

»Ich ... hab es dir doch schon erzählt. Ich habe ihn in Norwich kennengelernt, auf einer Party«, erzählte Olivia stockend. »Ich weiß auch nicht, wieso ich mich auf ihn eingelassen habe, es ist einfach passiert. Er war ein Draufgänger und ganz anders als Ralph, der immer so korrekt ist und so ruhig und besonnen.« Sie schüttelte den Kopf. »Aber es ging nicht lange, nur ein paar Wochen, dann habe ich die Beziehung zu ihm abgebrochen, weil ich Angst hatte, dass Ralph dahinterkommt.«

Entsetzt starrte David sie an, denn ihre Lüge war offenbar noch viel größer, als er angekommen hatte.

»Dann war es nicht nur ein One-Night-Stand? Du hattest eine Affäre mit diesem Sullivan?«

Olivia nickte, sichtlich beklommen. »Aber nur ganz kurz, wirklich. Ich wollte ihn nie, nicht so wie Ralph. Vielleicht war es Torschlusspanik, ich weiß es nicht. Es war so einfach mit Drake, und ich wollte noch mal Spaß haben. Bis mir klar geworden ist, was ich riskiere. Meine Eltern waren so glücklich über meine Verbindung zu den Camdens, sie hätten mich umgebracht, wenn sie davon erfahren hätten.« Neue Tränen stiegen ihr in die Augen, als sie weitersprach. »Aber dann merkte ich ein paar Tage vor der Hochzeit, dass ich schwanger war. Mir war klar, dass auch Drake als Vater in Frage kam, aber ich habe es verdrängt, wollte es nicht wahrhaben. Bis du größer wurdest und nicht Ralph ähnlich sahst, sondern Drake. Du bist ihm wie aus dem Gesicht geschnitten, David.« Sie schluchzte auf. »Ich konnte es Ralph nicht sagen – und dir auch nicht. Ich habe mich so geschämt und wollte euch nicht wehtun.«

David schnaubte und verzog verächtlich das Gesicht. »Ach nein? Und warum hast du dann nicht einfach weiter geschwiegen? Warum musstest du auf dem Sommerball plötzlich deine Meinung ändern und es vor allen Gästen herausposaunen?«

Olivia schwieg und starrte auf ihre Hände, offenbar nicht in der Lage, ihr Verhalten zu erklären.

Er glaubte ihr sogar, dass sie es eigentlich nicht hatte sagen wollen. Aber offensichtlich war ihr Hass auf Ralph größer gewesen als ihr Bedürfnis, sich und ihren Sohn vor den Konsequenzen der Wahrheit zu schützen. Dafür musste David sich bloß an ihren Gesichtsausdruck erinnern, als sie Ralph vor all den Leuten auf der Terrasse angegiftet hatte.

»Hast du Dad eigentlich je geliebt?«

Erst als er es ausgesprochen hatte, wurde ihm bewusst, dass er Ralph zum ersten Mal seit Tagen wieder so genannt hatte, und eine tiefe Traurigkeit erfüllte ihn.

Über Olivias Gesicht huschte ein kurzes Lächeln. »Natürlich habe ich ihn geliebt. Ich wollte unbedingt seine Frau werden, und der Tag, an dem wir geheiratet haben, war der glücklichste in meinem Leben. Aber dann, mit den Jahren ...« Sie schüttelte den Kopf. »Ich hatte es mir nicht so schwer vorgestellt. Die viele Arbeit, das Gut, das Haus – immer ging es nur darum. Irgendwann hatte ich das Gefühl, ich kann überhaupt nicht mehr atmen.«

David starrte sie an und versuchte, diese ganzen Informationen zu verarbeiten. »Hast du ihn wiedergesehen?«

»Drake?« Olivia schüttelte den Kopf »Nein, nie. Ich habe versucht, ihn zu vergessen. Aber das war schwer, denn du bist ihm so ähnlich. Du hast mich jeden Tag daran erinnert, was für einen großen Fehler ich gemacht habe.«

Ein Geräusch an der Tür ließ sie beide herumfahren.

Ralph stand im Türrahmen. »Ich habe euch streiten hören und wollte nachsehen, ob alles in Ordnung ist«, sagte er, und David sah an seinem Blick, dass er fast alles gehört haben musste.

»Ralph, ich ...« Olivia suchte nach den richtigen Worten. »Es tut mir so leid. Ich wollte das alles nicht.«

Sie hatte die Decke bis zu ihrer Brust gehoben und schien damit zu rechnen, dass er sie anschreien oder ihr eine Szene machen würde. David wartete sogar darauf. Das, was er jetzt erfahren hatte, konnte Ralph doch unmöglich einfach so stehen lassen.

Ihm war jedoch keine Regung anzumerken, er sah Olivia einfach nur an.

»Das spielt keine Rolle mehr«, sagte er schließlich, und für einen Moment glaubte David, dass er damit meinte, dass er die Scheidung wollte.

Doch dann betrachtete er Ralph genauer und erkannte die gleiche Resignation in seinen Augen, die er vorhin im Arbeitszimmer auch schon darin gesehen hatte, und ihm wurde klar, dass er nicht von einer Trennung sprach. Er meinte es wörtlich – er wollte offenbar nicht mehr darauf eingehen, sondern diese Sache auf sich beruhen lassen.

»Es spielt keine Rolle?« Fassungslos starrte David ihn an. Es war ihm plötzlich egal, ob alles kaputtging – er wollte, dass Ralph seine Mutter für das, was sie getan hatte, zur Rechenschaft zog, er wollte endlich eine Reaktion sehen, ein Zeichen dafür, dass es ihm auch etwas ausmachte und er darunter genauso litt wie David. Aber das schien nicht der Fall zu sein, und diese Erkenntnis traf David viel härter, als er gedacht hatte. »Wie kannst du das ...«

Ralph hob abwehrend die Hand, fiel ihm ins Wort.

»David, nicht. Nicht jetzt. Olivia muss sich noch schonen und sollte schlafen. Wir können morgen reden.«

Morgen, dachte David, und sein Magen krampfte sich zusammen. Oder auch gar nicht. So wichtig war er ja anscheinend nicht, dass man ihm Aufmerksamkeit schenken musste.

Auf einmal war ihm alles zu viel, und er stürmte wortlos an Ralph vorbei aus dem Zimmer.

»David!«, rief Olivia ihm nach, aber er lief weiter, zurück in den Flur und von dort in den Trakt, den Anna mit ihrer Familie bewohnte. Vor ihrer Zimmertür blieb er stehen.

Er wusste, dass es schon spät war und sie vielleicht schon schlief, trotzdem musste er sie einfach sprechen, deshalb klopfte er vorsichtig. »Anna?«

Drinnen blieb zuerst alles ruhig, doch dann hörte er ein Rascheln und Schritte, die sich der Tür näherten. Einen Augenblick später öffnete Anna. Sie war offenbar schon im Bett gewesen oder auf dem Weg dorthin, denn sie trug ein hellblaues, weites Sleepshirt, das ihr bis zu den Knien reichte. Erstaunt sah sie ihn an.

»Ist was passiert?«

Er nickte. »Kann ich mit dir sprechen?«

»Natürlich.«

Sie gab die Tür frei und ließ ihn in ihr Zimmer treten. Er kannte es fast so gut wie sein eigenes, aber noch nie hatte er die helle Gemütlichkeit, die es ausstrahlte, so dringend gebraucht wie jetzt. In allen Sachen, den zierlichen, liebevoll restaurierten Möbeln, den Bleistiftzeichnungen an den Wänden, von denen einige von Anna stammten, den Büchern und all den kleinen und großen Erinnerungsstücken in den Regalen und auf den Ablageflächen, spiegelte sich Annas Wesen, ihre freundliche, offene Art, und er fühlte sich sofort ein bisschen leichter, ein bisschen weniger unglücklich.

Anna setzte sich auf das Bett, dessen Decke noch zurückgeschlagen war, und schob das Buch zur Seite, in dem sie gelesen hatte, bevor er gekommen war. Sie klopfte auf den Platz neben sich, und David folgte ihrer Aufforderung.

»Also?«, fragte sie und legte ihre Hand auf seine. »Sag schon. Was ist los?«

Für einen Moment zögerte er, hatte plötzlich Angst, das auszusprechen, was ihn noch ein Stück mehr von ihr trennen würde. Doch als er ihre Berührung spürte, war es, als wenn sie damit etwas in ihm geöffnet hätte.

»Ich weiß es jetzt«, sagte er. »Ich weiß, wer mein richtiger Vater ist.«

Und dann sprudelten die Worte nur so aus ihm heraus, er erzählte ihr alles, was er von Olivia über Drake Sullivan erfahren hatte. Und auch wie enttäuscht er von seiner Mutter war, die ihm diese Wahrheit so lange vorenthalten hatte. Und von Ralph, der plötzlich so müde wirkte und immer wichtigere Dinge zu tun hatte, als sich um David zu kümmern.

»Oh David«, sagte Anna, als er geendet hatte. Tränen standen in ihren Augen, und er sah, dass sie genau verstand, was in ihm vorging.

»Du sollst nicht weinen«, sagte er und verzog das Gesicht zu einem schwachen Lächeln, damit er nicht auch noch anfing. »Wenn das einer tun muss, dann ich.«

Anna wischte sich über die Augen. »Dann heulen wir eben zusammen«, sagte sie, und David fühlte sich ihr plötzlich so nah, dass es fast schmerzte. Instinktiv streckte er die Arme nach ihr aus, und sie kam ihm entgegen, schmiegte sich an ihn. Für einen Moment hielt er sie einfach nur fest, so wie er es schon hunderte Male getan hatte. Doch es war anders jetzt, das spürte er immer deutlicher. Wenn er ihr jetzt so nahekam, dann war da mehr als Dankbarkeit in ihm. Und auch mehr als die geschwisterliche Zuneigung, die sie bisher verbunden hatte. Viel mehr. Und deshalb musste er die Umarmung beenden.

Aber er konnte es nicht. Er brauchte Anna, genoss das Gefühl ihrer Hände auf seinem Rücken, den Duft ihres Haars und wie weich sich die Haut in ihrem Nacken anfühlte, als er eine Hand unter ihr Haar schob und sie noch ein bisschen enger an sich zog. Sie hob den Kopf, ohne ihn loszulassen, und als ihre Blicke sich begegneten, vergaß er zu atmen und zu denken, sah nur in ihre großen blauen Augen, versank darin ...

»David?« Claires Stimme riss ihn zurück in die Wirklichkeit. Er ließ Anna sofort los und stand auf, drehte sich zu seiner Tante um.

Sie stand in der geöffneten Tür, die Klinke noch in der Hand, und der überraschte Ausdruck, der eben noch auf ihrem Gesicht gelegen hatte, wich einem Stirnrunzeln.

»Ich ... wollte nicht stören«, sagte sie zögernd, dann wandte sie sich an Anna. »Schatz, denkst du dran, dass wir beide morgen früh nach Cambridge fahren? Sehr zeitig übrigens«, fügte sie mit Blick auf David noch hinzu, der den Wink verstand.

»Ich wollte ohnehin gerade gehen«, erklärte er und spürte, wie sein Gesicht heiß wurde. Er sah Anna nur kurz an, deren Wangen auch gerötet waren, dann senkte er den Kopf und ging mit einem gemurmelten »Gute Nacht« an Claire vorbei zurück in den Flur.

Auf dem Weg in sein Zimmer versuchte er vergeblich, sich wieder zu beruhigen und sein Herz dazu zu zwingen, langsamer zu schlagen.

Er war sicher, dass Claire sich vor zwei Wochen noch nicht darüber gewundert hätte, was er um diese Zeit in Annas Zimmer machte. Aber jetzt gerade hatte sie sehr irritiert ausgesehen, so als hätte er eine Grenze überschritten.

Und hatte er das nicht auch?

Als er wieder in seinem Zimmer war, blieb er wie versteinert in der Mitte des Raumes stehen und starrte sein Bett an, wünschte sich plötzlich, er wäre vorhin nicht aufgestanden.

Aber das, was er jetzt wusste, ließ sich nicht mehr rückgängig machen, genauso wenig wie das, was er für Anna empfand. Und beides zwang ihn zu einer Entscheidung.

Mit neuer Entschlossenheit ging er deshalb zu seinem Schreibtisch hinüber und klappte seinen Laptop auf, wartete, bis er hochgefahren war. Dann gab er »Drake Sullivan« in das Feld der Suchmaschine ein, die als Startbildschirm erschien, und drückte auf »Enter.«

11

»So, fertig.« Kate wischte sich mit dem Handrücken über die Stirn und betrachtete die Naht, mit der sie die Operationswunde verschlossen hatte. Es sah gut aus, und sie war zufrieden, vor allem, da Mrs Swans Siamkater Norris trotz seines hohen Alters die Narkose problemlos zu verkraften schien. Außerdem hatte sich ihre Befürchtung, dass es sich bei der deutlich tastbaren Ausbuchtung unter seiner Haut vielleicht um einen Tumor handelte, nicht bestätigt. Es war lediglich ein Lipom gewesen, eine harmlose Fettansammlung, und wenn jetzt keine Komplikationen mehr auftraten, dann konnte die alte Dame ihren geliebten Norris gleich wieder abholen. »Er hat's überstanden.«

»Und wir hoffentlich auch.« Kates Sprechstundenhilfe Charlotte, eine mollige Mitfünfzigerin, schmiss gerade die blutigen Mullbinden weg und spülte die Instrumente ab. Sie hatte auch schon für Dr. Sandhurst gearbeitet, und Kate schätzte sie sehr. »Er war der Letzte für heute, oder?«

»Es sei denn, es kommt noch jemand«, erinnerte Kate sie, erntete dafür aber nur einen kritischen Blick und ein Kopfschütteln von Charlotte.

»Du sagst das, als würdest du dir das wünschen. Wir haben freitagnachmittags keine Sprechstunde, Kate.«

»Ich weiß. Aber wenn jemand einen Notfall bringt, kann ich ihn schlecht wegschicken.«

Charlotte schnaubte. »Reichen dir vier OPs hintereinander noch nicht? Ich dachte, du freust dich, endlich frei zu haben.«

Kate zuckte mit den Schultern und antwortete darauf lieber nicht, deutete stattdessen auf die Tür zum Nebenraum, wo sich die Aufwachboxen befanden. »Bringst du Norris schon mal rüber?«

»Natürlich.« Charlotte ging zum Tisch und befreite den schlafenden Kater von dem Schlauch, der ihm während der Narkose beim Atmen helfen sollte. Dann trug sie ihn vorsichtig in das angrenzende Zimmer, während Kate den OP-Tisch reinigte und das Operationsbesteck in den Sterilisator legte.

»Ich rufe dann noch Mrs Swan an und sage ihr Bescheid«, meinte Charlotte, als sie wieder zurückkam. »Aber danach müsste ich los. Du weißt schon, wegen Julie.«

Kate brauchte einen Moment, bis ihr wieder einfiel, dass Charlotte heute früher gehen wollte, weil ihre Tochter für ein paar Tage aus Devon zu Besuch kam.

»Das mit Mrs Swan kann ich auch erledigen«, erwiderte sie. »Mach ruhig schon Schluss, wenn du willst.«

»Danke!« Mit einem glücklichen Lächeln verließ Charlotte das Behandlungszimmer und kehrte kurze Zeit später mit Tasche und Mantel zurück. »Ich bin dann weg.«

Kate nickte. »Grüß Julie von mir!«

»Mach ich! Ein schönes Wochenende!«, rief Charlotte im Gehen, und Kate spürte wieder dieses hohle Gefühl im Magen, wie jedes Mal, wenn sie daran erinnert wurde, dass heute Freitag war.

Beklommen blickte sie zu der Wanduhr über der Tür. Es war schon Viertel nach fünf, also mussten Ben und Peter inzwischen längst in New York gelandet sein.

So richtig glauben konnte sie immer noch nicht, dass die beiden abgereist waren. Aber offenbar gab es da einen wichtigen geschäftlichen Termin, den sie unbedingt wahrnehmen mussten, und zumindest Peter hatte laut Tilly nicht vor, wieder zurückzukommen.

Und Ben? Er hatte zwar gesagt, dass er noch eine Weile in England bleiben wollte, aber konnte er das überhaupt, ohne seiner Firma zu schaden? Wahrscheinlich nicht. Und wenn er erst wieder in seiner Stadt war, wo er sich zuhause fühlte und anscheinend sehr gebraucht wurde, dann würden Daringham Hall und seine Bewohner ganz sicher in den Hintergrund treten. Genau wie seine Rachepläne, falls er die überhaupt noch verfolgte. Vielleicht hatte er ja längst seinen Frieden mit der Situation gemacht und das alles für sich abgehakt?

Kate seufzte tief, während sie nach vorne zum Empfang ging, wo das Telefon stand. Wenn er wirklich nicht mehr zurückkam, dann sollte sie sich darüber eigentlich freuen. Schließlich war es das, was sie sich gewünscht hatte: dass es keinen Ärger mehr gab zwischen Ben und den Camdens und dass alles wieder so war wie vorher.

Aber sie freute sich nicht. Sie war nicht mal erleichtert.

Lustlos griff sie nach dem Telefonhörer und rief bei Mrs Swan an, um sie zu bitten, Norris wieder abzuholen. Die alte Dame lebte zum Glück nur ein paar Straßen weiter und stand eine Viertelstunde später schon vor der Praxistür. Sie bedankte sich überschwänglich und nahm den Kater mit einem glücklichen Lächeln wieder in Empfang, das Kate daran erinnerte, warum sie ihren Beruf so mochte.

Als Kate wieder allein war, ließ sie sich auf den Stuhl an der Anmeldung sinken, auf dem sonst Charlotte saß, und überlegte, was es noch zu tun gab. Aber es war alles erledigt, jedenfalls was die Praxis anging. Deshalb würde sie jetzt Schluss machen und rüber in ihr Cottage auf der anderen Seite des Innenhofs gehen. Und die Hunde rauslassen. Und füttern. Und an ihrem Schreibtisch drüben den Papierkram erledigen, der liegen geblieben war. Sie würde einfach alles tun, was nötig war, um die Leere zu füllen, die sich in ihrem Innern ausgebreitet hatte ...

Die Praxistür öffnete sich mit dem vertrauten Klacken – man konnte sie aufdrücken, wenn sie nicht abgeschlossen war –, und Kate hob erfreut den Kopf, weil sie annahm, dass es doch noch einen Notfall gab, um den sie sich kümmern konnte. Doch herein kam kein neuer Patient, sondern ein ziemlich aufgebrachter Lewis Barton. Überrascht stand sie auf und ging ihm entgegen.

»Mr Barton ...«

»Was fällt Ihnen eigentlich ein?«, herrschte er sie an und wedelte mit den Papieren, die er in der Hand hielt. »Sie werden das hier korrigieren, und zwar sofort!«

Kate atmete einmal tief durch. »Worum geht es denn?«, fragte sie möglichst ruhig, obwohl sie wenig Hoffnung hatte, dass er sich davon besänftigen lassen würde.

Lewis Barton war auch in unaufgeregtem Zustand ein recht beeindruckender Mann, allein schon durch seine physische Präsenz. Er hatte ein breites Kreuz und kräftige Arme, die davon zeugten, dass er fünfzehn Jahre lang selbst auf dem Bau gearbeitet hatte, bevor er seine Firma gegründet und mit viel Ehrgeiz in einen großen Baukonzern verwandelt hatte. Jetzt, mit Mitte fünfzig, war er reich und ging höchstens noch mit Geschäftsfreunden golfen, wenn er sich bewegen wollte. Auch äußerlich hatte er den einfachen Arbeiter hinter sich gelassen, trug maßgeschneiderte Anzüge und trat stets sehr gepflegt auf. Er konnte ausgesprochen charmant sein, wenn er das wollte – aber leider auch erschreckend rüde, wenn etwas nicht so lief, wie er es sich vorstellte. Dann kam unter der polierten Fassade der Vorarbeiter wieder durch, der Anweisungen über die Baustelle brüllte und erwartete, dass sie sofort ausgeführt wurden. Diese Seite an Lewis Barton mochte Kate gar nicht, aber offenbar würde sie sich jetzt damit auseinandersetzen müssen.

»Es geht darum, dass Sie mir meine Pferde schlechtreden«, dröhnte er lautstark und hielt ihr die Papiere direkt vor die Nase. Aus der Nähe erkannte sie, dass es mehrere der Gesundheitsgutachten waren, die sie über seine Pferde angefertigt hatte.

»Sie haben hier reingeschrieben, dass Rainy Day ...« Lewis Barton zog abrupt die Hand zurück, suchte die richtige Stelle im Text, »... unterständige Vorderbeine hätte und dass ...«, er suchte ein anderes Blatt heraus, »... Thunderbolt ›säbelbeinig‹ wäre. Und so was Ähnliches steht auch noch bei drei anderen drin. Hier!« Nach kurzem Suchen fand er die Beispiele, die er meinte. »›Bodeneng‹, ›kuhhessig‹.« Er spuckte die Bezeichnungen angewidert aus. »Ich habe das einem befreundeten Züchter gezeigt, und er meinte, dass das Makel sind, die den Wert der Tiere schmälern. Aber das sind Top-Pferde! Keines davon lahmt, das wissen Sie genau, und wir hatten doch, als sie bei mir waren, schon ausführlich darüber gesprochen, dass diese Tatsache in den Gutachten auch deutlich werden soll. Also werden Sie sich jetzt hinsetzen und das ändern! Die Tiere sind kerngesund, und ich will, dass das steht!«

Mit zornverzerrtem Gesicht hielt er Kate die Ausdrucke hin, doch sie dachte gar nicht daran, sich auf diese Diskussion einzulassen.

»Ich kann daran nichts ändern, Mr Barton, weil das nun mal der Wahrheit entspricht«, erklärte sie. »Einige Ihrer Pferde haben eine angeborene Beinfehlstellung. Das ist nichts Ungewöhnliches, das ist bei sehr vielen so, und ich habe es nur erwähnt, wenn es sehr ausgeprägt war. Das heißt nicht, dass die Tiere lahmen, und ein guter Hufschmied kann diese Probleme ausgleichen. Aber gerade deshalb muss so etwas in den Gutachten stehen, denn sonst ...«

»Meine Pferde haben keine Probleme!«, brüllte Lewis Barton und knallte die Unterlagen heftig auf die Empfangstresen. »Sie wollen mir damit schaden, deshalb haben Sie das reingeschrieben. Sie wollen, dass ich dumm dastehe.« Er ging auf Kate zu und baute sich drohend vor ihr auf. »Also werden Sie das neu schreiben.«

Kate blieb genau da, wo sie war, und wich seinem Blick nicht aus. »Nein, werde ich nicht. Wie ich schon sagte ...«

Wieder ließ er sie nicht ausreden.

»So haben wir nicht gewettet, Miss Huckley. Ich habe Sie sehr gut bezahlt für diese Untersuchungen, sogar mit einem Sonderzuschlag. Dafür kann ich erwarten, dass Sie auch einwandfreie Arbeit abliefern.«

»Ach, und darunter verstehen Sie, dass die Ergebnisse so ausfallen müssen, wie es Ihnen passt?« Seine despotische Art machte sie wirklich wütend. »Ich bin nicht käuflich, Mr Barton. Diese Gutachten müssen neutral sein und das Pferd möglichst objektiv beurteilen. Und genau das habe ich ...«

Sie zuckte zusammen, als er seine Hände um ihre Schultern schloss. »Verdammt, Mädchen, jetzt komm mir doch nicht so!«

»Lassen Sie mich los!«, forderte Kate mit möglichst fester Stimme und versuchte, sich von ihm zu befreien, doch er ließ nicht locker, krallte seine Finger in ihre Oberarme.

»Ich habe es nicht gerne, wenn man mich zum Narren hält, Miss Huckley! Es reicht schon, dass die Camdens das seit Jahren tun – und dass sie immer recht bekommen. Dieser Timothy Camden hat es heute schon wieder geschafft, eine meiner Klagen vor Gericht abzuschmettern. Angeblich haltlose Vorwürfe! *Haltlos!* Pah! Mir steht zu, was ich fordere, mit Zins und Zinseszins!«

Sein Gesicht war jetzt tiefrot, und Kate begriff, dass es gar nicht um die Gesundheitszeugnisse ging. Die hatten das Fass nur zum Überlaufen gebracht – sie war einfach nur diejenige, an der sich Bartons Wut entlud.

»Jetzt beruhigen Sie sich bitte, Mr Barton, und lassen Sie uns vernünftig...«

»Ich beruhige mich, wenn Sie diese Gutachten korrigiert haben!«, unterbrach er sie erneut mit lauter Stimme. »Ich habe Sie nicht dafür bezahlt, falsche Angaben über meine Pferde zu machen. Das ist Rufschädigung, und das lasse ich mir nicht gefallen!«

Hinter sich hörte Kate erneut das Klacken der sich öffnenden Praxistür und drehte sich um, heilfroh darüber, nicht mehr mit dem wütenden Lewis Barton allein zu sein. Doch als sie sah, wer gerade die Praxis betrat, traute sie ihren Augen kaum.

»Ben!«

Lewis Barton war genauso überrascht und ließ Kate sofort los, aber Ben war trotzdem mit wenigen Schritten bei ihr, stellte sich halb vor sie und fixierte Barton mit einem ziemlich grimmigen Gesichtsausdruck.

»Belästigt dich der Mann?«, fragte er, und seine Körpersprache drückte sehr eindeutig aus, was passieren würde, wenn Barton das noch einmal versuchen sollte.

Doch Barton hatte sich offenbar wieder unter Kontrolle und wirkte betroffen, so als hätte er erst durch Bens Auftauchen realisiert, dass er zu weit gegangen war. Aber er wäre nicht Lewis Barton gewesen, wenn er so einfach einen Fehler hätte eingestehen können. Schon im nächsten Moment setzte er wieder ein kaltes Lächeln auf.

»Sieh an, der neue Baronet höchstpersönlich«, sagte er, weil er offenbar wusste, mit wem er es zu tun hatte. »Ich hatte mich schon gefragt, wann ich Ihnen persönlich begegne, damit ich Ihnen zu Ihrem Coup gratulieren kann. Respekt, wirklich, dieser Titelklau – das war eine beeindruckende Nummer. Und es geschieht den Camdens ganz recht, dann wissen sie jetzt wenigstens, wie es ist, wenn man es mit einem Hochstapler zu tun bekommt.«

Kate konnte sehen, wie Ben die Stirn runzelte. Doch er hatte offenbar nicht vor, sich provozieren zu lassen, denn er ging nicht auf Bartons Bemerkung ein.

»Ich denke, Sie gehen jetzt besser«, sagte er und deutete zur Tür, wofür Kate ihm sehr dankbar war. Ihre eigene Hand hätte dafür viel zu sehr gezittert, und ihre Stimme vermutlich auch.

Lewis Barton blieb noch einen Moment stehen und schien mit sich zu ringen. Dann ging er tatsächlich und knallte die Tür hinter sich zu. Erleichtert atmete Kate auf.

»Wer zur Hölle war das?«, fragte Ben, nachdem Bartons Schritte auf dem Hof verklungen waren und sie sicher sein konnten, dass er nicht zurückkam. Als Kate es ihm erklärte, schüttelte er den Kopf. »Ich glaube, jetzt verstehe ich ein bisschen besser, wieso die Camdens den Kerl nicht leiden können.« Er schwieg einen Moment und schien in Gedanken der Begegnung mit Barton nachzuhängen. Dann sah er sie besorgt an. »Hat er dir wehgetan?«

»Nein«, erwiderte Kate, auch wenn die Stellen, an denen Lewis Bartons Hände ihre Oberarme umklammert hatten, noch ein bisschen schmerzten. »Aber er hat mir Angst gemacht.«

Erst jetzt, wo es vorbei war, konnte sie sich das wirklich eingestehen. Barton war stark, sie hätte ihm körperlich nichts entgegenzusetzen gehabt. Wenn Ben nicht gekommen wäre ...

»Danke«, fügte sie mit etwas Verspätung hinzu und lächelte ihn erleichtert an, nur um gleich anschließend die Stirn zu runzeln, als ihr klar wurde, dass er eigentlich gar nicht hier sein konnte. »Wieso bist du nicht in New York?«

Ein amüsiertes Funkeln trat in Bens Augen. »Willst du mich so dringend loswerden? Ich dachte, ich wäre gerade ganz nützlich gewesen.«

»Schon, aber ... Ich dachte ...« Sie verstummte, weil sie plötzlich nicht mehr wusste, was sie denken sollte.

Wenn er noch da war, obwohl dieser geschäftliche Termin so wichtig geklungen hatte, dann war alles, was sie während der vergangenen Stunden überlegt hatte, hinfällig. Dann hatte er seine Pläne vielleicht doch noch nicht aufgegeben. Und dann würde er auch erst mal nicht gehen ...

Sie suchte in seinen Augen nach einem Hinweis darauf, was in ihm vorging. Aber je länger sie hinsah, desto schwerer fiel es ihr, sich nicht in seinem Blick zu verlieren. Oder in seinem Lächeln, in dem sie auch Erleichterung zu erkennen glaubte. Doch dann wurde er plötzlich wieder ernst, so als wäre ihm etwas wieder eingefallen.

»Ich hab was für dich«, sagte er und griff nach ihrer Hand, zog sie zur Tür.

Natürlich, dachte Kate und versuchte zu ignorieren, dass die Berührung ihrer Hände ein vertrautes Ziehen in ihrem Magen auslöste. Er war bestimmt nicht zufällig hier vorbeigekommen, sondern weil er etwas von ihr wollte. Aber was?

Alle möglichen Gedanken schossen ihr durch den Kopf, während sie auf den Bentley zugingen, den Ben im Innenhof geparkt hatte. Doch sie kam einfach nicht darauf, was er ihr so dringend geben wollte.

Er öffnete den Kofferraum, aber die Sonne stand so tief,

dass Kate nicht erkennen konnte, was darin lag. Mit angehaltenem Atem trat sie einen Schritt näher und blickte hinein.

»Oh«, sagte sie dann und stieß die Luft wieder aus.

12

David war gerade auf dem Weg in die Küche, als das Smartphone in seiner Hosentasche einen leisen Ton von sich gab. Eine SMS. Und er wusste auch, von wem sie kam, denn diesen speziellen Jingle hatte er nur Anna zugeordnet. Er holte das Handy heraus und rief die Nachricht auf.

Bin noch in Cambridge. Mummy findet einfach kein Ende beim Shoppen. Geht es dir gut?

David spürte, wie seine Kehle eng wurde. Ihre Sorge rührte ihn, und er hätte ihr gerne geantwortet. Doch nach dem Vorfall gestern Abend in ihrem Zimmer hatte er das Gefühl, dass er Abstand zu ihr halten musste. Deshalb klickte er das SMS-Fenster weg und ging weiter in die Küche.

Es war schon nach halb sechs, deshalb erwartete er, dass Megan am Herd stehen würde, um das Dinner vorzubereiten, das es normalerweise immer pünktlich um sieben Uhr gab – auch etwas, auf das Lady Eliza bestand. Doch die Köchin war nicht da, und es sah auch nicht aus, als hätte in nächster Zeit jemand vor, etwas zu kochen, denn alles wirkte sauber und aufgeräumt.

Leer war die Küche jedoch nicht, denn Annas Vater James saß an dem großen Küchentisch und las in der *East Anglian Daily Times*, neben sich einen dampfenden Becher Tee.

»David!«, sagte er und ließ die Zeitung sinken. Er lächelte, aber es wirkte verhaltener als sonst. »Willst du auch einen Tee?«

David nickte. »Gern. Aber eigentlich wollte ich vor allem etwas essen. Ich hatte heute Mittag nur ein Sandwich.«

»Warst du unterwegs?«, erkundigte sich James, und David überlegte kurz, was er sagen sollte, während er sich einen Steingutbecher aus dem antiken Küchenbuffet holte und Tee eingoss.

»Ja, ich war in Norwich«, erwiderte er nach kurzem Zögern und hoffte, dass James nicht fragte, was er dort gewollt hatte. Dann hätte er lügen müssen, denn er wollte seinem Onkel nicht sagen, dass er dort bei Drake Sullivans Elternhaus gewesen war. Allerdings vergeblich, denn in dem Haus lebten längst andere Leute, denen der Name Sullivan nichts mehr sagte. Dafür hatte seine gestern begonnene Recherche, die er nach seiner Rückkehr am Computer und auch per Telefon fortgesetzt hatte, einige neue Erkenntnisse gebracht. Aber das würde er James erst recht nicht anvertrauen.

»Wo ist denn Megan?«, fragte er, um das Thema zu wechseln, und nahm sich einen Apfel aus dem Obstkorb, bevor er mit dem Becher in der Hand zum Tisch zurückkehrte und sich setzte.

James faltete die Zeitung zusammen und legte sie zur Seite. »Sie ist krank. Hat heute Morgen angerufen. Und da Jemma heute frei hat und Alice die Erfahrung fehlt, können wir nur hoffen, dass Claire rechtzeitig aus Cambridge zurück ist, um das Kochen zu übernehmen. Sonst bleibt die Küche wohl heute Abend kalt.«

David erwiderte James' Lächeln kurz und starrte dann wieder in seinen Tee. Plötzlich bereute er es, James' Angebot angenommen zu haben. Er verstand sich eigentlich sehr gut mit Annas Vater, sie hatten immer Hand in Hand gearbeitet auf dem Gut, und alles, was er über Landwirtschaft wusste, hatte James ihm beigebracht. Doch irgendwie war die Atmosphäre zwischen ihnen anders als sonst. Angespannt.

James räusperte sich und strich sich durch sein Haar, dessen Rotton er an zwei seiner Töchter vererbt hatte. »Eigentlich ist es aber ganz gut, dass wir allein sind. Ich wollte nämlich ohnehin mit dir sprechen«, begann er, stockte dann jedoch und schien nach den richtigen Worten zu suchen – bis er es schließlich herausbrachte. »Es geht um Anna.«

David spürte, wie seine Kinnmuskeln sich anspannten. »Was ist mit ihr?«

»Na ja«, fuhr James fort, und David brauchte kein Hellseher zu sein, um zu wissen, wie unangenehm seinem Onkel dieses Gespräch war. »Ich weiß nicht recht, wie ich das formulieren soll. Aber Claire und ich machen uns Gedanken über dein Verhältnis zu ihr.«

David schwieg und sah James nur an, wartete darauf, dass er fortfuhr.

»Bitte versteh mich nicht falsch, David. An unseren Gefühlen für dich hat sich nichts verändert, im Gegenteil. Aber gerade deshalb...« Er seufzte, setzte noch mal neu an.

»Ich weiß, dass du schon immer ein sehr enges Verhältnis zu Anna hattest und ihr sehr vertraut miteinander umgeht. Es ist nur...« Er zögerte erneut, suchte wieder nach den richtigen Worten, die ihm offenbar so schwerfielen. »Wir haben einfach ein bisschen Sorge. Diese neue Situation ist sicher auch für euch beide sehr verwirrend, und die Tatsache, dass ihr euch so nahesteht...« Erneut brach er ab. »Na ja, das führt möglicherweise zu etwas, das euch später wehtut, wenn sich herausstellt, dass es dafür vielleicht... zu früh war. Anna ist noch sehr jung, und du auch. Deshalb solltet ihr nichts... überstürzen.«

Wie versteinert saß David da und erwiderte James' Blick, in dem ehrliche Sorge stand. Aber galt sie ihm oder nur Anna? Die Unsicherheit, die er die ganze Zeit schon spürte, kehrte mit Macht zurück, und plötzlich fühlte er sich angegriffen. Ausgegrenzt. Er durfte weiter Annas Cousin sein, aber als potentieller Freund kam er nicht in Frage. Wollte James ihm das damit sagen?

Sicher, bis vor kurzem war die Möglichkeit, dass sich mehr zwischen ihm und Anna entwickelte, in seinem Denken auch noch nicht vorgekommen, und James und Claire ging es bestimmt ähnlich. Aber dachten sie wirklich nur daran, dass Anna und er etwas überstürzten? Oder ging es ihnen darum, dass sie ihn generell nicht als passenden Partner für ihre Tochter sahen, jetzt wo sie wussten, dass er kein Camden war und auch niemals den Titel erben würde? Dass er im Grunde überhaupt niemand mehr war?

David wusste selbst nicht, wieso er plötzlich nicht mehr davon ausgehen konnte, dass James es gut mit ihm meinte. Vielleicht weil es stimmte: Er war total durcheinander. Und verunsichert. Mehr, als er sich am Anfang hatte eingestehen wollen.

Eins jedoch stand völlig außer Frage.

»Du musst dir keine Sorgen machen«, erklärte er James. »Ich würde Anna niemals verletzen.«

Das war wirklich das Letzte, was er wollte.

Abrupt erhob er sich und trug seinen immer noch vollen Becher zurück zur Spüle, froh darüber, sich abwenden zu können, weil er nicht sicher war, ob er verbergen konnte, wie sehr ihn James' Worte verletzt hatten.

»Nein, natürlich willst du das nicht. Das weiß ich doch, David. Ich wollte dich wirklich nicht kränken«, sagte James hinter ihm.

Hast du aber, dachte David und schloss für einen Moment die Augen, presste sie fest zusammen und ließ die Enttäuschung zu, die ihm tief in die Brust schnitt. Dann riss er sich wieder zusammen und drehte sich zu James um, dem anzusehen war, wie unwohl er sich fühlte.

Ging es den anderen auch so? Fühlten sie sich alle unwohl mit ihm, weil sie nicht mehr wussten, wie sie mit ihm umgehen sollten? David hätte es ihnen nicht mal verübeln können. Er hatte seine Rolle, seine Funktion verloren, und jetzt kam er sich irgendwie ... überflüssig vor. Er musste sich einen neuen Platz suchen, er musste sich ganz neu finden, und er hatte plötzlich nicht mehr das Gefühl, dass er das hier auf Daringham Hall konnte.

»Schon gut«, sagte er, obwohl gar nichts gut war. »Ich ... muss weitermachen. Mit dem Referat.« Er ließ den Apfel liegen, weil ihm der Appetit vergangen war, und verabschiedete sich mit einem knappen Kopfnicken. Dann verließ er die Küche und ging zurück in die große Halle.

Eigentlich wollte er in sein Zimmer, doch plötzlich war es ihm im Haus zu eng. Er brauchte Abstand, um über alles nachzudenken, und er wusste auch schon, wie und wo er den finden konnte. Ausreiten, ja, das würde er. Chesters Bein war wieder in Ordnung, und es gab nichts Besseres als einen Galopp über die Felder, um den Kopf freizukriegen.

Entschlossen hielt er auf die große Eingangstür zu und wollte sie gerade aufstoßen, als jemand seinen Namen rief. Er drehte sich um und sah Ralph die Treppe herunterkommen. Er lächelte, aber er wirkte noch genauso wie gestern Abend. Blass, müde und abgelenkt. Matt.

»Wo gehst du hin?«, erkundigte er sich, aber David fand, dass es nicht so klang, als würde er die Antwort wirklich wissen wollen. Es war eher eine Frage im Vorbeigehen, eine Höflichkeitsfloskel, um überhaupt etwas zu sagen. So als wäre er in Gedanken ganz woanders. Und David konnte sich auch schon denken, wo. Jedenfalls nicht bei ihm.

»Ich dachte, das spielt keine Rolle mehr«, antwortete er mit sarkastischem Unterton und viel hitziger, als er eigentlich wollte.

Wenigstens hatte er jetzt Ralphs Aufmerksamkeit. »Wie kommst du denn darauf?«

David spürte, wie sich die Wut endgültig Bahn brach, die schon seit Tagen in ihm kochte.

»Wie ich darauf komme? Ist das dein Ernst? Für dich existiere ich doch gar nicht mehr«, fuhr er Ralph an, der sichtlich zurückzuckte. »Ich hätte nie gedacht, dass du so ein Feigling bist! Wieso sagst du Mummy nicht endlich, dass sie sich zum Teufel scheren soll für das, was sie gemacht hat? Wieso wirfst du sie nicht raus – oder mich? Das wäre wenigstens ehrlich und besser als diese ... verdammte Gleichgültigkeit.« Erst, als David es aussprach, wurde ihm klar, dass es genau das war, was ihn so kränkte. »Du hast gesagt, dass sich nichts geändert hat an deinen Gefühlen für mich, aber das war gelogen. Es ist nichts mehr wie vorher, und weißt du was? Das gilt auch für mich. Auf einen Vater wie dich kann ich verzichten.«

Er stieß die Tür auf und stürmte nach draußen. Sein Brustkorb hob und senkte sich schwer, und er musste gegen die Tränen kämpfen, die plötzlich in seinen Augen brannten.

»David! Warte!«, hörte er Ralph hinter sich rufen, aber er blieb nicht stehen, hielt auf sein Rover-Cabrio zu, das vor dem Haus geparkt war. Er hatte eigentlich zu Fuß zu den Ställen gehen wollen – um das Haus herum und über den Weg durch den Garten. Aber er konnte auch den Wagen nehmen. Hauptsache, er kam schnell von hier weg.

»David, bitte! So habe ich das gestern doch gar nicht gemeint. Du verstehst nicht ...«

»Nein!« David fuhr zu Ralph herum. Er war jetzt ganz bleich, aber David empfand kein Mitleid. Nur Zorn. »Nein, du hast recht, das verstehe ich nicht. Aber wie du schon sagtest: Es spielt keine Rolle mehr.«

Damit drehte er sich um und stieg in den Wagen, ließ den Motor an und wendete. Im Rückspiegel sah er, wie Ralph über den Hof hinter ihm herlief, und für einen Moment verschaffte es ihm Genugtuung, ihn einfach stehen zu lassen. Doch dann kehrte der Schmerz zurück und ein scharfes Gefühl des Verlustes, das ihm den Atem nahm.

Er hatte es ausgesprochen, dass er nicht mehr nach Daringham Hall gehörte, und irgendwie machte es das, was er schon die ganze Zeit fürchtete, zu einer bitteren Realität. Er war kein Camden mehr. Aber er hatte auch keine Ahnung, wer er stattdessen war. Er wusste nur eins: Wenn er nicht in das schwarze Loch fallen wollte, das sich vor seinen Füßen auftat, dann würde er es möglichst schnell herausfinden müssen.

13

Kate unterdrückte das Gefühl der Enttäuschung, als sie das verletzte Reh im Kofferraum des Bentleys liegen sah. Also wirklich, was dachtest du denn, was er dir bringt, schimpfte sie mit sich selbst. Dann aber schaltete ihr Gehirn in den professionellen Modus: Das Tier brauchte dringend Hilfe.

»Wurde es angefahren?«

Ben bestätigte ihren Verdacht mit einem Nicken, und Kate konzentrierte sich ganz auf die Ricke. Sie war noch jung, einjährig wahrscheinlich. Ihr linker Vorderlauf war eindeutig gebrochen, denn er stand in einem unnatürlichen Winkel ab, und eine offene Wunde zog sich über die Seite. Wie tief sie ging, konnte Kate nicht sehen, aber die Verkrustungen an den Rändern und in ihrem Fell zeigten, dass sie viel Blut verloren hatte. Am meisten beunruhigte sie jedoch, dass die Ricke so still dalag. Sie war wach und blickte Kate ängstlich an, unternahm jedoch keinen Fluchtversuch und hob auch den Kopf kaum an. Das war kein gutes Zeichen.

»Wir müssen sie reinbringen.« Kate wollte das Reh von dem ausgebreiteten Jackett heben, auf dem es lag. Doch Ben schob sie zur Seite.

»Ich mach das schon«, sagte er, und Kate überließ es ihm, lief stattdessen zurück zur Tür und hielt sie für ihn auf, zeigte ihm den Weg in das Behandlungszimmer, wo er das Tier vorsichtig auf den Tisch legte.

»Warst du das?«, fragte sie, während sie ihr Stethoskop holte. Er schüttelte den Kopf.

»Nein. Es muss in das Auto gelaufen sein, das vor mir fuhr, auf der Straße durch den Wald kurz vor Daringham Hall. Der Wagen war ein Stück weg, und ich sah, wie er schlingerte. Dann fuhr er weiter, und als ich kurze Zeit später an der Stelle vorbeikam, lag das arme Ding am Straßenrand.« Ben zuckte mit den Schultern. »Also hab ich es eingepackt und zu dir gebracht.«

Kate betrachtete ihn und bemerkte erst jetzt, dass er nur ein Hemd trug und dass an den Ärmeln Blutspuren waren. Das Jackett fiel ihr ein, auf dem das Reh gelegen hatte – das gehörte wahrscheinlich ihm. Ein kurzes Lächeln huschte über ihr Gesicht. Dass er bereit war, sich für ein verletztes Tier die Kleidung zu ruinieren – vom Kofferraum des Bentleys ganz zu schweigen –, hätte sie ihm gar nicht zugetraut. Andererseits hatte der Ben, der bei ihr gewohnt hatte, immer zugepackt und geholfen und war sich für nichts zu schade gewesen. Das war Teil seines Wesens, auch wenn er jetzt in vielem so anders war als der Mann, in den sie sich verliebt hatte. Der Mann, den sie immer noch vermisste ...

Erschrocken darüber, in welche Richtung ihre Gedanken schon wieder wanderten, widmete sie sich erneut der Untersuchung des Rehs. Und je mehr sie tastete und abhorchte, desto mehr schwand ihre Hoffnung. Die Ricke hatte vermutlich innere Blutungen, denn die Bauchdecke war hart, und sie atmete mühsam. Außerdem sah das Bein übel aus, selbst wenn Kate es richtete und fixierte, blieb es wahrscheinlich steif. Und dann waren da noch die Wunde und der hohe Blutverlust. Kate hätte operieren müssen, doch in diesem Zustand würde das Tier die Narkose mit hoher Wahrscheinlichkeit nicht überstehen. Die Verletzungen waren einfach zu schwer.

Sie zog das Stethoskop aus ihren Ohren und legte es zur

Seite. Dann stützte sie sich auf den Tisch und starrte mutlos auf das Reh.

»Es hat keinen Sinn«, sagte sie leise.

Sie hätte so gerne etwas getan. Irgendetwas, um dem armen Ding zu helfen. Aber sie kannte ihre Grenzen, und als Tierärztin war es auch ihre Pflicht, kein Tier unnötig leiden zu lassen. Deshalb gab es in diesem Fall nur noch eins, was sie für das Reh tun konnte. »Ich muss es einschläfern.«

Mit versteinerter Miene ging sie zu der Schrankwand hinüber, in der sich die Medikamente und Utensilien befanden, die sie zur Untersuchung und Behandlung brauchte. Aus dem Fach ganz oben rechts nahm sie eine Ampulle des Narkosemittels, zog es auf eine Spritze.

Sichtlich betroffen sah Ben ihr dabei zu. »Du kannst nichts tun?«

Sie schüttelte den Kopf. »Ich kann es nur noch erlösen.« Das war der Teil ihres Berufs, den sie abgrundtief hasste, auch wenn sie wusste, dass es oft die einzige Möglichkeit war, den Tieren weiteres Leid zu ersparen. Aber sie hasste es trotzdem. Sie wollte ihren Patienten helfen zu leben, nicht zu sterben.

»Ich glaube, es atmet nicht mehr«, meinte Ben, und als Kate sich umdrehte, sah sie, dass es stimmte. Die Augen des Rehs, die sie gerade noch angstvoll angesehen hatten, waren jetzt starr, und als sie erneut das Stethoskop zur Hand nahm, konnte sie keinen Puls mehr hören.

»Sie hat es überstanden«, sagte sie und legte die Spritze wieder weg. Dass sie nicht mehr nötig war, tröstete sie jedoch nicht.

Es war immer schlimm für sie, wenn sie einen Patienten verlor, dem sie nicht hatte helfen können, aber diesmal ging es ihr besonders nah, vielleicht weil ihre Nerven von Lewis Bartons heftigem Ausbruch vorhin noch so angegriffen waren.

Vor Ben wollte sie das jedoch nicht zeigen, deshalb wandte sie sich abrupt ab.

»Ich muss den Jagdaufseher informieren«, sagte sie und ging zurück zum Empfang. Ben folgte ihr.

Im Adressbuch, das neben dem Telefon lag, suchte sie die Handynummer von Alan Fraser heraus. Er war zuständig für das Wild von Daringham Hall – und dazu gehörte der Wald, in dem der Unfall passiert war. Deshalb musste er entscheiden, was mit dem Kadaver passieren sollte.

»Er ist gerade im Dorf und holt das Reh gleich noch ab«, erklärte sie Ben, nachdem sie wieder aufgelegt hatte, und wollte an ihm vorbei zurück in das Behandlungszimmer gehen. In der Tür blieb sie jedoch stehen, weil ihr einfiel, dass es keinen Grund dafür gab. Das Reh war tot, und es gab auch sonst nichts mehr zu tun. Sie musste nur noch auf Alan Fraser warten, dann konnte sie gehen. Sie war fertig. Im wahrsten Sinne des Wortes.

»Alles in Ordnung?«, fragte Ben hinter ihr.

Kate nickte nur stumm, weil ihre Kehle plötzlich ganz eng war. Das schien ihm als Antwort allerdings nicht zu reichen, denn sie spürte seine Hand auf ihrer Schulter. Er drehte sie zu sich um, und als er die Tränen sah, die in ihren Augen schimmerten, zog er sie an sich. Kate wehrte sich nicht, ließ es zu und vergrub ihr Gesicht in seinem Hemd.

»Hey«, sagte er leise dicht an ihrem Ohr. »Das war nicht deine Schuld.«

Seine tröstenden Worte und die Wärme seiner Umarmung ließen die Anspannung von ihr abfallen, und für einen Moment genoss Kate es einfach nur, gehalten zu werden. Doch schon nach kurzer Zeit änderte sich dieses Gefühl, und ihr Herz schlug schneller. Er roch berauschend vertraut, und seinen Körper so dicht an ihrem zu spüren weckte Erinnerungen, die einen prickelnden Schauer über ihren Rücken schickten. Hastig löste sie sich wieder von ihm und trat einen Schritt zurück, wischte sich über die Augen.

»Entschuldige. Ich ... bin sonst nicht so eine Heulsuse.«

»Ich weiß«, sagte er, und als Kate ihn überrascht ansah, lag etwas in seinem Blick, das ihr unter die Haut ging und sie daran erinnerte, dass er ihr sehr viel nähergekommen war als die meisten anderen.

Sie schluckte. »Du hast meine Frage noch nicht beantwortet. Warum bist du nicht in New York?«

Wieder antwortete er mit einer Gegenfrage. »Woher weißt du überhaupt, dass ich hinwollte?«

»Von Tilly«, erklärte Kate. »Dein Freund Peter hat es ihr erzählt. Er hat gesagt, ihr hättet dort heute einen wichtigen Termin, von dem die Zukunft eurer Firma abhängt.«

Ben lächelte amüsiert. »Pete hat einen gewissen Hang zur Dramatik«, meinte er. »Es stimmt, dass ein potentieller Kunde uns mit einem Abbruch der Gespräche gedroht hat, wenn wir nicht zu diesem Termin in New York erscheinen. Aber ich habe die meisten Verhandlungen mit Stanford geführt, deshalb weiß ich, wie sehr er dieses Geschäft will. Er würde es nicht einfach so platzen lassen. Deshalb ist er auch relativ schnell auf meinen Vorschlag eingegangen, stattdessen heute Mittag eine Videokonferenz abzuhalten.«

»Oh.« Kate starrte ihn an und kam sich dumm vor, weil sie sich den ganzen Tag Gedanken über etwas gemacht hatte, das gar nicht eingetreten war. Sie wollte sich gerade fragen, warum Tilly ihr von dieser Planänderung nichts erzählt hatte, die sie doch sicher mitbekommen haben musste, als Ben hinzufügte:

»Allerdings hätte diese Videokonferenz fast nicht stattfinden können, weil heute Morgen sämtliche Leitungen im

›Three Crowns‹ ausgefallen sind, Strom, Telefon, Internet, alles. Pete stand kurz vorm Hyperventilieren, aber wir konnten zum Glück mit den Computern in das Haus deiner Freundin umziehen und alles von dort aus organisieren.«

»Ihr wart bei Tilly?«, fragte Kate erstaunt. Das erklärte natürlich, warum sie Kate nicht Bescheid gesagt hatte – es klang so, als hätte sie heute alle Hände voll zu tun gehabt.

Ben nickte. »Wir haben es ihr zu verdanken, dass am Ende alles geklappt hat, wie es sollte. Und als ich vorhin zurück nach Daringham Hall fahren wollte, fand ich das Reh.«

Kate konnte immer noch nicht fassen, dass sein Tag ganz anders abgelaufen war, als sie gedacht hatte.

Aber traf das nicht letztlich auf noch viel mehr Dinge zu? Sie war in den letzten Tagen so damit beschäftigt gewesen, auf der Hut zu sein vor ihren Gefühlen für Ben, dass sie gar nicht in Erwägung gezogen hatte, dass sich an seiner Einstellung etwas geändert haben könnte. Letztlich wusste sie viel zu wenig über ihn, immer noch, und wenn er heute wirklich abgereist und nicht zurückgekehrt wäre, dann hätte sie auch keine Chance mehr gehabt, das nachzuholen. Wollte sie das wirklich?

Die Praxisklingel unterbrach ihre Überlegungen, und für einen Moment befürchtete sie, dass es ein neuer Notfall war. Erst dann fiel ihr wieder ein, dass es Alan Fraser sein musste, der das Reh abholen wollte.

Fraser war ein schweigsamer Mann, der nur das Nötigste sprach, deshalb war sein Besuch wie immer sehr kurz. Er ließ sich von Ben noch einmal den Unfallhergang schildern, ermahnte ihn, solche Unfälle in Zukunft gleich bei ihm zu melden, dann nahm er das Reh mit und ließ Kate und Ben wieder allein.

Für einen Moment sahen sie sich schweigend an, bevor Ben mit den Schultern zuckte.

»Tja, ich mach mich dann wieder auf den Weg. Bis dann, Kate.«

Er wollte sich abwenden, doch sie griff nach seinem Arm, hielt ihn zurück.

»Warte. Ich ... möchtest du vielleicht noch einen Tee?«

Überrascht sah er sie an, und Kate merkte, wie ihre Wangen heiß wurden, deshalb redete sie hastig weiter. »Drüben, bei mir. Ich bin hier fertig und mache mir jetzt sowieso einen, und ... vielleicht hättest du Lust mitzukommen?«

Gespannt wartete sie auf seine Antwort und hoffte plötzlich sehr, dass er ihr Angebot nicht ablehnen würde.

14

»Jazz, bitte! Bleib noch eine Stunde.« Tilly rang die Hände und sah das Mädchen mit den lila gefärbten Haaren noch einmal eindringlich an. »Du siehst doch, was hier los ist!«

Sie deutete auf das Chaos, das in der Küche herrschte. Durch den stundenlangen Stromausfall waren die tiefgekühlten Lebensmittel aufgetaut, und Tilly hatte die Pakete auf den Tischen gestapelt und angefangen, daraus auf die Schnelle etwas zu kochen, weil sie nicht alles davon wegschmeißen wollte. Außerdem musste sie den Gästen, die am Freitagabend immer zahlreich kamen, irgendetwas zum Essen anbieten. Aber solange sie in der Küche stand, musste jemand vorne im Schankraum bedienen, und das hatte bis jetzt auch geklappt, weil Jazz das übernommen hatte. Doch die Tochter ihres Chefs hatte ihr eben verkündet, dass sie ihre Schicht früher beenden würde.

»Ich muss aber weg«, sagte Jazz flehend. »Dieser Peter Adams ist gerade gekommen. Und wenn er da ist, dann kommt sicher auch gleich ...« Sie brach ab und blickte hinüber zur Tür, die in den Schankraum führte.

»Wer kommt?«, fragte Tilly, der jetzt erst klar wurde, dass Jazz gar nicht so bockig klang wie sonst. Eher panisch, so als hätte sie wirklich Angst, wieder zurückzugehen. »Jazz, was ist los?«

»Nichts.« Die Miene des Mädchens verschloss sich. »Ich muss einfach weg, das ist alles.«

Tilly seufzte tief, weil sie wenig Hoffnung hatte, noch zu Jazz durchzudringen. Aber sie versuchte es trotzdem.

»Ich brauche dich diesmal wirklich, Jazz. So schnell kriege ich jetzt keinen Ersatz für dich, und allein schaffe ich das nicht!«

Jazz schien mit sich zu ringen, und für einen Moment sah Tilly hinter ihrer borstigen Schale das kleine Mädchen aufblitzen, das früher immer hilfsbereit gewesen war. Doch dann gewann der Teenager wieder die Oberhand, und sie schüttelte den Kopf.

»Ich geh da nicht wieder rein«, sagte sie und griff nach ihrer Tasche. Als sie schon fast aus der Hintertür raus war, drehte sie sich noch mal um. »Tut mir leid, Tilly.« Damit war sie weg.

Wütend stemmte Tilly die Hände in die Hüften. Das Mädchen hatte Probleme, das wusste sie, und sie kannte auch die schwierige Situation, in der Jazz steckte. Aber langsam ging ihr die Geduld aus.

Was sollte sie denn jetzt machen? Dieser ganze Tag war wirklich schon anstrengend genug gewesen. Das wuchs ihr einfach alles über den Kopf...

Die Tür zum Schankraum ging auf, und Peter Adams blickte in die Küche.

»Hier, den wollte ich zurückbringen«, sagte er und hielt ihren Wohnungsschlüssel hoch.

Tilly spürte, wie ein Teil ihrer Anspannung nachließ und sie plötzlich trotz des Chaos und der vielen Arbeit lächeln musste. Denn dass Peter entgegen seiner Ankündigung doch nicht abgereist war, und Ben Sterling auch nicht, war der einzige Lichtblick dieses Tages gewesen. Sie hatte ihnen deswegen gerne ausgeholfen und ihnen angeboten, ihr Büro in ihr Haus zu verlegen. Wenn es half, dass sie noch ein bisschen blieben, dann war ihr das sehr recht – auch wenn sie über die Gründe dafür lieber nicht nachdenken wollte.

»Und?« Sie nahm den Schlüssel entgegen und steckte ihn ein. »Steht mein Haus noch?«

Peter nickte abwesend, weil ihn ziemlich zu entsetzen schien, wie die Küche aussah. »Was ist denn hier passiert?«

»Das, was immer passiert, wenn der Strom für mehrere Stunden ausfällt«, erklärte Tilly. »Ist Ihnen noch nie der Gefrierschrank abgetaut?«

»Ich habe nur einen Kühlschrank, und das Eisfach ist leer – abgesehen von ein paar Eiswürfeln.« Seinem Gesichtsausdruck nach zu urteilen schien er davon auszugehen, dass das der Sinn von Eisfächern war.

Tilly schüttelte den Kopf und wollte ihn damit aufziehen, wie wenig er von alltäglichen Dingen verstand, doch die Tür ging schon wieder auf. Diesmal war es der alte Stuart Henderson, der den Kopf hereinsteckte.

»Tilly, die Leute sitzen auf dem Trockenen und maulen schon. Und Joe lässt fragen, was es heute zu essen gibt.«

Stöhnend sah Tilly sich um. »Ich komme gleich«, vertröstete sie ihn und trat an den Herd, um in den beiden Töpfen zu rühren. Der Eintopf war noch nicht fertig, und das Stew auch nicht, das sie aus dem aufgetauten Hackfleisch gemacht hatte, ganz zu schweigen von dem Auflauf, dessen Form erst zur Hälfte gefüllt war. Und damit war es längst nicht getan, denn es war so viel aufgetaut, dass sie noch mindestens drei weitere Gerichte kochen musste, um das alles halbwegs zu verbrauchen. Aber nichts davon konnte sie jetzt schon anbieten – und wenn sie nach vorne ging, würde ihr hier hinten wahrscheinlich alles anbrennen.

»Stress?«, erkundigte sich Peter und sein fragender Blick hätte Tilly lächeln lassen, wenn sie gerade nicht so verzweifelt gewesen wäre.

Plötzlich fühlte sie sich bleiern müde und erschöpft und

merkte jeden Knochen im Körper. Sie war den ganzen Tag nur hin und her gerannt und hatte versucht, Probleme zu lösen, und wie es aussah, stand ihr das Schlimmste sogar erst noch bevor.

»Ich komme schon klar«, sagte sie matt und rührte noch einmal das Stew durch. Es half ja nichts, da musste sie jetzt durch.

Peter betrachtete sie skeptisch, während sie sich die Hände wusch. »Sind Sie sicher?«

Sie nickte und stieß die Tür zum Schankraum auf. Peter folgte ihr und ging um die Theke herum, während Tilly sich sofort daranmachte, die Getränkebestellungen zu erfüllen, die die Leute an der Bar ihr zuriefen. Bier, Wasser, Schnaps – es prasselte alles nur so auf sie ein, und sie zapfte und goss ein, so schnell sie konnte.

»Hören Sie, wir sind es langsam wirklich leid!«, sagte plötzlich eine schneidende Stimme, und als Tilly aufblickte, hatten sich die beiden Londonerinnen, die heute angereist waren, vor der Theke aufgebaut. Sie waren etwa Mitte dreißig, die eine blond, die andere dunkelhaarig, und ihre Outfits waren so lässig schick, dass Tilly sofort wieder klar wurde, wie langweilig sie selbst dagegen aussah. Und wie alt. Aber am meisten nervte sie die Tatsache, dass die zwei sie schon die ganze Zeit mit irgendwelchen Sonderwünschen nervten. Davon schienen sie wieder einen zu haben, denn sie starrten Tilly auf diese fordernde Weise an, die sie nur von Gästen kannte, für die Servicekräfte bessere Sklaven waren.

»Wir haben diesem Mädchen mit den lila Haaren schon vor einer Ewigkeit gesagt, dass sie uns noch eine Flasche Prosecco bringen soll. Aber diesmal bitte vernünftig gekühlt, das wird doch wohl möglich sein. Und außerdem würden wir gerne etwas zu essen bestellen!«, erklärte die Dunkelhaarige.

»Ich komme gleich«, sagte Tilly, während sie weiter Bier zapfte, und wünschte sich weit, weit weg. Aber die Frau war noch nicht fertig.

»Ja, aber wann denn?«, hakte sie nach. »Wir warten jetzt schon seit ...«

»Sie hat gesagt, sie kommt gleich«, fiel Peter ihr scharf ins Wort und trat hinter die Theke. Überrascht sah Tilly ihn an, genau wie alle anderen.

»Aber ...«, setzte diesmal die Blondine an, doch er wischte ihren Einwand mit einer Handbewegung weg.

»Sie macht so schnell sie kann, aber sie hat nur zwei Hände. Das sehen Sie doch. Also warten Sie, bis sie so weit ist – oder gehen Sie sich Ihre Getränke woanders holen!«

»Also, das ist doch ...«, ereiferte sich jetzt die Dunkelhaarige, doch die Blicke der anderen Gäste, die alle schlagartig verstummt waren, hielten sie davon ab, ihren Protest noch mal zu wiederholen. Stattdessen gingen beide Frauen mit beleidigtem Gesichtsausdruck zurück an ihren Tisch und unterhielten sich leise miteinander, vermutlich darüber, wie unverschämt Peter war.

Seine warnende Ansprache zeigte auch bei den anderen Gästen Wirkung, denn es wurde sofort deutlich ruhiger, und alle warteten, bis sie dran waren.

»Danke«, sagte Tilly leise zu Peter, der immer noch mit grimmiger Miene hinter der Theke stand und nur darauf zu warten schien, dass es noch jemand wagte, das Wort zu erheben. Erst als er sich zu ihr umwandte, entspannten seine Züge sich wieder.

»So dürfen diese Schnepfen doch nicht mit Ihnen reden!« Er schüttelte den Kopf. »Passiert so was öfter?«

Tilly nickte und musste ein bisschen schmunzeln, als sie daran dachte, wie er selbst mit ihr geredet hatte, als er damals hier angekommen war. Aber sie erinnerte ihn nicht daran, weil sie das warme Gefühl noch ein bisschen genießen wollte, das sich wohlig in ihr ausbreitete. Hatte er sie wirklich gerade gegen diese beiden extrem attraktiven, viel jüngeren Frauen verteidigt? Und sie Schnepfen genannt?

»Sie können jetzt wieder in die Küche gehen«, wies er sie an und schob sie zurück in Richtung Tür. »Ich mach das hier schon.«

»Was?« Tilly starrte ihn ungläubig an. »Aber Sie wissen doch gar nicht ...«

»Doch, weiß ich. Schließlich sitze ich schon eine ganze Weile Tag für Tag an dieser Theke und gucke Ihnen beim Ausschenken zu. Ich krieg das schon hin.«

»Das ... müssen Sie nicht«, protestierte sie erneut.

Er hob nur die Augenbrauen. »Sie hätten uns heute auch nicht Ihr Haus zur Verfügung stellen müssen. Und jetzt gehen Sie – sonst brennt das Stew noch an, von dem ich gleich mindestens zwei Teller essen will.« Sein Lächeln entwaffnete sie endgültig, und sie gab nach, ließ sich von ihm in die Küche schieben.

Er ist nur dankbar dafür, dass seine Videokonferenz heute nicht geplatzt ist, sagte sie sich, während sie die Töpfe kontrollierte. Deshalb hatte er das getan.

Aber während sie die Auflaufform füllte und in den Ofen schob, musste sie trotzdem die ganze Zeit glücklich grinsen.

15

Kates Herz schlug aufgeregt, während sie neben Ben über den Innenhof auf ihr Cottage zuging. Er hatte ihre Einladung angenommen, ohne zu zögern sogar, und auch wenn das kribbelnde Gefühl in ihrem Magen ihr sagte, dass sie dabei war, sich in Schwierigkeiten zu bringen, freute sie sich darüber.

»Ich glaube, Sir Rupert wird nicht begeistert davon sein, dass du ein verletztes Reh im Kofferraum transportiert hast«, meinte sie, als sie an dem großen Wagen vorbeikamen, dessen silberne Zierleisten in der Abendsonne glänzten. »Mal abgesehen davon, wie gefährlich das war, weil Wildtiere in solchen Situationen in Panik geraten können, hast du wahrscheinlich die Innenverkleidung mit Blutflecken ruiniert.«

Ben zuckte nur mit den Schultern. »Ich werde die Reinigung bezahlen.«

Natürlich, dachte Kate. Und auch sein verschmutztes Jackett würde er einfach ersetzen. Weil er ein reicher New Yorker Unternehmer war, der ein Apartment am Central Park besaß, gegen das ihr winziges Cottage mit den gebrauchten und bunt zusammengewürfelten Möbeln vermutlich wie eine Bruchbude wirkte. Dass er hier wochenlang mit ihr zusammengelebt hatte, kam ihr jetzt fast unwirklich vor.

Den Beweis, dass es so gewesen war, traten jedoch einen Augenblick später Blackbeard, Archie, Ginny und Lossie an, die hinter der Haustür aufgeregt bellten. Denn sobald Kate die Tür aufschloss, schossen der alte Collie, der dreibeinige

Terrier, der kleine Spaniel und der schwarze Labrador heraus und sprangen Ben genauso freudig bellend und jaulend um die Beine wie ihr.

»Hey, ist ja gut! Ich hab euch auch vermisst«, meinte Ben lachend und ging in die Hocke, um die Hunde zu streicheln, die ganz außer sich waren vor Freude.

Sie haben ihn nicht vergessen, dachte Kate und spürte einen schmerzhaften Stich in der Brust, während sie die vertraute Begrüßung beobachtete.

Ben richtete sich wieder auf, stand jetzt dicht vor Kate, und für einen Moment überwältigten sie die Erinnerungen daran, wie es zwischen ihnen gewesen war, bevor er sein Gedächtnis wiedererlangt hatte. Hastig senkte sie den Blick und wandte sich ab.

»Ich ... setze dann schon mal das Wasser auf«, sagte sie und ging in die Küche. Die Hunde folgten ihr, und sie ließ sie raus in den Garten. Dann befüllte sie den Wasserkocher.

Ben lehnte mit vor der Brust verschränkten Armen im Türrahmen und sah ihr dabei zu, aber er wirkte plötzlich nachdenklich.

»Wie hat Barton das eigentlich gemeint?«

»Was?«, fragte Kate, während sie die Teekanne vorbereitete.

»Na, diese Bemerkung, dass die Camdens es jetzt selbst mit einem Hochstapler zu tun bekommen. Hält er sie für Betrüger?«

Kate verzog den Mund. »Hast du das noch nicht mitbekommen?«

»Doch.« Er zuckte mit den Schultern. »Aber wieso hasst er sie eigentlich so?«

Den Grund hatte ihm offenbar noch niemand erklärt, und Kate überlegte kurz, ob sie es ihm sagen sollte. Die Camdens sprachen nicht gerne darüber, aber es war eigentlich kein Geheimnis. Jeder im Dorf kannte die Geschichte.

»Wegen der Sache mit Henry«, erklärte sie ihm, während sie die Hundenäpfe mit Futter füllte.

Der Name schien Ben nichts zu sagen, denn sein Gesichtsausdruck blieb fragend. »Wer zur Hölle ist Henry?«

»Der jüngste Sohn von Lady Eliza und Sir Rupert.«

Auch das war offensichtlich neu für ihn. »Sie haben vier Kinder?«

Kate nickte. »Ralph, Timothy, Claire und – Henry. Er war ein Nachzügler und ist viel jünger als die anderen.« Sie überlegte kurz. »Er müsste jetzt Mitte dreißig sein. Aber er ist schon vor Jahren verschwunden, und niemand weiß, was aus ihm geworden ist.«

»Aha«, erwiderte Ben, sichtlich überrascht. »Und was hat das mit Lewis Barton zu tun?«

Das Wasser kochte, und Kate goss den Tee auf. Dann ließ sie die Hunde wieder rein, die sich sofort auf ihre Näpfe stürzten.

»Bevor Henry verschwand, hat er Barton, der damals gerade nach Shaw Abbey gezogen war, ein Stück Land verkauft«, berichtete sie Ben. »Es gehört zu Daringham Hall, grenzt aber direkt an Bartons Besitz, und Barton wollte es unbedingt als Weidefläche für seine Pferde haben. Henry hat das ausgenutzt und Barton einen völlig überhöhten Preis dafür abgenommen.«

»Und darüber ist er so wütend?«

»Auch«, fuhr Kate fort. »Das eigentliche Problem ist, dass Henry zu diesem Verkauf gar nicht berechtigt war. Deshalb hat Sir Rupert den Vertrag nicht anerkannt, woraufhin Barton sein Geld zurückwollte. Damit ist Henry aber untergetaucht. Es heißt, er hätte Spielschulden gehabt – aber niemand weiß genau, warum er tatsächlich gegangen ist.« Sie seufzte. »Jedenfalls war er plötzlich weg, und Barton wollte sein Geld wiederhaben. Doch Sir Rupert weigert sich, es ihm zurückzuzahlen. Er ist der Meinung, dass es Bartons eigene Schuld ist, wenn er ein Geschäft überstürzt abschließt, ohne es auf seine Richtigkeit zu prüfen.«

Es gab auch noch andere Gründe für Sir Ruperts Weigerung. Kate wusste von Ivy, dass die Summe, die Barton forderte, einfach zu hoch war. Selbst wenn die Familie gewollt hätte, sie hätte das Geld nur unter großen Schwierigkeiten aufbringen können. Das war es, was in Wahrheit verhinderte, dass der Kauf rückgängig gemacht werden konnte. Aber sie traute Ben noch nicht genug, um ihm dieses sensible Detail anzuvertrauen.

»Und dieser Henry ist nie wieder aufgetaucht?«, wollte er wissen.

Kate schüttelte den Kopf. »Und es weiß auch niemand, wo er ist. In Kanada, hieß es mal, aber das waren nur Gerüchte. Für Lady Eliza und Sir Rupert war das ein harter Schlag.«

Sie stellte die Kanne und zwei Becher auf ein Tablett und wollte damit an Ben vorbei in den Wohnraum gehen. Aber die Hunde, die mit Fressen fertig waren und ebenfalls in den Wohnraum zurückwollten, liefen ihr vor die Füße, und sie kam aus dem Tritt, was das Tablett gefährlich schwanken ließ. Sofort griff Ben danach und half ihr, es wieder zu stabilisieren. Dabei berührten sich ihre Hände, und ein prickelnder Schauer lief durch Kates Arm. Plötzlich ganz atemlos sah sie auf, begegnete seinem Blick.

»Und da dachte ich die ganze Zeit, ich wäre hier das schwarze Schaf«, sagte er mit einem ironischen Lächeln, das Kates Knie ganz weich machte. Dann nahm er ihr das Tablett ganz ab und trug es aus der Küche.

Kate musste sich kurz fangen, bevor sie ihm in den Wohnraum folgen konnte. Schwarzes Schaf, überlegte sie. Das klang zumindest, als hätte er sich inzwischen mit dem Gedanken abgefunden, dass er ein Teil der Familie war.

Ben trug das Tablett nicht zum Esstisch, so wie Kate es erwartet hatte, sondern stellte es auf den kleinen Couchtisch vor dem Kamin. Dann setzte er sich auf eines der beiden betagten blauen Sofas, die ihm als Sitzgelegenheit offenbar mehr zusagten. Und da die Hunde bereits allesamt auf dem anderen Sofa lagen, blieb Kate nichts anderes übrig, als sich zu ihm zu setzen.

»Wie läuft es denn jetzt zwischen dir und Ralph?«, fragte sie vorsichtig, als sie beide ihre Becher in der Hand hielten.

Ben streckte seine langen Beine aus, so wie er es früher oft getan hatte, wenn sie abends zusammen auf dem Sofa gesessen hatten. Er hatte die verschmutzten Ärmel seines Hemdes hochgekrempelt, und Kates Blick blieb an seinen kräftigen Unterarmen hängen, die sie immer schon ziemlich sexy gefunden hatte.

»Er gibt sich Mühe und steht mir Rede und Antwort«, erwiderte er nachdenklich. »Dass er so offen ist, hatte ich ehrlich gesagt nicht erwartet.«

Kate fühlte sich bestätigt. »Dann hast du deine Meinung über ihn geändert?«

Ben sah sie an und schien in ihrem Gesicht zu forschen. »Hast du mich deshalb eingeladen? Um das herauszufinden?«

Mit einem tiefen Seufzen stellte Kate ihren Becher zurück auf den Couchtisch.

»Kannst du nicht einmal eine Frage einfach beantworten, ohne eine Gegenfrage zu stellen?«

Ben grinste kurz, doch dann wurde er wieder ernst. »Ich

kann meine Meinung erst ändern, wenn ich weiß, was damals wirklich passiert ist. Und es spricht immer noch vieles dafür, dass die Camdens mich anlügen.«

Überrascht sah Kate ihn an. »Wie meinst du das?«

In die Hunde kam Bewegung, dem kleinen Archie schien sein Platz auf dem anderen Sofa nicht mehr zu gefallen. Er sprang von dem Hundesofa herunter und gleich anschließend auf das andere wieder hinauf – direkt auf Bens Schoß. Dort ließ er sich nieder und gähnte. Ben lächelte kurz und strich dem Terrier nachdenklich über das Fell.

»Ich habe weiter nachgeforscht, und das passt alles noch nicht zusammen«, sagte er. »Ralph behauptet, er wäre davon ausgegangen, dass die Ehe mit meiner Mutter annulliert wurde und dass er nichts von ihrem Tod wusste. Dabei bleibt er. Aber in den Unterlagen zu seiner Eheschließung mit Olivia ist vermerkt, dass er verwitwet ist.«

Kate runzelte die Stirn. »Aber ... das würde ja bedeuten ...«

»Dass die Camdens zu dem Zeitpunkt schon wussten, dass meine Mutter gestorben war, ja«, ergänzte Ben grimmig. »Ralph weicht aber nicht von seiner Geschichte ab. Er sagt, dass er den Standesbeamten über die Annullierung seiner ersten Ehe informiert hätte. An die Details erinnert er sich angeblich nicht, nur daran, dass er noch irgendwelche Unterlagen vorlegen sollte. Er weiß allerdings nicht mehr, was das war und ob er das selbst nachgereicht hat, nur noch, dass dann alles seinen Gang ging.«

»Und glaubst du ihm?«, fragte Kate, nicht sicher, was sie von dieser neuen Entwicklung halten sollte.

Für einen Moment schwieg Ben. Dann stellte er seinen Becher auf den Couchtisch, schob Archie von seinem Schoß und stand auf. Er trat ans Fenster und blickte hinaus in die langsam einsetzende Dämmerung.

»Ich weiß nicht mehr, was ich glauben soll«, sagte er nach einer langen Pause, ohne sich zu ihr umzudrehen. »Aber irgendjemand lügt. So viel steht fest.«

Kate musste ihm recht geben. Selbst wenn die Geschichte, die seine Mutter ihm erzählt hatte, nicht stimmte, blieb das ein Widerspruch. Doch Ben schien deswegen nicht zu triumphieren, und er klang auch nicht mehr so wütend wie zuvor, wirkte eher nachdenklich, als er sich wieder zu ihr umdrehte.

»Das Komische ist, dass mein Instinkt mir die ganze Zeit sagt, dass es nicht Ralph ist, der lügt. Er ist ... anders, als ich dachte. Je besser ich ihn kennenlerne, desto unwahrscheinlicher kommt es mir vor, dass er meiner Mutter all die Sachen angetan hat, von denen sie mir erzählt hat.« Er seufzte und zuckte mit den Schultern. »Ich will ihn nicht mögen, weil ich das Gefühl habe, dass ich das Andenken meiner Mutter verrate, wenn ich es tue. Wenn ich ihm glaube. Aber er ...«

Er brach ab, offenbar nicht in der Lage auszusprechen, was das eigentliche Problem war.

»Aber er ist dein Vater«, ergänzte Kate leise und spürte, wie ihm ihr Herz zuflog. Sie konnte sehen, wie angespannt er jetzt wieder war, und sie verstand sein Dilemma. Doch sie war ganz sicher, dass sein Gefühl ihn nicht trog.

»Weißt du eigentlich, dass ich dich wirklich beneide? Als ich noch ein Kind war, habe ich mir oft gewünscht, dass Ralph mein Vater wäre. An meinen eigenen erinnere ich mich kaum noch, und wenn ich mir einen neuen hätte aussuchen dürfen, dann wäre er auf jeden Fall meine erste Wahl gewesen. Ich habe ihn immer nur freundlich erlebt. Und geduldig. Er war nie aufbrausend wie James oder meine Tante Nancy. Und solange ich ihn kenne, hat er immer zu seinem Wort gestanden. Er ist ein Ehrenmann, Ben. Ich kann mir einfach nicht vorstellen, dass er dich anlügt.«

Ben sah sie lange an, ohne dass sie seinen Blick hätte deuten können. Dann wandte er sich wieder zum Fenster um.

»Es muss schön sein, jemanden zu haben, der so fest zu einem steht«, sagte er, und seine Stimme klang auf einmal so bitter, dass Kates Herz sich zusammenzog.

Und plötzlich wurde ihr klar, was in seinen Augen gelegen hatte: Schmerz. Er verbarg es meistens, aber das war es, was sie von Anfang an zu ihm hingezogen hatte, dieses Dunkle an seinem Wesen, die Einsamkeit, die sie so gut kannte. Er hatte auch niemanden gehabt, war allein, seit er zwölf war, und obwohl Kate bei der Familie ihres Onkels aufgewachsen war, wusste sie genau, wie sich das anfühlte. Deswegen war er so hart, deswegen fiel es ihm so schwer zu vertrauen.

Kate stand auf und ging zu ihm. Sie konnte nicht anders, es war, als würde sie angezogen von der angespannten Linie seiner Schulter, der Art, wie er dastand, die Hände in den Hosentaschen vergraben. So hatte er ausgesehen, damals im Krankenhaus, kurz bevor sie ihn eingeladen hatte, bei ihr zu wohnen. Und es traf sie noch genauso, weckte das Bedürfnis in ihr, irgendwie dafür zu sorgen, dass es ihm besser ging.

Kurz hinter ihm blieb sie stehen und hob die Hand, wollte ihn berühren.

»Nicht«, sagte Ben scharf, und als sie erschrocken aufsah, begegnete sie seinem Blick in der Fensterscheibe. Es lang eine unverkennbare Warnung darin. »Tu das nicht.«

Kate ließ die Hand sinken. »Warum nicht?«, flüsterte sie, ein bisschen zittrig.

Ben fuhr zu ihr herum. »Weil es mir schon schwer genug fällt, mich von dir fernzuhalten, Kate. Weil ich dich die ganze Zeit immer nur küssen möchte und weil ich es bestimmt tun werde, wenn du mich weiter so ansiehst. Und ich weiß nicht, ob das eine besonders gute Idee wäre.«

Ein Prickeln lief über Kates Haut, als ihr klar wurde, dass er nur das ausgesprochen hatte, was zwischen ihnen in der Luft lag. Sie konnten es beide nicht leugnen, dass es die Anziehungskraft zwischen ihnen noch gab, und wenn sie nicht wollten, dass sie außer Kontrolle geriet, mussten sie Abstand wahren. Das war besser. Schließlich gab es viel zu viel zwischen ihnen, das sie erst noch klären mussten.

Trotzdem zögerte sie und schaffte es nur, einen Schritt zurück zu machen, weil das Telefon klingelte. Mit klopfendem Herzen ging sie zum Schreibtisch, holte das Mobilteil aus der Ladestation.

Die Nummer, die im Display stand, kannte sie nicht, deshalb ging sie davon aus, dass es sich um etwas Berufliches handelte. Letztlich war sie immer im Dienst, und Notrufe erreichten sie auch privat. Doch es war kein neuer Patient, sondern jemand, mit dessen Anruf sie nicht gerechnet hatte.

»Jean!«, rief sie überrascht, als sie die Stimme am anderen Ende der Leitung erkannte, und ihr Blick glitt zurück zu Ben, der immer noch am Fenster stand und sie mit undurchdringlicher Miene musterte.

* * *

Schon wieder dieser Franzose, dachte Ben, während er dem Gespräch lauschte, das Kate am Telefon führte. Dieser Kerl schien einen sechsten Sinn dafür zu haben, wann er störte.

Kate dagegen störte er offenbar nicht, denn sie lächelte, während sie mit ihm sprach. Sie hatte Ben angesehen, als sie abgenommen hatte, aber jetzt drehte sie ihm den Rücken zu. Dennoch bekam er mit, dass es um eine Verabredung ging. Der Franzose schien Kate zu irgendetwas einladen zu wollen, denn sie unterhielten sich darüber, wann Kate Zeit dafür hatte.

Ben biss die Zähne zusammen, um sich gegen das ätzende Gefühl zu stemmen, das sich quälend heiß durch seine Eingeweide fraß. Wieso zur Hölle tat er sich das überhaupt an? Es wurde wirklich Zeit zu gehen, bevor er sich komplett lächerlich machte.

Er hatte sich schon zu Frauen hingezogen gefühlt, und er war durchaus in der Lage, zu bekommen, was er wollte. Nur dass es mit Kate anders war. Bei ihr war das Bedürfnis, sie im Arm zu halten, existentieller. Er wollte sie nicht, er brauchte sie, und das machte ihn fertig.

Bisher war er immer wachsam gewesen und hatte nicht zugelassen, dass ihm eine Frau emotional zu nahekam. Er wollte keine Beziehung, keine Verpflichtung, er wollte sich nicht öffnen für Gefühle, die einem am Ende nur wehtaten. Deshalb hatte er alle seine Affären stets beendet, sobald sie drohten, zu eng zu werden. Es war ein Reflex, eine Art Schutzmechanismus, und es hatte immer funktioniert. Nur bei Kate nicht. Weil sie ihm längst unter die Haut gegangen war, bevor er realisiert hatte, dass er das, was zwischen ihnen entstanden war, gar nicht wollte.

Hatte er das Reh nicht auch deshalb mitgenommen, weil es eine Chance war, zu ihr zu fahren? Natürlich hatte das arme Ding ihm leidgetan. Aber es war auch ein Mittel zum Zweck gewesen, denn er war nicht sicher, wie viele Gelegenheiten er noch haben würde, bei Kate zu sein.

Er hatte es vorhin so einfach klingen lassen, aber tatsächlich war es ein harter Kampf gewesen, noch zu bleiben. Stanford war keineswegs zufrieden gewesen mit der Videokonferenz, die Ben ihm angeboten hatte, und es hatte ihn all seine Überredungskunst gekostet, das trotzdem durchzusetzen.

Von dem Theater, das Peter deswegen veranstaltet hatte, ganz zu schweigen. Bens Gefühl hatte ihn zwar nicht getrogen – Stanford wollte dieses Geschäft mit ihnen und war letztlich doch auf seinen Vorschlag eingegangen –, aber es war ganz sicher ihre letzte Schonfrist. Er würde bald nach Hause fliegen müssen, egal, ob er die Wahrheit bis dahin kannte oder nicht. Und er würde nicht zurückkommen, denn wenn er erst wieder in New York war, gab es hundert Dinge zu tun und zu entscheiden, dann würde er sich wieder ganz seiner Firma widmen müssen. Dann war das hier vorbei …

»Ja, es hat mich auch gefreut«, sagte Kate, und Ben merkte, dass er gar nicht mehr zugehört hatte. Deshalb wusste er nicht, ob sie mit diesem Jean-Pierre Irgendwas nun einen Termin für ein Treffen ausgemacht hatte oder nicht. Aber sie lächelte immer noch, als sie mit einem freundlichen »Bis dann« auflegte.

Bis dann. Bens Magen zog sich zusammen. Das würde er nicht zu Kate sagen, wenn er ging. Bei ihnen würde es ein »Leb wohl« sein. Und der Moment war nicht mehr weit entfernt.

»Entschuldige.« Kate stellte das Telefon zurück in die Ladestation. »Das war …«

»Ich weiß, wer das war«, herrschte Ben sie an, bereute es aber gleich anschließend und zwang sich, seine Gesichtszüge zu kontrollieren. Was nicht einfach war, denn der Gedanke, dass dieser Franzose irgendwann – bald – hier mit Kate stehen könnte, in diesem Haus, das sich für Ben immer noch so vertraut anfühlte und das so viele Erinnerungen in ihm weckte, ließ ihn mit den Zähnen knirschen. »Triffst du dich mit ihm?«, wollte er wissen und hörte selbst, dass in seiner Stimme zu viel Wut mitschwang.

Kate nickte. »Er hat mich zum Essen eingeladen.«

Sie schien irritiert über sein Verhalten, und das war kein Wunder, es irritierte ihn selbst. Denn er erkannte, was es war, auch wenn es sich fremd anfühlte: Er war eifersüchtig. Ein ekelhaftes Gefühl. Und er hielt es auch nur ganz schlecht aus.

»Ich muss jetzt gehen«, knurrte er. »Es ist schon spät und ich ... hab noch zu tun.«

Er machte drei Schritte in Richtung Tür, dann blieb er stehen und warf noch einmal einen Blick über die Schulter. Ein Fehler. Denn als er den erschrockenen Ausdruck in Kates Augen sah, machte er auf dem Absatz kehrt und ging zu ihr zurück.

16

Kate hatte gewusst, dass Ben sie küssen würde, schon in dem Augenblick, als er wieder auf sie zugekommen war. Sie konnte es in seinem Blick lesen, in dem nur noch dunkles Verlangen stand, das nicht mehr danach fragte, was vernünftig war. Und sie wollte es, sie wollte es so sehr, dass sie aufstöhnte, als er sie erreichte und fordernd in seine Arme schloss. Und dann lagen seine Lippen auf ihren, und seine Zunge eroberte ihren Mund, ließ sie nicht mehr zu Atem kommen.

Ihr Herz schlug wild, und sie schlang die Arme um seinen Hals, spürte seine Hände, die über ihren Rücken nach unten strichen und ihren Po umfassten. Sie wusste, dass sie ihn hätte aufhalten müssen, aber ihr fehlte die Kraft dazu. Dafür begehrte sie ihn zu sehr, und dafür hatte sie schon zu lange auf ihn verzichtet.

Sie wusste, dass es vielleicht nur Verlangen war, das ihn zu ihr zurückzog, aber das spielte keine Rolle, denn ihr ging es genauso. Sie würde auf der Stelle sterben, wenn er jetzt wieder aufhörte.

Doch das schien Ben nicht vorzuhaben, auch wenn er kurz innehielt und sie schwer atmend ansah. Denn sein Blick war nicht zögernd oder unsicher, sondern verhangen vor Lust. Er wusste, was er wollte, und suchte in ihrem Gesicht nach der Antwort, ob es ihr genauso ging. Nur das hielt ihn noch zurück, und Kates Herz zersprang fast vor Sehnsucht, als sie die wenigen Zentimeter überwand, die ihre Lippen voneinander trennten, und ihn erneut küsste.

Vielleicht wäre es nicht so schwer gewesen, ihm zu widerstehen, wenn er ihr nicht beigestanden hätte, als Lewis Barton sie angegriffen hatte. Oder wenn er ihr das Reh nicht gebracht und sie getröstet hätte, als sie es nicht retten konnte. Wenn er mit den Hunden nicht so liebevoll umgegangen wäre. Das alles ließ sie hoffen, dass sie den Ben, in den sie sich Hals über Kopf verliebt hatte, vielleicht doch zurückgewinnen konnte. Und selbst wenn nicht, selbst wenn es nur diesen einen Moment in seinen Armen für sie gab, wollte sie ihn auskosten.

Ben stöhnte auf und zog sie wieder dicht an sich, hob sie hoch, sodass ihre Beine nicht mehr den Boden berührten. Doch Kate spürte es kaum, hielt sich einfach nur an ihm fest und versank in seinem berauschenden Kuss, merkte nicht, wie weit er sie trug – bis sie plötzlich erschrocken die Luft einsog, weil ihr Rücken gegen etwas Kaltes stieß.

Überrascht öffnete sie die Augen und sah, dass sie in ihrem Schlafzimmer an der Wand lehnte. Ben griff nach ihren Handgelenken, zog sie nach oben und hielt sie dort mit einer Hand fest, während er die andere langsam wieder nach unten wandern ließ. Er strich über ihren Arm und die empfindliche Stelle unter ihren Achseln bis hinunter zu ihrer Brust, umfasste sie und reizte mit dem Daumen den aufgerichteten Nippel, der sich ihm durch den Stoff ihres T-Shirts entgegenreckte. Sofort schossen heiße Blitze in ihren Unterleib, und sie erschauderte hilflos vor Lust, wölbte sich ihm entgegen.

Dann gab er ihre Handgelenke plötzlich wieder frei, legte beide Hände an den Saum ihres T-Shirts und zog es ihr über den Kopf. Kate half ihm, froh darüber, das lästige Kleidungsstück los zu sein. Fiebrig tastete sie nach seinem Hemd und fing an, es aufzuknöpfen, schob es ihm über die Schultern und strich über seine nackte Brust, genoss das Spiel seiner Muskeln unter der Haut, als er sie hochhob, bis ihre Hüften auf einer Höhe waren. Instinktiv schlang sie die Beine und Arme um ihn und presste sich an ihn, wollte ihn spüren, während sie sich erneut seinem drängenden Kuss ergab. Bis er ihn abrupt beendete und sie ansah.

»Gott, Kate, ich will dich so sehr«, sagte er rau, und sie erkannte in seinen Augen die gleiche Zerrissenheit, die sie selbst auch empfand. Sie wusste, dass es nicht wieder gut war zwischen ihnen, nur weil sie beide gegen das Verlangen, das sie zueinanderzog, nicht mehr ankamen. Das, was sie trennte, verschwand nicht durch einen Kuss oder eine Liebesnacht. Aber Kate konnte trotzdem nicht anders.

»Dann nimm mich«, flüsterte sie an seinen Lippen, und ihr Herz jubilierte, als sie sah, wie seine Augen noch ein bisschen dunkler wurden. Er umfasste sie fester und trug sie zum Bett, legte sich neben sie. Eilig zog er sie weiter aus, und Kate machte das Gleiche mit ihm, während sie sich immer wieder küssten.

Sie war bereit für ihn, wollte ihn in sich spüren, und auch Ben konnte nicht warten. Ungeduldig zog er die Nachttischschublade auf, weil er wusste, dass dort die Packung mit den Kondomen lag. Mit zitternden Fingern nahm er eins heraus und riss die Verpackung auf. Kate half ihm, es überzuziehen, und streckte ihm die Arme entgegen, als er wieder zu ihr kam, stöhnte auf, als er mit einem einzigen Stoß tief in sie eindrang.

Für einen Moment verharrte er über ihr, und sie bebte erwartungsvoll, fühlte sich wie im Auge des Sturms, weil sie ahnte, mit welcher Kraft sich die Spannung zwischen ihnen entladen würde, wenn sie sich bewegten.

Aber es war nicht nur Leidenschaft, die Kate in diesen atemlosen Sekunden mit ihm verband, sondern viel mehr. Ich liebe ihn, dachte sie und versank in seinen grauen Augen. Sie hatte nie damit aufgehört. Und selbst wenn sie morgen wieder vernünftig sein musste – jetzt wollte sie von ihm, was nur er ihr geben konnte, deshalb schlang sie die Arme um ihn und zog ihn zu sich herunter, küsste ihn und drehte sich mit ihm zur Seite, rollte ihn auf den Rücken, sodass er unter ihr lag. Langsam richtete sie sich auf und sah auf ihn herunter, genoss den Ausdruck des Verlangens auf seinem Gesicht. Er begehrte sie genauso wie sie ihn, und wenn ihr nur diese eine Nacht mit ihm blieb, dann wollte sie jede Minute auskosten.

Ben legte die Hände auf ihre Oberschenkel und strich über ihren Bauch nach oben zu ihren Brüsten, umschloss sie und fing an, sie sanft zu massieren, was Kate lustvoll aufstöhnen ließ. Er kannte sie gut, wusste, was ihr gefiel, und sie konnte nicht mehr still sein, bewegte ihr Becken und fühlte ihn tief in sich. Ihr Kopf sank nach hinten, und sie überließ sich ganz dem Rhythmus, in den ihre Körper wie von selbst fanden, spürte, wie ihr Innerstes sich zusammenzog, sich sammelte für die Explosion, die sich machtvoll in ihr ankündigte.

»Ben«, schluchzte sie, als sie es nicht mehr aushielt, und als hätte er nur auf dieses Signal gewartet, übernahm er wieder die Führung und warf sie herum, drückte sie mit seinem Gewicht in die Matratze und nahm sie mit wilden, harten Stößen, die sie lustvoll aufschreien ließen.

Oh Gott, sie brauchte ihn so sehr, spürte, wie sie jede Kontrolle verlor. Und dann brach sich die Welle der Erlösung in ihrem Innern und spülte über sie hinweg, nahm ihr den Atem und ließ sie mit Ben zusammen untergehen, der ihr mit einem tiefen Aufstöhnen folgte.

Es dauerte lange, bis die Beben in Kate abebbten und ihr Herzschlag und ihre Atmung sich wieder beruhigten. Sie wollte Ben nicht loslassen, lockerte nur unwillig ihre Arme, als er sich von ihr löste und neben sie legte. Einen Augenblick lang schloss er die Augen, dann drehte er sich wieder zu ihr um und sah sie an.

»Kate, ich...«, begann er, doch Kate legte ihm zwei Finger auf die Lippen und schüttelte den Kopf.

Sie wollte jetzt nicht hören, dass es keine gute Idee gewesen war oder dass er es bereute. Und sie wollte auch nicht, dass er wieder ging und das Glücksgefühl mitnahm, das er ihr schenkte. Es war zerbrechlich, und sie hatte Angst, aus diesem Traum zu erwachen. Weil sich trotzdem nichts ändern würde an dem, was sie für ihn empfand. Sie konnte sich davor nicht schützen, und das machte sie auf eine beängstigende Weise verletzlich.

Aber Ben war es auch, das konnte sie in seinen Augen sehen. Das, was gerade zwischen ihnen passiert war, ließ ihn nicht kalt, es hatte ihn genauso aufgewühlt wie sie. Also war sie ihm nicht gleichgültig, wie sie in den letzten Wochen geglaubt hatte, und das machte sie auf eine lächerliche Weise glücklich. Sie wollte das jetzt noch nicht aufgeben, deswegen beugte sie sich vor und küsste ihn.

»Erzähl es mir später«, sagte sie an seinen Lippen und lächelte selig, als er sie zurück in seine Arme zog und ihren Kuss mit neuer Leidenschaft erwiderte.

17

Tilly stellte den letzten Teller zurück in den Schrank und schloss ihn mit einem Seufzen. Die Küche war endlich wieder in einem Zustand, mit dem sie zufrieden war – all die vielen Tiefkühlbeutel und Tupperdosen, die den Tag über auf den Ablagen herumgelegen hatten, waren verschwunden, die Töpfe und Pfannen waren gespült und weggeräumt, und alle Oberflächen und der Boden glänzten. Aber die Arbeit, die das gekostet hatte, spürte sie in jedem Knochen.

»Meine Güte, ist das immer so anstrengend?«, fragte Peter stöhnend, der mit dem Besen in der Hand gerade wieder in die Küche kam. Er hatte den Schankraum gefegt, nachdem die letzten Gäste gegangen waren. Anklagend blickte er auf die Uhr über der Tür. »Es ist gleich zwölf – ich dachte, in England gibt es immer noch so was wie eine Sperrstunde!«

»Die ist schon seit ein paar Jahren aufgehoben«, erwiderte Tilly. »Und Mitternacht ist doch human. Ich war auch schon länger hier.«

»Human?« Peter hob die Augenbrauen und sah sie an, als hätte sie den Verstand verloren. »Das war doch nicht human – das war hart an der Grenze zur Ausbeutung! So was kann man doch nicht jeden Tag machen!«

Tilly lächelte. Nein, dachte sie, während sie die nassen Geschirrtücher aufhängte. Aber es fiel ja auch nicht jeden Tag die Kühlung für Stunden aus. Und geschafft hatte sie es auch nur, weil Peter ihr geholfen hatte. Allein wäre ihr das Chaos über den Kopf gewachsen, doch mit ihm zusammen hatte es sogar ein bisschen Spaß gemacht.

Er hatte sich überraschend gut angestellt. Offenbar war er wirklich ein guter Beobachter, denn er hatte den Ausschank mit Bravour gemeistert – wenn man davon absah, dass seine Freundlichkeit gegenüber Gästen noch ausbaufähig war. Und danach hatte er auch noch mit ihr aufgeräumt.

»Danke, Peter«, sagte sie erneut, obwohl sie das im Laufe des Abends bestimmt schon tausendmal getan hatte. Aber sie musste es einfach noch mal wiederholen. »Du bist mein Held. Ohne dich hätte ich das nicht hingekriegt!«

»Keine Ursache«, murmelte er und wirkte ein bisschen verlegen. »Du hast uns schließlich auch geholfen.«

Sie waren dazu übergegangen, sich beim Vornamen zu nennen. Es hatte sich so ergeben, weil sie sich oft etwas hatten zurufen müssen und »Mr Adams« und »Miss Fletcher« zu kompliziert gewesen wäre. Und für Tilly fühlte es sich richtig an, weil sie ihn jetzt viel besser kannte. Er war ruppig, und er konnte schrecklich unhöflich sein. Aber das, was unter seiner spröden, harten Schale steckte, gefiel ihr immer besser.

»Wir sind fertig«, erklärte sie und spürte ein gewisses Bedauern darüber, dass ihr gemeinsamer Abend damit zu Ende war. »Ich mach mich dann auf den Weg nach Hause.«

Peter deutete auf die große Plastiktüte auf dem Tisch, in der sich zwei sperrige Backformen und diverse Backutensilien befanden. »Und was ist damit?«

»Die Sachen gehören mir«, erwiderte Tilly. »Sie sind mir beim Aufräumen begegnet. Ich hatte ganz vergessen, dass ich sie mit hergenommen hatte.«

Tatsächlich war es sogar nur ein Bruchteil der Dinge, die Tilly im Laufe der Jahre – aus den unterschiedlichsten Gründen – mit ins »Three Crowns« gebracht hatte. Sie hatten entweder gefehlt, oder sie waren einfach bequemer zu handhaben als die schon vorhandenen Geräte. Jazz' Vater Edgar Moore, dem der Pub gehörte, wollte schon lange, dass Tilly ihre Sachen wieder mitnahm und alles, was sie brauchte, stattdessen auf seine Rechnung neu kaufte. Nur kam sie nie dazu. Aber heute hatte sie auf der Suche nach geeigneten Schüsseln für die vielen Gerichte, die sie aus den aufgetauten Lebensmitteln gekocht hatte, die Schränke durchwühlt. Und da waren ihr zufällig ein paar ihrer Sachen begegnet, die sie für die Vorbereitung des Backwettbewerbs gebrauchen konnte, und sie hatte sie spontan eingepackt. Was ihr jetzt peinlich war, denn nach Peters letzter Bemerkung zu ihrem Hobby mied sie dieses Thema möglichst, wenn er dabei war.

Er kommentierte die Backformen jedoch nicht, sondern hob die Tasche an, so als wollte er das Gewicht testen. Tilly holte ihren dünnen Stoffmantel vom Haken hinter der Tür und zog ihn über. Dann wollte sie Peter die Tasche abnehmen, doch er hielt sie fest.

»Ich kann sie tragen«, sagte er und fügte, als Tilly ihn irritiert ansah, schnell noch hinzu: »Mir ist gerade eingefallen, dass ich ein paar Unterlagen bei dir vergessen habe. Sie sind wichtig, deshalb hole ich sie mir besser.«

»Ich kann sie dir morgen früh mitbringen«, bot sie an. »Du musst doch müde sein.«

Peter schüttelte den Kopf. »Im Gegenteil. Ich bin eine Nachteule«, behauptete er. »Ich schlafe nie vor zwei Uhr, also kann ich das auch gleich erledigen.«

»Okay.« Sie zuckte mit den Schultern und widersprach nicht mehr, obwohl sie fand, dass er tatsächlich sogar sehr müde aussah. Schließlich war er schon mindestens so lange auf den Beinen wie sie, und er war es im Gegensatz zu ihr nicht gewohnt, einen ganzen Abend lang hinter der Theke zu stehen. Aber wenn er unbedingt wollte, konnte er sie gerne begleiten. Es freute sie sogar, wenn sie ehrlich war.

Es war überhaupt ziemlich erschreckend, wie glücklich es sie plötzlich machte, mit diesem griesgrämigen Amerikaner zusammen zu sein, den sie vor ein paar Wochen noch ganz furchtbar gefunden hatte.

Sie hätte nicht mehr sagen können, wann Peter mehr für sie geworden war als ein ziemlich anstrengender Gast, aber sie wusste noch, wann sie es gemerkt hatte: als er ihr vorgestern bei der Weinlese verkündet hatte, dass Ben und er wieder nach New York mussten. Der Gedanke, dass er nicht mehr an ihrer Theke sitzen und sie mit seinen Bemerkungen auf die Palme bringen würde, war immer noch schwer zu ertragen. Doch der Tag seiner Abreise nahte, und er würde sie sicher ganz schnell wieder vergessen haben. Dann existierte sie für ihn nur noch als Erinnerung an seine schräge Zeit in dem englischen Kaff, das er so verabscheut hatte. Deshalb versuchte sie, realistisch zu bleiben und sich nicht in Wunschträume zu verlieren.

Trotzdem konnte sie nicht verhindern, dass ihr Herz aufgeregt klopfte, als sie ein paar Minuten später die Tür zu ihrem Reihenhaus aufschloss und Peter ihr nach drinnen folgte. Sie konnte sich nicht erinnern, wann sie zuletzt abends mit einem Mann nach Hause gekommen war. Es war lange her, und es fühlte sich komisch an. Aufregend irgendwie.

Nun hör schon auf, Tilly. Er will etwas holen, das er vergessen hat. Dann geht er wieder.

Zum Glück war er heute schon mal hier gewesen und kannte ihr Haus, das klein war und bestimmt nicht so schick und modern eingerichtet wie sein Apartment in New York, von dem er ihr erzählt hatte. Es war eher ... rustikal. Klassisch englisch. So wie Tilly es kannte. Aber Peter hatte – im

Gegensatz zu sonst – nichts Abfälliges gesagt über die Art, wie sie wohnte, deshalb fand er es vielleicht gar nicht so schlimm.

»Wo liegen denn die Papiere?«, fragte sie und sah sich in ihrem Wohnzimmer um, das sie Ben und Peter heute Vormittag als provisorisches Büro zur Verfügung gestellt hatte. Es sah jedoch aus wie immer – offenbar hatten die beiden peinlich genau darauf geachtet, alles wieder so herzurichten, wie es vorher gewesen war. Wirklich alles, denn den Stapel mit Ausdrucken, von dem Peter gesprochen hatte, konnte sie nirgends entdecken.

Fragend sah sie ihn an, doch er kratzte sich nur ratlos am Kopf. »Komisch. Ich hätte schwören können, dass ich sie auf dem Tisch habe liegen lassen.«

Tilly überlegte, ob sie ihm das glauben konnte. Er hatte nichts davon erwähnt, dass er etwas vergessen hatte, als er ihr vorhin den Schlüssel zurückgebracht hatte. Aber es konnte kein Vorwand gewesen sein, denn das hätte ja bedeutet, dass er sie gerne begleiten wollte. Nein, das war absurd – und sie musste jetzt sofort aufhören, irgendetwas in Peters Verhalten ihr gegenüber hineinzuinterpretieren. Er hatte ganz sicher kein Interesse an einer spießigen Engländerin, die noch dazu fünf Jahre älter war als er selbst. Jedenfalls nicht in romantischer Hinsicht. Vielleicht war er einfach erledigt von dem langen, anstrengenden Tag und hatte da etwas durcheinandergebracht.

Für einen Moment schwieg Tilly, nicht sicher, was sie jetzt tun sollte. Dann gab sie sich einen Ruck.

»Willst du noch was trinken?«, fragte sie. »Dann hättest du den Weg wenigstens nicht ganz umsonst gemacht.«

Er gähnte unterdrückt und zuckte mit den Schultern. »Warum nicht?«

»Okay, dann setz dich doch schon mal.« Tilly deutete auf das gemütliche Sofa mit den selbstgenähten Kissen. »Ich bin gleich zurück.«

Schnell lief sie in die Küche und setzte Wasser auf. Erst, als es schon kochte, fiel ihr ein, dass sie Peter gar nicht gefragt hatte, ob er überhaupt einen Tee wollte oder lieber etwas anderes. Offenbar hatte der Tag auch bei ihr Spuren hinterlassen. Schnell ging sie noch mal zurück ins Wohnzimmer.

»Was möchtest du denn trinken? Ich hätte ...«

Sie brach ab und zählte nicht mehr auf, was sie Peter anbieten konnte. Weil es keinen Sinn gehabt hätte – er saß nämlich schräg auf dem Sofa, hatte den Kopf gegen die Lehne gelehnt und schlief.

So viel zum Thema »Ich bin nicht müde«, dachte Tilly und betrachtete ihn, während sie überlegte, was sie jetzt tun sollte. Er wirkte so friedlich, dass sie Skrupel hatte, ihn zu wecken. Schließlich war er ihretwegen so erschöpft.

»Peter?«, fragte sie leise und rüttelte ihn ganz leicht an der Schulter. Er öffnete die Augen, aber nur einen Spalt, und murmelte etwas. Dann schloss er sie wieder, und sein Kopf sank zur Seite.

Wahrscheinlich wäre er aufgewacht, wenn sie ihn fester geschüttelt und laut angesprochen hätte, aber das brachte Tilly nicht über sich. Stattdessen legte sie eines der Sofakissen über die Armlehne und drückte sanft gegen Peters Schulter. Ohne Widerstand ließ er sich zur Seite fallen und legte sich ganz hin, seufzte, als sein Kopf auf das Kissen traf. Tilly zog ihm vorsichtig die Schuhe aus, nahm die Wolldecke von der Sessellehne und legte sie ihm über. Ein Gähnen überfiel sie, und sie merkte plötzlich, dass sie selbst auch kaum noch die Augen offen halten konnte.

Einen Moment zögerte sie noch, dann ging sie leise zur Tür

und schaltete das Licht aus. Falls Peter aufwachte, konnte er einfach gehen. Und falls nicht, würde sie morgen früh ein besonders leckeres Frühstück für ihn zaubern, überlegte sie lächelnd auf dem Weg nach oben in ihr Schlafzimmer.

18

Leise schloss David den seitlichen Eingang auf, durch den man vom Garten ins Haus kam. Es brannte kein Licht im Flur, und er schaltete es auch nicht ein, weil er es nicht brauchte – er kannte den Weg zurück in sein Zimmer, fand ihn auch im Mondlicht, das durch die Fenster hereinfiel. Außerdem wollte er nicht riskieren, jemanden zu wecken. Dafür war er viel zu erleichtert darüber, dass tatsächlich alle schon schliefen, sogar Kirkby. Wobei das eigentlich nicht wirklich verwunderlich war, schließlich bestätigte ihm ein Blick auf seine Armbanduhr, dass es schon weit nach ein Uhr war.

David war absichtlich so lange weggeblieben. Nach seinem Ausritt hatte er einfach noch nicht ins Haus zurückkehren können. Deshalb hatte er sich auf den Heuboden zurückgezogen und dort noch einmal über alles nachgedacht. Bis ihm klar geworden war, was er tun musste. Und dass es einfacher sein würde, wenn ihn niemand aufhalten konnte. Deshalb hatte er gewartet, bis es ganz ruhig geworden war im Stall, und sich erst auf den Rückweg gemacht, als er nicht mehr Gefahr lief, irgendjemandem zu begegnen. Und deshalb schlich er jetzt so leise wie möglich über die knarrende Treppe hinauf in den ersten Stock.

Als er an Annas Zimmer vorbeikam, stieg ihm ein Kloß in den Hals. Sie hatte ihm noch mehrere SMS geschrieben und auch versucht ihn anzurufen, doch er hatte nicht reagiert. Das war ihm schwergefallen, weil sie sich bestimmt Sorgen machte. Aber es war besser so.

Auch im Flur vor seinem Zimmer war es dunkel, deshalb sah David schon von weitem den schwachen Lichtschein unter seiner Tür. Er war jedoch ganz sicher, dass er die Lampe nicht hatte brennen lassen. Jemand anderes musste sie angeschaltet haben. Aber wer?

Angespannt ging er die letzten Schritte bis zur Tür und öffnete sie vorsichtig, weil er plötzlich befürchtete, gleich Olivia oder Ralph gegenüberzustehen. Doch die beiden waren es nicht, die drinnen auf ihn warteten. Sondern Anna.

Sie lag auf dem Bett und schlief im Schein der Nachttischlampe. Neben ihr lagen ihr Handy und der Collegeblock, in den David in Stichworten die Ergebnisse seiner Recherche über Drake Sullivan notiert hatte. Offenbar hatte sie ihn auf dem Schreibtisch entdeckt und darin gelesen.

Er schluckte schwer. Für einen Moment wollte er sie gerne wecken, weil er sich danach sehnte, sie lächeln zu sehen. Aber dann hätte er ihr sagen müssen, was er vorhatte, und das ging nicht.

Letztlich hatten James und Claire nämlich recht: Es war nicht gut, wenn sich zwischen ihm und Anna etwas entwickelte. Nicht, solange er selbst nicht wusste, wer er eigentlich war. Und das bestärkte ihn in seinem Entschluss.

Vorsichtig nahm er den Collegeblock vom Bett und ging damit zum Schreibtisch. So leise wie möglich riss er eine Seite heraus und schrieb eine Nachricht darauf. Er hielt sie neutral und kurz, schrieb nicht hinein, wie weh es ihm tat, diesen Schritt zu gehen.

Eigentlich hatte er noch ein paar Sachen packen wollen, doch darauf verzichtete er jetzt, weil er Angst hatte, dass Anna davon aufwachen würde. Er steckte nur seine Brieftasche ein und klemmte sich den Collegeblock unter den Arm. Bei seinem Handy zögerte er. Er wollte es nicht zurücklassen, aber er wollte auch nicht erreichbar sein. Deshalb schaltete er es aus und steckte es in die Tasche seiner Lederjacke, die er von der Schreibtischstuhllehne nahm.

Er trat noch einmal an das Bett und legte den zusammengefalteten Zettel mit der Nachricht neben Anna, damit sie ihn fand, wenn sie aufwachte. Für einen kurzen Moment blieb er stehen und sah sie an, prägte sich ihr Gesicht ein, das im Schlaf entspannt wirkte. Dann knipste er die Nachttischlampe aus und verließ leise das Zimmer.

19

Anna wusste nicht, was sie geweckt hatte, aber sie schreckte plötzlich hoch und sah sich um, versuchte, sich zu orientieren. Was nicht so einfach war, denn das Fenster befand sich nicht rechts von ihr, wie sie es gewohnt war, sondern zeichnete sich hell auf der gegenüberliegenden Wand ab. Und dann erinnerte sie sich plötzlich, dass sie sich nicht in ihrem Zimmer befand, sondern in Davids. Hastig richtete sie sich auf und knipste die Nachttischlampe an.

Ihr Handy lag neben ihr auf dem Bett, und als sie die Anzeige aufrief, sah sie, dass es schon halb sechs Uhr morgens war. Aber David war immer noch nicht da.

Sie hatte sofort nach ihm gesucht, als sie mit ihrer Mutter endlich wieder in Daringham Hall angekommen war, und schließlich vom Stallmeister erfahren, dass er mit Chester ausgeritten war. Erreichen konnte sie ihn jedoch nicht, weil er nicht auf ihre Anrufe und Nachrichten reagiert hatte. Dabei musste sie so dringend mit ihm reden.

Schnell drückte sie auf die Kurzwahltaste für seine Handynummer und wartete, bis der Anruf durchging. Als nur die Mailbox dranging, warf sie das Handy zurück aufs Bett und kämpfte gegen die Tränen an, die ihr in die Augen stiegen. Sie spürte einfach, dass etwas nicht in Ordnung war, und sie hatte Angst um ihn. Weil ...

Ihr Herz schlug schneller, als sie an den Moment vorgestern Abend in ihrem Zimmer dachte, als er sie im Arm gehalten hatte. Daran, wie er sie angesehen hatte. In seinem Blick hatte so viel von dem gelegen, was sie auch empfand ... Aber dann war er abrupt aufgestanden und gegangen, als ihre Mutter gekommen war.

Das verstand Anna sogar. Wenn es ihm so ging wie ihr, dann musste ihn das auch verwirren. Und Claires strenger Blick hatte sicher sein Übriges getan.

Annas Eltern sahen ihr Verhältnis zu David nämlich plötzlich viel kritischer als vorher. Das jedenfalls hatte ihre Mutter ihr am Ende ihres Einkaufsbummels gestern in Cambridge gestanden, der vielleicht nur so ewig lang gedauert hatte, weil sie Anlauf nehmen musste zu dem Gespräch. Claire wollte nicht, dass Anna und David etwas »überstürzten«, wie sie sagte. Nicht, weil sie David nicht mochte, das hatte sie mehrfach betont, sondern weil sie Angst hatte, dass es vielleicht nur ein Strohfeuer war, das sie jetzt zueinander hinzog. Und diese Sorge war sicher nicht ganz unberechtigt. Wenn es nicht funktionierte, konnte das schwierig für alle werden, denn sie würden weiter hier zusammenleben.

Aber das verstanden ihre Eltern eben nicht. Annas Leben funktionierte nur *mit* David. Sie wusste nicht mehr, wann genau sie gemerkt hatte, dass er viel mehr für sie war als nur ihr Cousin. Wahrscheinlich an dem Abend, als sie ihm hatte sagen müssen, dass er nicht Ralphs Sohn war. Er hatte gesagt, dass er weggehen wollte, und die Vorstellung, ihn zu verlieren, war so schrecklich für sie gewesen, dass sie es kaum ausgehalten hatte. Seitdem wurde dieses neue Gefühl in ihr immer stärker, und selbst wenn sie es gewollt hätte, sie hätte es nicht abstellen können. Aber vielleicht hatte sie das Gespräch mit ihrer Mutter gebraucht, um das zu begreifen.

Das alles hätte sie David gerne gesagt, nur war er gestern Abend nach seinem Ausritt nicht wieder aufgetaucht. Chester hatte zwar irgendwann wieder im Stall gestanden, von

David fehlte allerdings jede Spur. Anna hatte ihn nirgendwo finden können, obwohl sein Wagen vor dem Haus geparkt war und sie das ganze Haus abgesucht hatte. Und das machte ihr wirklich Sorgen. Vielleicht war er ...

Papier knisterte unter ihrer Hand, als sie den Arm auf dem Bett abstützte, und erst jetzt bemerkte sie den Zettel, der direkt neben ihr lag.

Dann war David doch hier gewesen? Natürlich, dachte sie, denn plötzlich fiel ihr auf, dass der Collegeblock fehlte, in dem sie gelesen hatte, bevor sie eingeschlafen war. Außerdem musste er die Nachttischlampe ausgemacht haben, die sie hatte brennen lassen, und seine Lederjacke, die über der Lehne seines Schreibtischstuhls gehangen hatte, war auch nicht mehr da. Aber warum hatte er sie nicht geweckt?

Mit zitternden Fingern öffnete sie die Nachricht und las die wenigen Zeilen, die er ihr geschrieben hatte.

Anna, ich habe nachgedacht, und ich glaube, es ist besser, wenn ich für eine Weile weggehe. Ich muss einige Dinge für mich klären, und dafür brauche ich Abstand. Macht euch keine Sorgen um mich – und sucht bitte nicht nach mir.
David

»Nein!« Annas Kehle schnürte sich zu. Genau das hatte sie befürchtet, die ganze Zeit schon. Sie kannte David, hatte gespürt, wie verzweifelt er war. Aber sie war hilflos gewesen, hatte ihn nicht erreichen können, weil er sie nicht mehr an sich heranließ. Und in dem Moment, als er es doch endlich wieder getan hatte, war ihre Mutter hereingeplatzt.

Sie krallte die Finger um das Papier. Was sollte sie denn jetzt tun? Auf gar keinen Fall konnte sie Davids Bitte erfüllen und hier rumsitzen, während er irgendwo da draußen herumlief und unglücklich war. Sie musste ihn finden. Die Frage war nur, wo sie anfangen sollte, nach ihm zu suchen.

Einen Moment lang starrte sie ins Leere, während ihre Gedanken sich überschlugen. Wohin würde er gehen? Nach Cambridge in seine Studentenbude? Sie schüttelte den Kopf. Nein. Dort würde die Familie ihn vermuten, und wenn er Abstand wollte, war das keine Alternative.

Aber brauchte er wirklich Abstand? Oder war es etwas anderes, das ihn umtrieb? Sie dachte an die Notizen, die er in seinen Collegeblock geschrieben hatte. Darin war es um seinen leiblichen Vater, diesen Drake Sullivan, gegangen, und selbst wenn die Stichpunkte für Anna nicht alle einen Sinn ergeben hatten, war ihr doch klar geworden, dass Davids Suche nach ihm schon recht weit gediehen war. Er hatte sich mehrere Adressen notiert: eine in Norwich und eine in den Cotswolds, die jedoch beide wieder durchgestrichen gewesen waren, sowie drei in verschiedenen Stadtteilen von London. Eine davon war eingekreist gewesen, und Anna wusste den Straßennamen noch – Wardour Street – und dass in der Hausnummer eine Acht vorgekommen war.

Lag dort der aktuelle Wohnsitz von Drake Sullivan? Und wichtiger noch: War David jetzt dorthin unterwegs?

Ich muss einige Dinge für mich klären, hatte er geschrieben. Dazu würde sicher gehören, mehr über den Mann herauszufinden, der ihn gezeugt hatte, deshalb erschien ihr das sehr wahrscheinlich. Die Frage war nur, was er vorfinden würde, wenn er Drake Sullivan tatsächlich aufspürte.

Anna seufzte tief. Sie musste unbedingt zu ihm – aber wie sollte sie das anstellen? Dass David wirklich zu der Londoner Adresse unterwegs war, die er auf dem Block eingekreist hatte, war vielleicht nur reines Wunschdenken. Letztlich konnte er überall sein. Und selbst wenn es stimmte und er dort war – wie sollte sie dann nach London kommen?

Jemand würde sie fahren müssen, doch ihre Eltern konnte sie nicht fragen, weil die sicher nicht wollten, dass sie David folgte. Sie würden versuchen, es ihr auszureden, genau wie Ivy oder Tilly. David war schließlich erwachsen und konnte selbst entscheiden, wo er hinging – und er hatte in seiner Nachricht ausdrücklich darum gebeten, dass ihn niemand suchen sollte.

Aber Anna wusste einfach, dass er sie brauchte, deshalb atmete sie einmal tief durch. Denk nach, forderte sie sich selbst auf. Wenn sie ein Taxi rief und damit zum Bahnhof nach King's Lynn fuhr, würde das Kirkby bestimmt auffallen. Überhaupt waren Züge nicht gut – es gab zwar regelmäßige Verbindungen nach London, aber sie war nicht sicher, wann die fuhren. Wenn sie lange am Bahnhof warten musste, bestand die Gefahr, dass sie doch noch jemand abfing. Nein, es musste irgendwie anders gehen, und es gab auch eine Möglichkeit. Die allerdings riskant war. Und sie musste sich sehr beeilen, wenn sie sie nutzen wollte.

Schnell stand sie auf und ging zurück in ihr eigenes Zimmer, packte dort schnell ein paar Sachen, die sie vielleicht brauchen würde, und schlich dann möglichst leise nach unten. Sie war nicht sicher, ob Kirkby schon wach war, und rechnete jederzeit damit, dass er plötzlich vor ihr stand. Doch niemand hielt sie auf und fragte sie, wohin sie wollte, und sie atmete erleichtert auf, als sie ungesehen den Garten erreichte. Sobald die Stallgebäude in Sicht kamen, kehrte ihre Anspannung allerdings wieder zurück. Denn der schwierige Teil lag noch vor ihr.

Das Glück schien jedoch auf ihrer Seite zu sein. Es war alles ruhig, als sie den Platz vor den Stallgebäuden erreichte, und der Jeep, ein etwas älterer, aber gut ausgestatteter Wrangler X, der zum Haus gehörte und vor allem für Fahrten auf den Ländereien von Daringham Hall genutzt wurde, stand an seinem Platz neben dem Stalltor. Das tat er nicht immer, es kam auch vor, dass der Stallmeister ihn abends mitnahm. Aber diesmal nicht, und Greg war offensichtlich auch noch nicht da, was es für Anna sehr viel leichter machte.

Trotzdem war sie schrecklich nervös, als sie auf den Wagen zuging. Sie warf die Tasche auf den Beifahrersitz und stieg ein, setzte sich hinter das Steuer. Dann beugte sie sich vor und öffnete das Handschuhfach. Der Zündschlüssel lag immer dort, damit der Wagen jederzeit einsatzbereit war, wenn ihn jemand brauchte.

Also los, dachte Anna und atmete einmal tief durch, bevor sie den Schlüssel ins Schloss steckte und den Motor anließ. Ihr war bewusst, dass ihr Plan ihr eine Menge Ärger einbringen konnte, denn sie war erst siebzehn und besaß noch keinen Führerschein. Aber sie konnte fahren, vor allem diesen Jeep, mit dem Greg ihr regelmäßig Fahrstunden gab, um sie auf die Führerscheinprüfung vorzubereiten. Er war damals schon mit Ivy, Zoe und David stundenlang über das Gelände gekurvt, und auch für Anna hatte er das L-Schild, das für Fahrschüler vorgeschrieben war, wieder herausgekramt und übte jetzt geduldig mit ihr. Alleine war sie allerdings noch nie gefahren, und erst recht nicht so weit. Aber sie hatte keine andere Wahl, und wenn sie sich nicht allzu dumm anstellte, würde niemand sie kontrollieren, und sie konnte in ein paar Stunden in London sein.

Sie schaltete das Licht an, legte den Rückwärtsgang ein und setzte den Wagen zurück, fuhr ihn dann langsam über den Hof. Es fühlte sich vertraut an, und das ließ sie neuen Mut fassen. Sie würde das schaffen.

Doch als sie auf den Weg bog, der raus zur Umgehungsstraße nach King's Lynn führte, sah sie gerade noch im Rückspiegel, wie Gregs grauer Nissan Pathfinder von der anderen Seite auf den Hof fuhr. Vor Schreck gab sie zu viel Gas, und das Auto schoss nach vorn und um die Ecke des Stallgebäudes herum außer Sichtweite.

Annas Herz klopfte ihr bis zum Hals. Hatte Greg sie noch gesehen? Erst jetzt wurde ihr klar, wie knapp das alles gewesen war. Und sie war auch noch nicht aus dem Schneider, denn sie wusste nicht, was Greg tun würde, wenn ihm der fehlende Jeep auffiel. Würde er davon ausgehen, dass ihn jemand von der Familie gebraucht hatte, und sich keine weiteren Gedanken machen? Oder würde er ihr vielleicht sogar nachfahren, um zu sehen, wer hinter dem Steuer saß? Angespannt starrte sie immer wieder in den Rückspiegel, während sie über den Landwirtschaftsweg fuhr, rechnete jede Sekunde damit, verfolgt zu werden. Doch der graue Nissan tauchte nicht hinter ihr auf, und mit jedem Kilometer wurde sie ein bisschen sicherer.

Als sie die Abzweigung zur Umgehungsstraße erreichte, hielt sie trotzdem noch mal an und zögerte, weil ihr plötzlich klar wurde, dass sie ins Blaue fuhr. Sie hatte jetzt zwar ein Auto, aber sie kannte nur die Richtung, in der London lag. Eine Karte vom Stadtgebiet hatte sie nicht, und das Navi im Jeep war wie der Wagen selbst schon älter und vielleicht nicht mehr auf dem neuesten Stand. Wenn es überhaupt noch funktionierte, denn Greg und alle anderen brauchten es sicher nur selten.

Mit einem beklommenen Gefühl drückte sie auf den Knopf, der es einschaltete, und sah erleichtert, wie der Bildschirm hell wurde. Es dauerte einen Moment, bis sie begriffen hatte, wie die Menüführung funktionierte, aber dann hatte sie ihr Ziel eingegeben, und das Gerät schien bereit zu sein, ihr den Weg zu zeigen.

Okay, dachte Anna und umfasste das Steuer fester. Es war immer noch riskant und es brachte am Ende vielleicht gar nichts. Aber es fühlte sich besser an, als herumzusitzen und zu warten.

Deshalb bog sie dann mit neuer Entschlossenheit auf die Straße Richtung Süden.

20

Ben lag schon seit einer Ewigkeit wach und starrte entweder aus dem Fenster in den beginnenden Morgen oder auf Kate, die neben ihm im Bett lag. Sie hatte sich eng an ihn geschmiegt, und ihr Kopf ruhte in seiner Armbeuge, sodass er ihr schlafendes Gesicht betrachten konnte.

Es kostete ihn Mühe, sich nicht zu ihr herunterzubeugen und ihre vollen, rosigen Lippen zu küssen. Er wusste, was dann passieren würde, und sein Körper sehnte sich auch schon wieder danach, obwohl er sich nach der leidenschaftlichen Nacht auf angenehme Weise matt fühlte. Aber wenn er es tat, verstrickte er sich noch tiefer in alles, und es war auch so schon schlimm genug. Denn wohin sollte das führen?

Du warst ursprünglich gekommen, um dich an den Camdens zu rächen, erinnerte er sich grimmig. Doch dann hatte Kate ihm dieses Kaminholz vor den Kopf geschlagen, und seitdem lief alles anders, als es sollte. Er hatte hier etwas begonnen, das er niemals hatte anfangen wollen, und es geriet immer mehr außer Kontrolle. Pete hatte recht, er war schon viel zu lange hier, und mit jedem Tag, den er blieb, gefährdete er die Existenz, die er sich in New York aufgebaut hatte. Und warum? Um ein Leben zu führen, das nicht seins war und auch niemals seins sein würde. Er gehörte nicht nach Daringham Hall oder nach Salter's End. Und Kate gehörte nicht zu ihm, auch wenn es sich gerade so anfühlte.

Ben atmete tief durch und ignorierte den scharfen Stich, der ihm dabei in die Brust fuhr. Entschlossen löste er sich von

Kate und zog seinen Arm unter ihrem Kopf hervor. Sie protestierte im Schlaf, wachte jedoch nicht auf, als er sie vorsichtig zur Seite schob und aufstand. Leise zog er sich seine Boxershorts und seine Jeans wieder an und blieb einen Moment neben dem Bett stehen, überrascht darüber, wie kalt ihm plötzlich war. Dann riss er den Blick von Kate los und ging durch den Flur ins Wohnzimmer, wo die Hunde ihn freudig begrüßten. Er überlegte gerade, ob er sich einen Kaffee kochen sollte, als das Telefon klingelte.

Überrascht blickte er zu der Uhr auf dem Kaminsims. Es war erst kurz nach acht, und heute war Samstag. Wer immer da anrief, musste einen guten Grund haben. Er überlegte kurz, dann ging er zum Schreibtisch und holte das Mobilteil aus der Station. Wenn es ein Notruf war, konnte er ihn entgegennehmen, und wenn nicht, verhinderte er damit vielleicht, dass Kate von dem Klingeln geweckt wurde.

»Hallo?«, meldete er sich und wartete, doch am anderen Ende der Leitung hörte er nichts. »Hallo, wer ist denn da?«

»Ben? Bist du das?« Peter klang ungläubig, aber auch erleichtert. Und dann nur noch ungläubig. »Wieso bist du bei Kate?«

Ben schnaubte. »Sag du mir lieber, wieso du um diese Zeit bei ihr anrufst.«

»Ich wollte sie fragen, ob sie weiß, wo du bist. An dein verdammtes Handy gehst du nämlich nicht, das habe ich schon probiert«, erwiderte Peter, und Ben fiel ein, dass er es im Bentley liegen gelassen hatte. »Aber dann können wir ja jetzt wenigstens dich von der Vermisstenliste streichen.«

Ben stutzte. »Vermisstenliste? Was soll das heißen?«, fragte er, und Sorge stieg plötzlich in ihm auf. Peter war kein Morgenmensch. Wenn er jetzt schon wach war, dann musste etwas passiert sein. »Peter?«

Sein Freund antwortete nicht, dafür hörte Ben plötzlich eine weitere Stimme im Hintergrund, die etwas sagte. Ben verstand es nicht richtig, aber er glaubte zu wissen, wer da sprach. »Ist Tilly bei dir?«

»Was? Nein. Ich ... bin bei ihr«, sagte Peter, offenbar abgelenkt von der Tatsache, dass er gleichzeitig zwei Leuten zuhören musste.

Trotz seiner Sorge musste Ben grinsen. »Du bist bei Tilly? Zuhause?«

»Ja«, zischte Peter, »aber nicht, was du denkst. Ich bin ... ach, das ist doch auch völlig egal. Jedenfalls ... hey!« Das Letzte rief er überrascht, und seine Stimme klang leiser, so als würde er sich vom Hörer entfernen. Und dann war es Tilly, die das Gespräch übernahm.

»Ben, hör zu, es ist was passiert«, sagte sie mit drängender Stimme. »Claire rief vorhin hier an – offenbar ist David verschwunden. Er hat Anna eine Nachricht hinterlassen, dass er eine Weile wegwill und dass sie ihn nicht suchen soll, aber sie ist auch nicht mehr da. Claire dachte zuerst, sie wäre vielleicht irgendwo im Haus oder im Stall, aber sie kann sie nirgends finden und auch nicht erreichen, weil ihr Handy ausgeschaltet ist. Deshalb hat Claire mich angerufen und auch Annas Freunde, doch sie hat sich bei niemandem von uns gemeldet. Du warst unsere letzte Hoffnung, weil du auch nicht da warst und Claire gehofft hatte, dass sie vielleicht mit dir irgendwo hingefahren sein könnte. Aber das ist sie nicht, oder?«

»Nein«, erwiderte Ben und drehte sich um, weil Kate in diesem Moment den Raum betrat.

Sie trug ihren pinken Bademantel aus Frottee, der mit den sexy Negligés seiner früheren Freundinnen nicht mal ansatzweise mithalten konnte, und ihre Locken waren vom Schlafen zerzaust. Aber Ben musste bei ihrem Anblick trotzdem gegen eine Welle des Verlangens ankämpfen, die ihm kurz den Atem nahm.

»Was ist denn los?«, fragte sie verschlafen, aber laut genug, dass Tilly sie am anderen Ende der Leitung hörte.

»Ist das Kate? Kann ich sie sprechen?«, bat sie, und Ben reichte den Hörer weiter.

»Für dich.«

Mit einem Stirnrunzeln nahm Kate das Telefon entgegen und meldete sich, hörte lange nur zu, während Tilly ihr wahrscheinlich noch mal erklärte, was sie Ben schon berichtet hatte. Ben beobachtete ihr Gesicht, konnte den Blick einfach nicht davon lösen. Er fand jedes Detail daran schön: den perfekten Schwung ihrer Augenbrauen. Ihre langen, dunklen Wimpern. Das winzige Muttermal auf ihrer Wange, das man nur wahrnahm, wenn man ihr sehr nahe kam. Und ihre Lippen, die ein so mitreißendes Lächeln formen konnten, dass ihm die Brust eng wurde, wenn er es sah. Jetzt lächelte sie jedoch nicht.

»Nein, Ben war die ganze Zeit hier«, sagte sie und blickte ihm in die Augen, was sofort Bilder der letzten Nacht zurückbrachte und ihn innerlich aufstöhnen ließ. War er nicht gerade so weit gewesen, das alles als Fehler abzuhaken? »Okay, danke, dass du Bescheid gesagt hast«, fügte Kate noch hinzu und beendete das Gespräch.

Als sie aufgelegt hatte und sie sich gegenüberstanden, verschränkte Ben die Arme vor der Brust, weil er immer noch gegen das Bedürfnis ankämpfen musste, sie an sich zu ziehen. Verdammt, er war ja schon fast süchtig nach ihr.

Aber Kate schien immer noch mit dem beschäftigt, was Tilly erzählt hatte.

»Ich muss rüber zum Herrenhaus«, sagte sie. »Vielleicht kann ich bei der Suche irgendwie helfen.«

Ben wurde klar, dass das auch für ihn galt. »Ich kann dich mitnehmen.«

Kate nickte und lächelte, aber nicht mehr so strahlend wie heute Nacht, als sie sich geliebt hatten. »Ich gehe mich schnell duschen.«

Sie wollte an ihm vorbeigehen, doch Ben griff nach ihrem Arm und zwang sie, stehen zu bleiben.

»Es war schön gestern Nacht, Kate«, sagte er, als sie sich zu ihm umdrehte. »Aber ich ...«

Er wusste selbst nicht, was genau er ihr sagen wollte. Da war einfach dieses Bedürfnis in ihm, noch einmal klarzumachen, wo seine Grenzen lagen. Dass es nicht ging zwischen ihnen, nicht so, wie sie es vielleicht erwartete. Dass er zurückmusste in sein Leben, in dem sie keinen Platz hatte.

Kate zuckte mit den Schultern, und ein schmales Lächeln spielte um ihre Lippen.

»Ich weiß«, sagte sie und beugte sich vor, gab ihm einen Kuss auf die Lippen, bevor sie sich umwandte und im Flur verschwand. Einen Moment später klappte die Badezimmertür.

Wie vom Donner gerührt stand Ben da und starrte ihr nach. Es war nicht die Antwort, die er erwartet hatte. Und er war auch nicht sicher, ob sie ihm gefiel.

21

»Sie muss den Jeep genommen haben.« James ging schon die ganze Zeit in der großen Küche auf und ab, viel zu aufgeregt, um wie der Rest der Familie am Tisch sitzen zu bleiben, auf dem noch die Überreste vom Frühstück standen. »Greg sagt, als er heute Morgen kam, hat er den Wagen gerade noch vom Hof fahren sehen«, fuhr James fort. »Aber er hat sich nichts dabei gedacht. Warum auch? Er hat ja nicht ahnen können, dass meine siebzehnjährige Tochter sich in einem Anfall von geistiger Umnachtung einfach in das Auto setzt und damit Gott weiß wohin fährt, obwohl sie nicht mal *einen Führerschein hat!*« Die letzten drei Worte brüllte er fast, aber Ben ahnte, dass seine Wut nur seiner großen Sorge um Anna entsprang. »Und ihr Handy ist nicht an, also haben wir keine Möglichkeit, sie zu erreichen oder herauszufinden, wohin sie will.«

»Sie kann praktisch überall sein«, klagte Claire und stützte den Kopf verzweifelt in ihre Hände. »Wir wissen ja nicht mal, wo wir anfangen sollen zu suchen.«

Ben, der an der Arbeitsplatte lehnte und die Diskussion schweigend verfolgte, musste ihr recht geben. Solange sie nicht mehr Anhaltspunkte hatten, wohin die beiden unterwegs waren, konnten sie im Grunde nichts tun und drehten sich immer wieder im Kreis.

Aber er sagte es nicht, weil er nicht fand, dass es ihm zustand. Das hier war schließlich nicht sein Problem. Oder? So richtig sicher war er sich schon lange nicht mehr, wie viel ihn die Familie Camden anging. War es noch das distanzierte Interesse, das ihn hatte bleiben lassen, oder war er schon viel stärker in das Leben auf Daringham Hall involviert, als er sich eingestehen wollte?

Er sah Kate an, die neben Ivy saß, und als ihre Blicke sich trafen, spürte er wieder dieses Ziehen in seiner Brust, diese Zerrissenheit, die ihn nicht zur Ruhe kommen ließ. Sie war seit letzter Nacht sogar noch viel schlimmer geworden.

Es war wie verhext mit dieser Frau. Wenn er sie nicht getroffen hätte, dann wäre er jetzt nicht hier, sondern in seinem Büro in New York und würde sich um ganz andere Dinge kümmern. Einfachere Dinge. Dinge, die ihm nicht so nahegingen. Aber er konnte sich trotzdem nicht wünschen, das alles wäre nicht passiert. Was er vermutlich noch bereuen würde...

»Was ist, wenn Anna einen Unfall baut«, jammerte Claire und lenkte Bens Aufmerksamkeit wieder auf sich. »Wie kann sie nur so leichtsinnig sein?«

»Wenn sie verunglückt wäre, dann hätte die Polizei uns schon informiert«, erinnerte Ivy ihre Mutter. »Also ist keine Nachricht in diesem Fall eine gute Nachricht.«

Olivia stieß ein lautes Schnauben aus und erhob sich abrupt vom Tisch. Sie war als Einzige nicht angezogen, trug nur einen Morgenmantel über ihrem Nachthemd. Ihr verletzter Arm lag immer noch in einer Schlinge.

»Und was ist mit David?«, fragte sie anklagend. »Macht sich denn hier niemand, um ihn Sorgen?«

»Er ist erwachsen, und er kann Auto fahren«, entgegnete James. »Er weiß, was er tut. Aber Anna ist noch nicht volljährig und weiß das ganz sicher nicht. Sie ist im Moment ... sehr durcheinander.«

»Das ist David auch«, widersprach Ralph, und Ben stellte

erneut fest, dass er besorgniserregend fahl im Gesicht war. Der Zettel, den Claire in Davids Zimmer gefunden hatte, lag vor ihm auf dem Tisch, und er betrachtete ihn immer wieder, wirkte krank vor Sorge. »Ich hätte es wissen müssen«, murmelte er, nicht zum ersten Mal. »Ich hätte mehr auf ihn eingehen müssen. Vielleicht wäre er dann nicht gegangen.«

»Wenn wir wüssten, wo er ist, dann wüssten wir vielleicht auch, wo Anna ist«, meinte Ivy. »Sie ist ihm bestimmt nachgefahren.«

»Aber wohin?«, fragte Claire, fast vorwurfsvoll. »In Cambridge ist er nicht und auch bei keinem seiner Freunde. Also wo kann er hin sein?«

»Vielleicht sucht er seinen leiblichen Vater«, sagte Ralph in die ratlose Stille hinein. Seine Stimme klang bedrückt, so als fiele es ihm schwer, das auszusprechen.

Claire schüttelte den Kopf. »Aber er weiß doch gar nicht, wer das ist«, sagte sie und blickte zu Olivia hinüber, die ans Fenster getreten war und ihnen jetzt den Rücken zuwandte. »Oder?«

»Doch, er weiß es«, antwortete Ralph, was Olivia mit einem entrüsteten Ausruf zu ihm herumfahren ließ.

»Ralph!«, warnte sie ihn scharf, hielt dann jedoch inne und riss erschrocken die Augen auf. »Was ist mit dir?«

Ralph hatte plötzlich angefangen schwer zu atmen und fasste sich an die Brust. »Ich ... weiß nicht ... ich ... kriege ... so ... schlecht Luft«, erwiderte er mit einem angstverzerrten Ausdruck auf dem Gesicht, aus dem jetzt sämtliche Farbe gewichen war.

Olivia stieß einen erstickten Laut aus und lief zu ihm, aber Ben war schneller. Mit zwei Schritten war er bei seinem Vater und half ihm, den Hemdkragen zu öffnen, an dem er verzweifelt zog.

»Ich ... kriege keine Luft«, wiederholte Ralph, jetzt wirklich panisch und krallte sich an Bens Arm fest. Schweißperlen standen auf seiner Stirn, und er versuchte aufzustehen. Doch seine Beine gaben nach zwei Schritten unter ihm nach, und er wäre gefallen, wenn Ben ihn nicht gehalten hätte.

»Setz dich«, wies Ben ihn an und half ihm zurück auf seinen Stuhl, wo er in sich zusammensank und sich erneut an die Brust fasste. Sein Atem ging jetzt rasselnd, und es hörte sich an, als würde er ersticken.

»Was ist mit ihm? Hat er einen Herzinfarkt?«, wollte Ben von Kate wissen, die neben dem Stuhl in die Hocke gegangen war und Ralphs Puls nahm. Sie schüttelte den Kopf.

»Nein, aber etwas stimmt mit seinem Puls nicht. Er ist total unregelmäßig.« Sie sah Ralph an. »Hattest du das schon öfter?«

Er nickte, während er weiter nach Atem rang. »Ich ... nehme ... Medikamente«, stieß er mühsam hervor. »Aber ... sie ... wirken nicht.«

»Okay, das kriegen wir schon hin«, sagte Kate und strich ihm beruhigend über den Arm. Doch als sie zu Ben aufsah, lag ein Ausdruck in ihren Augen, den er wiedererkannte. So hatte sie ausgesehen, als sie das Reh untersucht hatte.

»Wir müssen ihn ins Krankenhaus bringen«, sagte sie. »Und zwar so schnell wie möglich.«

22

Ben saß neben Kate auf den unbequemen Stühlen im Wartebereich vor der Intensivstation und starrte auf die Wand gegenüber, an der ein Bild hing. Ein gemalter Sonnenuntergang, in warmen Farben. Gold und Orange. Aber es machte diesen Ort nicht heimeliger.

Er war nicht gerne in Krankenhäusern. Er hasste den Geruch, und er hasste die Ärzte, die mit ernsten Mienen durch die Gänge gingen und in Krankenzimmern verschwanden. Weil es ihn an die Zeit erinnerte, als seine Mutter in einem davon gelegen hatte.

Die Ärzte hatten damals nur schlechte Nachrichten für ihn gehabt. *Wir tun alles, was in unserer Macht steht*, hatten sie versprochen, doch seine Mutter war schwächer und schwächer geworden. Ben war so oft gekommen, wie er konnte, hatte sich sogar manchmal nachts in die Klinik geschlichen, weil er gehofft hatte, dass sie bei ihm blieb, wenn er sie nur nicht aus den Augen ließ. Aber sie war ihm entglitten, jeden Tag ein Stück mehr.

Mit einem leisen Stöhnen stieß er die Luft aus und versuchte, die Erinnerungen aus seinem Kopf zu vertreiben. Die Alternative war allerdings nicht besser, denn stattdessen sah er wieder Ralph vor sich, leichenblass und nach Luft ringend auf der Liege, auf der man ihn vorhin weggerollt hatte.

Er zuckte zusammen, als Kate plötzlich ihre Hand in seine schob. Aber er entzog sie ihr nicht, sondern verschränkte seine Finger mit ihren, drückte sie fest.

»Wieso hat er so schwer geatmet?«, wollte er wissen, und Kate seufzte, weil sie sich daran offenbar auch nicht gerne erinnerte.

»Sein Puls war völlig aus dem Rhythmus, mit teilweise riesigen Abständen zwischen den Schlägen«, erklärte sie. »Wenn das Herz so aus dem Takt ist und nicht mehr richtig pumpt, kommt nicht genug Blut in der Lunge an, und dadurch ist die Sauerstoffzufuhr gestört. Deshalb hatte er dieses Engegefühl in der Brust und die Atemnot.«

»Aber das kriegt man wieder in den Griff?«

»Ich bin Tierärztin, Ben«, erinnerte sie ihn mit einem schiefen Lächeln. »Mit den genauen Behandlungsmethoden kenne ich mich nicht aus.«

Dafür kannte sie sich damit aus, wie man sich in Notsituationen verhielt – etwas, das Ben immer wieder aufs Neue Respekt abnötigte. Sie hatte sich vermutlich genauso erschrocken wie sie alle über Ralphs plötzlichen Zusammenbruch, aber sie war ruhig und besonnen geblieben und hatte ihnen Anweisungen gegeben, was sie tun sollten. Es war ihr sogar gelungen, die hysterische Olivia zu beruhigen und davon abzuhalten, auch noch mit in Ralphs Mercedes zu steigen. James hatte hinter dem Steuer gesessen und Kate und Ben hinten bei Ralph, und während der gesamten Fahrt nach King's Lynn hatte sie mit Ralph gesprochen und ihm immer wieder Mut zugesprochen, wenn die Panik ihn zu überwältigen drohte.

Ben dagegen war wie erstarrt gewesen und hatte nur tun können, was Kate ihm sagte. Er hatte Ralph gestützt und immer wieder anders gelagert, damit er besser Luft bekam, und er hatte die Fenster heruntergekurbelt, um mehr Sauerstoff ins Wageninnere zu lassen. Trotzdem war es schlimmer und schlimmer geworden, und er war heilfroh gewesen, als sie das Krankenhaus nach einer gefühlten Ewigkeit endlich erreicht hatten.

»Wo bleibt denn dieser verdammte Arzt?«, meinte James ungeduldig, dann ging er weiter vor dem Fenster auf und ab und tippte währenddessen etwas in sein Smartphone. Wahrscheinlich die hundertste Textnachricht an Anna, deren Handy offenbar immer noch ausgeschaltet war. »Warum meldet sie sich nicht endlich«, hörte Ben ihn leise murmeln, und als wäre das die Antwort auf seine Frage, gab Kates Handy plötzlich einen kurzen Ton von sich, der den Eingang einer Nachricht ankündigte.

Sofort ließ sie Bens Hand los und sah nach, wer ihr geschrieben hatte. Dann schüttelte sie den Kopf, um James, der sie angespannt anblickte, zu signalisieren, dass es nicht Anna gewesen war.

»Ivy schreibt, dass sie gleich mit Olivia und Lady Eliza hier ist«, erklärte sie, und Ben stieß genervt die Luft aus, weil er auf beide Damen gut hätte verzichten können.

»Familie Camden?« Ein junger Arzt mit schwarzen Haaren und einer olivfarbenen Haut betrat den Wartebereich und rief sie zu sich.

Ben erkannte ihn, es war der Arzt, der Ralph eben in Empfang genommen hatte. Laut dem Schild an seinem langen weißen Kittel hieß er Dr. Bharat Khan, und sein Gesichtsausdruck war ernst. So ernst, dass Ben automatisch die Hände zur Fäusten ballte.

»Wie geht es meinem Schwager?«, fragte James.

»Den Umständen entsprechend«, erwiderte Dr. Khan. »Er leidet an einer Absoluten Arrhythmie mit Vorhofflimmern, das ist eine schwere Herzrhythmusstörung. Eine leichtere Form davon scheint vom Hausarzt bereits diagnostiziert und auch behandelt worden zu sein, aber sie hat sich leider dramatisch verschlechtert. Wir versuchen es jetzt noch einmal mit einer Medikamentengabe in höheren Dosen. Es kann trotzdem gut sein, dass nur noch ein operativer Eingriff helfen kann – für den er im Moment allerdings zu instabil ist.«

»Und was heißt das?«, fragte Ben und sprach aus, was er schon die ganze Zeit dachte. »Kann er daran sterben?«

Dr. Khan zögerte. »Nicht direkt daran. Allerdings ist bei einer schweren Arhythmie das Risiko für einen Schlaganfall oder eine Lungenembolie drastisch erhöht. Deshalb müssen wir das Problem so schnell wie möglich in den Griff kriegen.« Er klemmte sich die Krankenakte unter den Arm, wollte das Gespräch offenbar rasch beenden. »Mehr kann ich dazu leider im Moment nicht sagen.«

»Dürfen wir zu ihm?«, erkundigte sich Kate. Dr. Khan schüttelte den Kopf.

»Nicht alle – er braucht jetzt erst mal Ruhe. Aber er hat nach einem Ben gefragt. Ist das einer von Ihnen?«

Ben nickte. »Das bin ich.«

»Dann kommen Sie«, forderte Dr. Khan ihn auf und ging durch die selbsttätig öffnenden Flügeltüren voran, die eine Art Schleuse zur Intensivstation bildeten.

Ben bekam einen blauen Kittel und wurde gebeten, sein Handy auszuschalten. Dann führte ihn eine Schwester durch einen Flur in ein kleines Zimmer mit nur einem Bett. Darin lag Ralph, umgeben von Monitoren, auf denen Werte und Kurven blinkten. Er trug eines von diesen Krankenhaushemden, und seine Brust war komplett verkabelt und mit den Messgeräten verbunden. Außerdem versorgte ihn ein dünner Schlauch unter seiner Nase mit Sauerstoff, und an seinem Arm hing ein Tropf. Er hatte nicht mehr so schlimme Luftnot wie vorhin, aber er atmete immer noch schwer. Als er Ben sah, lächelte er schwach.

»Aber nur ein paar Minuten«, warnte die Schwester.

Ben nickte und trat zögernd an das Fußende des Bettes.

»Du wolltest mich sprechen?«

Ralph nickte, aber Bens Position schien ihm nicht dicht genug zu sein. »Setz... dich zu mir«, bat er mit zittriger Stimme und deutete auf den Stuhl, der neben dem Bett stand.

Zögernd ließ Ben sich darauf nieder. Die Situation überforderte ihn, erinnerte ihn zu sehr daran, wie es gewesen war, als er das letzte Mal an einem Krankenhausbett gesessen hatte. Alles in ihm strebte weg von hier, aber er blieb sitzen und wartete, bis Ralph genug Luft hatte, um zu sprechen.

»Benedict«, sagte er und lächelte erneut. »Ich... mag den Namen.«

Ben runzelte die Stirn, nicht sicher, wie er diese Bemerkung werten sollte. Doch Ralph redete schon weiter, wurde jetzt wieder ernst.

»Die Papiere, Ben«, sagte er, jetzt viel schneller und aufgeregter. »Es liegt alles auf dem Schreibtisch. Und steht im Computer.« Er hustete. »Jemand muss sich darum kümmern.«

»Ich werde es Timothy ausrichten«, erklärte Ben, doch Ralph schüttelte den Kopf.

»Nein, du. Kümmere du dich darum, Ben. Bitte.«

Der Monitor über Ralphs Kopf stieß plötzlich einen hohen Warnton aus, und eines der Felder blinkte rot, was schon einen Moment später eine Krankenschwester das Zimmer betreten ließ. Erschrocken erhob sich Ben und machte ihr Platz, während sie mit geübten Handgriffen den Warnton abstellte und Ralph untersuchte, der ein bisschen schwerer atmete als zuvor.

»Ich glaube, es ist besser, wenn Sie jetzt gehen«, sagte sie zu Ben, aber Ralph hielt ihn auf.

»David«, krächzte er mühsam und in seinen Augen stand ein verzweifelter Ausdruck. »Ich muss ... mit David reden. Hat er sich gemeldet?«

Ben schüttelte den Kopf. »Aber wenn er es tut, schicken wir ihn sofort her«, versprach er und spürte, wie ihm die Kehle eng wurde. Wenn ihm jemand vor sechs Wochen gesagt hätte, dass es ihm nahegehen würde, diesen Mann leiden zu sehen, dann hätte er ihn für verrückt erklärt. »Ruh dich jetzt aus.«

»Ben?«

Er hatte sich schon abgewandt, drehte sich jedoch noch einmal zu Ralph um.

»Deine Mutter wusste es«, sagte er. »Wir haben darüber gesprochen, damals. Ich habe es ihr erzählt.«

Ben sah ihn verständnislos an. »Was?«

»Dass ich den Namen mag. Benedict.« Ralph lächelte. »Jane wusste das.«

Ben starrte ihn an. Seine Mutter hatte ihm nie gesagt, was sie dazu bewogen hatte, gerade diesen Vornamen für ihn auszuwählen, und er hatte das nie hinterfragt. Aber wenn Ralphs Vorliebe dafür etwas damit zu tun gehabt hatte, dann fühlte es sich plötzlich anders an, ihn zu tragen. Dann war es etwas, das ihn, seine Mutter und Ralph miteinander verband, und das berührte einen Punkt in ihm, den er sonst ignorierte, ließ ihn in Ralphs Augen nach etwas suchen, von dem er nicht geahnt hatte, dass er es gerne finden wollte.

»Es tut mir leid«, sagte Ralph, und für einen Moment hatte Ben das Gefühl, dass er damit meinte, dass er nie für ihn da gewesen war. Doch dann ließ er den Kopf in die Kissen sinken und wiederholte es noch mal, niedergeschlagener diesmal und fast verzweifelt. »Ich wollte das alles nicht.«

»Gehen Sie jetzt. Er braucht Ruhe«, wiederholte die Schwester, diesmal eindringlicher, und Ben folgte ihrer Anweisung, weil er selbst sehen konnte, dass Ralph am Ende seiner Kräfte war.

Er gab den Kittel wieder ab und verließ die Intensivstation. Kate wartete direkt hinter der Tür.

»Und? Wie geht es ihm?«, wollte sie wissen.

»Immer noch schlecht«, antwortete Ben und sah die Sorge in ihrem Blick.

»Und was wollte er von dir?«

»Er hat nach David gefragt. Und...« Er hielt inne. »Und er hat sich entschuldigt.«

»Wofür?«

Ben zuckte nur mit den Schultern, weil er sich das auch fragte. »Er ist vielleicht nur durcheinander«, meinte er.

Dabei hatte Ralph recht klar gewirkt. Aber was konnte er gemeint haben? Was hatte er nicht gewollt? Und wieso sollte ausgerechnet Ben sich die Papiere auf dem Schreibtisch ansehen?

»Oh, da kommen die anderen«, sagte Kate und deutete auf Ivy, Olivia und Lady Eliza, die gerade aus Richtung der Fahrstühle auf sie zukamen. »Das ist gut. Sie können uns ablösen.«

»Ablösen?«, hakte Ben nach, nachdem sie die anderen darüber informiert hatten, wie es Ralph ging.

Kate nickte. »Ja. Bill hat mich eben angerufen und gebeten, mit dir auf dem Revier vorbeizukommen«, erklärte sie, und Ben musste erst einen Moment überlegen, bevor ihm wieder einfiel, dass sie von ihrem Onkel sprach, der bei der Polizei in King's Lynn arbeitete.

»Warum?«

»Sie konnten endlich die Einbrecherbande fassen, die hier in der Gegend schon eine ganze Weile ihr Unwesen getrieben hat.«

»Und?« Ben konnte das beim besten Willen nicht so spannend finden wie sie anscheinend.

»Bei der sichergestellten Beute wurde auch eine Tasche gefunden, die vermutlich dir gehört.« Kate sah ihn an. »Verstehst du, Ben? Jetzt erfahren wir vielleicht endlich, was in der Sturmnacht mit dir passiert ist.«

Die Sturmnacht, dachte Ben. Viel wusste er nicht mehr davon, nur noch, dass er am frühen Abend mit einem Leihwagen nach Daringham Hall unterwegs gewesen war. Am nächsten Morgen war er dann mit brummendem Schädel neben Kate in einem fremden Bett wieder aufgewacht. Die Stunden dazwischen fehlten ihm immer noch, genau wie die Erklärung für die zahlreichen Blutergüsse und Prellungen, die er am ganzen Körper gehabt hatte. Und da sie im Moment ohnehin nur warten konnten und Ben den Gedanken schwer erträglich fand, es zusammen mit Lady Eliza und der hysterischen Olivia zu tun, war er für die Ablenkung ziemlich dankbar. Deshalb hakte er Kate unter.

»Dann lass uns gehen«, sagte er und zog sie in Richtung Ausgang.

23

Das ist es also, dachte David beklommen, als er vor der Spielhalle in Soho stand. Die Hausnummer stimmte.
89 Wardour Street.
Es war die letzte Möglichkeit, die auf seiner Liste noch übrig war. Aber er zögerte hineinzugehen.
Er war müde nach der kurzen Nacht – wirklich viel geschlafen hatte er nicht, nur auf einem Parkplatz am Rand von London ein paar Stunden, als er gemerkt hatte, dass er nicht mehr konnte –, und er fühlte sich eigentlich nicht stark genug, seinem potentiellen Vater gegenüberzutreten.
Er war fast sicher, dass er hier richtig war, hatte es aber – weil der Laden bis elf Uhr geschlossen gewesen war – erst bei den beiden anderen Adressen probiert. Die hatten sich jedoch beide als Sackgassen herausgestellt. Nur bei einer hatte er tatsächlich einen Drake Sullivan angetroffen, aber der war viel zu alt gewesen, um Davids Vater zu sein. Also war jetzt nur noch diese übrig.
Natürlich bestand immer noch die Möglichkeit, dass auch der Besitzer der Kette von Spielhallen und Wettbüros nicht der Drake Sullivan war, den er suchte. Dann würde er noch mal neu beginnen müssen. Aber etwas – ein Bauchgefühl, das er nicht erklären konnte – sagte ihm, dass er hier vielleicht Glück hatte. Ausgerechnet.
David betrachtete die Fassade des Ladens. Über den Eingangstüren stand in dicken, orangefarbenen Neonbuchstaben: *Drake's Den.* So hießen alle Filialen der Kette, aber diese hier

war auf der Homepage als Kontakt angegeben, also so etwas wie die Hauptstelle. Wenn man den Besitzer also irgendwo antraf, dann vermutlich hier. Das jedenfalls nahm David an, denn im Netz fanden sich kaum Angaben über ihn und auch keine Fotos, von einer Privatadresse ganz zu schweigen. Es gab nur den Hinweis auf der Homepage, dass der Inhaber Drake Sullivan hieß. Es war also letztlich ein Schuss ins Blaue, und David hatte keine Ahnung, was ihn erwartete.

Er atmete noch einmal tief durch und betrat den Laden. Eigentlich wusste er selbst nicht recht, warum alles in ihm gegen den Gedanken rebellierte, dass er seinen Vater hier antreffen würde. Vielleicht, weil es so weit entfernt war von dem Umfeld, in dem er aufgewachsen war. Eine ganz andere Welt und keine, die ihm besonders gut gefiel.

Als er drinnen stand, erwartete ihn jedoch ein ganz anderes Bild als das, mit dem er gerechnet hatte. Zwar gab es überall Automaten, Billardtische und Spielkonsolen aller Art, und ihre blinkenden Lichter und die lauten Jingles übertönten die Musik, die aus unsichtbaren Lautsprechern ertönte. Ansonsten hatte das hier mit der muffigen, düsteren Spielhölle, die David sich in seiner Fantasie ausgemalt hatte, allerdings nichts gemeinsam. Im Gegenteil. Die Einrichtung war modern, und durch die konsequente Farbgebung – in sehr vielen Elementen fand sich das Orange aus dem Schriftzug des Namens wieder – wirkte alles frisch und sogar einladend. Auch die lange Bar am Ende des Raumes war in Orange gehalten, und obwohl es erst Viertel nach elf war, saßen schon zahlreiche Gäste auf den Hockern davor und auch an den Automaten. Der Laden brummte offenbar, also war das hier vermutlich ein lukratives Geschäft.

Unschlüssig stand David für einen Moment da und ließ die

Atmosphäre von »Drake's Den« auf sich wirken. Er überlegte, wie er vorgehen sollte, und entschied sich, es an der Bar zu versuchen.

Die Bedienung, eine junge Frau mit kurzen Haaren, blickte ihn mit einem freundlichen Lächeln an.

»Was darf's denn sein?«

»Danke, ich möchte nichts trinken.« David stützte sich auf die Bar und überlegte, wie er sein Anliegen am besten formulieren sollte. »Aber ich müsste den Geschäftsführer sprechen. Vielleicht wissen Sie, wo ich ihn finde?«

Die Frage schien die Bedienung zu irritieren. »Gibt es ein Problem?«

»Nein«, versicherte David ihr hastig. »Nein, nein. Es geht um ... etwas Privates.«

Die junge Frau schien sich nicht sicher zu sein, wie sie Davids Bitte einschätzen sollte, aber sie kehrte fast sofort zu ihrem freundlich-professionellen Lächeln zurück.

»Es tut mir leid, soweit ich weiß, befindet sich Mr Carnelli im Moment auf einer Dienstreise. Aber wenn Sie kurz warten, kann ich mich erkundigen, wann er zurück ist.« Sie wollte nach dem Telefon greifen, das hinter der Bar lag, doch David hielt sie auf.

»Äh, nein, das war ein Missverständnis. Ich meinte Mr Sullivan. Drake Sullivan?«

Die junge Frau zögerte und tauschte einen Blick mit dem großen blonden Mann, der am Ende der Bar saß. Er hatte sich zu ihnen umgesehen, als der Name Drake Sullivan fiel, und musterte David jetzt aufmerksam, fast misstrauisch. Auch die junge Frau lächelte nicht mehr.

»Haben Sie einen Termin bei Mr Sullivan?«, fragte sie, deutlich zurückhaltender als zuvor.

»Nein. Aber ich muss ihn wirklich dringend sprechen.«

Sie sah wieder zu dem blonden Mann, der kurz mit dem Kopf schüttelte. Und das tat sie dann auch.

»Es tut mir leid, aber ohne Termin wird Mr Sullivan Sie nicht empfangen«, erklärte sie steif.

»Ist er denn im Haus?«, erkundigte sich David, irritiert über ihr verändertes Verhalten. War es ein Verbrechen, nach Drake Sullivan zu fragen?

Sie schwieg einen langen Moment, und ihr Blick glitt wieder zu dem blonden Mann, der sich jetzt von seinem Barhocker erhoben hatte.

»Ich kann Ihnen dazu keine Auskunft geben. Bitte wenden Sie sich an sein Büro, wenn Sie einen Termin mit ihm vereinbaren möchten. Die Nummer finden Sie hier.« Sie nahm einen Prospekt aus einem der Plexiglashalter, die auf der Bar standen, und deutete auf die Rückseite, wo die Kontaktdaten und die Webadresse angegeben waren, die David schon kannte. »Am Montagmorgen können Sie dort wieder jemanden erreichen.«

Montag, dachte David genervt. So viel Zeit hatte er nicht. Er wollte jetzt wissen, ob Drake Sullivan sein Vater war.

»Hören Sie, es dauert auch nicht lange, okay? Aber die Angelegenheit ist sehr wichtig. Wenn er da ist, könnten Sie ihn doch fragen, ob er Zeit hat. Bitte?«

Die junge Frau sagte gar nichts mehr, stattdessen lag plötzlich eine Hand auf Davids Schulter, und der blonde Mann zog ihn zu sich herum. Er war noch größer, als er auf dem Barhocker gewirkt hatte, ein richtiger Schrank. Mit seinem dunklen Anzug, dem Empfänger in seinem Ohr und dem passenden Funkgerät in seiner Hand wirkte er wie ein Bodyguard aus einem Film. David nahm deshalb an, dass er hier so eine Art Sicherheitschef war.

»Was gibt es für ein Problem?«, wollte er wissen, und sein

ausdrucksloses Gesicht wirkte ein bisschen furchteinflößend. Trotzdem hielt David seinem Blick stand.

»Das sagte ich doch schon – ich möchte mit Drake Sullivan sprechen.«

»Er ist nicht ihm Haus«, erwiderte der blonde Hüne, und David wusste sofort, dass er log. Sullivan war da, aber offenbar ein extrem öffentlichkeitsscheuer Mensch, der sich gerne abschirmen ließ. Wenn David ihn also heute noch sprechen wollte, dann musste er alles auf eine Karte setzen. Also richtete er sich noch ein bisschen höher auf und funkelte sein Gegenüber entschlossen an.

»Und ich kann nicht bis Montag warten«, erklärte er. »Sie werden mich rausschmeißen müssen, wenn Sie mich nicht zu ihm lassen, aber dann komme ich mit der Polizei zurück und werde behaupten, dass Sie mich genötigt haben. Ist sicher nicht zuträglich für Ihr Geschäft, wenn ich mit den Beamten im Eingang stehe. Und wenn das noch nicht reicht, dann werde ich die Steuerbehörde einschalten, zu der meine Familie sehr gute Kontakte hat, und die werden sich diesen Laden vornehmen. Kann sehr lästig sein, so etwas, selbst wenn man nichts zu verbergen hat. Oder...«, er hielt kurz inne, »... Sie lassen mich jetzt zu Mr Sullivan, und wir haben alle unsere Ruhe.«

Das mit der Steuerbehörde war gelogen, aber David blickte so entschlossen, wie er konnte. Und es schien tatsächlich zu wirken, denn in Blondies Gesicht arbeitete es.

»Warten Sie hier«, sagte er kurz angebunden und ging hinter die Bar, wo er hinter einer Tür verschwand. Ein paar lange Minuten verstrichen, und David kam sich blöd vor, hier zu stehen, unter den neugierigen Blicken der Gäste und der Bedienung. Aber schließlich kehrte der Schrank wieder zurück.

»Kommen Sie«, sagte er, und David folgte ihm durch die Tür und eine Treppe hinauf in den ersten Stock, in dem offenbar die Büroräume lagen. Vor der Tür ganz am Ende des Ganges blieb er stehen und klopfte.

»Schicken Sie ihn rein, Carl«, rief eine Stimme von drinnen, und der Blonde öffnete die Tür und schob David über die Schwelle. Er ging mit rein, schloss die Tür wieder und blieb davor stehen, so als müsste er sie bewachen.

David achtete jedoch gar nicht mehr auf ihn, sondern starrte den schwarzhaarigen Mann an, der in der Mitte des relativ großen Raumes an einem breiten Schreibtisch saß. Er sah beschäftigt aus, hatte aufgeschlagene Ordner auf dem Tisch vor sich und schien über die Störung wenig begeistert zu sein. Dennoch musterte er David ausgiebig, und auch David konnte den Blick kaum von ihm losreißen.

Seine Schläfen waren ergraut, und tiefe Linien hatten sich in sein Gesicht gegraben, was ihn verlebt wirken ließ. Doch die Ähnlichkeit zwischen ihnen war trotzdem so unverkennbar, dass David das Gefühl hatte, seinem älteren Ich gegenüberzustehen.

»Da Sie mich offenbar so dringend sprechen müssen, bringen wir es besser schnell hinter uns«, sagte Sullivan und deutete auf den Besucherstuhl vor seinem Schreibtisch, auf dem David Platz nahm. »Wer ich bin, scheinen Sie ja zu wissen. Aber mit wem habe ich das Vergnügen?«

»Mein Name ist David Camden.«

Sullivan hob genervt die Augenbrauen. »Und was kann ich für Sie tun, Mr Camden?«

David zögerte, plötzlich unsicher. Sein Plan hatte in der Theorie so einfach geklungen, aber jetzt, wo er Sullivan so gegenübersaß, wusste er auf einmal nicht mehr, wie er anfangen sollte. Wie sagte man so etwas?

Am Ende entschied er sich für die direkte Variante.

»Ich glaube, Sie sind mein Vater.«

Für einen Moment starrte Sullivan ihn einfach nur an, und David wartete angespannt, sah, wie der ältere Mann intensiv nachdachte. Dann schüttelte er den Kopf.

»Gott, ich hätte es mir denken können«, sagte er, und für eine Sekunde glaubte David, dass er von ihrer Ähnlichkeit sprach. Doch dann wurde ihm klar, dass Spott in Drake Sullivans Stimme mitschwang.

»Was kommt jetzt?«, fragte er, und seine Augen funkelten zornig, während er sich zurücklehnte. »Die Geschichte von dem armen Jungen, der seinen Vater nie kennenlernen durfte? Und die Bitte um ein zinsloses Darlehen als Ausgleich für den Schmerz und die Enttäuschung?« Er lachte, aber es klang bitter. »Da muss ich Sie leider enttäuschen und an meine Anwälte verweisen. Und jetzt entschuldigen Sie mich bitte, wie Sie sehen, habe ich zu tun.«

»Sie sind mein Vater«, beharrte David, erschrocken über die rüde Abfuhr, und sprach schnell weiter, um seine Behauptung zu untermauern. »Vor zwanzig Jahren hatten Sie eine Affäre mit meiner Mutter Olivia. Olivia Brunswick. Sie hat dann meinen Vater geheiratet, aber da war sie schon schwanger. Von Ihnen.«

Der Ausdruck auf Drake Sullivans Gesicht änderte sich nicht, blieb unerbittlich.

»Und nur, weil Sie irgendwie darauf gekommen sind, dass Sie mir ein bisschen ähnlich sehen, dachten Sie, Sie könnten hier reinplatzen und behaupten, ich wäre Ihr Vater? Glauben Sie, auf diese Story falle ich rein?«

»Es ist die Wahrheit«, beharrte David. »Und das wissen Sie auch.«

Drake Sullivan schnaubte. »Das Einzige, was ich weiß, ist,

dass ich gerade meine Zeit verschwende. Carl, zeig dem jungen Mann, wo es rausgeht.«

Der große Blonde trat sofort neben den Besucherstuhl und legte David die Hand auf die Schulter, doch er sprang freiwillig auf.

»Ich will kein Geld von Ihnen«, sagte er. »Ich wollte nur wissen, wie Sie sind. Ich wollte Sie kennenlernen.« Seine Kehle schnürte sich zu, und er musste schlucken, bevor er weiterreden konnte, weil Enttäuschung wie Übelkeit in ihm aufstieg. »Aber ich glaube, das hat sich erledigt.«

Was wollte er hier? Dieser Mann war ein Fremder, selbst wenn sie sich ähnlich sahen. Sie hatten sich nichts zu sagen, und sie hatten nicht mal ansatzweise etwas miteinander gemeinsam – oder wenn, dann wollte David nicht mehr herausfinden, was es war.

Er schüttelte Carls Hand ab und ging zur Tür, weil er plötzlich ganz dringend hier rausmusste. Ohne sich noch einmal umzudrehen, verließ er das Büro.

Der blonde Hüne ging ihm die ganze Zeit nach, bis er den Ausgang erreicht hatte, und wartete, bis er draußen war. Dann schloss er die Tür demonstrativ hinter David und warf ihm noch einen letzten warnenden Blick zu, der vermutlich bedeutete, dass er sich hier nicht mehr blicken lassen sollte.

David drehte sich um und wollte gehen, aber nach drei Schritten blieb er stehen, weil er keine Ahnung hatte, wohin. Sein Ziel war es gewesen, Drake Sullivan zu finden, und das hatte er geschafft. Er kannte jetzt den Mann, der ihn gezeugt hatte. Aber es brachte ihn nicht weiter, sondern machte den Albtraum, in dem er lebte, nur noch schlimmer. Viel schlimmer sogar.

Er wusste nicht, was er erwartet hatte. Sicher nicht, dass sein leiblicher Vater ihm um den Hals fallen würde. Er hatte sogar damit gerechnet, dass sie sich fremd sein würden. Dass es Zeit brauchen würde, bis sie vielleicht so etwas wie eine Beziehung zueinander aufbauten. Doch wie es aussah, hatte Drake Sullivan keine Lust, ihm diese Zeit überhaupt zu geben.

Und selbst wenn er bereit gewesen wäre, David wenigstens ein paar Fragen zu beantworten – es hätte nichts geändert. Es war naiv von ihm gewesen zu glauben, dass er noch einmal neu anfangen konnte. Drake Sullivan war nicht sein Vater. Das war Ralph. Er würde es immer sein.

David musste sich gegen die Wand neben ihm lehnen, als ihm wieder einfiel, wie sie bei ihrer letzten Begegnung auseinandergegangen waren. Nach allem, was er Ralph an den Kopf geworfen hatte, würde er ihn als Sohn ganz sicher nicht mehr wollen.

Er schloss die Augen und ließ die Verzweiflung zu, die ihn erfüllte, weil er sich einfach nicht mehr dagegen wehren konnte. Annas Bild tauchte in seinem Kopf auf, und er spürte, wie sein Herz sich zusammenzog vor Sehnsucht. Er wünschte, sie wäre jetzt hier, so sehr, dass er sogar glaubte, ihre Stimme zu hören, die nach ihm rief. Aber er öffnete die Augen nicht, weil er nicht sehen wollte, dass er in Wirklichkeit allein war.

»David!«

Er riss die Augen auf und löste sich von der Wand, als ihm klar wurde, dass die Stimme nicht in seinem Kopf war, sondern dass Anna wirklich nach ihm rief. Aber wo...?

Da war sie, auf der anderen Straßenseite. David konnte es nicht fassen, starrte sie an wie eine Erscheinung, während sie lächelnd die Straße überquerte und auf ihn zukam. Und dann war sie bei ihm.

»Oh, Gott sei Dank«, sagte sie und fiel ihm um den Hals.

24

Für einen kurzen Moment war David zu schwach, um sich wieder von Anna zu lösen, drückte sie nur ganz fest an sich und vergrub sein Gesicht in ihrem Haar. Doch dann brach die Realität mit neuer Härte über ihn herein, und er ließ sie wieder los, schob sie ein Stück von sich weg.

»Was machst du hier?«, fragte er, vor Verzweiflung viel zu streng und böse.

Diese Begrüßung schien nicht das zu sein, was Anna erwartet hatte. Ihr Lächeln erstarb, und zwischen ihren Brauen erschien diese kleine Falte, die sich dort immer zeigte, wenn sie über etwas irritiert oder verärgert war.

»Na, was wohl, du Idiot.« Sie boxte ihn gegen die Brust. »Ich hab dich gesucht.«

»Aber ...« Das ergab alles keinen Sinn. Denn selbst wenn sie sich nicht an seine Bitte in der Nachricht gehalten hatte, blieb die Frage ... »Woher wusstest du, wo ich bin?«

Sie zuckte mit den Schultern. »Ich hab deine Notizen über Drake Sullivan gelesen. Eine Adresse war eingekreist, also dachte ich, dass du vielleicht da nach ihm suchst. Also bin ich hergefahren.«

Der Collegeblock, natürlich, dachte David und wusste nicht, ob er sich freuen oder ärgern sollte, dass sie so gut kombiniert hatte. Aber vielleicht kannte sie ihn auch einfach zu gut. Erst dann realisierte er, was sie auch noch gesagt hatte.

»Gefahren?«, fragte er und blickte sich erschrocken um,

weil er plötzlich befürchtete, gleich noch jemanden von der Familie zu sehen. »Mit wem?«

»Mit niemandem«, erwiderte Anna. »Ich bin allein gekommen. Mit dem Jeep.«

David wurde noch ein bisschen fassungsloser. »Aber ...«

»Ja, ich weiß, das durfte ich eigentlich nicht«, kam sie ihm zuvor. »Und ich hab auch schnell gemerkt, dass das wirklich leichtsinnig von mir war. Auf der Landstraße ging es noch, aber dann, in London ...« Sie rollte mit den Augen. »Das war dann doch was anderes als die Feldwege auf Daringham Hall. Ich war so damit beschäftigt, alles richtig zu machen, damit mich niemand anhält, dass ich es nicht geschafft habe, auf die Anweisungen des Navis zu hören. Ich hab mich schon auf der Autobahn verfahren und die falsche Ausfahrt genommen, und dann war ich irgendwo in den Londoner Vororten, und der Weg nahm kein Ende.« Die Worte sprudelten nur so aus ihr heraus. »Immer noch ein Kreisverkehr und noch einer, dann diese breiten Straßen, auf denen man die Spur nicht wechseln kann, weil immer jemand neben einem fährt, und diese großen Plätze, dann wieder rechts abbiegen und plötzlich links – es war der totale Albtraum. Ich weiß nicht mehr, wie lange ich rumgefahren bin. Ewig. Irgendwann war ich total am Ende, und das Benzin auch. Die Tankleuchte hat geblinkt, und ich hab mich so erschrocken, dass ich sofort auf den nächsten Parkplatz gefahren bin. Da war zum Glück einer, vor so einem Supermarkt. Von da aus habe ich mich dann durchgefragt zur nächsten Bushaltestelle, na ja, und irgendwann war ich dann tatsächlich hier.«

Ihre Wangen waren gerötet, wie immer, wenn sie so lebhaft erzählte, und David hatte sie noch nie schöner gefunden.

»Aber diese Straße ist schrecklich lang, und ich hatte mir die Hausnummer nicht gemerkt, also bin ich sie auf gut Glück rauf- und runtergelaufen. Ich war total frustriert und wollte schon aufgeben, aber dann fiel mir auf, dass die Spielhalle hier ›Drake's Den‹ heißt. Darauf hatte ich vorher gar nicht geachtet. Ich hab gerade überlegt, ob Drake Sullivan vielleicht was damit zu tun hat – da kamst du plötzlich aus der Tür.«

Sie lächelte jetzt wieder, strahlend sogar, weil dieser Umstand sie offenbar glücklich machte, und David spürte, wie sein Herz sich zusammenzog.

»Warum bist du gekommen? Ich hatte dir doch geschrieben, dass ihr nicht nach mir suchen sollt.«

Anna wurde wieder ernst. »Und ich hatte dir gesagt, dass ich dich nicht allein gehen lasse. Wenn du wegwillst, dann komme ich mit.«

David hatte das nicht vergessen. Er wusste sogar noch genau, wann sie das gesagt hatte – damals, als sie nach ihrem Reitunfall in der All-Saints-Kapelle auf Hilfe gewartet hatten. An dem Abend hatte er erfahren, dass er kein Camden war, und das hatte seine ganze Welt erschüttert. Er war völlig durcheinander gewesen – und dankbar dafür, dass Anna bei ihm gewesen war und ihm Mut gemacht hatte. Damals hatte er auch noch geglaubt, dass alles gut werden würde, irgendwie. Doch das wusste er inzwischen besser.

»Anna, du verstehst nicht. Das mit uns, das ist ... Das geht einfach nicht.«

Er sah, wie ihr Kehlkopf sich hob und wieder senkte, als sie schluckte. »Dann bist du meinetwegen gegangen?«, fragte sie leise.

David versank in ihren blauen Augen, auch wenn er das nicht wollte, und musste sich schließlich abwenden, um nicht schwach zu werden und ihr seine Gefühle zu gestehen. Sobald er es aussprach, konnte er das nie wieder zurücknehmen, und wenn er sich täuschte und sie nach wie vor nur Freundschaft für ihn empfand, dann würde er sie damit erschrecken. Und auch noch verlieren.

Aber würde er das nicht sowieso? Er hatte es versucht, aber er konnte nicht mehr weitermachen, als wäre nichts passiert. Deshalb war es am besten, wenn Anna wieder ging und sie sich vorerst nicht mehr sahen.

Mit versteinerter Miene drehte er sich wieder zu ihr um und hielt ihrem Blick stand, in dem immer noch die Frage lag, die er nicht beantworten konnte.

»Du musst wieder zurückfahren, Anna. James und Claire machen sich sicher schon große Sorgen um dich.«

»Das ist mir egal«, erklärte sie mit diesem entschlossenen Funkeln in den Augen, das er nur zu gut kannte. Sie war stur, wenn sie sich etwas in den Kopf gesetzt hatte. Also würde er sehr drastisch sein müssen, wenn er sie überzeugen wollte.

Er atmete tief durch. »Anna, ich komme zurecht, okay? Ich brauche dich nicht«, sagte er, so hart und ablehnend, wie er konnte. »Also geh wieder nach Hause und lass mich in Ruhe.«

Es fiel ihm unglaublich schwer, sie so anzusehen, als würde irgendetwas von dem stimmen, was er ihr gerade gesagt hatte, und es gelang ihm auch nur gerade so. Doch sie glaubte ihm offenbar, denn sie senkte betroffen den Kopf. Als sie ihn einen Moment später wieder hob, schimmerten Tränen in ihren Augen.

David ballte die Hände zu Fäusten, um sich dagegen zu wappnen, was jetzt ganz sicher kommen musste: Sie würde sich umdrehen und ihn stehen lassen. Das hoffte er jedenfalls, denn er wusste nicht, wie lange er noch hart bleiben konnte.

Aber Anna ging nicht weg, sondern machte einen Schritt auf ihn zu, griff mit beiden Händen nach seiner offenen Lederjacke, hielt sich daran fest.

»Das kann ich nicht«, erwiderte sie leise und starrte auf seine Brust. Und dann sagte sie noch etwas, das nur noch ein Flüstern war. »Ich liebe dich, David.«

Davids Herz hämmerte wild, weil er nicht sicher war, ob sie meinte, was er hoffte. Er war nicht mal sicher, ob sie das wirklich gesagt hatte, deshalb legte er die Hand unter ihr Kinn und hob es an, sah ihr in die Augen und erkannte darin die gleiche Unsicherheit. Und die gleiche Sehnsucht. Ihr Blick traf ihn, setzte etwas in ihm frei, das die Mauern, die er in seinem Innern errichtet hatte, endgültig zum Einsturz brachte.

Gott, er liebte sie auch, so sehr, dass es seinen Brustkorb zusammenzog, wenn er sie nur ansah. Er wollte sie an sich ziehen und küssen und nie wieder loslassen, aber er wagte es nicht. Sie verdiente jemand Besseren, deshalb schüttelte er den Kopf.

»Bitte, Anna. Sei vernünftig. Wir ... können nicht zusammen sein.«

»Warum nicht?«, fragte sie und schob die Hände unter seine Lederjacke, schlang die Arme um ihn. »Wir sind nicht verwandt.«

Zögernd fanden seine Hände in ihrem Rücken zusammen.

»Aber die Leute werden es nicht akzeptieren. Sie werden reden. Und James und Claire ...«

Anna legte ihm einen Finger auf den Mund und unterbrach ihn. »Sie werden sich dran gewöhnen, David. Und wenn sie es nicht tun, dann gehen wir eben woandershin.«

So einfach war das nicht, das musste sie auch wissen. Dennoch strahlten ihre Augen so zuversichtlich, dass er sie küssen musste. Ganz kurz nur. Nur ein Mal.

Aber als er sich zu ihr herunterbeugte und seine Lippen ihre berührten, war es, als würde etwas in ihm zurück an den

Platz rücken, an den es gehörte. Es fühlte sich an, als wäre endlich wieder etwas richtig in seinem Leben, und er wusste plötzlich, dass es für ihn nie wieder jemanden geben würde wie Anna. Sie bedeutete ihm alles, und er würde alles für sie tun. Immer.

Erst nach einem langen Moment gab er ihre Lippen wieder frei und legte seine Stirn an ihre, lächelte, weil er sein Glück kaum fassen konnte. Er hätte stundenlang hier mit ihr stehen und sich in ihrem Lächeln verlieren können.

»Hast du ihn eigentlich gefunden?«

»Wen?«, fragte David gedankenverloren und strich ihr das lange Haar hinter das Ohr.

»Na, deinen Vater!«, sagte sie und wurde ernst, als das Lächeln auf seinem Gesicht erlosch und er zu dem Reklameschild über der Spielhalle sah. »Dann stimmt es, was ich dachte? Er ist der Drake von ›Drake's Den‹?«

David nickte. »Der Laden gehört ihm. Und auch noch ein paar andere. Es ist eine ganze Spielhallen-Kette.«

»Wow«, meinte Anna und sah durch die Glasfront ins Innere. »Und du bist ganz sicher, dass er wirklich dein Vater ist?«

David zuckte mit den Schultern. »So sicher, wie man es ohne einen Gentest sein kann. Wir sehen uns sehr ähnlich.«

»Und wie ist er so?«

Ihre Frage ließ einen Teil von seiner Euphorie verschwinden. »Misstrauisch. Und nicht interessiert. Er hat mich rausgeworfen.«

Betroffen sah Anna ihn an, doch ihr Optimismus siegte. »Du hast ihn damit einfach zu sehr überfallen. Er braucht bestimmt erst mal Zeit, um sich an den Gedanken zu gewöhnen.«

Das sah David anders. »Ich glaube nicht, dass er seine Meinung noch ändert. Warum sollte er auch? Ich bin ein Fremder für ihn, und er ist ein Fremder für mich. Uns verbindet nichts.«

Die Erkenntnis tat ihm immer noch weh – und sie brachte ihn zurück zu dem Punkt, an dem er gewesen war, bevor er Anna auf der anderen Straßenseite entdeckt hatte. Er wusste immer noch nicht, was er tun sollte. Aber zumindest konnte er jetzt gemeinsam mit ihr darüber nachdenken.

Eins war vorher jedoch noch wichtig.

»Du musst James und Claire sagen, wo du bist«, sagte er und beharrte darauf, als sie den Kopf schüttelte. »Anna, sie machen sich bestimmt furchtbare Sorgen um dich. Sag ihnen wenigstens, dass du bei mir bist und dass es dir gut geht.«

Sie würde früher oder später nach Daringham Hall zurückkehren müssen, eine andere Möglichkeit gab es nicht, und es war besser, wenn sie ihre Eltern nicht völlig gegen sich aufbrachte. Das schien auch Anna einzuleuchten, denn sie holte ihr Handy aus ihrer Tasche und schaltete es ein.

»Mr Camden?«, erklang plötzlich eine tiefe Stimme hinter ihm, und als David sich umwandte, sah er, dass der blonde Hüne Carl im Eingang der Spielhalle stand und die Glastür aufhielt. »Mr Sullivan möchte Sie noch einmal sprechen.«

Überrascht starrte David ihn an und dann Anna, die einen entsetzten Laut ausstieß und von ihrem Handy aufsah.

»Wir müssen zurück«, sagte sie. »Ralph ist zusammengebrochen und liegt im Krankenhaus. Dad schreibt, es geht ihm schlecht.«

»Mr Camden?«, hakte Drake Sullivans Aufpasser noch einmal nach.

David zögerte, aber nur eine Sekunde.

»Sagen Sie Mr Sullivan bitte, dass es mir leidtut, aber ich kann nicht.« Er schluckte. »Ich muss dringend nach Hause.«

25

»Wir konnten sie gestern endlich auf frischer Tat ertappen, als sie gerade ein Wohnhaus in Hunstanton ausräumen wollten.« Bill Adler lehnte sich mit einem zufriedenen Lächeln in seinen Schreibtischstuhl zurück. »Ich kann gar nicht sagen, wie sehr uns das erleichtert«, erklärte er. »Diese Bande zu fassen war ein hartes Stück Arbeit.«

Ben, der zusammen mit Kate auf der anderen Seite des Schreibtisches saß, betrachtete den untersetzten Polizeibeamten mit dem lichter werdenden Haar und dem deutlichen Bauchansatz mit einem Widerwillen, den er einfach nicht abstellen konnte. Kates Onkel war damals auch für die Fahndung in seinem Fall zuständig gewesen, als es darum ging, seine Identität festzustellen, und besonders erfolgreich war die Polizei nicht gewesen. Woran das gelegen hatte, konnte Ben nicht beurteilen, aber Bill Adler machte zumindest äußerlich nicht unbedingt den Eindruck eines erfolgreichen Ermittlers. Er war sehr behäbig in allem, was er tat, und das nervte Ben auch jetzt wieder.

»Sie wollten mir etwas zeigen?«, hakte er nach und ließ Ungeduld in seiner Stimme mitschwingen. Er war schließlich nicht hier, um sich die Erfolgsmeldungen des Reviers anzuhören.

»Natürlich.« Bill Adler wurde wieder ernst und erhob sich, bedeutete Ben und Kate, ihm zu folgen. Er führte sie in einen Raum am Ende des Flurs, der sonst vermutlich für Verhöre genutzt wurde, und bat sie, dort zu warten. Kurze Zeit später kam er mit einem schicken schwarzen Leder-Weekender und einem durchsichtigen Plastikbeutel mit einigen Unterlagen zurück und legte beides auf den Tisch.

»Ist das Ihre Tasche, Mr Sterling?«

Ben nickte. »Ja, die hatte ich damals dabei, als ich nach England kam.« Er war erstaunt, wie sehr ihn der Anblick traf. »Darf ich?«, fragte er, und als Bill nickte, öffnete er den Reißverschluss.

Jemand musste den Inhalt durchwühlt haben, denn die Hemden und die anderen Kleidungsstücke waren wild durcheinandergezogen.

»Das waren wir nicht, wir haben sie schon so vorgefunden«, erklärte der Polizist und holte einige zerknitterte Seiten aus der Tüte. »Diese Unterlagen befanden sich ebenfalls zwischen den Sachen. Außerdem Ihr Pass und Ihre Brieftasche. Deshalb sind wir davon ausgegangen, dass Sie der Besitzer sind.«

Er reichte Ben alles und zuckte bei der Brieftasche entschuldigend mit den Schultern. »Das Bargeld fehlt, falls welches drin war, und Kreditkarten konnten wir auch keine finden.«

Das hatte Ben sich schon gedacht, und das konnte er verschmerzen. Schließlich hatte er überhaupt nicht mehr damit gerechnet, das alles jemals wiederzusehen. »Und mein altes Handy?«

Bill Adler schüttelte den Kopf. »Das war nicht dabei.«

Ben nickte. Auch das war keine wirkliche Überraschung. »Darf ich die Sachen wieder mitnehmen?«

»Nein, tut mir leid. Die Spurensicherung ist damit zwar schon durch, aber vorläufig sind das noch Beweisstücke. Wir wollten nur sichergehen, dass es sich wirklich um Ihren Besitz handelt. Sobald der Staatsanwalt sie freigibt, erhalten Sie alles zurück, und ich denke, das dauert auch nicht mehr lange.« Bill Adler räusperte sich. »Wie steht es eigentlich mit Ihren Erinnerungen an den Tatabend? Wissen Sie inzwischen wieder, wie Ihnen die Sachen und der Mietwagen abhandengekommen sind?«

Ben antwortete nicht sofort, sondern starrte auf die Tasche und versuchte, sich zu konzentrieren. Sie hatte auf dem Rücksitz des Jaguars gestanden, das wusste er noch. Er hatte sie achtlos hineingeworfen, als er losfuhr. Erst war das Wetter noch schön gewesen, aber kurz vor dem Ziel hatte sich der Himmel zugezogen, und es hatte angefangen zu stürmen. Prasselnder Regen auf der Windschutzscheibe, Blitze und Donner über ihm. Die Weggabelung, an der er sich selbst entscheiden musste, welchen Weg er nahm, weil das Navi ausgefallen war. Und dann...

Erschrocken sah er auf, weil sein Gehirn plötzlich ein weiteres Bild freigab. »Da war ein gelbes Auto.«

Die Information schien Kates Onkel zu elektrisieren. »Das passt. Und sonst? An was erinnern Sie sich noch?«

Ben strengte sich an, aber weiter ließ ihn die Sperre in seinem Kopf nicht. »Nur daran. An einen gelben Wagen. Er stand auf der Straße. Aber mehr weiß ich nicht«, sagte er frustriert. Dann erst wurde ihm klar, was der Polizist noch gesagt hatte. »Inwiefern passt das?«

»Nun, die Anführerin der Bande fährt einen gelben MG3«, erwiderte Bill Adler.

»Es ist eine Frau?« Ben hatte sich bisher nicht wirklich für die Details der Diebesbande interessiert, aber jetzt horchte er auf.

»Nicht nur eine«, bestätigte der Beamte. »Es sind vier, und alle noch blutjung – keine über zwanzig.«

»Aber Ben wurde wahrscheinlich verprügelt«, warf Kate

ein, die bis jetzt nur zugehört hatte. »Das können doch unmöglich diese Mädchen gewesen sein.«

Das sah Ben genauso, doch ihr Onkel zuckte nur mit den Schultern.

»Das würdest du nicht sagen, wenn du sie bei der Verhaftung gesehen hättest. Wir hatten große Mühe, sie zu überwältigen, so heftig haben sie sich gewehrt.« Er seufzte. »Wir beobachten seit langem, wie drastisch die Gewaltbereitschaft bei jungen Frauen zugenommen hat. Aber einen Fall wie diesen habe ich in meiner langjährigen Praxis noch nie erlebt. Bei ihren Einbrüchen haben sie die Häuser jedes Mal komplett verwüstet, und man mag sich gar nicht ausmalen, was passiert wäre, wenn einer der Besitzer zur Tatzeit zu Hause gewesen wäre. Sollte Mr Sterling also das Pech gehabt haben, diesen vieren auf der Landstraße zu begegnen, kann es gut sein, dass sie ihn angegriffen haben.«

Die Vorstellung, von Mädchen vermöbelt worden zu sein, fand Ben immer noch absurd. Aber er wollte endlich erfahren, was damals passiert war – selbst wenn ihm die Geschichte nicht gefallen würde.

»Kann ich sie sehen?«, bat er und fügte, als Bill Adler die Stirn runzelte, noch hinzu: »Vielleicht hilft das meiner Erinnerung auf die Sprünge.«

Dieses Argument schien dem Polizisten einzuleuchten, denn er nickte. »Sie sind alle schon erkennungsdienstlich erfasst, also kann ich Ihnen die Fotos zeigen. Schließlich sind Sie ein potentieller Zeuge. Warten Sie einen Moment.« Er verließ den Raum, und Kate und Ben blieben allein zurück.

»Würdest du sie denn wiedererkennen?«, fragte Kate, während sie neugierig ein bisschen näher an den Tisch trat und Bens Sachen betrachtete.

»Keine Ahnung«, erwiderte er. »Aber ich habe mich auch

gerade erst an den gelben Wagen erinnert. Vielleicht fällt mir ja noch mehr wieder ein.«

Bis eben war ihm gar nicht klar gewesen, wie sehr er unter diesem letzten blinden Fleck in seinem Kopf immer noch litt. Es war wie das entscheidende Puzzleteil, das noch fehlte, um alles zu einem Ganzen zusammenzufügen. Das, was an dem Abend passiert war, hatte alles für ihn verändert, und er wollte wissen, wie es dazu gekommen war.

Kate hatte eine Seite der zerknitterten Papiere in die Hand genommen, die ihr Onkel auf den Tisch gelegt hatte, und als Ben genauer hinsah, erkannte er, dass es eine Kopie der Heiratsurkunde von Ralph und seiner Mutter war. Kate ließ das Blatt wieder sinken und wollte auch nach den anderen Papieren greifen, zögerte jedoch. »Darf ich mir das ansehen?«

Ben nickte und beobachtete, wie sie die Informationen über die Camdens durchging, die er damals vor und während seiner Reise nach England zusammengestellt hatte.

»Du hattest dich gut vorbereitet«, meinte sie, als sie fertig war, und er konnte nicht sicher sagen, ob sie verblüfft oder schockiert klang.

Er zuckte mit den Schultern. »Ich war davon ausgegangen, dass ich es sein muss.«

Davon ging er immer aus, es war das Prinzip, nach dem er seit Jahren erfolgreich arbeitete. Wenn er verhandelte, dann hatte er gerne die Oberhand, und er hatte gelernt, dass man dafür Informationen brauchte. Wenn man wusste, mit wem man es zu tun hatte, konnte der andere einen nicht so leicht täuschen. Aber genau dieses Wissen hatte ihm gefehlt, als er den Camdens zum ersten Mal begegnet war. Und Kate ...

Bill Adler kam mit einigen größeren Abzügen in der Hand wieder zurück. »Das hier darf ich eigentlich nicht«, sagte er. »Wir zeigen Zeugen sonst mehrere Fotos mit ähnlichen

Gesichtern, um zu sehen, ob sie den Täter wiedererkennen. Aber in diesem Fall ist die Sachlage ja ein bisschen anders.«

Er räumte die Sachen vom Tisch und legte dann vier Porträtaufnahmen auf den Tisch, die unterschiedliche Frauen vor dem immer gleichen Hintergrund zeigten. Aber nur eine fiel Ben ins Auge. Sie hatte wasserstoffblonde, strubbelige Haare, und auf ihrem Gesicht lag kein erschrockener Ausdruck wie auf dem der anderen drei. Nein, sie lächelte sogar, aber irgendwie ... höhnisch. Und das weckte etwas in Ben. Es kam ihm bekannt vor, bloß schaffte er es nicht, eine konkrete Erinnerung damit zu verbinden. Oder bildete er sich das nur ein, weil er hoffte, endlich Antworten zu finden?

Frustriert zuckte er mit den Schultern. »Nein«, sagte er. »Nichts. Ich kann mich nicht erinnern. Haben Sie die Frauen schon zu dem Abend befragt?«

Bill Adler nickte. »Sie werden gerade verhört, aber bisher sagen sie gar nichts. Die Diebstähle können wir ihnen natürlich auch so nachweisen, aber mit allem anderen wird es schwieriger, wenn sie die Aussage verweigern. Und danach sieht es im Moment aus, denn die Jüngeren scheinen Angst vor dieser hier zu haben, Gail Foster.« Er tippte auf das Foto der Wasserstoffblonden. »Sie sind eher die klassischen Mitläufer, aber die hier strotzt nur so vor Selbstbewusstsein, fühlt sich uns total überlegen. Sie pfeift sogar drauf, dass wir sie auf frischer Tat ertappt haben, und lacht uns die ganze Zeit ins Gesicht. Totale Selbstüberschätzung. Vermutlich ist sie auf Speed, was auch das ungewöhnlich aggressive Verhalten der Mädchen bei den Einbrüchen erklären könnte.«

Drogen, dachte Ben und hatte das Gefühl, dass auch das irgendwo in den Untiefen seines Gedächtnisses etwas klingeln ließ. Aber vielleicht erinnerte es ihn auch nur an seine eigene Jugend. Er hatte Glück gehabt, alles in allem, aber er war ein paar Mal nur sehr knapp daran vorbeigeschlittert, ähnlich abzurutschen wie die vier Mädchen. Er war noch jünger gewesen damals, keine sechzehn, und deshalb mit Jugendstrafen davongekommen. Viel gefehlt hatte allerdings nicht, und manchmal wusste er selbst nicht, wie er es geschafft hatte, rechtzeitig die Kurve zu kriegen. Er war einfach dankbar dafür und hatte nie wieder zurückgeblickt. Das bedeutete jedoch nicht, dass er nicht mehr wusste, wie es war, wenn man sich verloren fühlte und Zuflucht in allem suchte, was Halt versprach und Bestätigung. Oder wie es war, wütend zu sein auf eine Welt, in der man keinen Platz zu haben schien.

»Und wenn sie nichts sagen?«, fragte er. »Gibt es dann eine Chance herauszufinden, was in der Nacht passiert ist?«

Bill Adler zuckte mit den Schultern. »Ich fürchte, nicht. Wir müssen einfach hoffen, dass sie es von selbst gestehen. Wobei...« Er zögerte, dann schüttelte er den Kopf und schien über etwas nachzudenken. »Selbst wenn die Mädchen mitbekommen haben sollten, dass Sie Ihr Gedächtnis verloren hatten, können sie nicht wissen, ob Sie sich nicht inzwischen doch wieder an den Vorfall erinnern«, sagte er leise und eher zu sich selbst als zu Ben. »Also nur mal angenommen...«

»Was?«, fragte Ben, aber Bill winkte ab.

»Nichts. Ich denke, wir können das dann hier beenden. Kate, würdest du mit Mr Sterling in mein Büro gehen und dort noch kurz warten – du weißt ja, wo es ist. Ich komme gleich nach.«

Ben hätte den Weg auch gut noch allein gefunden, aber er folgte Kate zurück in den Raum, in dem sie vorhin gesessen hatten. Lange warten mussten sie nicht, denn Bill Adler war schon nach wenigen Minuten wieder zurück.

»Okay – dann vielen Dank für Ihre Hilfe«, sagte er angespannt und schien es plötzlich eilig zu haben, sie loszuwerden. Als sie bereits in der Tür standen, hielt er Ben jedoch noch einmal auf und gab ihm die Hand, klopfte ihm übertrieben freundschaftlich auf die Schulter. »Wir melden uns dann wieder bei Ihnen.«

Irritiert sah Ben zu Kate, die auch nicht zu begreifen schien, was in ihren Onkel gefahren war. Doch dann trat die Wasserstoffblonde vom Foto in Begleitung eines jungen Polizisten aus einer anderen Tür heraus – und Ben ahnte plötzlich, was Bill Adler vorhatte. Für eine Gegenüberstellung hätte er vermutlich erst irgendeinen offiziellen Weg gehen müssen, während eine Begegnung auf dem Flur zufällig passieren konnte und die Frau viel unvorbereiteter traf. Ein ziemlich genialer Schachzug, den Ben dem behäbigen Polizisten gar nicht zugetraut hätte. Vielleicht musste er sein Urteil über ihn doch noch mal überdenken.

Die junge Frau trug Handschellen und wirkte wütend, stieß den Polizisten rüde weg, der sie am Arm packen wollte. Dann fiel ihr Blick auf Ben, und sie hielt mitten in der Bewegung inne.

Gespannt wartete Ben, ob Bill Adlers Taktik aufgehen würde. Für einen Moment bezweifelte er das, denn die junge Frau starrte ihn nur ausdruckslos an. Doch dann schien sie ihn plötzlich zu erkennen, denn ihre Augen begannen, hasserfüllt zu funkeln.

»Was hast du ihnen erzählt, du Wichser?«, brüllte sie. »Ich wusste es, wir hätten dich gleich richtig fertigmachen sollen, anstatt dir nur eine Abreibung zu verpassen!«

»Ryan, bringen Sie Miss Foster bitte zurück in den Verhörraum«, sagte Bill Adler zu dem jungen Polizisten. Dann wandte er sich mit einem sehr zufriedenen Lächeln an Ben. »Ich denke, wenn Sie ein paar Antworten wollen, könnte es sich lohnen, noch ein bisschen zu bleiben.«

26

Mit einem beklommenen Gefühl im Magen betrat David an Annas Seite den Wartebereich vor der Intensivstation, wo die anderen sie schon erwarteten. Er drückte Annas Hand, die in seiner lag, und als ihre Blicke sich trafen, sah er, dass sie genauso angespannt war wie er.

Sie hatten Davids Wagen genommen – um die Abholung des Jeeps konnten sie sich später noch kümmern – und waren auf direktem Weg ins Krankenhaus gefahren. Natürlich wussten die anderen, dass sie kamen. Anna hatte James angerufen und ihm Bescheid gesagt, und tatsächlich war er vor allem erleichtert gewesen. Er hatte ihr keine lange Standpauke wegen ihrer heimlichen Spritztour gehalten, sondern sie nur aufgefordert, so schnell wie möglich zu kommen, was David als Zeichen dafür deutete, dass es Ralph wirklich schlecht ging.

»David! Anna! Oh, Gott sei Dank! Da seid ihr ja endlich!« Claire hatte sie entdeckt und erhob sich von ihrem Platz. Aufgeregt kam sie ihnen entgegen und schloss Anna in die Arme, drückte sie fest.

»Es tut mir leid, Mummy«, sagte Anna mit tränenerstickter Stimme. »Ich wollte euch nicht erschrecken.«

Claire schüttelte den Kopf. »Schon gut, Liebes. Hauptsache, du bist wieder da!«

Sie wandte sich an David und umarmte auch ihn. »Und du auch«, sagte sie und tätschelte ihm liebevoll die Wange, was ihn hart schlucken ließ.

Plötzlich kam es ihm albern vor, dass er seiner Tante unterstellt hatte, ihre Gefühle für ihn hätten sich geändert. Und sie hatte auch die Tatsache nicht kommentiert, dass Anna und er sich an den Händen gehalten hatten, als sie kamen, was ihm Hoffnung gab, dass es vielleicht alles gar nicht so schwer werden würde, wie er sich das auf der Herfahrt ausgemalt hatte.

Doch dann wurde ihm klar, dass es auch daran liegen konnte, dass Claire im Moment auf etwas ganz anderes konzentriert war.

»Ich glaube, du solltest gleich reingehen«, sagte sie und deutete auf die beiden Flügeltüren, hinter denen die Intensivstation lag. »Olivia und Eliza sind gerade bei Ralph, aber er fragt schon die ganze Zeit nach dir.«

Die Dringlichkeit in ihrer Stimme erschreckte David.

»Hat sein Zustand sich wieder verschlechtert?«, fragte er und spürte, wie sein Magen sich zusammenkrampfte. »James hat uns gesagt, es ginge ihm schon besser.«

»Die Medikamente schlagen an, das stimmt«, bestätigte sie. »Allerdings wollen sie ihn morgen trotzdem operieren. Der Arzt war da und hat es uns erklärt, offenbar veröden sie eine bestimmte Stelle im Herzen, um es auf die Weise wieder in den Rhythmus zu bringen.«

»Wenn es hilft, ist das doch gut«, meinte David, aber Claires Gesicht hellte sich nicht auf.

»Geh einfach zu ihm. Er wartet auf dich«, sagte sie und strich ihm über den Arm.

Anna nickte ihm ebenfalls aufmunternd zu und blieb bei Claire, während er durch die aufgleitenden Türen in die Schleuse der Intensivstation ging.

»David!« Olivia fiel ihm um den Hals, als er mit einem entsprechenden Kittel ausgestattet Ralphs Krankenzimmer betrat. Sie hatte geweint, und auch Lady Eliza, die an Ralphs

Bett gesessen hatte, sich jetzt aber wieder erhob, wirkte erschüttert. Ralph selbst dagegen lächelte ihn an, und David versuchte, es auch zu tun. Doch der Anblick der vielen Monitore und Kabel und der Sauerstoffschläuche in Ralphs Nase beklemmten ihn so, dass er es nicht wirklich schaffte.

»Lasst uns einen Moment allein«, bat Ralph die beiden Frauen, und Lady Eliza entsprach ohne ein weiteres Wort dem Wunsch ihres Sohnes. Olivia hingegen zögerte noch einen Moment und ging erst, als ihre Schwiegermutter sie am Arm fasste und vom Bettende wegzog. Als sie den Raum verließ, fing sie erneut an zu weinen. Dann klappte die Tür zu, und es war nichts mehr zu hören außer dem leisen Piepsen der Monitore und Ralphs schweren Atemzügen.

David setzte sich auf den Stuhl, den Lady Eliza eben geräumt hatte, und überlegte, was er sagen sollte. Aber Ralph kam ihm zuvor.

»Ich bin froh, dass du zurückgekommen bist«, sagte er, immer noch lächelnd, und das ließ den Kloß in Davids Kehle noch weiter anschwellen.

»Ich hätte gar nicht erst gehen sollen«, erwiderte er zerknirscht. »Und ich hätte dich auch nicht so anschreien dürfen. Es tut mir leid. Ich habe das nicht so gemeint.« Er schämte sich jetzt dafür. »Wenn ich gewusst hätte, dass du so krank bist...«

Ralph winkte ab. »Das konntest du nicht wissen. Und du musst dich auch nicht entschuldigen. Weil du recht hattest: Ich hätte mehr Zeit für dich haben müssen.« Traurig schüttelte er den Kopf. »Aber genau das ist das Problem. Sie läuft mir weg, die Zeit.«

David runzelte die Stirn, weil ihm nicht klar war, wie das gemeint war. Bevor er nachfragen konnte, sprach Ralph jedoch schon weiter.

»Ich bin krank, David.«

»Ja, ich weiß«, erwiderte er. »Claire hat gesagt, die Ärzte kriegen das mit einer Operation wieder hin.«

Ralph stieß die Luft aus. »Die Herzrhythmusstörungen vielleicht. Aber das meine ich nicht.« Er zögerte einen Moment. »Ich weiß es noch nicht lange und wollte erst eine zweite Meinung einholen, um ganz sicherzugehen, bevor ich es euch sage. Der Spezialist in Cambridge, bei dem ich vor ein paar Tagen war, hat die Diagnose allerdings noch einmal bestätigt.«

David wurde plötzlich kalt, als er an die ernsten Gesichter von Claire und Lady Eliza dachte. Und an Olivias Tränen.

»Welche Diagnose?«

»Bauchspeicheldrüsenkrebs«, erwiderte Ralph leise und fast vorsichtig, so als wäre das ein Wort, an das er sich selbst noch nicht gewöhnt hatte.

Für einen Moment starrte David ihn nur an.

»Okay«, sagte er und stemmte sich gegen die stille Resignation, die er in Ralphs Augen sah, wollte das, was sie zu bedeuten schien, gar nicht erst zu einem Gedanken formen. »Dann müssen sich die Ärzte darum eben auch noch kümmern, wenn du schon mal hier bist. Das kann man doch auch behandeln.«

Ralph zuckte mit den Schultern. »Behandeln kann man es, aber nicht mehr heilen, dafür wurde es zu spät entdeckt. Sie sagen, mit ein bisschen Glück habe ich noch ein paar Monate!«

»Nein!« David spürte, wie seine Kehle sich zuschnürte. »Dann fragen wir eben noch einen anderen Arzt. Du kannst eine Chemotherapie machen oder eine Bestrahlung, da gibt es bestimmt etwas, das man tun kann.«

Ralph schüttelte den Kopf. »Das würde nichts ändern. Sie können es mir nur noch leichter machen, das ist alles.« Er zuckte mit den Schultern, und plötzlich begriff David. Deswegen hatte Ralph gesagt, dass es keine Rolle mehr spielte. Deswegen war er so oft so abgeschlagen gewesen. So in sich gekehrt und so beschäftigt. Er wollte alles noch regeln, bevor er zu krank dafür sein würde. Bevor er …

»Dad.« Davids Augen füllten sich mit Tränen, und er schüttelte den Kopf. »Nein!«

»David, hör mir zu«, sagte Ralph und griff nach Davids Hand, hielt sie ganz fest. »Ich hätte dir das schon längst sagen müssen.« Er holte Luft, stieß sie mit einem Seufzen wieder aus. »Ich habe viele Fehler gemacht in meinem Leben. Aber deine Mutter zu heiraten gehört nicht dazu. Ich habe sie immer geliebt, auch wenn ich sie offensichtlich nicht glücklich machen konnte. Und ich könnte ihr niemals böse sein dafür, dass sie mir dich geschenkt hat.« Er lächelte müde, das Reden strengte ihn sichtlich an. »Ich werde nie den Moment vergessen, als ich dich zum ersten Mal im Arm hielt. Du warst so ein perfekter kleiner Junge, und ich war so unglaublich stolz auf dich. Ich habe dich geliebt, seit du deinen ersten Atemzug getan hast, David. Ich hätte keinen anderen Sohn haben wollen als dich, und wenn ich über etwas enttäuscht bin, dann nur darüber, wie kurz die Zeit ist, die uns noch bleibt.« Sein Atem ging jetzt wieder schwerer.

David schluckte gegen die Tränen an, die er nicht mehr aufhalten konnte.

»Dad, wir stehen das zusammen durch. Es gibt bestimmt noch einen Weg, irgendeine Möglichkeit, dich zu behandeln. So schnell darfst du nicht aufgeben.« Er wischte sich mit dem Handrücken die Tränenspuren von der Wange. »Ich brauche dich, Dad.«

Ralph lächelte, glücklicher jetzt, aber auch matter. »Noch bin ich hier«, sagte er und drückte noch einmal Davids Hand, bevor er sie losließ. Er lehnte den Kopf in die Kissen zurück und schloss für einen Moment die Augen. Dann öffnete er sie wieder, doch David konnte sehen, wie schwer ihm das fiel. »Ich bin so müde, ich muss ein bisschen schlafen«, sagte er. »Bleibst du noch?«

David nickte, denn er hatte nicht vor zu gehen. Das würde er erst tun, wenn ihm jemand versichern konnte, dass Ralph Unsinn geredet hatte. Dass er nicht todkrank war. Das musste ein Irrtum sein. Ein Missverständnis.

Er betrachtete den schlafenden Ralph, ließ den Blick über sein Profil gleiten, über die Linien, die sich in sein Gesicht gegraben hatten, das David so vertraut war.

Vielleicht war ihm erst jetzt, wo er befürchten musste, ihn zu verlieren, wirklich klar, was sein Vater ihm bedeutete. Und dass es tatsächlich keine Rolle spielte, ob er ihn gezeugt hatte oder nicht. Er war da gewesen, in all den Jahren. Er hatte ihm Gutenachtgeschichten erzählt und ihm geduldig immer wieder auf das kleine Kinderfahrrad geholfen – bis er es alleine konnte. Er hatte ihn an seinem ersten Schultag begleitet, und er war bei seinem letzten dabei gewesen, hatte stolz mit Olivia im Publikum gesessen, als David seine Abschlussurkunde in Empfang nahm. Er hatte ihn getröstet, wenn er traurig war, mit ihm gelacht, mit ihm geschimpft, ihn zurechtgewiesen und ihm Mut gemacht, wenn er sich etwas nicht zugetraut hatte. Er war vielleicht nicht perfekt, aber er war der einzige Mensch, den er jemals »Dad« nennen würde.

Vorsichtig, um ihn nicht zu wecken, nahm David erneut Ralphs Hand und hielt sie fest, während er dem monotonen Piepsen der Monitore lauschte. Es war keine angenehme Geräuschkulisse, aber er würde sich daran gewöhnen. Denn eins wusste er: Wenn er tatsächlich kaum noch Zeit mit seinem Vater hatte, dann würde er von jetzt an keine Minute davon mehr verschwenden.

27

»Das sind Teenager!« Ben stieß die Tür des Polizeireviers mit einem Ruck auf und erinnerte sich erst im letzten Moment daran, dass Kate hinter ihm ging. Er hielt die Tür fest und ließ sie durch, doch er konnte das, was sie gerade von Kates Onkel erfahren hatten, ganz offensichtlich immer noch nicht fassen. »Ich habe mich von ein paar kleinen Mädchen verprügeln lassen?«

»Sie waren zu viert, Ben. Oder vielleicht sogar zu fünft«, meinte Kate, weil Gail Foster sich in ihren Aussagen dazu teilweise widersprochen hatte. »Und du hast doch gehört, was Onkel Bill gesagt hat – offenbar standen sie unter Drogen und waren extrem gewaltbereit. Die haben dich einfach kalt erwischt, weil du mit einem solchen Angriff nicht gerechnet hast.«

»Trotzdem.« Ben blieb stehen und starrte vorwurfsvoll zurück auf das große, braun verklinkerte Eckhaus mit dem Säuleneingang, in dem die Norfolk Constabulary in King's Lynn untergebracht war – als wäre die Polizei schuld daran, was ihm an jenem Abend passiert war. Doch seine nächsten Worte zeigten, dass er vor allem mit seiner eigenen Rolle in dieser Sache haderte. »Ich hätte es wissen müssen«, sagte er zerknirscht. »Ich hätte die Situation richtig einschätzen müssen.«

»Das konntest du nicht«, widersprach ihm Kate. »Du hattest keine Chance.«

Sie dachte an das, was Bill ihnen über Gail Fosters Aussage

erzählt hatte. Nachdem sie einmal angefangen hatte zu reden, hatte die junge Frau ein umfassendes Geständnis abgelegt und sogar damit geprahlt, wie einfach es gewesen war, Ben zu überwältigen und auszurauben. Es war ein unglücklicher Zufall gewesen, nichts, was die Mädchen geplant hatten. Ben war mit seinem Jaguar ganz plötzlich hinter ihrem Auto aufgetaucht, und sie hatten sich gestört gefühlt. Deshalb waren sie ausgestiegen und ohne Vorwarnung auf ihn losgegangen. Anschließend waren sie mit seinem Auto und seinen Sachen abgehauen und hatten ihn verletzt liegen lassen.

Mit Schrecken dachte Kate an die Hämatome, die sie in jener Nacht auf Bens Oberkörper entdeckt hatte. Es musste ihm in seinem Zustand schwergefallen sein, sich auf der Suche nach Hilfe durch den Wald zu schleppen. Sofort flammten ihre alten Schuldgefühle wieder auf.

»Aber ich hatte besonnener sein müssen. Als du damals auf Amandas Haus zukamst, hätte ich sehen müssen, dass du verletzt warst. Ich hätte dich ansprechen und fragen müssen, was du willst, anstatt dich niederzuschlagen. Dann wäre ...«

Sie hielt inne, weil sie sah, wie der Ausdruck in seinen Augen wechselte.

»Dann wäre alles anders gekommen«, beendete er den Satz für sie und hob einen Mundwinkel. Doch sein Lächeln wirkte nicht fröhlich, und seine Stimme klang eher bitter.

Bisher hatte er ihr nie vorgehalten, dass er nur ihretwegen sein Gedächtnis verloren hatte. Und auch jetzt fand sie das nicht in seinem Blick. Er war nicht wütend auf sie, sondern auf sich selbst. Offenbar glaubte er, nachdem er jetzt die Fakten kannte, erst recht, dass er das alles irgendwie hätte verhindern können.

Kate dachte den Gedanken zu Ende, vor dem sie gerade zurückgeschreckt war und der anscheinend auch Ben nicht losließ. Was wäre gewesen, wenn er sich an irgendeinem Punkt anders entschieden hätte? Wenn er in der Situation mit den Mädchen tatsächlich vorsichtiger gewesen wäre? Oder wenn er sich nicht ausgerechnet zu Amandas Haus geschleppt hätte, sondern ganz woandershin? Es war ziemlich wahrscheinlich, dass er Daringham Hall dann noch an dem Abend erreicht und dort seine Rachepläne verfolgt hätte. Er hätte die Camdens nicht kennengelernt, jedenfalls nicht so, wie er sie jetzt kannte. Und Kate und er wären sich auch nicht so nahegekommen. Vermutlich wäre er jetzt nicht mal mehr hier, sondern längst wieder zurück in New York.

Plötzlich hatte Kate Angst, dass er sich das wünschte. Sie hätte gerne seine Hand genommen, so wie eben im Krankenhaus, aber sie wagte es nicht mehr. Er wirkte anders jetzt. Verschlossener. Grimmiger ...

Das Taxi fuhr vor, das Bill ihnen gerufen hatte, und erinnerte Kate daran, dass sie zurück ins Krankenhaus mussten.

Ben hielt Kate die hintere Tür auf und ließ sie einsteigen, doch er folgte ihr nicht, blieb auf dem Bürgersteig stehen.

»Kommst du nicht mit?«, fragte sie erschrocken.

»Ich kann nicht.« Er zog sein Handy aus der Tasche, deutete darauf, so als wäre das ein Argument. »Ich ... muss mich um eine geschäftliche Angelegenheit kümmern.«

Die Art, wie er das sagte, machte Kate plötzlich wütend. Es klang so distanziert, als wären sie Fremde. Als hätte er mit ihr und den anderen nichts zu tun.

»Und das ist wichtiger?« Herausfordernd blitzte sie ihn an. »Wichtiger als Ralph?«

Ein Schatten huschte über sein Gesicht, doch als Kate genauer hinsah, war er verschwunden, und Ben hielt ihrem Blick mit einem kühlen Ausdruck in den Augen stand.

»Ich kann für Ralph nichts tun, genauso wenig wie du. Also wüsste ich nicht, was es bringen soll, im Krankenhaus herumzusitzen und Däumchen zu drehen.«

»Was es bringt?« Kate wäre am liebsten wieder ausgestiegen und hätte ihn geschüttelt. »Er ist dein Vater, Ben, und es geht ihm schlecht. Wenn du an seiner Stelle wärst, dann wärst du auch froh, wenn du merkst, dass deine Familie sich um dich sorgt und für dich da ist.«

Schon in der Sekunde, in der sie es aussprach, bereute sie ihre Worte, weil sie sehen konnte, wie Bens Augen schmal wurden.

»Genau«, sagte er. »Nur dass ich keine Familie habe. Das ist nicht mein Leben und nicht mein Problem, Kate. Das geht mich nichts an.«

»Das ist nicht wahr!«, widersprach sie ihm heftig. »Natürlich geht es dich etwas an. Sehr viel sogar.« Verzweifelt schüttelte sie den Kopf, weil sein Blick plötzlich wieder so undurchdringlich war wie ganz am Anfang. »Wenn du so denkst, warum bist du dann geblieben, Ben? Dann hättest du doch auch gleich nach Amerika zurückgehen und das alles hier lassen können.«

Er schürzte die Lippen, und ihr wurde plötzlich klar, wie wütend er war. »Ja, vielleicht hätte ich das besser getan. Aber dieser Fehler lässt sich ja leicht korrigieren«, sagte er, und Kate spürte, wie seine Worte sich in ihr Herz bohrten. Er hielt sein Handy hoch, so als wäre es ein Sinnbild für alles, was gerade falschlief. »Das hier, Kate, das ist wichtig. Meine Firma. Das interessiert mich, und das bedeutet mir etwas – und darum werde ich mich jetzt kümmern. Ralph hat genug Leute, die bei ihm sind. Er braucht mich nicht.«

»Das meinst du nicht so«, sagte Kate und versuchte, hinter die Mauer zu blicken, die er wieder um sich gezogen hatte.

Doch seine grauen Augen blieben hart und undurchdringlich. »Es ist dir nicht egal, das glaube ich nicht.«

Für einen Moment starrten sie sich an, dann richtete Ben sich wieder auf und trat einen Schritt vom Wagen weg.

»Glaub doch, was du willst«, sagte er und warf die Tür zu.

Enttäuschung und Schmerz durchzuckten Kate bei dem Geräusch, und sie hatte Mühe, dem Fahrer zu antworten, der sie – sichtlich ungeduldig, weil sie so lange mit Ben gestritten hatte – nach ihrem Ziel fragte.

»Zum Queen Elizabeth Hospital«, erklärte sie erstickt und blickte durch die Scheibe zurück zu Ben, der auf dem Bürgersteig stehen blieb. Aber sie ertrug es nicht zu sehen, wie er sich immer weiter von ihr entfernte, deshalb drehte sie sich hastig wieder um und sah nach vorn.

Ihr Handy klingelte, und für einen kurzen, hoffnungsvollen Moment dachte sie, es wäre Ben, der es sich anders überlegt hatte und doch mitwollte. Doch es war Ivy.

»Weißt du es schon?«, fragte sie, und ihre Stimme klang so ungewöhnlich bedrückt und leise, dass Kates Magen sich zusammenzog.

»Was?«, fragte sie zurück und machte sich auf das Schlimmste gefasst.

* * *

Ben starrte dem Taxi nach und versuchte sich einzureden, dass er das Richtige getan hatte. Trotzdem fühlte er sich wie ein elender Feigling. Er hatte Kate verletzt, das hatte er ihr deutlich ansehen können, und es ging ihm nach, ließ ihn mit dem Wunsch kämpfen, sich ein zweites Taxi zu bestellen und ihr nachzufahren.

Aber der Gedanke daran, was ihn im Krankenhaus erwartete, hielt ihn davon ab. Er konnte da nicht noch einmal hingehen, alles in ihm sträubte sich dagegen.

Hatte er nicht sein ganzes Leben lang versucht, genau das zu vermeiden – dass er wieder an einem Krankenbett saß und Angst hatte?

Erneut sah er Ralph blass auf dem Bett in der Klinik liegen, sah die Bitte, die in seinen Augen gelegen hatte. Doch er konnte sie nicht erfüllen, er wollte nicht noch tiefer hineingeraten in diesen Treibsand aus Gefühlen, in dem er jetzt schon viel zu tief steckte.

Er hätte nicht bleiben dürfen, von Anfang an nicht. Es war gefährlich gewesen, sich darauf einzulassen, aber er hatte sich immer mit dem Gedanken beruhigt, dass er jederzeit gehen konnte. Dass er dieses Experiment abbrechen konnte, wenn er das wollte, und dann da weitermachen würde, wo er aufgehört hatte. Diese ganze Familien-Kiste war nichts für ihn, das lag ihm nicht – und das brauchte er auch nicht.

Kates Bild tauchte vor ihm auf, und er sah wieder den Ausdruck in ihren Augen, als sie weggefahren war. Was dieses unangenehme Ziehen in seiner Brust auslöste, das ihn wirklich fertigmachte.

Sie war schuld daran, dass er sich so schlecht fühlte, und er hätte sie gerne dafür gehasst. Aber er schaffte es nicht. Eigentlich hasste er nur sich selbst, weil er nicht rechtzeitig erkannt hatte, wohin ihn das alles führte.

Für einen Moment starrte er auf sein Handy, dessen Display schwarz war, und überlegte, ob er es einschalten sollte. Wenn er es tat, würde die Nachricht von Peter erneut darauf erscheinen – und mit ihr die perfekte Möglichkeit, allem zu entfliehen, was ihn gerade quälte. Dann konnte er sich wieder ganz auf seine Firma konzentrieren, die ihm bis vor kurzem noch wichtiger gewesen war als alles andere.

Aber er tat es nicht, steckte das Smartphone wieder ein, ohne es zu aktivieren. Dann zog er die Schultern hoch und ging mit großen Schritten in die entgegengesetzte Richtung, in die Kate mit dem Taxi gefahren war.

28

Peter saß auf seinem inzwischen schon angestammten Platz im »Three Crowns« und zwang sich, nicht schon wieder nach seinem Handy zu greifen. Stattdessen blickte er sich im Pub um, der jetzt, am frühen Samstagnachmittag, noch nicht besonders voll war. Die meisten Gäste kannte er inzwischen, auch wenn er sich noch nicht dafür interessiert hatte, wie sie hießen oder was sie machten.

Sein Blick wanderte zu Tilly, die ein Glas abtrocknete, während sie mit einem Gast am anderen Ende der Theke redete. Sie war die Einzige, zu der er in diesem Kaff wirklich so etwas wie eine Beziehung aufgebaut hatte, und ihr Bild hatte sich so in sein Hirn eingebrannt, dass er es selbst dann sehen konnte, wenn er die Augen schloss. Aber das war ja auch kein Wunder, schließlich kriegte er seit Wochen kaum etwas anderes zu Gesicht.

Als Tilly in seine Richtung sah, wandte er sich hastig ab und griff doch nach seinem Handy, wischte verärgert darüber, um es zu entsperren, und starrte auf den Bildschirm. Aber es war keine Nachricht eingegangen. Natürlich nicht. Es hätte einen Ton von sich gegeben, wenn es so gewesen wäre.

Peter überprüfte noch mal, wann er Ben die SMS geschickt hatte. Um halb elf. Jetzt war es schon kurz vor zwei. Das waren dreieinhalb verdammte Stunden, und da hatte dieser Mistkerl nicht mal zwei Minuten Zeit gefunden, ihm zu antworten? Dabei brauchte Peter lediglich kurz seine Rückmeldung, wie sie weiter verfahren sollten mit Stanford, der trotz der Tatsache, dass eigentlich Wochenende war, auf Nachricht von ihnen wartete. Das Geschäft stand jetzt kurz vor dem Abschluss, und es eilte – war ein bisschen Einsatz von Ben da wirklich zu viel verlangt?

Mit einem genervten Aufstöhnen legte Peter das Handy wieder zurück auf die Theke und trank von der Cola, die Tilly ihm hingestellt hatte, verschluckte sich dann aber fast daran, als der SMS-Jingle erklang, auf den er schon so lange wartete. Sofort griff er wieder nach dem Smartphone. Doch es war keine Nachricht von Ben, es war wieder Stanford, der nachfragte, warum er keine Antwort erhielt.

Weil ich auch keine kriege, du Idiot, dachte Peter wütend und beschloss, dass er jetzt geduldig genug gewesen war. Mit zwei hastigen Bewegungen rief er das Kurzwahlmenü auf und suchte nach der Nummer von Bens neuem Handy, wollte gerade die Taste für den Verbindungsaufbau drücken.

»Nein«, sagte Tilly, und Peter hielt inne, weil ihre Stimme so streng geklungen hatte. Sie stand jetzt wieder auf seiner Seite der Theke und hatte die linke Hand in die Hüfte gestemmt, was er immer irgendwie – sexy fand. Ihr Gesicht war jedoch sehr ernst. »Ruf ihn nicht an.«

Peter war nicht sicher, ob er verärgert über diese Bevormundung sein oder sich ertappt fühlen sollte. »Du weißt doch gar nicht, wen ich anrufen will.«

»Natürlich weiß ich das«, erwiderte sie und legte das Trockentuch weg, das sie in der anderen Hand gehalten hatte. »Du willst Ben anrufen, weil er auf deine SMS nicht reagiert hat.«

Ertappt. Definitiv.

»Ja, und? Ist das ein Verbrechen? Ich brauche eine Antwort auf eine geschäftliche Frage, und dieser Mistkerl lässt mich schon wieder hängen.«

Sie seufzte auf, so als wäre er einfach zu dumm, um es zu kapieren. »Sein Vater liegt im Krankenhaus, Peter. Und so, wie es klang, nicht mit einer Lappalie. Der Mistkerl hat also gerade andere Sorgen.«

Peter schnaubte. »Und was ist mit meinen Sorgen? Ich erwarte ja gar nicht, dass er alles stehen und liegen lässt. Aber fünf Minuten Zeit wird er doch zwischendurch mal haben. Das ist doch nicht zu viel verlangt.«

»Doch, das ist es«, fand Tilly und schüttelte den Kopf. »Und soll ich dir noch was sagen?«

»Nein, aber ich nehme an, du tust es trotzdem«, meinte er sarkastisch. Das war so sicher wie das Amen in der Kirche.

Sie beugte sich über die Theke, und ihre blauen Augen funkelten herausfordernd. »Ben lässt dich nicht hängen, es ist genau umgekehrt. *Du* lässt ihn hängen, die ganze Zeit schon.«

»So ein Blödsinn«, wehrte er sich, aber Tilly wischte seinen Einwand mit einer Geste beiseite.

»Das ist kein Blödsinn, das ist die Wahrheit. Angeblich bist du hier, um ihm beizustehen, aber in Wirklichkeit brauchst du seinen Beistand. Du verlangst ständig von ihm, dass er Lösungen für alles findet, obwohl du siehst, dass er im Moment mit anderen Dingen beschäftigt ist. Dabei ist das auch deine Firma. Du bist sein Partner, und wenn er ausfällt, dann musst eben du die Führung übernehmen. Das tust du aber nicht. Nein, du sitzt jetzt schon seit Wochen hier bei mir an der Theke und jammerst, weil er keine Zeit hat – anstatt dich selbst um die Probleme zu kümmern. Damit würdest du ihm helfen und dich als echter Freund erweisen. Mit deinem ständigen Gemecker belastest du ihn nur noch zusätzlich.«

Peter starrte sie an. Das hatte gesessen, und zum ersten Mal seit langer Zeit wusste er nicht, was er sagen sollte. Er schaffte es nicht mal, sich in Zorn zu fliehen, so wie er es sonst immer tat, wenn jemand ihn kalt erwischte. Stattdessen sah er der Wahrheit ins Auge – und die gefiel ihm ganz und gar nicht.

»Ich kann das eben nicht«, sagte er ziemlich leise und drehte sein Cola-Glas. Er hatte das noch niemandem eingestanden, aber Tilly schien ihn ohnehin zu durchschauen, also war Leugnen wohl zwecklos. Und irgendwie tat es sogar gut, es auszusprechen. »Ich bin nicht wie Ben, ich kann nicht gut verhandeln. Ohne ihn kriege ich das nicht hin, schon gar nicht mit Stanford.«

Tilly schnaubte, aber der Ausdruck in ihren Augen war jetzt anders. Viel freundlicher. »Natürlich kriegst du das hin. Wer an einem Freitagabend den Ausschank im ›Three Crowns‹ schmeißen kann, der kriegt alles hin, glaub mir.« Sie lächelte, und Peter fühlte sich auf einmal leichter. »Nein, im Ernst, warum solltest du das nicht schaffen? Du kennst die Fakten genauso gut wie Ben, und das zählt.«

»Aber es zählt auch, wie gewinnend man lächeln kann«, wandte Peter ein. »Ben ist darin viel besser als ich. Das liegt mir einfach nicht.«

»Vielleicht gibst du dir nur nicht genug Mühe«, beharrte sie. »Ich finde dein Lächeln nämlich ausgesprochen gewinnend, wenn du dich mal zu einem durchringst.«

Sie wandte sich um, weil hinter ihr plötzlich die Tür aufging und das Mädchen mit den lila Haaren den Schankraum betrat. Peter kannte sie nicht gut, aber selbst er konnte sehen, wie aufgelöst sie war.

»Jazz, was ist denn los?«, fragte Tilly besorgt und ging zu ihr. Was das Mädchen, das sich vorsichtig im Schankraum umgesehen hatte, plötzlich in Tränen ausbrechen ließ.

»Hey, Schätzchen.« Tilly nahm sie in die Arme und führte sie zu einem Tisch in einer Ecke, dann kam sie kurz noch mal, um Taschentücher zu holen. »Ich bin gleich wieder da«, sagte sie und ging zurück zu Jazz, die sich die Hände vor das Gesicht hielt und immer noch weinte.

Peter sah, wie die beiden leise miteinander sprachen, und für einen Moment war er ein bisschen eifersüchtig darauf, dass das Mädchen ihm Tilly's Aufmerksamkeit gestohlen hatte. Aber dann riss er sich zusammen – und wunderte sich über sich selbst.

Was war denn los mit ihm? Wenn ihm im Büro in New York jemand das gesagt hätte, was Tilly ihm gerade an den Kopf geworfen hatte, wäre derjenige vermutlich seinen Job los gewesen – oder hätte sich zumindest lange nicht von dem Gewitter erholt, das Peter über ihn hätte hereinbrechen lassen. Aber von dieser Engländerin ließ er sich freiwillig den Kopf waschen, ohne sich zu wehren?

Vielleicht weil er das, was sie ihm vorgeworfen hatte, im Grunde schon lange wusste. Ihm war nur nie klar gewesen, wie er diese Situation lösen sollte.

Er dachte an Tillys letzte Bemerkung. Fand sie wirklich, dass sein Lächeln gewinnend war? Er konnte sich nicht erinnern, ob das überhaupt schon mal jemand zu ihm gesagt hatte. Wahrscheinlich nicht. Doch es machte ihm auf eine ganz neue Art Mut. Wenn es stimmte, dann ... war es ja vielleicht gar nicht so schwer, wie es ihm immer vorkam.

»... aber sag auf jeden Fall Bescheid, wenn du irgendetwas brauchst, okay?«, hörte er Tilly sagen, die gerade diese Jazz verabschiedete. Das Mädchen nickte und warf Peter einen scheuen Blick zu. Dann schlüpfte es wieder durch die Küchentür, durch die es gekommen war, und war verschwunden.

Mit einem nachdenklichen Gesichtsausdruck kehrte Tilly hinter die Theke zurück.

»Und? Die Tränen wieder getrocknet?«, erkundigte Peter sich.

Sie schüttelte den Kopf »Ich weiß nicht. Für den Moment. Aber sie scheint wirklich große Probleme zu haben.«

»Was ist denn passiert?«

»So richtig habe ich das nicht aus ihr herausgekriegt«, erwiderte Tilly frustriert. »Offenbar haben ihre Freundinnen gerade Riesenärger, und jetzt hat sie Angst, dass sie da mit reingezogen wird. Was genau vorgefallen ist, wollte sie mir nicht sagen, aber eine Kleinigkeit ist es nicht.« Sie seufzte. »Na ja, wenigstens hat sie wieder mit mir gesprochen – das ist zumindest ein Anfang.«

Peter hob die Augenbrauen. »Vielleicht hättest du Psychologin werden sollen«, sagte er und meinte es nur halb scherzhaft.

Tilly grinste nur. »Ich bin Kneipenwirtin – das ist fast das Gleiche, glaub mir.« Sie nahm ihren Lappen und wischte über die Theke, obwohl es da gar nichts zu putzen gab. Aber die Bewegung schien ihr in Fleisch und Blut übergegangen zu sein, und Peter fand es irgendwie beruhigend, ihr dabei zuzusehen.

»Und?«, fragte sie. »Was wirst du jetzt tun?«

Er trank seine Cola aus und stellte sie entschlossen zurück auf den Bierdeckel. »Das, was meine Kneipen-Therapeutin mir geraten hat«, meinte er. »Ich werde dem Feind furchtlos gegenübertreten und retten, was zu retten ist.« Er ließ es ironisch klingen, aber er lächelte – gewinnend, wie er hoffte.

»Gute Idee«, befand Tilly mit einem Augenzwinkern und räumte das leere Glas ab. »Du musst einfach für einen Moment vergessen, dass du alle Menschen hasst, dann ist es eigentlich ganz einfach.«

Ich hasse gar nicht alle Menschen, dachte Peter und betrachtete Tilly noch einen kurzen Moment. Dann gab er sich einen Ruck und verabschiedete sich, um sich oben in seinem Zimmer für den Anruf zu sammeln, den er jetzt vor sich hatte. Wenn es gut lief, war Stanford vielleicht mit einer weiteren Videokonferenz einverstanden. Wenn nicht, würde er sich wohl endgültig ein Ticket buchen und zur Not auch allein zurück nach New York fliegen müssen, um die Dinge vor Ort zu regeln.

29

David fuhr erschrocken hoch, als er das laute Piepsen hörte, und starrte auf den Monitor über Ralphs Bett. Er war kurz eingenickt und brauchte einen Moment, bis ihm klar wurde, dass es kein Alarm war, über den er sich Sorgen machen musste. Ralph war nur im Schlaf der Sensor vom Finger gerutscht, der die Blutsauerstoffsättigung und Pulsfrequenz maß. Das passierte häufiger, und David konnte es schnell beheben, indem er die kleine Klemme zurück auf Ralphs Zeigefinger setzte. Er kannte inzwischen sogar den Knopf, an dem man den Alarm wieder ausschaltete, aber die Schwester war schon hereingekommen und erledigte das. Freundlich lächelte sie ihn an.

»Sie brauchen wirklich nicht meinen Job zu machen, Mr Camden«, sagte sie leise, um Ralph nicht zu wecken. »Fahren Sie lieber nach Hause. Die Besuchszeit ist schon lange vorbei.«

David sah auf seine Armbanduhr und stellte überrascht fest, dass es schon halb neun war. Aber er fühlte sich einfach wohler, wenn er hier war, deshalb lächelte er die Schwester an. »Ich würde gerne noch ein bisschen bleiben, wenn ich darf. Dr. Khan hat doch gesagt, dass es meinem Vater guttut, wenn jemand bei ihm ist.«

Ralphs Zustand hatte sich tatsächlich noch weiter verbessert, nachdem David gekommen war, deshalb hatte er die Erlaubnis erhalten, am Bett seines Vaters zu sitzen – sofern er dem Pflegepersonal bei notwendigen Untersuchungen nicht im Weg war. Und das hatte David nicht vor.

Die Schwester, eine ältere, sehr freundliche Frau, erwiderte sein Lächeln. »Wie Sie wollen«, sagte sie und überprüfte auch die anderen Messdioden und Werte, während David seinen Vater betrachtete.

Ralph schlief jetzt, ruhig sogar, aber David vermutete, dass das an den Mitteln lag, die die Ärzte ihm gegeben hatten. Wenn alles so blieb, würden sie ihn morgen operieren. Nur die OP, da war der Arzt sehr deutlich gewesen, würde die Herzrhythmusstörungen wirklich beseitigen können. Und das war tatsächlich nur eins seiner gesundheitlichen Probleme.

David wusste inzwischen ein bisschen mehr über Ralphs Zustand, und ihm war jetzt klar, wie ernst die Lage war. Mit Bauchspeicheldrüsenkrebs, vor allem, wenn er so spät entdeckt wurde wie bei Ralph, hatte man keine gute Prognose, das hatte ihm Dr. Khan unmissverständlich bestätigt. Aber noch weigerte sich David, schon alles verloren zu geben. Er würde sich informieren über diese Krankheit und dafür sorgen, dass Ralph die beste Behandlung bekam. Viel mehr konnte er zwar nicht tun, dennoch gab ihm der Gedanke Halt und linderte seine Hilflosigkeit.

Die Schwester war fertig und wollte gehen, doch David hielt sie auf.

»Wissen Sie, ob noch jemand von meiner Familie da ist?«

Er hatte den anderen schon vor einer Weile gesagt, dass sie nach Hause fahren sollten, weil sie im Moment nichts ausrichten konnten. Allerdings war er nicht sicher, ob sie sich auch wirklich daran gehalten hatten.

Offenbar nicht, denn die Schwester nickte. »Ihr Bruder ist da. Er hat sich vorhin nach Ihrem Vater erkundigt. Ich glaube, er wartet draußen.«

»Mein Bruder?« David brauchte einen Moment, bevor er verstand, wen sie meinte. Er sah noch einmal zu Ralph, dann folgte er der Schwester in den Flur und gab ihr den blauen Kittel. »Ich bin gleich zurück«, sagte er und verließ die Station durch die Schleuse.

Ben stand tatsächlich im Wartebereich, der ansonsten leer war. Er hatte David den Rücken zugewandt und starrte aus dem Fenster raus in den Abend. Erst, als David ihn ansprach, drehte er sich erschrocken um, so als habe er nicht damit gerechnet, jemandem von der Familie zu begegnen.

»Ich wusste nicht, dass du hier bist«, sagte David, um seine Verlegenheit zu überspielen. »Kate hat erzählt, du hättest noch etwas Geschäftliches zu erledigen.«

»Hatte ich auch«, bestätigte Ben, sagte jedoch nichts mehr dazu. »Wie geht es Ralph?«

»Im Moment ist er stabil. Er schläft jetzt.« David schob die Hände in die Taschen seiner Jeans. »Wieso bist du nicht reingekommen?«

Ben zuckte mit den Schultern. »Ich wollte nicht stören. Und ich muss auch wieder los.«

Er wollte an ihm vorbei in Richtung Ausgang gehen, doch David hielt ihn am Arm fest, zwang ihn, stehen zu bleiben. Er kannte Ben nicht gut, doch er konnte ihm ansehen, wie unwohl er sich fühlte. Es fiel ihm nicht leicht, hier zu sein, und David ahnte, was in ihm vorgehen musste. Schließlich hatte er selbst gerade erst vor einem ihm völlig fremden Vater gestanden und wusste, wie das war. Deshalb fühlte er sich Ben auf eine ganz neue Weise nah.

Er war so beschäftigt gewesen mit seiner eigenen Situation, dass er sich tatsächlich nie gefragt hatte, wie es Ben mit dieser Sache ging oder was ihm Ralph bedeutete. Das Verhältnis der beiden konnte man nicht mit dem vergleichen, das David zu Ralph hatte. Natürlich nicht. Doch es änderte nichts an der Tatsache, die David erst durch die Worte der Schwester wieder bewusst geworden war: Sie hatten vielleicht wenig gemeinsam und lebten völlig unterschiedliche Leben, aber etwas verband sie und würde sie immer verbinden. Sie waren Brüder – oder zumindest das, was dem je am nächsten kommen würde. Und das konnte und wollte David nicht mehr länger ignorieren.

»Nein«, sagte er deshalb. »Bleib. Ich... muss mal telefonieren, und ich könnte auch dringend einen Tee gebrauchen. Vielleicht könntest du so lange bei Ralph sitzen, bis ich wieder zurück bin?«

Ben stieß die Luft aus. »Ich dachte, er schläft.«

»Ja, das tut er auch, aber ... es ist trotzdem gut, wenn jemand bei ihm ist.«

Einen Moment lang rang Ben mit sich, das konnte David sehen. »Ein paar Minuten«, sagte er schließlich, und die Warnung, die in seiner Stimme mitschwang, schien eher an ihn selbst gerichtet zu sein.

David wartete, bis die aufgleitenden Türen sich wieder hinter Ben geschlossen hatten. Dann holte er sein Handy heraus, schaltete es an und wählte Annas Nummer.

30

Kate öffnete die Terrassentür und ließ die Hunde noch ein letztes Mal raus in den Garten. Mit einem Seufzer lehnte sie sich gegen die Arbeitsplatte und sah auf ihre Armbanduhr. Zum gefühlt hundertsten Mal an diesem Abend. Dabei wusste sie genau, wie spät es war. Gleich elf.

Sie schüttelte den Kopf und blickte auf das Telefon, das neben ihr auf der Arbeitsplatte lag, weil sie es schon den ganzen Abend mit sich durch das Haus schleppte, egal, wohin sie ging. Aber es hatte nicht geklingelt, und das würde es auch nicht mehr. Gib es endlich auf, ermahnte sie sich selbst.

Ben würde nichts mehr von sich hören lassen. Wenn er sich hätte melden wollen, dann hätte er es in den Stunden, die seit ihrem Streit vor der Polizeiwache vergangen waren, längst tun können. Und sie würde auch ihn nicht anrufen. Auf gar keinen Fall. Dafür war sie immer noch zu verletzt über seine harten Worte.

Trotzdem ließ ihr das Ganze keine Ruhe. Er hatte behauptet, dass er etwas Geschäftliches erledigen musste, aber als sie vorhin noch mal im »Three Crowns« gewesen war, hatte Peter Adams sich bei ihr nach Ben erkundigt. Offenbar hatte er den ganzen Tag schon nichts von seinem Freund gehört und das geschäftliche Problem, das es tatsächlich zu geben schien, allein lösen müssen. Was keinen Sinn ergab, denn warum hatte Ben behauptet, dass er sich dringend um seine Firma kümmern musste, wenn er das dann doch seinem Partner überließ?

Kate wusste nicht mal, wo er den ganzen Nachmittag und Abend gewesen war – bei Peter anscheinend nicht und auf Daringham Hall auch nicht, denn sie war nach ihrer Rückkehr aus dem Krankenhaus noch eine Weile bei Ivy gewesen, um mit ihr über Ralphs Krankheit zu sprechen. Die Nachricht hatte sie alle furchtbar erschüttert.

Wusste Ben überhaupt schon, wie schlecht es seinem Vater ging? Und wenn er es erfuhr, wie würde er es dann aufnehmen? Wäre er traurig darüber, wie wenig Zeit ihm noch mit seinem Vater blieb? Oder interessierte ihn das gar nicht mehr? Hatte er sich innerlich längst verabschiedet und war in Gedanken schon wieder in New York?

Ein Bellen erinnerte Kate daran, dass die Hunde noch draußen waren. Sie öffnete die Terrassentür, um sie wieder reinzulassen, und staunte über das Tempo, das die vier vorlegten. Sie drückten gegen die Tür, sobald sie einen Spalt weit offen war, und stürmten durch die Küche in den Wohnraum, wo sie offenbar dringend hinwollten. Verwundert folgte Kate ihnen und sah, dass sie sich winselnd und bellend vor die Haustür drängten. Das bedeutete, dass jemand über den Hof kam. Jemand, den sie kannten ...

Mit wenigen Schritten war Kate an der Tür und riss sie auf. Das Licht fiel aus dem Wohnraum nach draußen auf den Kiesplatz und ließ Ben blinzeln, der das Cottage schon fast erreicht hatte. Er blieb stehen.

»Hallo Kate.« Seine Stimme klang rau, und in seinem Blick lag etwas, das sie heute Mittag so schmerzlich vermisst hatte.

Sie hatte sich überlegt, was sie ihm alles an den Kopf werfen würde, wenn sie ihm wieder begegnete. Dass sie seine Einstellung furchtbar fand, dass er kalt war und berechnend und dass sie deshalb nichts mehr mit ihm zu tun haben wollte. Aber jetzt, als er vor ihr stand, blieben ihr die Worte im Halse stecken. Weil sie in seinen Augen sah, dass er von Ralphs Krankheit wusste. Und dass sie heute Mittag recht gehabt hatte: Es war ihm nicht egal. Ganz und gar nicht.

»Warst du im Krankenhaus?«, fragte sie.

Er nickte.

»David hat es mir erzählt«, sagte er gepresst und zuckte mit den Schultern, entschuldigend, so als wäre er selbst überfordert mit dem, was er empfand. Oder als würde seine Stimme gerade nicht taugen, um es auszudrücken.

Er ging noch ein paar Schritte, bis er direkt vor ihr stand, aber diesmal ignorierte er die Hunde, die um seine Füße sprangen und ihn begrüßten.

»Kann ich reinkommen?« Es war eine unsichere Frage, aber es lag auch eine Bitte darin, etwas Drängendes, das Kate genauso spürte.

Sie wusste, dass sie ihm hätte böse sein müssen. Und sie wusste auch, dass die Tatsache, dass er wieder vor ihrer Tür stand, nicht bedeutete, dass er seine Ablehnung gegenüber seiner Familie überwunden hatte. Aber es ging ihm schlecht, es traf ihn, dass er Ralph vielleicht bald wieder verlieren würde, und das machte alles andere für den Augenblick unwichtig.

Deshalb griff sie nach seiner Hand und holte ihn herein. Und deshalb ließ sie es zu, dass er sie in seine Arme zog und festhielt, als wäre sie sein Rettungsanker. Aber er war auch ihrer, denn sie spürte plötzlich, wie heftig sie sich nach seiner Nähe sehnte. Er brauchte sie, und sie brauchte ihn auch, deshalb hielt sie nichts auf, als er ihr Gesicht in seine Hände nahm und sie mit verzweifelter Heftigkeit küsste, bis sie vergessen hatte, was für ein schrecklicher Tag hinter ihnen allen lag.

31

Ein Streifen Licht fiel durch die halb zugezogenen Vorhänge vor dem Schlafzimmerfenster und weckte Kate. Sie hatte Mühe, die Augen zu öffnen, doch als ihr wieder einfiel, warum sie so müde war, lächelte sie träge und drehte sich zu Ben um, dessen Körper sie warm in ihrem Rücken fühlte.

Er lag auf dem Bauch, die Decke über den Hüften, und hatte den Oberkörper zu ihrer Seite gedreht, hielt mit einem Arm ihre Taille umfasst. Sein Kopf ruhte auf seinem anderen Arm, und sein Gesicht war im Schlaf entspannt. Kate konnte nicht alles davon erkennen, deshalb schob sie ihm vorsichtig das dunkelblonde Haar aus der Stirn, betrachtete seine kantigen, männlichen Züge, die ihr inzwischen so vertraut waren. Sanft fuhr sie die Linie seines Kinns nach und über die Schatten auf seinen Wangen, die davon zeugten, dass er noch nicht rasiert war.

Ein Schauer durchlief sie bei der Erinnerung an die letzte Nacht. Sie hatten sich geliebt, wild und fast verzweifelt, sich auf eine Weise ineinander verloren, die immer noch in Kate nachhallte. Und dann hatten sie geredet. Über Ralph. Ben wollte alles wissen über ihn, so als könnte er das Bedürfnis, mehr über seinen Vater zu erfahren, jetzt endlich zulassen. Erst als Kate versucht hatte, auch ihm etwas zu entlocken darüber, wie er sich fühlte, hatte er wieder angefangen, sie zu küssen, und ihr den Atem und den Willen genommen, weiter nachzuhaken.

Ihr Herz zog sich zusammen, während sie ihn betrachtete,

weil ihr plötzlich klar wurde, wie tief er seine Gefühle in sich eingeschlossen haben musste – und wie schwer es sein würde, die Schutzmauer einzureißen, die er immer wieder um sein Inneres zog. Ein Teil von ihr schreckte sogar davor zurück, es zu versuchen, denn sie spürte, dass dieses Dunkle, Harte an ihm, das sie von Anfang an angezogen hatte, auch gefährlich für sie war.

Ihr war es auch so gegangen, damals nach dem Tod ihrer Eltern. Der Schmerz war so schrecklich gewesen, dass sie lange nichts an sich herangelassen hatte. Erst durch ihre Verbindung zu Tilly und den Camdens war sie aus ihrem Schneckenhaus wieder rausgekrochen und hatte langsam gelernt, wieder zu fühlen – und zu vertrauen. Was nicht bedeutete, dass es diesen wunden Punkt in ihrem Herzen nicht mehr gab. Sie machte nur einen großen Bogen darum, versuchte, nicht daran zu rühren. Doch seit es Ben in ihrem Leben gab, war das schwieriger.

Er konnte sie so unglaublich viel fühlen lassen, mehr, als sie jemals für möglich gehalten hatte, aber nicht alles davon war schön. Sich auf ihn einzulassen bedeutete auch, in Abgründe des Schmerzes zu sehen, vor denen sie lange die Augen verschlossen hatte. Und sie wusste nicht, ob sie wirklich bereit dafür war.

Als hätte er ihre Gedanken gehört, schlug Ben plötzlich die Augen auf, und für einen atemlosen Moment fiel sie hinein in die grauen Tiefen, die sie vielleicht nie ergründen würde. Dann lächelte er, und für einen Moment stand die Welt still, und es gab für Kate nur ihn und dieses Gefühl für ihn, das sie ausfüllte und kaum atmen ließ.

Er zog sie an sich und drehte sie auf den Rücken, stützte sich über ihr ab und betrachtete sie, ließ den Blick über ihr Gesicht gleiten, so als müsse er sich davon überzeugen, dass sie wirklich da war. Das Lächeln lag noch auf seinen Lippen, aber Kate wusste, dass sie sich nicht wieder darin verlieren durfte. Es war verlockend, aber die Realität ließ sich nicht mehr wegschieben, und sie brauchte erst eine Antwort. Deshalb hielt sie ihn auf, als er sich herunterbeugen und sie küssen wollte.

»Was wird denn jetzt, Ben?« Es war die Frage, die sie ihm schon die ganze Zeit hätte stellen müssen, die ihr aber erst in diesem Moment wirklich drängend erschien. Weil es nicht mehr nur um sie ging, sondern auch um Ralph. Das, was sie gestern erfahren hatten, brachte alles ins Wanken und hatte sie begreifen lassen, wie zerbrechlich die Welt war, in der sie sich bis vor ein paar Wochen noch so sicher aufgehoben gefühlt hatte. Deshalb musste sie wissen, wie verlässlich das war, was Ben ihr bieten konnte. »Wirst du noch bleiben?«

Sein Lächeln schwand, und sie konnte sehen, wie sein Blick sich bewölkte. Er gab sie frei und ließ sich wieder neben ihr in die Kissen sinken, starrte an die Decke.

»Ich bin schon viel länger geblieben, als ich eigentlich wollte«, sagte er, und als er die Luft ausstieß, klang es wie ein Seufzen.

Kate stützte den Kopf auf ihren Ellbogen und sah ihn an, weil sie nicht sicher war, wie er das meinte. Bedauerte er das, oder war es ein Eingeständnis, dass ihm das, was er hier gefunden hatte, etwas bedeutete?

Bevor sie nachhaken konnte, klingelte plötzlich Bens Handy, das auf dem Nachttisch lag. Mit einem entschuldigenden Achselzucken drehte er sich weg von Kate und griff danach. Als er auf dem Display sah, wer ihn erreichen wollte, ging er sofort dran.

»Ja?«, fragte er knapp und suchte Kates Blick, so als würde das, was der Anrufer ihm mitteilte, auch sie angehen. Und es waren offenbar keine guten Nachrichten, denn Ben wurde noch ernster. Und blasser.

»Das war Ivy«, sagte er, nachdem er das Gespräch beendet hatte, und warf das Handy achtlos auf das Bett. »Ralph hatte einen Schlaganfall. Wir sollen sofort ins Krankenhaus kommen.«

Er stand auf und suchte hektisch seine Sachen zusammen, und auch Kate zögerte nicht, sondern beeilte sich damit, sich fertig zu machen. Keine Viertelstunde später saßen sie in Kates Land Rover, und Kate fuhr die Strecke nach King's Lynn so schnell wie nie zuvor, während Ben stumm neben ihr saß und nach vorne aus dem Fenster starrte.

Als sie endlich das Klinikgelände erreichten und Kate den Wagen parkte, sprang Ben sofort aus dem Auto und wollte zum Eingang laufen. Doch dann blieb er stehen und wartete auf Kate, die noch den Wagen abschließen musste. Er nahm ihre Hand und zog sie mit sich, und er ließ sie auch nicht los, als sie das Gebäude betraten und sich eilig auf den Weg nach oben machten.

Als sie den Bereich vor der Intensivstation betraten, kam Ivy ihnen entgegen. Sie hatte geweint, das konnte Kate ihr ansehen.

»Wie geht es Ralph?«, fragte Ben.

Ivy hob hilflos die Schultern, und Kate spürte, wie kalter Schock sie erfasste, als sie begriff, was ihre Freundin eine Sekunde später aussprach.

»Er ist vor ein paar Minuten gestorben.«

32

Niedergeschlagen ließ Kate den Blick über die vielen schwarzgekleideten Menschen gleiten, die um sie herumstanden. Die großen Salons im Erdgeschoss von Daringham Hall waren alle geöffnet, doch sie fassten die Gäste kaum, die gekommen waren, um von Ralph Camden Abschied zu nehmen.

Schon bei der Trauerfeier am Mittag in der Kapelle von Daringham Hall hatten viele der Zeremonie nur von draußen folgen können, und der Zug der Trauernden, die dem Sarg durch den Park zu dem kleinen privaten Friedhof der Camdens gefolgt war, hatte fast kein Ende genommen.

Jetzt hatten sich alle noch einmal im Herrenhaus versammelt, und es war so voll wie sonst nur beim Sommerball. Die Atmosphäre war jedoch still und bedrückt, und die gedämpften Unterhaltungen und die vielen ernsten Gesichter machten die Lücke fühlbar, die Ralphs Tod in den Kosmos des Herrenhauses und seiner Bewohner gerissen hatte. Es war einfach nicht zu fassen, dass er nicht mehr da war, und es ging sicher nicht nur Kate so, dass sie sich Daringham Hall ohne ihn nicht vorstellen konnte. Seine ruhige, besonnene Art würde ihnen allen fehlen. Er war nie ungeduldig gewesen, und er hatte sich wirklich interessiert für die Menschen, mit denen er lebte und arbeitete, hatte ihnen zugehört und war auf ihre Sorgen eingegangen. Und auch wenn er vielleicht kein Machertyp gewesen war, hatte er Dinge gewagt, hatte versucht, Lösungen zu finden für die Zukunft von Daringham und Salter's End. Er war liebenswert gewesen, in jeder Hinsicht, und als Kate an sein Lächeln dachte, das sie jetzt nie mehr sehen würde, stiegen ihr erneut Tränen in die Augen.

»Nein, danke, Alice.« Sie schüttelte den Kopf, als eines der Hausmädchen mit einem Tablett vorbeikam und ihr etwas von den Kanapees darauf anbot. Sie hatte keinen Hunger, und auch das Glas Wasser hatte sie nur vom letzten Tablett genommen, weil es sich besser anfühlte, sich an etwas festzuhalten.

Ralph war am Sonntag gestorben, und heute war Freitag, also war nicht mal eine Woche vergangen. Doch in der Rückschau kamen Kate die vier Tage dazwischen wie ein einziges dunkles Chaos vor. Sie hatte den Camdens bei der Organisation der Beerdigung geholfen, und das hatte sie alle zumindest ein bisschen von dem Schock der Todesnachricht abgelenkt. Wie schwer der Verlust die Familie tatsächlich traf, würden sie vermutlich erst in der nächsten Zeit realisieren.

»Ralph hätte es gefreut zu sehen, wie vielen Leuten er etwas bedeutet hat«, meinte Ivy und sah sich in der Menge um. »Ich glaube, das ganze Dorf ist da.«

Es stimmte, denn auch Kate entdeckte immer wieder vertraute Gesichter unter den Trauergästen. Und alle, ob enge Freunde oder weitläufige Bekannte, wirkten genauso fassungslos wie die Familie.

Ivy hakte sich bei Kate unter und seufzte tief.

»Ach, Katie, was soll jetzt bloß werden?«, sagte sie, und das Lächeln, das über ihr Gesicht huschte, war traurig und dünn. Sie erwartete keine Antwort auf ihre Frage, das wusste Kate, und sie hätte auch keine gehabt, spürte nur beim Einatmen wieder diesen scharfen Schmerz, den die Ungewissheit in ihr auslöste. Jedes Mal, wenn sie daran dachte, wie viele Dinge es jetzt zu klären gab – und wie viele sich nie mehr klären lassen würden, zog ihr Herz sich zusammen.

Sie sah zu Ben hinüber, der bei James stand und in ein ernstes Gespräch mit ihm vertieft war. Er trug einen schwarzen Anzug wie alle anderen auch, aber für Kate stach er aus der Menge heraus, zog ihren Blick immer wieder auf sich. Und nicht nur ihren – auch andere aus der Trauergesellschaft beobachteten ihn, und viele schienen über ihn zu reden, das sah Kate an den verstohlenen Blicken und Gesten in seine Richtung. Wahrscheinlich spekulierten sie darüber, was er jetzt tun würde, und genau das beschäftigte Kate ebenfalls, denn sie hatte keine Ahnung, was im Moment in ihm vorging.

Niemals würde sie den erschütterten Ausdruck auf seinem Gesicht vergessen, als sie von Ralphs Tod erfahren hatten. Er hatte Kate im Arm gehalten, als sie von ihrem eigenen Schmerz überwältigt wurde, und er war auch mit nach Daringham Hall gefahren, wo sie später alle zusammengesessen und versucht hatten zu begreifen, was passiert war. Aber dann hatte er sich irgendwann plötzlich verabschiedet und war zu Peter ins »Three Crowns« gefahren. Und kurze Zeit später hatte Kate eine Nachricht von ihm erhalten, dass er mit seinem Freund nach New York fliegen musste, um sich um ein Geschäft zu kümmern.

Es war ihr wie eine Flucht erschienen, was es vermutlich auch gewesen war, und obwohl Ben ihr versichert hatte, er wäre spätestens zur Beerdigung wieder da, hatte sie Angst gehabt, ihn nie wiederzusehen. Doch er war heute – ohne Peter – zurückgekommen, allerdings erst kurz vor Beginn der Trauerfeier, sodass Kate noch keine Gelegenheit gehabt hatte, mit ihm allein zu sprechen. Deshalb wusste sie nichts über seine Pläne, und die Frage, wie es jetzt zwischen ihnen weiterging und wie er sich die Zukunft vorstellte, nagte weiter an ihr.

Ihr Blick glitt weiter zu den Camdens, die dicht beisammenstanden.

David tat Kate besonders leid. Er hielt sich tapfer und hatte die vielen Beileidsbekundungen gefasst entgegengenommen, aber es fiel ihm sichtlich schwer, sich von seiner Trauer nicht überwältigen zu lassen. Anna war die ganze Zeit bei ihm, und das schien ihm Halt zu geben. Kate hatte ohnehin den Eindruck, dass das Verhältnis der beiden seit ihrem »Ausflug« nach London noch enger geworden war und dass es David half, die Situation besser zu überstehen.

Olivia dagegen war nur noch ein Häufchen Elend, saß mit leerem Blick in einem Sessel. Sie war zusammengebrochen, als sie von Ralphs Tod erfahren hatte, und die Beruhigungsmittel, die Dr. Wolverton ihr gab, schienen sie so zu betäuben, dass sie die Versuche der Familie und einiger Gäste, sie zu trösten, überhaupt nicht wahrnahm.

Unter normalen Umständen hätte Olivia damit sicher Lady Elizas Unmut auf sich gezogen, die neben ihr in einem zweiten Sessel saß und in ihrem schwarzen Kostüm noch strenger aussah als sonst. Doch die alte Dame war wie erstarrt und beachtete ihre Schwiegertochter gar nicht. Auch an den Gesprächen, die Sir Rupert und Timothy um sie herum mit Freunden der Familie führten, nahm sie nicht teil, sondern wirkte lethargisch.

»Mein herzliches Beileid, Ivy«, sagte die schlanke, große Frau, die sich in diesem Moment zu ihnen stellte. Es war Lady Welling, eine Freundin von Olivia, die Kate aber nicht besonders gut kannte. Sie gab Ivy die Hand und nickte auch Kate mit sehr ernster Miene zu. »Wir waren alle tief getroffen von der Nachricht. Er ist viel zu früh gegangen.«

»Vielen Dank«, erwiderte Ivy. »Ich bin sicher, dass ...«

Sie hielt inne und starrte plötzlich an Lady Welling vorbei in die Menge. Kate folgte ihrem Blick und sah, dass ein schlaksiger junger Mann mit dunklen Haaren auf dem Weg zu ihnen war. Auch ihn kannte Kate, es war Ivys Exfreund Derek, von dem sie sich vor ein paar Monaten nach fast zwei Jahren Beziehung getrennt hatte. Weshalb Kate auch eigentlich nicht erwartet hatte, ihn heute hier zu sehen.

Ivy schien es genauso zu gehen, denn sie betrachtete ihn wie eine Erscheinung.

»Entschuldigen Sie mich«, sagte sie zu Lady Welling, die nickte und weiterging, und lief Derek einen Schritt entgegen, der sie jedoch schon erreicht hatte.

»Was machst du denn hier?«, fragte sie, völlig perplex.

Derek wirkte ein bisschen verlegen, aber Kate sah auch Sorge in seinem Blick.

»Ich hab das mit deinem Onkel gehört«, sagte er. »Und ich wollte dir unbedingt sagen, wie leid es mir tut. Das ... muss schwer für euch sein.«

Ivy nickte. »Danke. Das ist ... sehr nett von dir«, erwiderte sie, und Kate sah, dass sie plötzlich mit ihrer Fassung rang. Offenbar überwältigte sie die Tatsache, dass Derek extra aus London angereist war, nur um ihr persönlich sein Beileid auszusprechen.

Sie hatte Kate damals wenig über die Gründe für ihre Trennung von Derek erzählt und immer nur mit den Schultern gezuckt und es weggelächelt, wenn die Rede darauf kam, so als wäre sie schon darüber hinweg. Aber Kate kannte ihre Freundin zu gut, um nicht zu wissen, dass sie in Wirklichkeit sehr unglücklich über das Ende der Beziehung war. Und auch Derek schien noch lange nicht über Ivy hinweg zu sein, denn so, wie er sie ansah, empfand er noch viel für sie. Deshalb zog Kate sich mit der Ausrede zurück, dass sie noch mit Tilly sprechen musste, und ließ die beiden allein.

In einiger Entfernung blieb sie stehen und lächelte, als sie sah, dass Ivy jetzt die Arme um Dereks Hals geschlungen und er sie eng an sich gezogen hatte. Die Umarmung dauerte nicht lange, aber sie war sehr innig, und Kate hoffte plötzlich, dass die beiden es schafften, alle Missverständnisse auszuräumen und wieder zusammenzukommen. Dann hatte dieser schreckliche Tag wenigstens ein Gutes gehabt.

»Wer ist das?«, zischte eine Stimme neben ihr, und als Kate sich erschrocken umdrehte, sah sie, dass Lady Eliza neben ihr stand. Sie krallte eine Hand in Kates Arm und deutete mit dem Kinn auf Derek.

Kate war so überrascht über ihr plötzliches Auftauchen, dass sie für einen Moment nichts erwidern konnte. Sie war nicht mal sicher, wieso die alte Dame das ausgerechnet sie fragte, schließlich richtete sie sonst nur das Wort an sie, wenn es gar nicht anders ging. Aber vielleicht hatte Lady Eliza sie auch einfach nur verwechselt, denn sie achtete gar nicht auf Kate, sondern schien sich nur für das junge Paar zu interessieren. »Wer ist der junge Mann?«, fragte sie erneut.

»Das ist Derek Altman«, erklärte Kate und wünschte, die alte Dame würde ihren Arm wieder loslassen, weil ihr Griff schmerzte. Außerdem fand sie die Frage völlig unnötig, denn Derek war während der vergangenen zwei Jahre mehrfach auf Daringham Hall gewesen, Lady Eliza kannte ihn also. Er schien ihr jedoch komplett entfallen zu sein, deshalb fühlte Kate sich genötigt, es ihr noch mal zu erklären. »Sie wissen schon, er ist ...«, sie überlegte kurz und entschied sich für die Variante, auf die sie hoffte, »... Ivys Freund.«

Die Falte auf Lady Elizas Stirn wurde noch tiefer. »Woher kommt er?«, fragte sie streng, ohne den Blick von Ivy und Derek zu lösen.

»Aus London.« Kate fand die Situation zunehmend seltsam, und sie wurde den Eindruck nicht los, dass mit Lady Eliza etwas nicht stimmte. Vorhin hatte sie total teilnahmslos gewirkt, aber jetzt glänzten ihre Augen fiebrig, und dieses übertriebene Interesse kam ihr auch nicht normal vor. Schließlich war das hier die Beerdigung ihres Sohnes.

»Was macht er beruflich?«, fragte Lady Eliza unbeirrt weiter, und als Kate ihr erklärte, dass er Dozent für Kunstgeschichte am London University College war, verdüsterte sich ihre Miene.

»So ein brotloser Künstler ist kein Partner für Ivy«, befand sie mit einem verächtlichen Schnauben, das Kate endgültig irritierte.

»Er ist Wissenschaftler, kein Künst…«

»Wir werden dafür sorgen, dass sie jemanden nimmt, der zu ihr passt, nicht wahr?« Die alte Dame ließ Kates Arm los und nahm stattdessen ihre Hand, tätschelte sie liebevoll. »Es ist wichtig, dass es passt«, fügte sie noch hinzu und schaffte es endlich, den Blick von Ivy und Derek zu lösen, richtete ihn zum ersten Mal auf Kate. Der Ausdruck in ihren hellen Augen wirkte leer, aber auf ihrem Gesicht lag ein Lächeln. »Nicht wahr?«

Sie schwankte plötzlich leicht, und diesmal war es Kate, die nach ihrem Arm griff, um sie zu halten.

»Lady Eliza, alles in Ordnung? Ist Ihnen nicht gut?« Hilfesuchend blickte Kate sich um und machte Claire, die zu ihnen herübersah, ein Zeichen. Sofort löste die sich von der Gruppe, bei der sie stand, und kam zu ihnen herüber.

»Mummy, willst du dich nicht lieber wieder hinsetzen?«, sagte sie und stützte ihre Mutter von der anderen Seite. »Du kannst dich auch hinlegen, wenn du möchtest.«

Doch Lady Eliza schien sich wieder gefangen zu haben, in jeder Hinsicht. Energisch machte sie sich nicht nur von Claire, sondern auch von Kate wieder los.

»Es geht mir gut«, erklärte sie in diesem kühl-herablassenden Ton, der so typisch für sie war. Das Lächeln war jetzt aus ihrem Gesicht verschwunden, und sie sah Kate verärgert an, so als fände sie es unverschämt, ausgerechnet von ihr so bedrängt zu werden. Daran, dass sie zu Kate gekommen war und nicht umgekehrt, schien sie sich genauso wenig zu erinnern wie an das Gespräch, das sie in den letzten Minuten geführt hatten. Mit erhobenem Haupt kehrte sie zu ihrem Sessel zurück und setzte sich wieder, so als wäre nichts gewesen.

»Ich mache mir wirklich Sorgen um sie.« Claire schüttelte nachdenklich den Kopf. »Sie ist in letzter Zeit oft so verwirrt. Und jetzt das mit Ralph.« Sie seufzte. »Ich glaube, das ist alles zu viel für sie.«

Den Eindruck konnte Kate nur bestätigen. Aber das, was Lady Eliza vor ihrem leichten Schwächeanfall gesagt hatte, beschäftigte sie trotzdem. Worauf wollte sie mit ihren ganzen Fragen über Derek hinaus? Und wie hatte sie das gemeint, dass er nicht zu Ivy passte?

»Kann ich dich etwas Persönliches fragen, Claire?«

Claire, die eigentlich gerade wieder gehen wollte, hielt inne und nickte. »Natürlich.«

Kate zögerte trotzdem. Aber sie musste es einfach wissen. »Als du James damals geheiratet hast – waren Lady Eliza und Sir Rupert da eigentlich mit deiner Wahl einverstanden?«

Die Frage schien Claire zu überraschen, und sie musste einen Moment nachdenken. »Ist zwar schon ziemlich lange her, aber ja. Dad konnte James gleich sehr gut leiden, und Mummy fand ihn zumindest standesgemäß – du weißt ja, wie sie ist.« Sie lächelte. »Wieso interessiert dich das?«

»Ach, nur so«, meinte Kate und bemühte sich, ihr Lächeln zu erwidern. Doch als Claire gegangen war, wurde sie sofort wieder ernst, weil sich der Gedanke, der sie schon die ganze Zeit beschäftigte, weiter in ihr festsetzte.

Sie wusste, dass Lady Eliza Standesdünkel hatte. Daraus machte die alte Dame keinen Hehl, aber wirklich ernst hatte Kate das nie genommen, eher belächelt, so wie die anderen Mitglieder der Familie auch. Jetzt jedoch erschien ihr das alles in einem anderen Licht.

Timothy hatte keinen festen Partner, jedenfalls keinen, den sie alle schon mal hätten kennenlernen dürfen, deshalb war bei ihm das Thema nie aufgekommen, und Claire hatte mit James Carter-Andrews einen Mann geheiratet, der wie sie selbst dem Landadel entstammte. Natürlich war es Liebe gewesen, die die beiden zusammengebracht hatte, daran zweifelte Kate nicht – aber was, wenn das nicht das ausschlaggebende Kriterium für Lady Eliza und Sir Rupert gewesen war, der Ehe zuzustimmen? Wie tolerant waren sie wirklich, was ihren »Stand« anging?

Bens Worte fielen Kate wieder ein, die er mal im Streit zu ihr gesagt hatte, als es um ihr Verhältnis zu den Camdens ging. *Sie halten sich für etwas Besseres. Du gehörst nicht zu ihnen, auch wenn du das vielleicht denkst. In ihrer Weltordnung stehen sie oben und du unten, bei den Dienstboten.*

Kate hatte ihm damals erklärt, dass er sich irrte, aber plötzlich war sie da nicht mehr so sicher. Ralphs Frau Olivia war zwar nicht adelig, aber sie kam aus einer sehr vermögenden und auch angesehenen Unternehmerfamilie. Jane Sterling hingegen war nur eine kleine Kellnerin gewesen, ohne Geld und ohne einen guten Namen. Was, wenn Lady Eliza und Sir Rupert das wirklich zu wenig gewesen war? Hatten sie doch etwas damit zu tun gehabt, dass Jane damals so plötzlich verschwunden war?

Kate wollte das nicht denken, aber die Möglichkeit drängte sich immer wieder zurück in ihren Kopf, und sie wusste plötzlich, dass sie das nicht auf sich beruhen lassen konnte. Sobald sich eine Gelegenheit ergab, würde sie diesem Verdacht nachgehen. Sie musste es tun, es würde ihr sonst keine Ruhe lassen. Und vielleicht fand sie ja auch gar nichts. Dann konnte sie wenigstens sicher sein, dass sie sich ihre Erklärung für Lady Elizas merkwürdiges Verhalten nur eingebildet hatte.

»Was wollte Lady Eliza denn von dir?«, fragte Tilly, die zu ihr herübergekommen war. Sie klang mehr als irritiert, was Kate durchaus verstand, denn es kam eigentlich nie vor, dass die alte Dame freiwillig ein Gespräch mit ihr führte. Gerade das machte die Sache ja so merkwürdig, und Kate hätte ihrer Freundin gerne von ihrem Verdacht erzählt. Aber das war alles noch viel zu vage, deshalb entschied sie sich dagegen und zuckte nur mit den Schultern.

»Ich hab das nicht richtig verstanden«, sagte sie. »Ich glaube, sie steht im Moment ziemlich neben sich.«

»Das kann ich mir vorstellen«, erwiderte Tilly sichtlich betroffen. »Ich mag die alte Schachtel nicht besonders, aber im Moment tut sie mir ehrlich leid.«

Kate nickte nur abwesend und sah zu Ben hinüber, der immer noch bei James stand. Die beiden waren nicht mehr alleine, denn Sir Rupert hatte sich zu ihnen gestellt und auch der Earl of Leicester, der sich aber wohl gerade verabschiedete. Viele andere machten ebenfalls Anstalten zu gehen, wie Kate erst jetzt bemerkte. Die Gesellschaft begann sich langsam aufzulösen.

Ben hörte den Männern zu, ohne selbst etwas zu sagen, und als hätte er bemerkt, dass ihn jemand beobachtete, wandte er plötzlich den Kopf in Kates Richtung.

Ihre Blicke trafen sich über den Raum hinweg, und sie hielt den Atem an, weil sie sich auf einmal schrecklich danach sehnte, bei ihm zu sein. Vier Tage, dachte sie mit einem Anflug von Verzweiflung. Länger war er nicht weg gewesen. Deshalb mochte sie sich gar nicht ausmalen, wie es ihr gehen würde, wenn er England ganz den Rücken kehrte. Und die Wahrscheinlichkeit bestand, schließlich gab es im Grunde nichts mehr, was ihn hier hielt.

»Wie steht es jetzt eigentlich zwischen euch beiden?«, wollte Tilly wissen, die Kates Blick offenbar bemerkt hatte.

Darauf hatte Kate keine Antwort, deshalb zuckte sie nur mit den Schultern und war froh, als Brenda Johnson in diesem Moment zu ihnen trat und damit verhinderte, dass sie dieses Thema weiter ausführen musste.

Die rundliche Frau des Küsters war Tillys schärfste Konkurrentin bei den Backwettbewerben der Gemeinde, aber selbst Tilly konnte ihr deswegen nicht böse sein, dafür war sie einfach zu nett.

»Ach, das ist ja alles so furchtbar«, sagte Brenda mit ehrlich bestürzter Miene. »Die arme Familie Camden. Wer wird denn jetzt die Leitung von Daringham Hall übernehmen, wenn Ralph nicht mehr da ist?«

Diese Frage war sehr berechtigt, und auch wenn das während der chaotischen letzten Tage noch kein Thema innerhalb der Familie gewesen war, hatte Kate schon darüber nachgedacht. Timothy hatte seine Anwaltskanzlei in London und würde nicht einspringen können, genauso wenig wie James, der schon oft betont hatte, dass er sich zwar mit allen landwirtschaftlichen Belangen auskannte, aber kein guter Geschäftsmann war. Und David musste erst sein Studium abschließen. Also würde Sir Rupert die Geschäfte erst mal wieder führen müssen, bis David so weit war. Oder ...

Kates Blick glitt zurück zu Ben, doch er stand nicht mehr bei James und Sir Rupert. Und auch als sie sich umblickte, konnte sie ihn in der Menge nirgends entdecken.

33

Ben ignorierte die Blicke der Leute, die er ständig auf sich fühlte, und ging weiter, bis er die große Halle erreicht hatte. Er war es leid, angestarrt zu werden. Aber das war nur ein Grund, warum er dringend ein bisschen Abstand brauchte: Schlimmer war, dass er es nicht mehr aushielt, in einem Raum mit Kate zu sein, ohne zu ihr zu gehen. Er wollte sie in die Arme nehmen, so wie er es an dem Abend gemacht hatte, als er bei Ralph im Krankenhaus gewesen war, er wollte sie nah bei sich haben. Doch wenn er das tat, würde er die Frage beantworten müssen, die er schon die ganze Zeit in ihren Augen las. Und das konnte er nicht.

»Kann ich etwas für Sie tun, Mr Sterling?«, fragte Kirkby, der gerade einigen Gästen in ihre Mäntel geholfen und sie zur Tür hinausgeleitet hatte.

Ben schüttelte den Kopf. »Danke, Kirkby«, sagte er abwesend und war schon auf dem Weg zur Treppe, als der Butler ihn noch mal zurückrief.

»Mr Sterling?« Kirkby wirkte ein bisschen verlegen, als Ben stehen blieb und sich zu ihm umsah. Er räusperte sich. »Ich ... wollte Ihnen auch noch einmal mein Beileid ausdrücken über den Verlust Ihres Vaters«, sagte er, und sein sonst stets so neutraler Gesichtsausdruck verrutschte ein bisschen, ließ die Trauer erkennen, die er in Wahrheit empfand. Und das traf Ben, ließ ihn schlucken.

Er nickte, und ihm gelang ein schmales Lächeln. Dann betrat eine neue Gruppe Gäste die Halle, die den Butler zum

Glück ablenkte, und er floh schnell die Treppe hinauf in den ersten Stock, lief über den langen Flur, der sich daran anschloss.

Er kannte das Haus inzwischen gut genug, um sich zurechtzufinden, aber das bedeutete nicht, dass es sich schon vertraut anfühlte. Es war ihm nur nicht mehr ganz so fremd wie zu Anfang. Um es besser kennenzulernen, hätte er noch mehr Zeit hier verbringen müssen. Aber wozu, wenn der Mann, der ihn überzeugt hatte, noch zu bleiben, nicht mehr da war?

Ben spürte wieder diesen Stich, als ihm klar wurde, dass für Ralph das Gleiche galt wie für Daringham Hall. Sie waren sich nicht mehr völlig fremd gewesen, aber auch noch nicht vertraut. Und daran ließ sich jetzt auch nichts mehr ändern. Die Erkenntnis schmerzte ihn, auch wenn er sich das nicht gerne eingestand, und er versuchte, nicht zu oft darüber nachzudenken.

Eine Sache schuldete er seinem Vater jedoch noch, deshalb lief er zielstrebig weiter durch die Flure, bis er vor Ralphs Arbeitszimmer stand. Doch als er die Klinke schon in der Hand hielt, zögerte er erneut.

Er hatte es bis jetzt vermieden, Ralphs Bitte zu erfüllen, war stattdessen nach New York geflogen. Weil ihm das, was ihm vorher so wichtig gewesen war – einen Blick in die Bücher von Daringham Hall zu werfen –, plötzlich wie eine Falle vorkam. Er würde sich dadurch noch tiefer in die Angelegenheiten der Camdens verstricken, und das würde es ihm noch schwerer machen, sich wieder davon zu lösen.

Andererseits hatte Ralph sehr eindringlich geklungen, und Ben schaffte es auch nicht, das zu ignorieren, was zu so etwas wie einem letzten Auftrag geworden war. Deshalb drückte er die Klinke herunter und betrat das Zimmer.

Es war alles noch genauso wie beim letzten Mal, als Ben hier gewesen war, und er konnte Ralphs Präsenz darin geradezu fühlen. Er sah ihn wieder hinter dem großen Schreibtisch sitzen – immer ein bisschen blass, aber mit diesem überraschend freundlichen Lächeln, mit dem er nicht gerechnet hatte – und schluckte hart. Es fühlte sich nicht richtig an, hinter diesen Schreibtisch zu treten, und er musste sich mehrfach daran erinnern, dass er nur Ralphs Wunsch erfüllte, wenn er das tat. Zögernd setzte er sich, doch er starrte die Stapel mit Papieren nur an und brachte es nicht über sich, einen davon anzurühren oder irgendetwas an ihrer Anordnung zu ändern.

Ein Geräusch an der Tür ließ ihn überrascht aufsehen, und im ersten Moment glaubte er, es wäre Kirkby, der auf seine unnachahmliche Art aus dem Nichts aufgetaucht war, um ihn zu fragen, ob er einen Tee wollte. Doch es war nicht der Butler, sondern Timothy, der im Türrahmen stand.

Für einen Moment beobachtete Ben ihn abwartend und rechnete mit einem erneuten Wutausbruch. Er hätte Timothy sogar verstehen können, schließlich wusste er, wie es wirken musste, dass er hier an Ralphs Schreibtisch saß.

»Ralph hat mich gebeten, mir die Papiere anzusehen«, sagte er und wusste selbst, wie lahm das klang. Er ärgerte sich jetzt, dass er einfach hergekommen war. Er hätte zumindest Sir Rupert vorher darüber informieren müssen und eigentlich auch den misstrauischen Timothy, der ihm ganz sicher nicht glauben würde.

Doch der sonst so smarte, wortgewandte Anwalt wirkte überhaupt nicht angriffslustig, betrachtete Ben eher nachdenklich.

»Ich weiß«, sagte er schließlich. »Ralph hat mit mir darüber gesprochen. Vor seinem Zusammenbruch.«

Das ungute Gefühl, das Ben schon die ganze Zeit nicht losließ, kehrte in seinen Magen zurück, während er Timothys Blick standhielt, in dem jetzt keine Feindseligkeit mehr stand. Und auch in seiner Stimme hörte man nichts mehr von der alten Aggressivität, mit der er Ben sonst begegnet war.

»Es war sein Wunsch, und den respektiere ich«, fügte er hinzu. »Es tut mir leid, Ben. Ich hätte dir gegenüber nicht so ablehnend sein dürfen. Das war nicht im Sinne meines Bruders.«

Wenn Ben nicht selbst so ein erfahrener Taktiker gewesen wäre, dann hätte er den Gesichtsausdruck seines Onkels als reumütig gedeutet und es dabei belassen. Aber etwas sagte ihm, dass mehr hinter Timothys plötzlicher Freundlichkeit steckte, deshalb nickte er nur und lächelte nicht. Erst wollte er wissen, was hier los war, bevor er sich auf eine Verbrüderung einließ.

Für Timothy schien alles gesagt, denn er drehte sich um und ging, ohne die Tür zu schließen, fast so, als habe er es sehr eilig wegzukommen.

Ben starrte ihm nach und konnte diesen plötzlichen Sinneswandel seines Onkels noch nicht recht fassen. Aber zumindest hatte er eins damit erreicht: Ben war jetzt doch neugierig geworden. Er zog einen der Papierstapel zu sich und fing an, die Blätter durchzusehen. Es waren Rechnungen und einige Korrespondenzen, die er nur kurz überflog. Dann blieb er an einem Schreiben hängen und runzelte die Stirn. Er blätterte die anderen Seiten noch mal durch, ordnete einige davon grob, und griff dann nach dem zweiten Stapel, sah sich auch diesen genauer an.

»Hm«, brummte er und schaltete den Computer ein, wartete, bis er hochgefahren war. Die Icons auf dem Bildschirm waren überschaubar, und er fand schnell, was er suchte – das Programm, das Ralph damals für ihn geöffnet hatte, als er das erste Mal einen Blick auf die Buchführung hatte werfen dürfen. Schnell füllten wieder lange Zahlenkolonnen den Bildschirm, und Ben scrollte sie durch, sprang zurück und wieder vor, verglich die Ergebnisse, die dort notiert waren, mit dem, was er in den Korrespondenzen entdeckt hatte. Und das Bild, das dadurch vor seinem inneren Auge entstand, ließ seinen Blick immer grimmiger werden.

※ ※ ※

Kates Schritte wurden langsamer, kurz bevor sie Ralphs Arbeitszimmer erreichte. Die Tür stand offen, und als sie überrascht näher trat, sah sie Ben drinnen an Ralphs Schreibtisch sitzen. Er hielt einige Briefe in der Hand und studierte konzentriert ihren Inhalt. Und sogar den Computer hatte er angeschaltet, denn er blickte immer wieder zwischen den Papieren und dem Bildschirm hin und her.

Für einen Moment war Kate sprachlos, dann stürmte sie in das Zimmer. »Was machst du da?«, fragte sie, so entsetzt, dass ihre Stimme zitterte.

Ben ließ die Papiere sinken und sah sie an, doch er wirkte nicht erschrocken, hielt ihrem Blick ruhig stand.

»Ich sehe mir die Buchführung des Gutes an«, räumte er ohne den leisesten Anflug eines schlechten Gewissens ein, was Kates Wut noch heller aufflammen ließ.

»Wie kannst du es wagen? Wir haben Ralph heute beerdigt, und du hast nichts Besseres zu tun, als dich wegzuschleichen und in aller Seelenruhe seine Unterlagen zu durchsuchen?«

Sie konnte es einfach nicht fassen. Sie war ihn suchen gegangen, als er plötzlich verschwunden war, weil sie gehofft hatte, dass sie dann noch mal in Ruhe reden konnten. Erst als sie fast das ganze Erdgeschoss abgesucht hatte, war sie in der Halle auf Kirkby getroffen, der ihr mitgeteilt hatte, dass er Ben in den ersten Stock hatte gehen sehen. Doch die Gästezimmer waren alle verschlossen gewesen, deshalb war sie weitergegangen zu den Räumen, die Ralph mit seiner Familie bewohnte. Sie hatte angenommen, dass Ben vielleicht hier war, aber aus sentimentalen Gründen und nicht, um derart dreist in Ralphs Privatsphäre einzudringen. Hatte er ihr die ganze Zeit über nur etwas vorgemacht und verfolgte in Wirklichkeit immer noch seinen Racheplan?

»Was hoffst du denn zu finden? Beweise dafür, dass die Camdens hassenswert sind?« Sie spürte, wie all ihre alten Ängste wieder zurückkehrten. »Oder geht es um mehr? Suchst du immer noch nach einer Möglichkeit, sie endgültig zu vernichten?«

Ben schwieg einen langen Moment, dann schnaubte er und schüttelte den Kopf.

»Das traust du mir zu, ja?«, entgegnete er, und erst jetzt sah sie den enttäuschten Ausdruck in seinen Augen. »Ich bin hier, weil Ralph mich darum gebeten hat, Kate. Er wollte, dass ich mir die Papiere ansehe – er hat sogar darauf bestanden. Ich bin nur noch nicht dazu gekommen. Falls du mir nicht glaubst, kannst du Timothy fragen. Er war eben hier und schien auch sehr daran interessiert, dass ich einen Blick auf all das hier werfe.« Er deutete auf die Papiere, die auf dem Schreibtisch verteilt lagen.

»Aber ...« Kate war völlig perplex und schämte sich plötzlich für ihr vorschnelles Urteil.

»Du wirst in mir auch nie mehr sehen als den Eindringling, oder?«, meinte er, und die Resignation in seiner Stimme traf sie genauso wie sein anklagender Blick.

»Es tut mir leid, Ben. Ich dachte ...« Sie hielt inne, als ihr klar wurde, dass er recht hatte. Etwas in ihr war ihm gegenüber misstrauisch geblieben. Vielleicht weil es ihr genauso schwerfiel wie ihm, jemandem wirklich zu vertrauen. Es war etwas, das sie verband, aber genau das trennte sie jetzt wieder voneinander. Denn sie konnte ihre Worte nicht zurücknehmen, so gerne sie das wollte.

»Was dachtest du?«, hakte er nach. »Dass ich vorhabe, die Idylle von Daringham Hall endgültig zu zerstören? Keine Sorge, Kate, das haben die Camdens schon selbst erledigt.«

Irritiert sah sie ihn an. »Wie meinst du das?«

Ben schien jedoch schon zu bedauern, was er gesagt hatte, denn er winkte ab.

»Vergiss es«, meinte er und wich ihrem Blick aus.

»Ben, was ist los? Sag es mir.«

Er seufzte und sah wieder auf die Papiere auf dem Schreibtisch. Dann zuckte er mit den Schultern. »Wahrscheinlich wirst du es sehr bald sowieso erfahren.«

Kates Herz schlug ihr plötzlich bis zum Hals.

»Was?«

Wieder sah er sie lange an, dann holte er tief Luft.

»Ich konnte mir bis jetzt erst einen groben Überblick verschaffen«, sagte er, »aber so wie es aussieht, steht Daringham Hall kurz vor dem Bankrott.«

34

»Möchtest du noch was trinken?«

Tillys Frage riss Kate aus ihren Gedanken, und sie sah ihre Freundin erschrocken an.

»Was? Nein«, antwortete sie abwesend und versuchte, Tillys forschendem Blick auszuweichen. Was ihr jedoch nichts nützte.

»Katie, was ist los?«, hakte Tilly nach, die jetzt die Hände in die Hüften gestemmt hatte. »Und sag nicht nichts, denn ich kenne dich. Es ist etwas passiert, oder?«

Kate wandte den Kopf ab und ließ den Blick durch das halb leere »Three Crowns« gleiten. Sie hätte Tilly so gerne erzählt, was sie gestern Abend von Ben erfahren hatte, aber hier im Schankraum, wo es vielleicht jemand mitbekam, ging das auf gar keinen Fall. Außerdem war sie nicht sicher, ob sie es überhaupt schon erzählen durfte, das war sicher etwas, das die Familie zuerst unter sich besprechen wollte, und sie wollte Sir Rupert nicht vorgreifen.

Viel wusste sie ja ohnehin nicht. Kurz nachdem Ben ihr mitgeteilt hatte, dass die Camdens vor der Pleite standen, waren Sir Rupert und Timothy gekommen, und sie hatte die Männer allein gelassen. Und seitdem hatte sie mit keinem der drei mehr gesprochen, deshalb zuckte sie nur mit den Schultern.

»Ich hatte vorhin einen Notfall in der Praxis, der mir nachgeht«, log sie, aber Tilly schien es ihr abzukaufen, denn ihr Blick wurde weich und mitfühlend. Zum Glück musste sie gleich darauf einen Gast bedienen und war abgelenkt, sodass Kate ihre Lüge nicht ausschmücken musste und weiter ihren Gedanken nachhängen konnte.

Die Frage, was jetzt passieren würde, ließ sie einfach nicht mehr los und hatte sie in der Nacht kaum schlafen lassen. Die Camdens waren einer der größten Arbeitgeber in der Region, es würde also viele Menschen betreffen, wenn sie das Gut nicht mehr halten konnten. Kate selbst auch, denn die Betreuung des Viehs auf Daringham Hall gehörte zu ihren Hauptaufgaben, und sie war nicht sicher, wie und ob es dann für sie weiterging. Aber vor allem tat ihr die Familie leid. Das war eine Katastrophe für alle, und Kate hoffte immer noch, dass es vielleicht nicht ganz so schlimm war, wie es sich bei Ben angehört hatte.

Etwas anderes beschäftigte sie jedoch auch, fast mehr noch als die Angst vor der Zukunft. Denn dass es um die Finanzen der Familie so schlecht stand, musste zumindest Ralph schon länger gewusst haben. Hatte er seinen Sohn deshalb gebeten zu bleiben?

Sie wollte das nicht glauben, trotzdem ließen die bohrenden Fragen sie nicht los. War es am Ende vielleicht doch gar nicht darum gegangen, Ben kennenzulernen, sondern ihn als Geldquelle zu gewinnen? War er deshalb so freundlich behandelt worden, hatte den Bentley fahren dürfen und eine Einladung auf unbestimmte Zeit erhalten?

Kate fühle sich hin- und hergerissen zwischen ihrer Loyalität den Camdens gegenüber und dem Gefühl, Ben Unrecht getan zu haben. Vielleicht hatte er allen Grund, misstrauisch zu sein, und es war naiv und fahrlässig von ihr gewesen, ihm nie zu glauben, dass an seinen Vorwürfen etwas dran war.

Lady Elizas merkwürdiges Verhalten auf der Trauerfeier gestern fiel ihr wieder ein, und sie hatte plötzlich Angst, dass sie sich vielleicht nicht getäuscht hatte. Sie musste herausfinden, ob die Camdens etwas mit der Trennung von Ralph und Jane Sterling zu tun gehabt hatten. Es war wichtig, diese Frage zu klären, sie schuldete es Ben einfach nach dem, was sie ihm gestern vorgeworfen hatte.

Tilly hatte den anderen Gast bedient und kam wieder zu ihr herüber.

»Willst du wirklich nichts? Du kannst auch was essen.« Sie sah auf ihre Armbanduhr. »Es ist gleich halb drei Uhr, und ich wette, du hattest noch nichts zu Mittag.«

Das stimmte zwar, aber Kate lehnte trotzdem ab. »Danke, Tilly, aber ich muss weiter. Ich hab Greg versprochen, dass ich noch mal im Stall vorbeischaue.«

Ihr Vorhaben duldete einfach keinen Aufschub mehr. Sie musste es tun, solange sie noch den Mut dazu hatte.

Tilly lächelte nachsichtig. »Dann bis später«, rief sie, und Kate winkte ihr noch kurz, dann durchquerte sie, so schnell sie konnte, den Schankraum und lief raus zu ihrem Land Rover.

Es stimmte, dass sie mit dem Stallmeister abgemacht hatte, im Laufe des Tages noch mal nach einer trächtigen Kuh zu sehen, die ihm Sorgen machte. Das würde sie allerdings jetzt sofort erledigen, um anschließend noch mal zum Herrenhaus zu fahren. Vielleicht ergab sich dann ja eine Gelegenheit, ihren Verdacht unauffällig zu überprüfen.

※ ※ ※

Tilly sah Kate nach und seufzte dann tief. Sie war ziemlich sicher, dass Kate ihr nicht die Wahrheit gesagt hatte. Irgendetwas war passiert, aber sie kannte Kate gut genug, um zu wissen, dass sie es nicht aus ihr herausgekriegt hätte. Und dass sie so bedrückt war, verstand Tilly gut. Ihr ging es schließlich nicht viel besser.

»Hallo, Tilly!«, rief Edgar Moore, der eben den Schankraum betreten hatte, und Tilly zwang sich zu einem Lächeln, während er auf sie zukam. Er war ihr Chef, deshalb konnte sie gegen seine Besuche natürlich nichts sagen, aber es störte sie schon seit einer ganzen Weile, dass er so oft vorbeikam. Er machte dann nämlich immer wieder Andeutungen, dass er mehr von ihr wollte, und da sie an einer Beziehung zu ihm keinerlei Interesse hatte, fand sie den Umgang mit ihm in letzter Zeit eher schwierig.

»Machst du mir einen Whisky?«, bat Edgar, wie immer, wenn er kam, und wollte sich setzen.

»Nicht dahin!«, fuhr Tilly ihn an.

»Warum nicht?«, fragte Edgar und betrachtete den Hocker, auf dem er gerade hatte Platz nehmen wollen und der für ihn – verständlicherweise – vollkommen in Ordnung aussah. »Was ist denn damit?«

»Er ... wackelt.« Tilly lief mit glühenden Wangen um die Theke herum und nahm den Hocker mit, stellte ihn auf ihre Seite. »Ich muss ihn noch zu Joe bringen, damit er das wieder richtet.«

»Ja, tu das«, meinte Edgar, sichtlich irritiert, und Tilly beeilte sich mit seinem Whisky. Sie wusste, dass ihre Reaktion zu heftig gewesen war und er sich jetzt vermutlich fragte, ob sie sich vielleicht heimlich an der Bar bedient hatte. Aber sie ertrug es immer noch schlecht, wenn sich jemand anderes auf diesen Platz setzte, und bei Edgar ging es gar nicht.

Peters Bild schob sich wieder vor ihr inneres Auge, und sie konnte ein Seufzen nur schwer unterdrücken. Es war kindisch, dass sie immer noch so viel an ihn dachte, weil er sie garantiert längst vergessen hatte. Aber sie bekam ihn nicht aus dem Kopf, egal, was sie versuchte, und der Gedanke, dass sie ihn nie wiedersehen würde, war so schwer zu ertragen, dass sie alles nur noch mit halber Kraft tat. Das hörte hoffentlich irgendwann wieder auf, aber im Moment war es einfach nur schlimm. Sehr schlimm sogar.

»Wie geht es denn Jazz?«, erkundigte sie sich bei Edgar und stutzte, als er nicht in die üblichen Tiraden über das Benehmen seiner Tochter ausbrach, sondern lächelte.

»Sie ist im Moment wie ausgewechselt, viel friedlicher und richtig lieb. Und sie ist auch nicht mehr so oft unterwegs wie früher.« Er trank einen Schluck und grinste. »Ich weiß zwar nicht, wie das passiert ist, aber es gefällt mir sehr gut.«

Tilly nickte. Ihr war das auch schon aufgefallen, als Jazz vor zwei Tagen im »Three Crowns« ausgeholfen hatte. Doch sie war immer noch sicher, dass das Mädchen ein Problem hatte, denn sie wirkte nach wie vor bedrückt, so als hätte sie vor irgendetwas große Angst.

Sie öffnete gerade den Mund, um Edgar darauf anzusprechen, als die Postbotin Ada Ripling den Schankraum betrat. Sie war eine kleine, dünne Frau mit mausbraunen Haaren und fiel eigentlich nur auf, weil sie immer eine gelbe Warnweste über ihrer roten Jacke trug und die dicke rote Posttasche mit den auffälligen gelben Streifen viel zu schwer für sie wirkte. Und sie schien ihr auch tatsächlich zu schwer zu sein, denn Ada war fast immer schlecht gelaunt. Heute jedoch lächelte sie, zumindest ein bisschen, als sie Tilly zusammen mit einigen Briefen ein ziemlich großes Päckchen über die Theke reichte.

»Aus Amerika«, sagte sie und deutete auf den Poststempel. »Ist an dich persönlich gerichtet, aber ich wusste ja, dass du hier bist, deshalb dachte ich, ich bring's dir gleich mit.«

»Danke«, sagte Tilly und starrte auf den Absender. Als sie

den Kopf wieder hob, sah sie direkt in die neugierigen Gesichter von Edgar und Ada.

»Es ist von dem Amerikaner, der hier gewohnt hat, oder?«, fragte Ada, und Tilly verfluchte innerlich die Nachteile des Dorflebens. Die Post wurde einem dann zwar an den Arbeitsplatz nachgetragen, aber das Wort »Privatsphäre« war dafür ein Fremdwort.

»Ja«, sagte sie betont beiläufig und ließ das Päckchen hinter der Theke verschwinden. »War das alles, oder hast du noch was für mich?«

Die Ablenkung funktionierte nicht wirklich, aber Ada schien zu wissen, dass sie keine weiteren Auskünfte von Tilly bekommen würde, deshalb zog sie weiter. Edgar blieb jedoch noch eine Weile und versuchte auf tapsige Weise, mit ihr zu flirten, was Tillys Geduld auf eine harte Probe stellte. Als er sich eine halbe Stunde später endlich verabschiedete, griff sie sofort nach dem Päckchen und verschwand damit in der Küche.

Mit klopfendem Herzen riss sie den großen Umschlag auf und zog eine Karte und einen stabilen Karton heraus, der mehrfach und nicht besonders geschickt in Luftpolsterfolie eingeschlagen war.

»Ein Tablet«, stieß sie überrascht hervor, als sie die Hochglanz-Abbildung des tragbaren Rechners auf dem Karton sah. Und nicht irgendeins, sondern ein wirklich schickes, ultraflaches, silbernes Designer-Teil von einer bekannten Marke. Sie hatte so was noch nie besessen und nicht viel Ahnung davon, aber billig war das nicht gewesen, da war sie ziemlich sicher.

Ehrfürchtig hob sie den Deckel ab und betrachtete es in natura. Dann griff sie nach der Karte, die dabei gelegen hatte, und las, was darauf stand.

Anschalten und online gehen, dann Skype aufrufen. Wenn du das nicht hinkriegst, ruf mich an.
Peter

Für einen Moment blickte Tilly irritiert auf die wenigen Zeilen, bevor sich ein Lächeln auf ihrem Gesicht ausbreitete. Skype, dachte sie – das war dieses Programm, mit dem man per Video miteinander sprechen konnte. Sie hatte das noch nie gemacht, weil sie niemanden kannte, mit dem sich das gelohnt hätte, aber sie wusste natürlich davon. Wenn Peter ihr also ein nagelneues Tablet schenkte, auf dem Skype bereits installiert war, dann war das vermutlich eine ziemlich teure und komplizierte Art, ihr zu sagen, dass er mit ihr reden wollte.

Diese wenigen burschikosen Sätze waren so typisch für ihn, und als Liebesbrief ging das definitiv nicht durch. Aber Tilly drückte den Karton mit dem Tablet trotzdem fest an sich und hätte ihn am liebsten geküsst. Weil Peter noch an sie dachte und sie nicht vergessen hatte und weil das reichte, um den dumpfen Druck von ihren Schultern zu nehmen und sie zum ersten Mal seit Tagen wieder richtig durchatmen zu lassen.

»Tilly?«, hörte sie draußen jemanden ziemlich ungeduldig rufen.

»Ich komme gleich!«, rief sie zurück und steckte den Karton und die Karte wieder in den Umschlag. Dann seufzte sie glücklich und nahm ihn mit in den Schankraum.

35

Zum ersten Mal fühlte Kate sich wirklich schlecht, als sie das Herrenhaus über einen der Seiteneingänge betrat. Die Tür war um diese Zeit meistens offen, weil er direkt neben der Küche lag und viel vom Personal benutzt wurde. Aber selbst wenn er verschlossen gewesen wäre, hätte Kate gewusst, dass der Schlüssel in einer Vertiefung am Sockel der Steinfigur zu finden war, die ganz in der Nähe stand. Sie kannte die Geheimnisse von Daringham Hall und konnte jederzeit hinein, wenn sie das wollte. Weil die Camdens ihr vertrauten und davon ausgingen, dass sie dieses Vertrauen niemals missbrauchen würde. Aber genau das hatte sie vor, deshalb war ihr ganz schlecht vor Aufregung, während sie über den Flur auf die Küche zuging. Sie erwartete nicht, dass sie leer war – in der Küche war eigentlich immer jemand, und tatsächlich stand die Köchin Megan vor dem Schrank und räumte Teetassen auf ein Tablett. Kirkby war bei ihr, und beide sahen ihr erfreut entgegen, als sie hereinkam.

»Kate!« Megan kam ihr entgegen und umarmte sie. Doch ihr sonst so strahlendes Lächeln blieb verhalten, und sie seufzte tief. »Ach, Kindchen, ist das nicht alles furchtbar?«

Kate wusste, dass die Köchin von Ralphs Tod sprach. Davon, wie dramatisch die Lage tatsächlich war, ahnte das Personal bestimmt noch nichts. Außer Kirkby vielleicht, der Kate mit diesem unlesbaren Blick musterte, der so typisch für ihn war. Bei ihm konnte man nie sicher sein, was er über die Camdens wusste und was nicht.

Er stellte die Teekanne auf das große Tablett, das Megan eben vorbereitet hatte, und wartete, bis sie auch die Servierteller mit Gebäck brachte. »Vielen Dank«, meinte er und lächelte eines seiner raren Lächeln, dann nahm er das Tablett und verabschiedete sich. »Für mich wird es Zeit.«

Kate wusste, warum er wieder losmusste, denn um Punkt vier Uhr hielt Lady Eliza jeden Tag ihre Teestunde ab – eine Tatsache, auf die sie ein bisschen spekuliert hatte.

»Die anderen sind jetzt alle im Blauen Salon, oder?«, erkundigte sie sich bei Megan, als sie wieder allein waren.

Die rundliche Köchin nickte. »Ja. Sogar Olivia. Claire hat darauf bestanden, dass Lady Eliza nicht allein ist. Nur James hat in den Ställen zu tun. Und Sir Rupert ist auch nicht dabei, er sitzt schon seit einer ganzen Weile mit Mr Sterling in der Bibliothek. Die beiden scheinen etwas Wichtiges zu besprechen zu haben.«

Kates Magen zog sich zusammen, weil sie sich denken konnte, worum es bei der Unterredung ging. Aber sie war froh darüber, dass dann tatsächlich alle beschäftigt waren – eine Tatsache, die Megan mit etwas Verspätung auch aufging.

»Wolltest du mit einem von ihnen sprechen?«, fragte sie besorgt, doch Kate schüttelte den Kopf.

»Nein, ich war im Stall und wollte nur mal vorbeischauen. Ich komme einfach später noch mal.«

Sie verabschiedete sich schnell von der Köchin, bevor sie ihr noch mehr Fragen stellen konnte, und verließ die Küche wieder.

Am Ende des Flurs blieb sie stehen. Es gab zwei Möglichkeiten. Sie konnte das Haus durch den Seiteneingang wieder verlassen, durch den sie eben gekommen war. Oder sie bog hier ab und ging weiter bis zu der Dienstbotentreppe, die rauf in den ersten Stock führte. Eigentlich konnte sie dort jetzt höchstens einem der Hausmädchen begegnen und das auch nur, wenn sie wirklich Pech hatte.

Dennoch zögerte sie, denn selbst Ivy würde es ihr vermutlich nur schwer verzeihen, wenn sie heimlich in den Sachen ihrer Großmutter herumschnüffelte. Aber sie musste es einfach wissen. Deshalb holte sie tief Luft und bog in den Flur, der zur Dienstbotentreppe führte.

✳ ✳ ✳

»Ihr müsst das Haus dem National Trust überschreiben«, sagte Ben und hielt Sir Ruperts Blick stand, der ihm gegenüber auf der Ledercouch in der Bibliothek saß. Er hatte sich seine Antwort gut überlegt, schon seit er wusste, dass er mit der Frage konfrontiert sein würde, wie es jetzt weitergehen sollte mit Daringham Hall. Und die Organisation, die erhaltenswerte Baudenkmäler in England aufkaufte und für die Nachwelt erhielt, schien ihm die ideale Lösung zu sein. »Die werden sich dann um den Rest kümmern.«

Der alte Mann schüttelte den Kopf. »Darüber habe ich auch schon nachgedacht. Aber der National Trust ist eine Wohltätigkeitsorganisation, die sich über Spendengelder finanziert. Sie haben Richtlinien für ihre Auswahl und entscheiden auch nach wirtschaftlichen Kriterien. Ein überschuldetes Gut werden sie nicht übernehmen, das wäre für sie ein zu großes Risiko. Außerdem würden wir damit nur das Haus erhalten. An unserer finanziellen Situation ändert sich dadurch nichts.« Er sah Ben an. »Allerdings gibt es da noch eine andere Möglichkeit.«

Er sprach sie nicht aus, aber das musste er auch nicht, weil Ben sie in seinem Gesicht lesen konnte, in dem Ausdruck seiner Augen.

Er hatte geahnt, dass es darauf hinauslaufen würde, eigentlich schon, seit Timothy ihm gestern Nachmittag in Ralphs Arbeitszimmer gegenübergestanden und ihn nicht davon abgehalten, sondern sogar dazu aufgefordert hatte, sich die Bücher anzusehen. Deshalb hatte Ben die halbe Nacht und den ganzen Vormittag damit verbracht, zu rechnen und zu vergleichen und sich einen Überblick zu verschaffen darüber, wie schlimm es tatsächlich um die Finanzen von Daringham Hall stand. Mit einem niederschmetternden Ergebnis. Und deshalb gab es auf diese unausgesprochene Frage, die schon die ganze Zeit im Raum stand, auch nur eine Antwort.

»Nein.« Ben stand aus dem Ledersessel auf und ging mit großen Schritten ans Fenster, starrte nach draußen in den Garten. »Ich kann euch da nicht helfen.«

»Aber du musst, Ben. Bitte«, hörte er Sir Rupert hinter sich sagen. »Du bist unsere einzige Chance.«

Ben presste die Zähne so heftig aufeinander, dass es wehtat. Dann drehte er sich langsam zu Sir Rupert um, der ihn hoffnungsvoll ansah.

Genauso hatte Ralph damals ausgesehen, an dem Abend, als er Ben angeboten hatte, noch eine Weile auf Daringham Hall zu bleiben. Er hatte damals sogar auf demselben Platz gesessen wie jetzt der alte Herr, und auf seinem Gesicht hatte auch der Wunsch gestanden, dass Ben zustimmen würde. Die Frage war nur, warum ihm so daran gelegen gewesen war. Ben hatte geglaubt, dass er echtes Interesse an ihm gehabt hatte. Aber vielleicht war es auch da schon hauptsächlich um sein Vermögen gegangen.

»Wie lange wisst ihr es schon?«, fragte er. »Dass es dem Gut so schlecht geht – wie lange ist euch das schon klar?«

Der alte Baronet seufzte. »Ich weiß nicht, seit wann Ralph es wusste. Er hat mich zwar manchmal um Rat gefragt, aber die Geschäfte führte er alleine, da habe ich mich in den letzten Jahren fast völlig rausgehalten. Wie ernst es tatsächlich ist, habe ich erst vor vier Wochen erfahren, als die Bank den Kredit gekündigt hat. Da hat Ralph mich ins Vertrauen gezogen.«

Ben wusste noch nicht, ob er das glauben konnte. Das klang mehr als naiv, besonders was das Verhalten seines Vaters anging. Hatte Ralph das alles denn nicht kommen sehen? Andererseits hatte er manchmal tatsächlich überfordert gewirkt, wenn es um geschäftliche Dinge ging. Vermutlich hatte er die Lage einfach so lange verdrängt, bis es kein Entkommen mehr gab.

»Und Timothy? Wie viel wusste er?«

»Er hat es erst vorletzte Woche erfahren«, erklärte Sir Rupert. »Kurz vor Ralphs Zusammenbruch.«

Was erklären würde, warum der smarte Anwalt anfangs immer gegen mich war, dachte Ben. Und warum er jetzt doch bereit ist, die Familiengeheimnisse mit mir zu teilen. Das ergab plötzlich alles einen Sinn.

»Deswegen wollte Ralph, dass ich bleibe, oder?« Ben konnte nicht verhindern, dass Enttäuschung in seiner Stimme mitschwang. »Und deshalb hast du ihn dabei unterstützt. Ihr habt darauf spekuliert, dass ich mein Geld in euren Besitz stecke und euch so vor dem Ruin rette.«

Sir Rupert hielt seinem vorwurfsvollen Blick stand.

»Ich kann verstehen, dass du so denkst. Und ich will nicht leugnen, dass ich viel darüber nachgedacht habe, ob es nicht ein Wink des Schicksals ist, dass du gerade jetzt hier aufgetaucht bist. Aber Ralph ging es nur um dich. Er war erschüttert, als er erfuhr, dass er noch einen Sohn hat, und er wollte versuchen, das wiedergutzumachen. Er hat sehr darunter gelitten, dass er nie für dich da war und dich gar nicht kannte.«

Ben dachte an eine letzte Begegnung mit seinem Vater, sah

wieder den verzweifelten Ausdruck in seinen Augen. *Es tut mir leid. Ich wollte das alles nicht.* Er würde wohl nie erfahren, ob diese Entschuldigung ihm gegolten hatte oder ob Ralph damit die Tatsache meinte, dass er seine Familie an den Rand des Ruins gebracht hatte.

Aber es spielte letztlich auch keine Rolle, denn es änderte nichts an Bens Entscheidung. Das, was Sir Rupert vorschwebte, war völlig ausgeschlossen.

»Ich kann euch nicht helfen«, wiederholte er. »Du weißt, von welchen Summen wir hier sprechen. So viel habe selbst ich nicht übrig.«

Sir Rupert strich sich über seinen weißen Bart und sah Ben lange nachdenklich an, so als müsste er seine nächsten Worte gut überlegen.

»Du sollst es auch nicht übrig haben, Ben. Ich möchte kein Darlehen von dir.« Er machte eine kurze Pause. »Ich möchte, dass du dein Erbe antrittst.«

»Was?« Entgeistert starrte Ben ihn an.

»Du bist Ralphs Sohn, Ben. Du gehörst zu den Camdens von Daringham Hall, und damit ist es auch deine Pflicht, dich um das Haus und die Ländereien zu kümmern.«

Ben schüttelte den Kopf. »Oh nein, das wollte ich nie. Dafür ist David zuständig.«

»Aber David kann das Gut nicht führen, dafür ist er noch zu jung und unerfahren, und Timothy und James können es auch nicht«, wandte Sir Rupert ein. »Du dagegen schon. Du bist der Einzige, der uns retten kann, und damit meine ich nicht dein Geld. Damit allein ist uns nicht geholfen. Wir brauchen dich, Ben. Du musst herkommen und das Ruder übernehmen. Nur dann haben wir eine Chance.«

Ben wollte ihm widersprechen, doch Sir Rupert hob die Hand.

»Ich weiß, das ist viel verlangt. Zu viel vielleicht«, fuhr er hastig fort. »Aber denk wenigstens darüber nach. Bitte, Ben.«

Er war äußerlich immer noch ruhig, und Ben konnte nicht anders, als diese würdevolle Haltung zu bewundern. Dabei ahnte er die Verzweiflung, die hinter Sir Ruperts Worten stand. Er klammerte sich an diese eine Hoffnung, diese eine Lösung, und Ben schaffte es nicht, sie ihm zu nehmen. So kritisch er das alles sah und sosehr er sich bemühte, die Distanz nicht zu verlieren – er wusste, dass eins nicht gelogen war: der Schmerz in Sir Ruperts Augen. Er hatte seinen Sohn verloren, und er drohte jetzt auch noch alles andere zu verlieren. Also konnte Ben ihm wenigstens diese kurze Atempause lassen und für den Moment einlenken.

»Gut«, sagte er. »Ich denke darüber nach.«

Sir Rupert nickte, sichtlich dankbar. »Nimm dir so viel Zeit, wie du brauchst.«

Es klopfte an der Tür, und Kirkby betrat die Bibliothek und erkundigte sich, ob sie noch Tee wollten. Wieder staunte Ben darüber, was für ein exzellentes Gespür der Butler dafür hatte, wann er gebraucht wurde. Nicht, um noch mehr Tee zu bringen, den lehnte Ben ab, genau wie Sir Rupert. Sondern um ihm Gelegenheit zu geben, diesem Gespräch zu entfliehen.

»Ich gehe ein bisschen raus in den Garten«, erklärte er, während Kirkby Kanne und Tassen auf ein Tablett räumte. Er brauchte Luft, musste raus aus diesem Kasten, in dem alles mit dem Staub der Jahrhunderte bedeckt war und so schwer wog, dass es ihn kaum atmen ließ. Draußen unter freiem Himmel konnte er sicher wieder besser denken.

Sir Rupert nickte nur. Er wirkte müde und schien eine Pause auch gut gebrauchen zu können, deshalb verabschiedete Ben sich rasch und suchte sich den kürzesten Weg in den weitläufigen Garten. Hier war er tatsächlich gerne, und die akkurat geschnittenen Hecken und gepflegten Beete hatten die gewünschte Wirkung, beruhigten ihn wieder ein bisschen.

Sein Erbe antreten! Er konnte es immer noch nicht fassen, dass Sir Rupert das wirklich von ihm forderte. Hatte er überhaupt eine Ahnung, was das für Ben bedeutet hätte? Er müsste sein Apartment in New York verkaufen und wahrscheinlich auch seinen Anteil an der Firma, um überhaupt in die Nähe der Summe zu kommen, die für die Rettung des Gutes nötig war. Mit der Ablösung des Kredits war es nämlich nicht getan, denn über kurz oder lang würden sich neue Löcher auftun, die es zu stopfen galt. Daringham Hall war ein Fass ohne Boden, jedenfalls dann, wenn man die Sache nicht komplett umstrukturierte und ganz anders aufzog ...

»Ben!«

Er drehte sich überrascht um, als er seinen Namen hörte, und sah Kate aus dem Haus auf sich zukommen. Sie trug jetzt nicht mehr das schwarze Kleid, in dem sie gestern so zerbrechlich ausgesehen hatte, sondern Jeans und ein schlichtes Shirt unter ihrer blauen Daunenweste. Aber ihre Augen waren immer noch so schreckgeweitet wie gestern, als er ihr gesagt hatte, wie es um Daringham Hall stand, und je näher sie kam, desto größer wurde der Wunsch in ihm, sie in die Arme zu schließen. Was er nicht tun würde, weil er immer noch wütend auf sie war wegen ihrer Anschuldigungen gestern Abend.

»Wo willst du hin?«, erkundigte sie sich atemlos, als sie vor ihm stehen blieb, und er bemerkte erst jetzt, dass sie einen braunen Umschlag dabeihatte. Er schien wichtig zu sein, so wie sie ihn umklammert hielt.

»Ich muss ein bisschen laufen, den Kopf freikriegen«, erwiderte er. »Und was tust du hier?«

Sie holte tief Luft und hielt ihm den Umschlag entgegen. »Ich ... denke, das hier solltest du lesen.«

»Was ist das?«, fragte er irritiert und ein wenig besorgt, weil sie so ernst aussah. Er wartete jedoch nicht auf eine Antwort von ihr, sondern zog den Inhalt heraus.

Es war ein dicker Stapel Papiere, Briefe zum Teil, aber auch alte, mit der Maschine getippte Berichte und Computerausdrucke, deren Tinte verblasst war. An einigen davon hingen Fotos, und gleich das oberste – ein Bild, das einen etwa zwölfjährigen Jungen zeigte – ließ ihn scharf die Luft einziehen.

Denn der Junge war er.

36

Hastig überflog Ben den Inhalt der Seiten. Es waren fast alles Berichte einer amerikanischen Privatdetektei, gerichtet an einen Londoner Anwalt, dessen Namen Ben schon gehört hatte – es war der, dessen Kanzlei Timothy Camden übernommen hatte. Die Detektive hatten über Jahre nicht nur seine Mutter im Auge behalten, sondern auch Ben. Es war alles da – eine Kopie seiner Geburtsurkunde, Notizen über die Wohnungen, in denen sie gelebt hatten, über die Jobs seiner Mutter und über seine Schullaufbahn. Außerdem gab es Fotos, die alle an öffentlichen Orten aufgenommen waren, also vermutlich heimlich. Das, was zuoberst lag, war eine recht klare Nahaufnahme, mit Teleobjektiv geschossen, und Ben erkannte sofort, wo sie entstanden war – auf der Beerdigung seiner Mutter. Jüngere Bilder gab es nicht und auch keine Berichte, die über Bens zwölftes Lebensjahr hinausreichten – fast so, als sei das Kapitel Jane Sterling mit ihrem Tod abgeschlossen gewesen. Offenbar hatte sich der Auftraggeber der Detektei danach nicht mehr für Bens weiteren Werdegang interessiert. Und es war nicht schwer zu erraten, um wen es sich dabei handelte.

Wütend hob er den Kopf und begegnete Kates Blick.

»Wusstest du davon?«, fragte er und spürte, wie sein Magen sich bei der Vorstellung zusammenzog, dass sie ihn vielleicht von Anfang belogen hatte. Doch sie schüttelte vehement den Kopf.

»Ich habe diese Unterlagen eben erst entdeckt.«

»Wo?«

»In Lady Elizas Schreibtisch«, sagte sie nach kurzem Zögern, und Bens Wut verrauchte für einen Moment, während er sie überrascht anstarrte.

Kate ging in Daringham Hall ganz selbstverständlich ein und aus, aber diese Tatsache war Lady Eliza eher ein Dorn im Auge. Die alte Dame tolerierte es allenfalls und würde Kate sicher nicht freiwillig Zugang zu ihren privaten Räumen gewähren, schon gar nicht, wenn sie befürchten musste, dass dabei solche Informationen zutage kamen. Was bedeutete, dass ...

»Du hast ihr Zimmer durchsucht?«

Kate nickte, sichtlich verlegen. »Sie hat sich gestern auf der Beerdigung sehr merkwürdig verhalten, und irgendwie hatte ich plötzlich den Verdacht, dass sie doch etwas mit der Trennung von Ralph und deiner Mutter zu tun hatte. Deshalb hab ich nachgesehen, ob ich etwas finde.« Unglücklich verzog sie das Gesicht. »Es tut mir leid, Ben. Ich habe mich getäuscht.«

Ich mich auch, dachte er. Dass sie so weit für ihn gehen würde, hatte er nicht erwartet. Und sie hätte ihm die Unterlagen auch nicht zeigen müssen. Genauso gut hätte sie das alles wieder zurück an seinen Platz legen und vergessen können.

»Wieso hast du das getan?«

Kate zuckte mit den Schultern. »Ich musste es wissen«, sagte sie, und er sah, dass jetzt Tränen in ihren Augen schimmerten. »Aber ich schätze, ich hatte gehofft, ich würde nichts finden.«

Ben wusste nicht mehr, was er denken sollte, und fragte sich mit einem Anflug von Verzweiflung, ob er jemals schlau werden würde aus Kate Huckley. Wie konnte sie ihm gestern Abend in Ralphs Arbeitszimmer eine Szene machen, nur um dann heute genau das selbst zu tun, was sie ihm zu Unrecht vorgeworfen hatte? Wie konnte sie wochenlang behaupten, dass er sich irrte, bis er schon fast selbst davon überzeugt war, nur um ihm dann plötzlich den Beweis zu liefern, dass er recht gehabt hatte?

Aber das war genau das Problem mit ihr. Er konnte einfach nicht nichts für sie fühlen. Entweder er war furchtbar wütend auf sie, oder er wollte sie in die Arme nehmen und küssen. Oder beides. Nur gleichgültig würde sie ihm vermutlich niemals sein, auch wenn das sehr viel einfacher gewesen wäre.

Sein Blick fiel wieder auf den Umschlag in seiner Hand, und auch Kate starrte darauf, noch sichtlich fassungslos über ihren Fund.

»Denkst du, er wusste es?« Sie hob den Kopf und sah ihn an. »Ralph meine ich. Hat er es doch gewusst?«

Ben spannte seine Kinnmuskeln an, weil sich die Frage, ob sein Vater ihm eine einzige große Lüge aufgetischt hatte, heiß durch seine Eingeweide fraß. Die Schreiben waren, soweit er das auf die Schnelle hatte sehen können, alle an Charles Brewster gerichtet, nicht an die Camdens. Doch Brewster war der Anwalt der Familie gewesen, hatte sie jahrelang vertreten. Und wenn Kate den Umschlag in Lady Elizas Schreibtisch gefunden hatte, dann kannte die alte Dame die Antworten, nach denen er schon so lange suchte.

»Ich schätze, das lässt sich herausfinden«, sagte er und drehte sich um, ging über den Weg weiter in Richtung Terrasse.

Kate lief ihm hinterher und schloss zu ihm auf, hielt ihn am Arm fest. »Wo willst du hin?«

Ben sah zum Herrenhaus hinüber und hieß die Wut willkommen, die ihn plötzlich wieder erfüllte. »In den Blauen

Salon«, sagte er, was genau das zu sein schien, was Kate befürchtet hatte.

»Aber da sitzen jetzt gerade alle beim Tee zusammen.«

»Umso besser.« Er machte sich von ihr los, und sein Blick wurde grimmig, als er ihr erschrockenes Gesicht sah. »Was hast du erwartet, Kate? Dass ich das auf sich beruhen lasse?«

»Nein«, versicherte sie ihm hastig. »Nein, natürlich nicht. Es ist nur ...« Sie zögerte. »Die Beerdigung war erst gestern, Ben. Das ist doch alles noch so ... frisch.«

Er stieß die Luft aus, weil er es nicht fassen konnte, dass sie immer noch besorgt war um das Wohlergehen der Camdens.

»Du meinst, ich soll Rücksicht nehmen und noch warten?«, sagte er und hörte selbst, wie bitter er klang. »Ich habe meine Mutter vor zweiundzwanzig Jahren verloren, Kate, aber wenn ich mir die Fotos hier drin ansehe«, er hob den Umschlag, »dann kommt es mir vor, als wäre es erst gestern gewesen. Ich hatte damals keine Familie, die mit mir hätte trauern können, ich dachte, niemand würde sich für mich interessieren. Und jetzt muss ich feststellen, dass da doch jemand gewesen ist. Und dass dieser Jemand mir hätte helfen können, es aber nicht getan hat.« Er trat noch ein Stück näher, ließ ihren Blick nicht los, weil er wollte, dass sie verstand, was in ihm vorging. Warum er das tun musste. »Meine Narben fühlen sich auch noch frisch an, Kate. Und ich will endlich wissen, wer dafür verantwortlich ist.«

Der Ausdruck in ihren Augen wechselte, wurde weicher, und das verschlimmerte den Schmerz in seiner Brust, den er mit seinen Worten heraufbeschworen hatte, machte ihn so unerträglich, dass er sich abrupt abwandte und weiterging. Er achtete nicht darauf, ob Kate ihm folgte, sah erst, dass sie es getan hatte, als er schon auf der Terrasse an den Flügeltüren stand, die in den Blauen Salon führten.

Anna, die den Türen am nächsten saß, bemerkte sie und erhob sich, um ihnen zu öffnen.

»Ben! Kate!«, sagte sie überrascht. »Wollt ihr auch noch einen Tee? Dann sage ich Kirkby Bescheid, dass er noch zwei Tassen bringen soll.«

»Nein, danke«, sagte Ben und trat ein, sah sich in dem Zimmer um. Ihm war das ganze Haus fremd mit seinen Antiquitäten, den Gemälden und den hohen Decken, die einem immer das Gefühl gaben, in ein Zeitloch gefallen zu sein. Aber in diesem Salon war das Gefühl besonders stark, vielleicht weil er mehr als die anderen die Handschrift von Lady Eliza trug. Alles hier drin war fein und exquisit. Hochherrschaftlich. Steif. Und genauso war auch die Atmosphäre.

Ben spürte die überraschten Blicke der anderen auf sich. Offenbar hatte niemand mit seinem Auftauchen bei der Teestunde gerechnet.

Die gesamte Familie war allerdings nicht da, das stimmte nicht, wie er feststellte. James fehlte, und auch Ivy und Claires dritte Tochter Zoe, die für die Beerdigung aus Paris angereist war. Sie waren entweder gar nicht erschienen oder hatten sich schon verabschiedet. Aber Timothy war da, stand am Kamin, und David, Anna und Olivia saßen in den zierlichen Sesseln, während Claire auf dem Sofa Platz genommen hatte, neben Lady Eliza, die als Einzige nicht lächelte, sondern Ben und Kate mit einem kalten Ausdruck auf dem Gesicht musterte. Nicht anders als sonst, aber auf Ben hatte dieser Blick plötzlich eine ganz andere Wirkung, ließ die Wut in seinem Bauch heiß aufflammen.

»Setzt euch doch«, meinte Claire und deutete auf die beiden freien Sessel, doch Ben winkte mit einer ungeduldigen Geste ab. Er hatte genug Smalltalk betrieben, jetzt wollte er Antworten. Also warf er den Umschlag auf den Couchtisch, was die Teetassen darauf klirren ließ, und beobachtete Lady Elizas Gesichtsausdruck. Sie schien jedoch nicht zu wissen, was er enthielt, blickte ihn nur irritiert und verärgert an.

»Was ist das?«, fragte Claire und griff zögernd danach, vielleicht weil sie Ben ansehen konnte, wie wütend er war.

»Lies es, dann weißt du es«, erwiderte Ben, ohne Lady Eliza aus den Augen zu lassen. Und dann, endlich, als Claire die Berichte und die Fotos aus dem Umschlag zog, huschte ein Schatten über das Gesicht der alten Dame, und ihre kühle Fassade bröckelte.

»Woher haben Sie das?«, fragte sie entrüstet. »Sie waren in meinem Zimmer!«

Ben blickte kurz zu Kate, sagte dazu jedoch nichts.

»Dann geben Sie also zu, dass das Ihre Unterlagen sind?«, fragte er zurück und beobachtete auch Timothy. Doch dem schien der Umschlag nichts zu sagen, denn er wirkte völlig gelassen und trat mit verhaltenem Interesse neben seine Schwester, um einen Blick auf die Papiere zu werfen. Claire dagegen hatte schon darin gelesen und blickte zuerst Ben und dann Lady Eliza ehrlich erschrocken an.

»Du hast es die ganze Zeit gewusst?«, fragte sie ihre Mutter ungläubig. »Du wusstest, dass Ralph einen Sohn mit Jane Sterling hat?«

Das ließ auch die anderen aufhorchen.

»Was?« David sprang auf und ging ebenfalls zum Couchtisch, genau wie Anna, und selbst Timothy nahm sich jetzt einen der Berichte, um ihn gründlicher zu studieren. Nur Olivia blieb in sich zusammengesunken im Sessel sitzen.

Ein Blick auf die Kinderfotos schien den anderen schon zu genügen, um Lady Eliza ebenso schockiert anzusehen wie Claire. Lady Eliza ignorierte das jedoch und fixierte Ben mit einem selbstgefälligen Lächeln, fast so, als wäre sie jetzt, nachdem es raus war, froh darüber, sich nicht mehr verstellen zu müssen.

»Natürlich wusste ich es«, sagte sie, und ihre Stimme klang herablassend. Kalt. »Sie war bei mir, diese Jane Sterling, und hat mir ganz stolz erzählt, dass sie schwanger ist. Sie hatte es gerade erfahren, und da wusste ich, dass ich endlich etwas unternehmen muss.«

Ben spürte, wie ihm ein Schauer über den Rücken lief. »Sie ist nicht freiwillig gegangen«, stellte er fest. »Sie haben sie weggejagt.«

Lady Eliza verzog den Mund. »Sie war nur eine kleine Kellnerin«, erwiderte sie, so als wäre das eine schlüssige Begründung. »Es war schlimm genug, dass Ralph sie geheiratet hatte, bevor wir es verhindern konnten, aber ein Balg von dieser Frau unter unserem Dach? Das konnten wir nicht zulassen. Nicht wahr, Rupert?«

Ben folgte ihrem Blick und sah, dass Sir Rupert im Türrahmen stand. Er musste eben gekommen sein und musterte seine Frau mit versteinerter Miene. Aber der Ausdruck in seinen Augen war nicht zustimmend, sondern fassungslos.

»Eliza ...«

»Ralph hatte etwas Besseres verdient«, fuhr Lady Eliza fort. »Also habe ich dieser unsäglichen Person erklärt, dass Ralph dieses Kind nicht will und die Auflösung der Ehe beantragt hat. Ich habe ihr Geld angeboten, damit sie freiwillig geht, aber das wollte sie nicht. Wahrscheinlich war es ihr zu wenig.« Sie lachte, aber niemand stimmte ein. »Sie wollte mit Ralph sprechen, weil sie mir nicht geglaubt hat, aber er war gerade in London bei unserem Anwalt. Ich habe Charles angerufen, und er hat dafür gesorgt, dass Ralph eine Weile beschäftigt war. Dann ist Charles gekommen, und zusammen haben wir dieser Jane Sterling klargemacht, wie ernst es uns ist. Charles hat eine Erklärung mitgebracht, dass Ralph die Trennung wünscht, und sie ihr gezeigt. Sie war nicht von Ralph, aber die Kleine dachte das. Er hat ihr gesagt, dass wir sie vor Gericht zerren, wenn sie es wagt, noch mal Kontakt zu Ralph aufzunehmen. Charles hat dann die Annullierungspapiere besorgt, die sie unterschreiben sollte, doch am nächsten Tag war sie verschwunden.« Sie seufzte. »Ich dachte, damit wäre die Sache ausgestanden, aber sie meldete sich ein Jahr später noch einmal bei Charles in der Kanzlei. Da hatte sie das Baby schon und wollte es Ralph zeigen. Diesmal musste Charles wirklich deutlich werden. Er hat ihr erklärt, dass wir ihr das Kind wegnehmen und sie es nie wiedersieht, falls sie nicht endgültig Abstand davon nimmt, uns zu belästigen, und dass wir genug Einfluss haben, um ihr das Leben zur Hölle zu machen, wenn sie nicht stillhält. Danach haben wir nichts mehr von ihr gehört. Nicht wahr, Rupert?«

Wieder suchte sie Bestätigung bei ihrem Mann, doch der alte Baronet stand immer noch unbewegt da.

»Du hast sie weggeschickt?«, fragte er mit rauer Stimme.

Lady Eliza nickte, und ihre Augen glitzerten. »Jemand musste sich darum kümmern«, erklärte sie. »Unser Junge brauchte Unterstützung. Er hätte das allein nicht geschafft.«

Ben ballte die Hände zu Fäusten. »Hat Ralph davon gewusst?«

Lady Eliza schüttelte den Kopf, immer noch ungerührt. Den Vorwurf in Bens Stimme schien sie gar nicht zu hören.

»Nein. Er dachte, die Kellnerin hätte ihn verlassen und die Ehe wäre annulliert. Wenn er es gewusst hätte, dann hätte er sich verpflichtet gefühlt, bei ihr zu bleiben. Er war viel zu weich. Deshalb musste ich ja dafür sorgen, dass er diese Klette wieder loswird.« Sie seufzte. »Danach haben wir aufgepasst, Charles und ich. Die ganze Zeit. Wir wussten immer, wo diese Jane Sterling ist, und wir haben überlegt, was wir tun sollen, wenn Ralph wieder heiraten will. Dann wäre es wahrscheinlich herausgekommen, aber wir hatten Glück, denn sie starb plötzlich, und das Problem hatte sich erledigt.« Sie lächelte ein verstörend zufriedenes Lächeln. »Ralph hätte es beinahe doch noch herausgefunden, weil er beim Aufgebot für die Heirat mit Olivia die Annullierungsurkunde vorlegen sollte. Aber Charles hat dem Standesbeamten die Sterbeurkunde gezeigt, ohne dass Ralph es mitbekommen hat, und ihm erklärt, dass er an dieses Thema nicht rühren soll, weil Ralph den Tod seiner ersten Frau noch nicht verkraftet hat. Danach war dieses unschöne Kapitel dann endgültig beendet. Bis Sie hier aufgetaucht sind.« Sie funkelte Ben böse an. Erst dann schien sie die Stille zu bemerken, die plötzlich über dem Raum lag, und dass alle sie ansahen. Irritiert blickte sie zu ihrem Mann.

Sir Rupert schüttelte den Kopf. »Eliza, was hast du getan?« In seiner Stimme schwangen Wut und Fassungslosigkeit mit. »Ben ist unser Enkel.«

»Nein!«, widersprach sie ihm scharf und richtete den Blick wieder auf Ben, fixierte ihn so hasserfüllt, wie er es von ihr kannte. »Er ist ein Emporkömmling, ein Niemand, genau wie seine Mutter. Er gehörst nicht zu uns, und er wird auch nie zu uns gehören.« Sie schüttelte den Kopf. »Der Stein hätte ihn treffen sollen. Dann wäre es gar nicht erst so weit gekommen.«

Ben dachte an die Steinfigur, die beim Sommerball auf die Terrasse gefallen war und ihn nur knapp verfehlt hatte. Wollte sie damit sagen, dass sie ...

»Eliza!«, rief Sir Rupert entsetzt, und Kate stöhnte neben Ben auf, so als würde es sie körperlich quälen, diesem Geständnis noch weiter zuzuhören. Es war auch schwer erträglich – aber etwas in Ben war trotz allem erleichtert darüber, dass er jetzt endlich die volle Wahrheit kannte.

Lady Eliza blickte von einem zum anderen und schien die ganze Aufregung nicht zu verstehen. Stattdessen nahm sie ihre Teetasse und trank einen Schluck, stellte sie dann mit fester Hand wieder weg.

»Wo ist eigentlich Ralph?«, fragte sie, und in ihren Augen lag wieder dieses komische Glitzern, das Ben vorhin schon irritiert hatte. »Wollte er nicht kommen? Er weiß doch, dass wir um diese Zeit immer Tee trinken.«

Olivia begann zu schluchzen.

»Mummy, Ralph ist tot«, sagte Claire. »Wir haben ihn gestern beerdigt.«

»Nein.« Lady Eliza schüttelte den Kopf und lächelte, aber ihre Unterlippe zitterte. »Nein, er kommt gleich. Nicht wahr, Rupert?«

Sir Rupert schwieg, und der Ausdruck auf seinem Gesicht schien sie jetzt doch zu verunsichern. »Rupert!«, rief sie. »Rupert, wo ist Ralph?« Hektisch sah sie sich um und rief immer wieder den Namen ihres Sohnes. Sie war auf einmal völlig hysterisch und beruhigte sich erst, als ihr Mann sich zu ihr auf das Sofa setzte.

»Er kommt gleich, Eliza«, sagte er, und sie lächelte erleichtert, lehnte den Kopf an seine Schulter.

»Das ist gut.« Sie seufzte tief und sah ihn mit einem verträumten Ausdruck in den Augen an, berührte sein Gesicht. »Ach, Rupert. Es wird alles gut. Nicht wahr?«

Sie ist dement, dachte Ben, und sah diese schockierende Erkenntnis auch auf den Gesichtern der anderen. Das war sie allerdings sicher nicht gewesen, als sie Bens Mutter vor über dreißig Jahren aus dem Herrenhaus geworfen und bedroht hatte. Damals hatten sie nur ihr Standesdünkel und ihre

Selbstgerechtigkeit verblendet. Aber es blieb eine grausame Tat.

Ich hatte recht, dachte Ben und wartete auf das Gefühl der Befriedigung. Das jedoch ausblieb. Stattdessen fühlte er sich leer. Und enttäuscht.

Sir Rupert blickte ihn an, während er seine Frau in seinem Arm wiegte, die jetzt die Augen geschlossen hatte, und Ben sah die Ratlosigkeit und die Verzweiflung in seinem Blick.

»Es tut mir leid«, sagte er und schien auf eine Absolution zu hoffen. Doch Ben war nicht in der Lage, sie ihm zu geben.

»Ben?« Er spürte Kates Hand auf seinem Arm, aber er wollte jetzt nicht in ihre Augen sehen. Er wollte hier nur noch weg.

Deshalb drehte er sich auf dem Absatz um und verließ mit großen Schritten den Blauen Salon.

37

Kate blieb vor der Tür des Gästezimmers stehen und lauschte, hörte von drinnen jedoch kein Geräusch.

»Ben?« Sie klopfte vorsichtig, nicht sicher, ob er überhaupt hier war. Doch das war er, denn schon einen Augenblick später wurde die Tür aufgerissen, und er stand so unerwartet dicht vor ihr, dass es ihr den Atem nahm.

Begeistert über ihr Kommen schien er nicht zu sein, denn sein Gesicht war immer noch so verschlossen wie eben, als er aus dem Blauen Salon gestürmt war. Davon ließ Kate sich jedoch nicht abschrecken.

»Kann ich mit dir reden?«

Ben ließ er das Türblatt los und trat zur Seite, gab den Weg für sie frei. Dann ging er ans Fenster und wandte ihr den Rücken zu, starrte hinaus auf den Hof vor dem Haus, die Hände tief in den Hosentaschen vergraben. In den Minuten, die seit seinem Weggang aus dem Blauen Salon vergangen waren, hatte er jedoch bereits Tatsachen geschaffen: Sein Koffer lag geöffnet auf dem Bett, und er hatte einige seiner Sachen hineingeworfen – wie es aussah im wahrsten Sinne des Wortes.

»Du packst?«, fragte sie erschrocken.

Ben nickte. »Ich nehme heute Abend den letzten Flieger nach New York«, erwiderte er und ging zum Schrank, so als hätte er sich gerade wieder daran erinnert, dass er dann auch noch den Rest seiner Sachen einpacken musste.

Kate schluckte gegen den Kloß an, der ihr plötzlich die Kehle eng machte.

»Und das war's dann?«, fragte sie und konnte nicht verhindern, dass ihre Stimme zitterte, während sie zusah, wie er seinen schwarzen Anzug vom Bügel zog. »Du gehst einfach?«

Sie hatte gewusst, dass das vielleicht die Konsequenz war, wenn sie ihm den Umschlag zeigte, und nach der Szene im Blauen Salon verstand sie seinen Zorn und seine Enttäuschung nur zu gut. Sie konnte Lady Elizas Geständnis selbst immer noch nicht fassen. Aber war das wirklich alles, was für Ben zählte? Gab es nichts, was ihn hier sonst noch hielt?

»Ich bin gekommen, um herauszufinden, wie die Camdens zu meiner Mutter standen und was sie ihr angetan haben, und jetzt weiß ich es«, erwiderte er, ohne sie anzusehen. »Mehr wollte ich nicht.«

»Aber es war Lady Eliza, Ben. Sie hat das alles mit diesem Brewster ausgeheckt. Sir Rupert wusste nichts davon und Ralph auch nicht.«

Ben wollte gerade das Anzugjackett zusammenlegen, hielt jedoch mitten in der Bewegung inne und starrte sie an.

»Und das macht es besser?«, fragte er mit scharfer Stimme. »Kate, die beiden haben meine Mutter vielleicht nicht aktiv vertrieben, aber haben sie nach ihr gesucht, als sie verschwunden war? Haben sie auch nur eine Sekunde daran gezweifelt, dass sie freiwillig gegangen ist? Nein. Und weißt du, warum nicht? Weil sie in Wirklichkeit heilfroh darüber waren, dass sie weg war. Tief in ihrem Herzen sind sie nämlich auch der Überzeugung, dass mittellose Kellnerinnen nicht gut genug sind, verstehst du? So etwas findet man doch an jeder Ecke, da lohnt die Mühe gar nicht.« Er knüllte das Jackett zusammen und warf es aufs Bett. »Aber wenn das Geld nicht mehr langt, dann ist auch der Sohn der Kellnerin plötzlich gut genug, um das Erbe anzutreten.«

Überrascht sah Kate ihn an. »Das Erbe?«

»Ja, genau«, erwiderte Ben mit sarkastischem Unterton. »Sir Rupert möchte, dass ich meine Firma aufgebe und nach England komme, um die Leitung von Daringham Hall zu übernehmen. Er möchte, dass ich meine Pflicht der Familie gegenüber erfülle.« Er schnaubte. »Eins muss man den Camdens lassen. Wenn sie etwas fordern, dann geben sie sich nicht mit Kleinigkeiten zufrieden – dann wollen sie gleich alles.«

»Oh«, stieß Kate überrascht aus, und ihr Herz schlug schneller, weil es ihr für einen kurzen Moment wie die Lösung all ihrer Probleme vorkam. Dann würde Ben bei ihr bleiben. Und dann hätte Daringham Hall vielleicht noch eine Chance. Erst dann begriff sie, dass Ben das nicht in Erwägung zog. Jetzt jedenfalls nicht mehr ...

Es klopfte, und Kate, die noch an der Tür stand, drehte sich um und öffnete, ließ Sir Rupert herein, der zögernd das Zimmer betrat. Er wirkte bedrückt und sehr niedergeschlagen.

»Ich habe Dr. Wolverton angerufen. Er kommt sofort her und wird entscheiden, was jetzt mit Eliza passieren muss. Wahrscheinlich ...« Er brach ab und räusperte sich, konnte erst dann weitersprechen. »Wahrscheinlich besteht diese geistige Verwirrung schon länger. Jetzt, im Nachhinein, weiß ich, dass es Anzeichen dafür gab, aber wir haben alle nicht gemerkt, wie schlimm es ist. Mein Gott, ich darf gar nicht daran denken, was hätte passieren können, als sie ...«

Er ließ den Satz unvollendet, und Kate war sicher, dass er genau wie sie die Steinfigur wieder vor sich sah, die auf der Terrasse in tausend Teile zersplittert war und Ben und auch David nur ganz knapp verfehlt hatte.

»Es gibt keine Entschuldigung für das, was Eliza getan hat«, sagte er heiser. »Nicht für das, was sie jetzt getan hat, und auch nicht für das damals.« Er sah Ben an. »Ich hätte das niemals zugelassen, wenn ich es gewusst hätte. Und Ralph auch nicht. Vor allem er nicht.«

Wenn er auf eine Reaktion von Ben hoffte, ein Nicken, ein Lächeln, dann wurde er enttäuscht. Denn Ben starrte ihn nur mit diesem harten, abweisenden Gesichtsausdruck an, den Kate so gut kannte. Schließlich war es Sir Rupert, der den Kopf abwandte. Er deutete auf den Koffer, der auf dem Bett lag, und sprach aus, was er zu befürchten schien.

»Du reist ab?«

Diesmal nickte Ben und wiederholte, was Kate schon wusste. »Ich nehme heute Abend den letzten Flieger.«

»Das heißt...«

»Das heißt, meine Antwort lautet Nein«, ergänzte Ben. Ein Muskel zuckte auf seiner Wange. »Ich kann euch nicht helfen.«

»Aber...«, setzte Sir Rupert an, brach dann jedoch wieder ab, vielleicht weil er ahnte, dass er nach Lady Elizas Geständnis keine Argumente mehr hatte, die Ben noch überzeugen konnten. Seine Schultern sanken leicht nach vorn, und die Energie schien mit einem Schlag aus seinem Körper zu weichen. Aber er bewahrte Haltung, nickte nur.

»Kirkby fährt dich zum Flughafen, wenn du das willst«, sagte er. »Ich sage ihm Bescheid.«

Er nickte Ben und Kate noch einmal zu, dann ging er wieder und schloss die Tür hinter sich.

»Du könntest es, oder?«, fragte Kate in die entstandene Stille. »Du könntest Daringham Hall retten.«

»Nein, kann ich nicht«, erwiderte Ben. »Und selbst wenn ich es könnte – warum sollte ich das tun? Wieso sollte ich alles aufgeben, was ich mir aufgebaut habe, und ausgerechnet den Camdens helfen?« Er schüttelte den Kopf. »Das ist nicht mein Problem, Kate.«

»Oh, doch, das ist es«, beharrte sie. »Es ist deine Familie, um die es hier geht. Du bist auch ein Camden, Ben.«

»Ja, und du bist es nicht, Kate.« Seine scharfen Worte trafen sie unvorbereitet, ließen sie einen Schritt zurückweichen, als er auf sie zukam. »Also warum interessiert dich das alles überhaupt?«

Kate spürte, wie Tränen in ihre Augen stiegen. »Weil ich hier zuhause bin«, erwiderte sie heftig. »Und du wärst es auch, wenn es anders gekommen wäre, damals. Dann wärst du hier aufgewachsen, und das hier wäre der Ort, an den du gehörst. Dann würdest du mich das nicht fragen, sondern kämpfen und alles daransetzen, Daringham Hall zu retten.«

Ben starrte sie an, und für einen Moment glaubte sie, in den Tiefen seiner grauen Augen etwas aufflackern zu sehen. Doch dann wandte er sich abrupt ab und trat wieder an das Fenster.

»Es ist aber nicht anders gekommen«, sagte er. »Und ich bin, wie ich bin, Kate. Ich brauche kein Zuhause und ich brauche auch keine Familie. Ich brauche überhaupt niemanden.«

Kate spürte, dass er ihr entglitt. Er würde gehen, heute noch, und obwohl sie schon so lange mit der Angst lebte, ihn zu verlieren, war es diesmal anders. Schlimmer. Endgültiger. Denn wenn er jetzt ging, dann nahm er auch die Hoffnung mit, dass ihre Welt nicht zerbrechen würde. Ohne ihn würde nichts mehr sein wie vorher, ohne ihn ging es nicht weiter. Nicht nur für die Camdens. Auch für sie. Besonders für sie.

»Aber ich brauche dich«, sagte sie. »Ich will nicht, dass du gehst, Ben. Ich will, dass du bei mir bleibst.« Sie zögerte, aber sie musste es ihm sagen, auch wenn sie wusste, dass er das wahrscheinlich nicht hören wollte. »Ich liebe dich.«

Sie hielt den Atem an und wartete, doch er reagierte nicht, wandte ihr weiter den Rücken zu. Und als er sich schließlich zu ihr umdrehte, sah er sie genauso abweisend an wie gerade Sir Rupert.

»Das solltest du nicht.«

Kate drängte die Tränen zurück, die ihr in die Augen stiegen, und hielt seinem Blick noch einen Moment lang stand, hoffte darauf, vielleicht doch noch etwas in seiner Miene zu entdecken, das ihr sagte, dass sie sich nicht getäuscht hatte. Dass er es nicht so meinte. Doch da war nichts, und das zerriss ihr das Herz.

»Warum nicht, Ben?«, fragte sie mit zitternder Stimme. »Weil es wehtut, wenn man gesteht, dass man etwas empfindet? Wenn man Gefühle hat? Davor hast du eine Scheißangst, oder? Dass dir etwas zu nah kommen könnte. Dass es dich etwas *angehen* könnte.« Sie schüttelte den Kopf und konnte nicht verhindern, dass jetzt doch Tränen über ihre Wangen liefen. »Aber du wirst es nicht verhindern, Ben. Irgendwann trifft dich etwas so hart, dass du dich nicht mehr dagegen wehren kannst. Irgendwann hält dein Schutzpanzer nicht mehr. Und dann...«

Sie hob hilflos die Arme und sprach nicht weiter, weil sie sah, dass sie nicht zu ihm durchdrang.

Er wird das nicht erleben, dachte sie. Weil er das alles gar nicht erst an sich heranlässt. Er wollte das nicht, und daran würde sie nichts ändern können, egal, was sie sagte.

»Kate...«

Ben hatte einen Schritt auf sie zugemacht, doch sie wusste, dass sie mehr nicht ertragen konnte. Sie hatte ihm ihr Herz zu Füßen gelegt, und wenn er sie nicht wollte, dann musste sie sich jetzt schützen. Deshalb wich sie vor ihm zurück.

»Leb wohl, Ben«, sagte sie hastig und drehte sich um, floh tränenblind aus dem Zimmer, bevor sie schwach wurde und ihn vielleicht sogar noch anbettelte, nicht zu gehen.

38

Das Knirschen der Schritte, die über den Kiesweg näher kamen, war in der sonntäglichen Stille deutlich zu hören, und es ließ David aufatmen. Er erhob sich von der Steinbank, die in der Mitte des Irrgartens stand, und wartete, bis Anna einen Augenblick später in der Öffnung des Heckenganges auftauchte. Lächelnd ging er ihr entgegen, und sie floh in seine Arme, schmiegte sich an ihn.

Er hielt sie ganz fest und küsste ihr Haar, sog ihren vertrauten Duft ein. Gott, er brauchte sie so, und es tat gut, sich nicht zurücknehmen zu müssen, wie er es im Haus noch immer tat. Deshalb löste er sich von ihr und nahm ihr Gesicht in seine Hände, küsste sanft ihre Lippen. Hier, in der Abgeschiedenheit des Irrgartens wagte er das, und es tröstete ihn, nahm etwas von der Schwere der Trauer von seinen Schultern, die ihn sonst jede Minute begleitete.

Erst nach einem langen Moment gab er sie wieder frei und verlor sich in ihrem Lächeln. Sie nahm seine Hand und führte ihn zurück zur Steinbank.

»Und?«, fragte sie, nachdem sie sich gesetzt hatten. »Habt ihr etwas erreichen können?«

Unglücklich schüttelte David den Kopf. »Nein«, sagte er und dachte an das Gespräch mit Ben, das er zusammen mit Sir Rupert und Timothy geführt hatte.

Eigentlich hatte Ben gestern Abend schon abreisen wollen, doch Sir Rupert hatte ihn überredet, erst für heute Nachmittag einen Flug zu buchen. Und sie hatten noch mal mit ihm geredet und versucht, ihn umzustimmen. Das heißt, eigentlich hatten Sir Rupert und Timothy es versucht, David war nur dabei gewesen und hatte zugehört.

Doch Ben war bei seinem Standpunkt geblieben, und sosehr es ihn schmerzte, ein bisschen verstand David seine Haltung, jetzt, wo er wusste, wie schlimm es um die Finanzen von Daringham Hall stand. Selbst Timothy schien nicht sicher zu sein, ob der Betrieb zu retten war, und warum sollte nach dem, was Lady Eliza seiner Mutter angetan hatte, ausgerechnet Ben bereit sein, alles aufzugeben und sich auf das riskante Unterfangen einzulassen, der Familie zu helfen? Das wollte er nicht, und David konnte ihm das nicht verübeln – selbst wenn das vermutlich bedeutete, dass sie dann alles verlieren würden.

Wehmütig dachte er daran, wie der Sommer begonnen hatte. Es war erst wenige Wochen her, da war noch alles in Ordnung gewesen, und er hätte niemals geahnt, wie schnell sich alles ändern konnte. Wenn er es gewusst hätte, dann hätte er vieles anders gemacht. Aber dafür war es jetzt zu spät.

David spürte, wie die Trauer zurückkehrte und mit ihr der Schmerz. Es gab immer nur kurze Momente, in denen er ihm entkommen konnte, und egal, in welche Richtung er sich wandte, plötzlich schienen sich nur noch Probleme um ihn aufzutürmen. Der einzige Lichtblick war Anna. Ohne sie hätte er die letzte Woche nicht überlebt.

»Also fliegt Ben zurück nach New York?«, fragte sie.

David nickte und legte den Arm um sie. »Kirkby bringt ihn gleich zum Flughafen.«

Anna schmiegte sich seufzend an ihn. »Und was wird jetzt?«, fragte sie.

Sie wusste auch, was los war, weil Sir Rupert gestern Abend noch einen Familienrat einberufen und ihnen allen die Lage erklärt hatte. Deshalb zuckte er nur mit den Schultern.

»Ich weiß es nicht«, sagte er und stellte fest, dass dieser Satz noch nie so sehr für ihn gestimmt hatte. Er wusste gar nichts mehr. Er wusste nicht, wie er mit dem Tod seines Vaters umgehen sollte, der ihn jede Minute des Tages schmerzte, er wusste nicht, wie er seiner Mutter helfen konnte, die seitdem jeden Lebensmut verloren zu haben schien. Er wusste nicht mal, ob es überhaupt einen Sinn hatte, weiter Betriebswirtschaft zu studieren, wenn sie Daringham Hall verlieren würden. Sein ganzes Leben stand kopf, und alles, was er tun konnte war, den Mut nicht zu verlieren. Aber das war schwer, wenn eine schlechte Nachricht die nächste jagte.

»Wie geht es Grandma?«, erkundigte er sich, weil er wusste, dass Anna bei Lady Eliza gewesen war.

Sie seufzte tief. »Noch nicht besser. Eher im Gegenteil. Sie fragt ständig nach Ralph, und sie redet manchmal auch mit ihm, so als wenn er da wäre. Dr. Wolverton meint, es muss der Schock über seinen Tod gewesen sein, der ihren Zustand so rapide verschlimmert hat. Oder die Begegnung mit Ben gestern.« Sie löste sich von David und sah ihn an. »Er hat Mummy geraten, über eine Einweisung in eine entsprechende Einrichtung nachzudenken. Er sagt, sie kann nur bleiben, wenn wir sie rund um die Uhr betreuen. Denn wenn sie noch mal so etwas tut wie auf dem Sommerball ...«

»Ich weiß«, sagte David. Sie konnten alle immer noch nicht fassen, dass Lady Eliza wirklich zu einem Mordversuch fähig gewesen war. Anklagen würde sie deswegen niemand, trotzdem mussten sie das ernst nehmen. Sie war wirklich krank, und ihre Wahrnehmung war so gestört, dass sie offenbar eine Gefahr darstellte.

Dabei hätte sie eigentlich mich hassen müssen, dachte David. Schließlich war er derjenige, der nicht in die Familie gehörte, während Ben ganz eindeutig ein Camden war. Doch er hatte seit dem Gespräch mit seinem Vater seinen Frieden damit gemacht.

Bei dem Gedanken an Ralph musste er die Tränen zurückdrängen, weil ihm wieder bewusst wurde, wie schrecklich schnell das alles gegangen war. Es nützte auch nichts, sich zu sagen, dass Ralph das furchtbare Leid erspart geblieben war, das seine Krebserkrankung ihm wahrscheinlich gebracht hätte. Das tröstete David nicht. Er hätte so gerne wenigstens noch ein paar Wochen mit ihm gehabt, und er vermisste ihn schrecklich. Aber dann hätte Ralph mitbekommen, was seine Mutter getan hatte. Und er hätte mitansehen müssen, wie sie alles verloren...

David seufzte tief, was Anna zu ihm aufblicken ließ. Sie schien zu spüren, was in ihm vorging, denn sie schlang die Arme um seinen Hals.

»Wenn wir zusammenhalten, wird es schon nicht so schlimm werden«, sagte sie, und ihr Lächeln war so zuversichtlich, dass etwas in ihm wieder leichter wurde.

Er zog sie an sich und wusste plötzlich, dass sie recht hatte. Er konnte das alles aushalten – solange er sie nicht verlor.

»Dann geh nicht weg«, sagte er und zog sie an sich, küsste ihre lächelnden Lippen, bis er die quälenden Sorgen für den Moment vergessen konnte.

39

Der Bentley rollte ruhig über den Autobahnzubringer, auf dem der Flughafen schon ausgeschildert war. Der Himmel war grau und verhangen, seit sie East Anglia verlassen hatten, und immer wieder gab es Schauer.

Kirkby, der vorne hinter dem Steuer saß, war die ganze Fahrt über schweigsam gewesen, aber Ben hatte ab und zu seinen Blick im Rückspiegel aufgefangen.

Es fühlte sich seltsam an, gefahren zu werden. Er saß lieber selbst hinter dem Steuer, und in diesem edlen alten Wagen über die Straßen zu gleiten hatte ihm sogar besonders viel Spaß gemacht. Für einen Moment fragte er sich, was aus dem Bentley werden würde. Sir Rupert würde ihn sicher verkaufen müssen, genau wie viele andere Dinge. Bald sogar, denn die Bank hatte einen Termin für die Kreditrückzahlung gesetzt, und die Zeit lief unerbittlich ab ...

Ben schüttelte den Kopf, weil er nicht schon wieder über die Probleme der Camdens nachdenken wollte, und war dankbar, dass in diesem Moment sein Handy klingelte.

»Bist du schon am Flughafen?«, wollte Peter wissen.

»Nein, noch nicht. Aber es ist nicht mehr weit.«

Peter seufzte. »Und diesmal nimmst du den Flieger auch?« Seine Stimme klang skeptisch, und das ärgerte Ben.

»Ja, natürlich nehme ich ihn. Ich hätte schon den gestern Abend genommen, aber ... es gab noch etwas zu besprechen.« Er starrte aus dem Seitenfenster, sah wie der Fahrtwind die Tropfen des wieder einsetzenden Regens dadrauf zusammenlaufen ließ. Das zweite Gespräch mit Sir Rupert und Timothy hätte er sich zwar gerne erspart, aber er konnte es dem alten Mann nicht abschlagen, weil er so verzweifelt gewirkt hatte. Damit, dass er nicht fahren wollte, hatte das nichts zu tun. Im Gegenteil. Er wäre am liebsten sofort abgereist, direkt nachdem Kate gegangen war und ihn allein gelassen hatte.

»… ist das nicht großartig?«

»Was?«, hakte Ben nach, weil er den Anfang des Satzes nicht mitbekommen hatte. Peter stöhnte.

»Mann, Ben, da teile ich dir mal etwas wirklich Erfreuliches mit, und du hörst nicht zu!«, meinte er, doch es tat seiner Freude keinen Abbruch. »Wir haben den Deal. Stanford hat eben angerufen und unser Angebot angenommen.«

Ben runzelte die Stirn. In New York war es noch sehr früher Morgen – und heute war Sonntag. Ziemlich typisch für den ungeduldigen Stanford, sich nicht an normale Bürozeiten zu halten.

»Ist das nicht irre?«, freute Peter sich. »Er hat allem zugestimmt, was ich ihm vorgelegt habe, sämtlichen Zuschlägen und allen Bedingungen. Wir haben das Geschäft im Sack!«

»Großartig, Pete!«, meinte Ben erleichtert, aber auch ein bisschen verwundert. Normalerweise drückte sein Partner sich gerade vor diesen Abschlussverhandlungen, deshalb war er davon ausgegangen, dass er morgen direkt in die letzten Gespräche einsteigen musste. Peter hatte zwar angekündigt, dass er jetzt mehr Führungsaufgaben übernehmen wollte, aber dass er es so ernst meinte und auch noch so erfolgreich damit war, kam überraschend. »Klingt ja, als würdest du mich gar nicht mehr brauchen.«

»Haha, sehr witzig«, sagte Peter, aber Ben hörte den Stolz in seiner Stimme. Dann wurde sein Freund wieder ernst. »Das meinst du nicht so, oder? Du kommst doch zurück?«

»Natürlich komme ich zurück – ich sitze quasi schon im Flieger«, erwiderte Ben und ärgerte sich über sich selbst. Er hätte so eine Möglichkeit gar nicht andeuten sollen. Schließlich war er froh, endlich wegzukommen von dieser verregneten Insel. Ihn hielt hier nichts mehr.

Nachdem er aufgelegt hatte, starrte er nach vorn, und sein Blick fiel auf Kirkby, der unbeirrt auf die Fahrbahn sah. Der Butler musste das Gespräch mitbekommen haben. Natürlich hatte er das. Und er bekam wahrscheinlich auch sonst so gut wie alles mit, was im Herrenhaus passierte. Er wusste viel über die Camdens, aber er war die Verschwiegenheit in Person, und Ben fragte sich auf einmal, wieso er der Familie und vor allem Sir Rupert so treu ergeben war.

»Wie alt sind Sie eigentlich, Kirkby?«, fragte er in die Stille im Wageninnern.

Die persönliche Frage schien den schweigsamen Mann zu erstaunen. »Ich werde im Dezember achtundfünfzig«, antwortete er nach kurzem Zögern.

»Und wie lange arbeiten Sie schon für die Camdens?«

Die Antwort kam schneller. »Seit fünfunddreißig Jahren.«

Wow, dachte Ben. Dann war er mit Anfang zwanzig schon nach Daringham Hall gekommen. Das war eine lange Zeit.

»Und das war Ihnen immer genug. Wollten Sie nie etwas anderes machen?«

Zum ersten Mal, seit Ben ihn kannte, hob Kirkby einen Mundwinkel. »Nein.«

»Warum nicht?«

Kirkby seufzte, weil ihm diese Fragen offenbar nicht gefielen, und setzte den Blinker, folgte der Ausschilderung zu den Abfluggates, die sie jetzt fast erreicht hatten.

»Weil Sir Rupert mir eine Chance gegeben hat, als es kein

anderer tun wollte«, sagte er, als Ben die Hoffnung schon aufgegeben hatte, dass er eine Antwort bekommen würde. »Das werde ich ihm niemals vergessen.«

Ben schwieg, überrascht über den Nachdruck und die offenkundige Zuneigung, die in den Worten des Butlers mitschwangen. Unwillkürlich fragte er sich, was Kirkby getan hatte, bevor er nach Daringham Hall kam. Und noch etwas anderes wurde ihm plötzlich klar. Wenn der Butler schon so lange für die Camdens arbeitete, dann ...

»Kannten Sie meine Mutter?«

Kirkby nickte, schwieg jedoch weiter, und Ben verfluchte seine Wortkargheit. Es war anstrengend, ihm jedes Wort aus der Nase zu ziehen.

»Wussten Sie, dass Lady Eliza sie weggeschickt hat?«

Diesmal schüttelte Kirkby den Kopf. »Ich habe nur mitbekommen, dass sie plötzlich gegangen ist«, sagte er. »Damals hatte ich gerade auf Daringham Hall angefangen und hätte mir kein Urteil über die Herrschaften erlaubt. Aber ...«

»Aber was?«, drängte Ben.

Wieder ließ Kirkby sich mit der Antwort Zeit, parkte zuerst den Wagen auf dem Ausladestreifen vor dem Terminal. Dann wandte er sich zu Ben um.

»Ihre Mutter wirkte sehr glücklich mit Master Ralph«, sagte er. »Und er war auch sehr verliebt in sie. Als sie plötzlich verschwand, war er am Boden zerstört. Und es hat sehr lange gedauert, bis er wieder eine neue Frau gefunden hat.«

Überrascht sah Ben ihn an. »Dann hatte er zwischen meiner Mutter und Olivia keine andere Freundin?«

Kirkby schüttelte den Kopf und stieg aus, ging zum Kofferraum, um Bens Gepäck auszuladen. Ben folgte ihm jedoch nicht, sondern blieb sitzen, weil er diese Nachricht erst verdauen musste.

Dreizehn Jahre, dachte er. Darüber, dass es für Ralph schwer gewesen sein könnte, über den Verlust seiner Mutter hinwegzukommen, hatte er nie nachgedacht, und er spürte, wie sich das Bild, das er von seinem Vater hatte, erneut änderte. Vielleicht hatte Ralph wirklich geglaubt, dass Jane ihn verlassen hatte, und war wütend gewesen. Enttäuscht. Vorsichtig mit weiteren Versuchen, sein Herz zu verschenken. Vielleicht hatte er deshalb nie nach ihr gesucht.

Ben schluckte. Und wenn er es getan hätte? Wenn er Lady Elizas Pläne durchkreuzt und seine Mutter zurückgeholt hätte?

Dann wärst du hier aufgewachsen, und das hier wäre der Ort, an den du gehörst. Dann würdest du mich das nicht fragen, sondern kämpfen und alles daransetzen, Daringham Hall zu retten.

Kates Bild tauchte vor seinem inneren Auge auf. Er hatte sie seit ihrem Streit gestern Abend nicht mehr gesehen, und er versuchte, auch nicht mehr daran zu denken. Er wollte sich nicht daran erinnern, wie traurig sie gewesen war. Wie verzweifelt. Oder daran, was sie gesagt hatte.

Wie viele Jahre würde er brauchen, bis er über sie hinweg war?

Er atmete ein, aber es tat weh, verursachte einen scharfen Schmerz in seiner Brust.

»Mr Sterling?« Kirkby hatte die Tür geöffnet und stand mit seinem Koffer neben dem Wagen, wartete darauf, dass er ausstieg. »Kommen Sie?«

40

»Na, Lola?«, sagte Kate leise und lächelte, als die hübsche Fuchsstute ihren Kopf über den Rand der Box streckte. »Hier, für dich.«

Sie legte ein Stück Möhre auf ihre ausgestreckte Hand, und Lola griff es vorsichtig mit den Lippen, kaute es dann krachend, während Kate ihr liebevoll über den Hals strich. »Hast du dir verdient«, meinte sie. »Ist schließlich ganz schön anstrengend mit so einem kleinen Racker oder?«

Wie um Kates Worte zu belegen, drängte sich Lolas Hengstfohlen Lionheart neben seine Mutter und reckte neugierig den Hals. Normalerweise hätte es Kate ein Lächeln entlockt, aber heute machte es sie traurig. Denn es war fraglich, wie lange Lola und der Kleine hier noch in der Box stehen würden. Anna, der die Pferde gehörten, würde todunglücklich sein, aber wenn die Camdens Daringham Hall nicht halten konnten, dann mussten auch die Tiere verkauft werden, vielleicht sogar als Erstes.

Noch wusste außer der Familie niemand von den Problemen, doch Kate war sicher, dass es nur eine Frage der Zeit war, bis die Nachricht im Dorf die Runde machte. Ihre Tante Nancy würde sich sicher begierig darauf stürzen, genau wie die anderen Klatschtanten in Salter's End, und Kate wurde schon jetzt ganz schlecht bei dem Gedanken, wie sie sich mit geheucheltem Mitleid und Sorge über alles das Maul zerreißen würden, was Ralph Camden je getan hatte. Und über Ben, der nicht geblieben war.

Sie hörte Schritte in der Stallgasse und schloss schnell die Augen, zwang die Tränen zurück, die darin brannten. Dann drehte sich sie um und sah, dass es Jean war, der auf sie zukam.

»Kate!« Ein Lächeln breitete sich auf dem Gesicht des Franzosen aus. »Ich habe Ihren Wagen vor dem Stall gesehen. Gibt es einen Notfall?«

Die Frage war verständlich, schließlich war heute Sonntag, und die meisten anderen saßen jetzt vermutlich zuhause und genossen den freien Tag. Kate dagegen hätte viel für irgendetwas gegeben, mit dem sie sich hätte ablenken können. Doch in den Stallungen war alles ruhig, deshalb schüttelte sie den Kopf.

»Nein, ich wollte nur noch mal nach dem Rechten sehen«, erklärte sie. Und der Uhr entkommen, die sie im Cottage pausenlos angestarrt hatte, während der Stundenzeiger sich unerbittlich auf die Vier zubewegt hatte – den Zeitpunkt, zu dem Bens Maschine in Heathrow abheben würde. Es musste gleich so weit sein, aber sie wollte gar nicht wissen, wie spät es war, lächelte lieber Jean an, den die Gründe für ihr Hiersein gar nicht zu interessieren schienen. Er freute sich immer, sie zu sehen, auch wenn er heute etwas bedrückter wirkte als sonst.

»Alles in Ordnung?«, fragte sie, während sie zusammen über die Stallgasse zurück zum Ausgang gingen.

Er zuckte mit den Schultern. »Nein, eigentlich nicht. Ich hatte gerade ein Gespräch mit Mrs Carter-Andrews«, sagte er. »Sie hat mir eröffnet, dass sie meinen Vertrag vorzeitig kündigen müssen und ich ab sofort freigestellt bin. Offenbar werden meine Dienste nicht mehr benötigt.«

»Oh.« Kate blieb am Stalltor stehen und sah Jean betroffen an. Dass Claire so schnell die Konsequenzen ziehen würde, was den – vermutlich sehr teuren – französischen Önologie-

Experten anging, hatte sie nicht erwartet. Aber es war wohl nur der erste von vielen schmerzhaften Einschnitten, die es auf Daringham Hall geben würde.

Trotzdem war es Claire sicher sehr schwergefallen. Der Weinanbau war ihr Herzensprojekt, und auch Ralph hatte fest daran geglaubt, dass es dem Gut neue Einnahmen bringen würde. Und nun war gerade das der Grund dafür, dass es nicht mehr weiterging.

»Das ist ... sehr schade«, erwiderte Kate, als sie merkte, dass Jean immer noch auf eine Reaktion von ihr wartete. Sie war nicht sicher, wie viel er über die Gründe für seine vorzeitige Entlassung wusste, deshalb ging sie nicht näher darauf ein. »Was werden Sie denn jetzt tun?«

Wieder lächelte Jean sein charmantes Lächeln, das sie so mochte, auch wenn es heute ein bisschen weniger strahlte als sonst. »Ich fahre zurück nach Hause«, sagte er. »Waren Sie schon mal in der Dordogne, Kate?«

Sie schüttelte den Kopf. »Nein. Ich bin noch nicht viel rumgekommen.« Das war eine Untertreibung, denn abgesehen von einem dreitägigen Aufenthalt in Amsterdam während ihrer Schulabschlussfahrt hatte sie sämtliche Ferien mit Nancy, Bill und ihren Cousinen in den Cotswolds oder in Cornwall verbracht. Sie kannte London und Cambridge, aber sie war noch nie in Paris gewesen. Oder in New York ...

Jean ergriff ihre Hand und riss sie aus ihren Gedanken. »Dann kommen Sie mich besuchen, Kate. Ich würde Ihnen meine Heimat sehr gerne zeigen. Es würde Ihnen bestimmt gefallen«, sagte er, und als er ein leises »Bei mir« hinzufügte, lag in seinen Augen eine Sehnsucht, die Kate nur zu gut kannte. Nur dass sie dieses Gefühl mit jemand anderem verband.

Sie seufzte innerlich. Es wäre schön gewesen, wenn sie das,

was sie in Jeans Blick sah, hätte erwidern können. Einfacher. Er war freundlich, unkompliziert und sehr charmant. Und sie hatten viel gemeinsam, liebten beide das Landleben. Aber noch während sie in sein lächelndes Gesicht blickte, wusste sie, dass sie ihm keine Hoffnungen machen durfte. Außer Freundschaft konnte sie ihm nichts bieten, und er verdiente mehr als einen halbherzigen Kompromiss, der ihn am Ende enttäuschen würde.

»Das ist lieb, Jean, aber fürchte, ich werde hier in der nächsten Zeit sehr viel zu tun haben.«

Das erwartungsvolle Strahlen, das eben noch in seinen Augen gelegen hatte, wich einem ernüchterten Ausdruck, als er begriff, dass das mehr bedeutete als nur ein Nein zu einem Besuch in Frankreich.

»Ich verstehe«, sagte er, und Kate hätte ihn gerne umarmt, weil es ihr wirklich leidtat, dass sie ihm wehtun musste.

Sie hätte ihm gerne versichert, dass es sich lohnte zu warten. Aber sie war nicht sicher, ob sich ihr Herz von Ben erholen konnte. In nächster Zeit ganz sicher nicht.

»Wenn Sie es sich noch anders überlegen – mein Angebot steht«, sagte er und hob ihre Hand an seine Lippen, küsste sie sanft. Doch Kate sah ihn nicht an, sondern starrte auf Sir Ruperts Bentley, der in diesem Moment auf den Hof bog.

»Danke, Jean«, murmelte sie abgelenkt, und er ließ ihre Hand los. Er grinste noch einmal auf eine eher traurige Art und schien es plötzlich eilig zu haben zu gehen, denn er wandte sich um und lief mit großen Schritten am Stallgebäude entlang, die Hände tief in den Taschen vergraben, und verschwand um die Ecke.

Kate sah ihm nur kurz nach, dann konzentrierte sie sich wieder auf den Bentley, der sich schnell näherte und ein Stück von ihr entfernt stehen blieb. Die nachmittäglichen Sonnenstrahlen ließen den grünen Lack glänzen, und sie kniff die Augen zusammen, weil sie im Gegenlicht nicht genau erkennen konnte, wer hinter dem Steuer saß. Den breiten Schultern nach zu urteilen, musste es Kirkby sein. Doch er war nicht allein, denn eine der hinteren Türen öffnete sich, und jemand stieg aus dem Wagen. Nicht Sir Rupert, wie sie zuerst dachte. Sondern ...

»Ben«, hauchte sie und starrte ihn an, während er auf sie zukam, sicher, dass das eine optische Täuschung sein musste. Er konnte nicht hier sein. Das gaukelte ihre Sehnsucht ihr nur vor.

Aber dann war das ein sehr realer Traum, denn je näher er kam, desto genauer konnte sie den entschlossenen Ausdruck auf seinem Gesicht sehen. Seine grauen Augen funkelten, nahmen ihre gefangen, und sie vergaß zu atmen, als ihr klar wurde, dass er wirklich hier war.

Sie konnte sich nicht rühren, war hin- und hergerissen zwischen dem Bedürfnis, zu ihm zu laufen und sich umzudrehen und genau das Gegenteil zu tun. Weil es nicht sein konnte, dass jetzt alles gut wurde, und weil er ihr wahrscheinlich endgültig das Herz brechen würde. Weil ...

Er erreichte sie und zog sie in seine Arme, küsste sie, bevor sie etwas sagen oder tun konnte. Lange. So lange, dass sie vergaß, warum sie hatte fliehen wollen.

Es fiel ihr erst wieder ein, als er ihre Lippen freigab, aber sie hatte nicht genug Kraft, um ihn wegzustoßen. Sie hatte eigentlich nicht mal genug Kraft, um selbstständig zu stehen, deshalb krallte sie die Hände in sein Hemd, froh darüber, dass er sie sicher hielt.

»Was wollte dieser Kerl von dir?«, fragte er, und Kate brauchte einen Moment, ehe ihr klar wurde, wen er meinte.

Aber sie wollte jetzt nicht über Jean sprechen, weil sie andere Dinge viel wichtiger fand.

»Du wolltest abreisen«, sagte sie, genauso vorwurfsvoll wie er gerade. Es war immer noch ein bisschen viel, plötzlich wieder in seinen Armen zu sein, und sie brauchte eine Antwort, etwas, das auch ihren Verstand begreifen ließ, dass er wirklich wieder da war.

»Ja, das wollte ich«, sagte Ben, und als er die Luft ausstieß, klang es wie ein Stöhnen. »Aber ich kann nicht.« Er hob die Hand an ihr Gesicht, strich mit dem Daumen über ihre Wange. »Ich kann dich nicht aufgeben.« Er hob einen Mundwinkel, und sein Lächeln war so reumütig und fast hilflos, dass Kates Herz im zuflog.

Wieder küsste er sie, diesmal noch verzweifelter, drängender, und Kate spürte, wie Erleichterung sie durchflutete, als sie begriff, dass das ein Eingeständnis war, dass er sie auch brauchte. Sie hatte keine Ahnung, ob er jemals »Ich liebe dich« sagen würde oder ob er das damit meinte, aber es reichte ihr. Glücklich schlang sie die Arme um seinen Hals und erwiderte seinen Kuss aus vollem Herzen.

»Heißt das, du bleibst jetzt doch hier?«, fragte sie, als er sie nach einem langen Moment wieder freigab. Doch das Lächeln erstarb auf ihren Lippen, weil er plötzlich ernst wurde.

»Es heißt, dass ich bei dir bleiben will«, sagte er. »Ich will, dass wir zusammen sind, Kate. Aber...« Er zögerte. »Dafür müssen wir nicht hier sein.«

Entgeistert starrte Kate ihn an. »Ich soll mit dir nach New York gehen?« Der Gedanke war ihr überhaupt noch nicht gekommen.

Ben ließ sie los und ging einen Schritt weg. »Wäre das so schlimm?« Seine Stimme klang rau. »Kate, wenn ich bleibe und tue, was Sir Rupert will, dann gibt es für mich kein

Zurück mehr. Dann steht mein gesamtes Vermögen auf dem Spiel, dann muss ich alles riskieren. Auch auf die Gefahr hin, dass ich am Ende scheitere.«

Er hielt ihren Blick fest, und Kate sah die Unsicherheit darin. Die Zweifel. Er atmete tief durch.

»Willst du wirklich, dass ich das tue?«